mairisch verlag

Herausgegeben im Auftrag der Behörde für Kultur und Medien der Freien und Hansestadt Hamburg von Jürgen Abel & Antje Flemming

Redaktion: Nefeli Kavouras
Korrektorat: Annegret Schenkel | korrektorat-schenkel.de
Gestaltung: Carolin Rauen | carolinrauen.com
Satz: Peter Reichenbach
Illustrationen: Sascha Hommer | saschahommer.com

Druck: Friedrich Pustet GmbH & Co. KG
Gedruckt in Deutschland

ISBN 978-3-948722-07-4

[mairisch 83]
1. Auflage, 2021

www.mairisch.de

Hamburger Jahrbuch
für Literatur 2021
#17

Jürgen Abel & Antje Flemming (Hg.)

ZIEGEL

Mit Illustrationen von Sascha Hommer

mairisch verlag

INHALT

KLEINE DINGE UND ANDERE PREZIOSEN

WIR SIND ASTRONAUTEN

BLAUE BLUME IM GEPÄCK

ZARTE MÄNNLICHKEIT

IRGENDWAS MIT TIEREN

MIT DEM ZIEGEL ZU DEN STERNEN

Liebe Leserinnen und Leser!

»Ich habe schon als Kind von einer Reise zu den Sternen geträumt. Zur Not wäre ich auf einem Besen hingeflogen.« Die Frau, von der dieses Zitat stammt – die Kosmonautin Valentina Tereschkowa – war 1963 die erste Frau, die ins Weltall gereist ist. Und bis zum heutigen Tag ist sie auch die einzige, die dies ohne männliche Begleitung getan hat. Ihr Rufzeichen im All war übrigens »Tschaika«, die Möwe. Mittlerweile ist Valentina Tereschkowa in ihren Achtzigern, 2014 hat sie in Sotschi das olympische Feuer entzündet.

Unser Raumschiff heißt nicht »Wostok 6«, sondern »ZIEGEL 17«, und es trägt uns in das literarische Universum unserer Stadt. Die Textauswahl begleitet eine hinreißende Bildergeschichte des Hamburger Comiczeichners Sascha Hommer. Ich möchte nicht zu viel verraten, aber: Der ZIEGEL erlebt in seiner 17. Ausgabe Unglaubliches!

Zum zweiten Mal erscheint der ZIEGEL nun im Hamburger mairisch Verlag, einem engagierten Fünf-Personen-Verlag, der der literarischen Welt so wunderbare Unternehmungen wie den »Indiebookday« und den Hamburgerinnen und Hamburgern unter anderem das »Leseclubfestival« geschenkt hat. 2020 wurde mairisch, das bedeutet übrigens *Unkraut* auf Hessisch, mit der Zukunftsprämie für Hamburger Verlage ausgezeichnet. Für den aktuellen ZIEGEL hat das Herausgeberteam mehr als 600 Texte, vor allem aus den Einreichungen für die *Hamburger Literaturpreise* 2019 und 2020, gelesen, diskutiert – und manchmal auch über sie gestritten. 58 Autorinnen und Autoren sind im Jahrbuch vertreten, so viele wie nie zuvor. Im 17. ZIEGEL stoßen Sie auf bekannte und berühmte Namen ebenso wie auf literarische Debütantinnen und Debütanten, die die ersten »kleinen Schritte« in den Kosmos des Literaturbetriebs unternehmen. Ob diese als »riesige Sprünge« in die Literaturgeschichte eingehen, wird die Zeit zeigen. Sie, liebe Leserinnen und Leser, können dann sagen, dabei gewesen zu sein.

Der aktuelle ZIEGEL ist in einem Jahr entstanden, in dem wir uns von vielem Vertrauten zumindest zeitweise verabschieden mussten, in dem wir die Biegsamkeit unserer Gedanken herausgefordert, das Reisen im Kopf praktiziert und ganz neue Dimensionen von Nähe und Ferne erfahren haben. Auf Ihrer Reise zu neuen literarischen Galaxien wünsche ich Ihnen Freude, Entdeckerlust und Abenteuergeist – ob Sie den ZIEGEL nun in einer Buchhandlung in der Hamburger Innenstadt oder in einem ganz anderen Zipfel des Universums in die Finger bekommen. Und denken Sie daran, manchmal braucht man nur einen Besen, um sich in ferne Welten aufzumachen …

Dr. Carsten Brosda
Senator für Kultur und Medien

VORWORT

Es gibt etwas, das den neuen ZIEGEL von der ersten Seite an begleitet. Es taucht als Motiv immer wieder auf, und es wird von einer magischen Kraft bestimmt. Es geht dabei um eine Überschreitung, die eine bislang fügsam ineinandergreifende Ordnung durcheinanderwirbelt. Manchmal ist es sogar eine bewusste Strategie, die dann den Aufbruch in unendliche Weiten forciert, so wie bei den Astronauten des Hamburger Comiczeichners Sascha Hommer. Sie tragen den ZIEGEL als *Buch im Buch* in ferne Welten und sorgen damit gleich zum Auftakt für Aufregung. Das Unerwartete ist der Zauber, der ihrer Reise innewohnt, er zeigt sich in sehr erschrockenen Winzlingen, in vielgliedrigen Wesen, in riesigen Würmern und in einem dunklen Wald. Wo auch immer sie ankommen, stiften die Astronauten mit dem ZIEGEL auf wundersame Weise Veränderung.

58 Beiträge haben wir für den 17. ZIEGEL ausgewählt und diskutierend in eine Lesestrecke gebracht. Eröffnet wird der Reigen der Texte unter dem Motto *Kleine Dinge und andere Preziosen* von Tamar Noort mit einem Auszug aus ihrem Roman *Ans Licht*, der das beschriebene magische Rezitativ dieses ZIEGELS anstimmt. Da ist eine Pastorin, die plötzlich an *Gott-Demenz* leidet. Ob beim Gebet am Sterbebett oder einem emphatischen Spaziergang auf dem Deich, der liebe Gott kommt ihr einfach nicht mehr über die Lippen. Den magischen Momenten, die uns aus der Kindheit in Erinnerung bleiben, ist Cornelia Manikowsky auf der Spur, Farhad Showghi ermittelt *Fehler im Traum*, Paul Jennerjahn findet *Lazarus in den Dingen*, und Peter Thiers lädt uns zur Besichtigung *Paradiesischer Bauten* ein.

Ein Versprechen eröffnet das titelgebende Kapitel: *Wir sind Astronauten*. Magdalena Saiger hat ihrem Roman *Was ihr nicht seht oder Die absolute Nutzlosigkeit des Mondes* die Prämisse »Diesen Text wird nie jemand lesen« vorangestellt. Sie erzählt von einem Künstler, der »sein Leben aufgibt«, um in einer verlassenen Lagerhalle am Rande eines Tagebaugebiets ein begehbares Kunstwerk zu bauen, ein Papierlabyrinth, das niemand je sehen soll, damit seine Schönheit unangetastet bleibt. Eine *Draufsicht* wagt auf ganz andere Weise Till Raether in einer dystopischen Satire über den Klimawandel. Bei ihm schwebt ein *Curver-Duo* im Orbit über der Norddeutschen Tiefebene und wirft einen sentimentalen Blick auf einen Planeten, auf dem alles noch an seinem Platz ist, nur die Menschen sind verschwunden. In einer eigenen Umlaufbahn unterwegs sind auch die anderen Astronauten in diesem Kapitel, manchmal gefangen in der eigenen Wohnung, in Selbstisolation oder im pubertären *Lockdown*, dann wieder verurteilt zu einem Leben in einem Parallelkörper oder überrascht von plötzlichem Schweben und schließlich beschenkt von einer *magischen Phase* bei der Erforschung von schwarzen Löchern.

Die Erkundungen im darauf folgenden Kapitel *Blaue Blume im Gepäck* haben dann zwar nicht den Weltraum im Blick, aber doch eine sehnsuchtsvolle Ferne. Sie ruft in *Hohe Berge*, wirft die Frage auf, wie man *Ungebetene Gäste* wieder loswird, führt zu einer fatalen *Wette* und zu der Erfahrung, dass *das Gras auf der anderen Seite nicht immer grüner ist*. Dagegen wirkt ein weiteres Thema dieses ZIEGELS auf den ersten Blick fast profan. Tatsächlich posiert unter dem Titel *Zarte Männlichkeit* in einer grand tour mit Texten von u. a. Ulrike Syha, Heinz Strunk, Leonhard Hieronymi, Rasha Khayat und Katharina Hagena (fast) alles, was ein Mann heute ist und sein kann, vom heimlich liebenden Projektleiter über den erfolgreichen Künstler bis zum erbarmungslos scheiternden Aufreißer, vom heillos verstrickten Familienvater über den verlassenen Ehemann bis zum Patriarchen auf dem Weg ins Heim. Und eine kleine, aber feine Einführung in die *Strings* von Männern gibt es als Zugabe auch noch.

Ganz zum Schluss dieses ZIEGELS wird es dann unter dem Motto *Irgendwas mit Tieren* noch einmal magisch: Ella Carina Werner findet in ihrer Erzählung *Schnecken* ein Bild dafür, was es heißt, berührt zu werden. Ganz spontan mag man da an die englische Alltagsweisheit *Dirt is not dirt, but only matter in the wrong place* denken. Das, was uns wirklich berührt, das elektrisierend Schöne, Betörende und Erregende ist, wie diese Erzählung zeigt, auch erschreckend und abstoßend, schmutzig und exzessiv und vor allem unvernünftig. In einer Zeit, in der über allem ein Gebot der Vernunft schwebt, das uns vorschreibt, einander bloß nicht zu nahe zu kommen, ist das eine ganz besondere Botschaft. Die hier versammelten Texte sind eine Einladung dazu, Erfahrungen zu teilen, sie wollen berühren und weisen die Vernunft dafür in ihre Schranken. Der ZIEGEL lädt zu einer magischen Reise, für die das Weltall gerade noch groß genug ist, mit so naheliegenden Träumen, dass man sich in ihnen verlieren muss, mit lauten Erlebnissen und stillen Beobachtungen von Menschen, die manchmal wie Aliens erscheinen, und mit vielen anderen Gespenstern unserer Zeit.

Eine gute Reise wünschen
Jürgen Abel & Antje Flemming

KLEINE DINGE UND ANDERE PREZIO-SEN

Tamar Noort

ANS LICHT

Ausgerechnet Edena. Von allen Orten dieser Welt, die man lieben könnte, Paris oder Hamburg oder sogar Osnabrück, habe ich mein Herz ausgerechnet an Edena gehängt, und damit mein Schicksal besiegelt. Ich könnte sagen, dass Edena mich um den Verstand gebracht hat, aber das wäre wohl nicht ganz fair, schließlich war es mein Verstand, und um den bringt man sich doch wohl selbst. Edena sticht durch nichts hervor. Wirft man es mit allen Dörfern dieser Erde in einen Topf, könnte keine Lottofee der Welt aus diesem Los einen Glückstreffer machen. Und doch hatte ich genau dieses Gefühl, als ich Edena zum ersten Mal betrat.

Ich kam mit dem Bus, und schon die Anreise war eine Odyssee aus Bahnhöfen, Bushalten und ausgemergelten Orten. Aber auf den letzten Kilometern hatte ich das Gefühl, dass etwas Bedeutsames bevorstand. Als ob mein Leben kurz davor war, diese eine entscheidende Wendung zu nehmen, die man erst später als den Punkt erkennen wird, an dem alles begann oder alles endete. Ich war bereit, Edena zu lieben, und sobald wir das Ortsschild passierten, setzte die Liebe ein, als wäre es ein Naturgesetz, so zwingend wie die Thermodynamik oder die Gravitation. Und so sah ich, als der Bus hielt, nicht die menschenleeren Straßen oder die kahlen Bäume, die mickrig um den Marktplatz standen. Ich sah nicht die längst geschlossene Kneipe, in deren Fenster ein Gerippe von Ficus auf Erlösung wartete. Ich sah noch nicht einmal die pickeligen Jugendlichen, die an der Haltestelle abhingen und eine Chipstüte herumreichten.

Als ich aus dem Bus stieg, sah ich einen älteren Herrn im feinen Zwirn, der kerzengerade auf seinem Rasentraktor saß und den Hut lupfte, bevor er den Bus überholte. Der dickliche Labrador an seiner Seite musste vom Trab in Galopp wechseln und sah aus, als wüsste er, dass er das alles nur sich selbst und seiner Vorliebe für Leberwurstschnittchen zu verdanken habe.

An der Halte links über den Marktplatz, und dann sehen Sie schon, hatten sie gesagt. Ich überquerte den Marktplatz, und ich sah dann schon. Sie war wunderschön. Sie war tausend Jahre alt, aber jeder Zentimeter gelebte Geschichte strotzte vor Kraft. Sie formte den Mittelpunkt des Dorfes, die Straßen und Häuser richteten sich nach ihr aus. Man musste sich ihr nur zuwenden, um Trost und Geborgenheit zu finden. Die schwere Tür knarzte, als ich die Kirche betrat, und es klang, als würde sie wohlwollend einwilligen. Der Raum nahm mich sofort auf. Alte Holzbänke in Reih und Glied, ordentlich gestapelte Gesangbücher und eine gewaltige Orgel, die über allem thronte. Ich blickte mich um, es war noch niemand zu sehen. Vorsichtig stieg ich über die Kordel und schlich die Stufen zur Kanzel hoch. Ich ließ meine Hand über das Holzgeländer gleiten, es fühlte sich glatt an und kühl. Ich stellte mir vor, jeden Sonntag hier oben zu stehen. Edena braucht nicht nur eine Dorfpastorin, hatten sie gesagt, sondern jemanden, der bereit ist, Teil unserer Geschichte zu werden. Von oben sah ich, wie die leeren Bänke sich füllen würden, mit zappelnden Kindern, verkaterten Jugendlichen und alten Damen, die sich den Sonntagshut zurechtrücken.

Eine ganze Welt in einem Raum, dachte ich, zusammengehalten von der einen, großen Idee. Ich wünschte mir nichts sehnlicher, als Teil dieser Welt zu sein. Vielleicht könnte dieser Ort mich heilen, mir zurückgeben, was ich verloren hatte. Vielleicht könnte Edena aus mir wieder einen Menschen machen, der aus einem Anfang, einer Mitte und einem Ende besteht. Ein paar Sonnenstrahlen fielen durch die hohen Fenster, Staubteilchen schwebten im Licht. Eine Stille, die es nur in Kirchen gibt, umfing mich. Ich atmete tief ein und wusste, dass ich zu Hause war.

1

Einmal im Jahr herrscht in Köln Schunkeldiktatur, und die Stadt verliert kollektiv ihre Würde. In der Bahn kopulieren Krankenschwestern mit Eisbären, im Supermarkt sitzt ein Hase an der Kasse, und der alte Mann von nebenan führt seinen Hund aus im Clownskostüm.

Du hast halt eine norddeutsche Seele, sagen die Rheinländer, du verstehst das nicht. Aber Karneval ist für mich mehr als eine kulturelle Meinungsverschiedenheit. Es ist eine Zeit, in der man sich auf nichts verlassen kann. Niemand ist einfach, wer er ist. Ich empfinde das als Betrug.

Das Einzige, woran man sich festhalten kann, ist der Tod. Gestorben wird immer, auch in der fünften Jahreszeit.

Ich meldete mich jedes Jahr freiwillig, um den Seelsorgedienst für die Karnevalstage zu übernehmen. Während meine Kollegen mit bunten Perücken und geröteten Wangen dicht an dicht in Kneipen standen und nach Beute Ausschau hielten, die sich für eine Nacht erlegen ließ, sprach ich im Albertusstift mit Menschen, die vor ihrer letzten großen Reise standen. Nebenan saßen die Alten im Stuhlkreis, hatten Hüte auf und sangen Karnevalslieder, aber wenn ich bei den Menschen am Sterbebett saß, sah ich in ihren Augen etwas Wahrhaftiges, eine Ruhe, die mir imponierte.

Es war Karnevalsdienstag, das Schlimmste war vorbei, als ich ins Seniorenheim gerufen wurde. Eine alte Dame hatte ihre letzten Stunden vor sich. Sie hieß Alma.

Gott soll wissen, dass ich im Anmarsch bin, sagte sie, schloss die Augen und wartete darauf, dass es losgeht. Ich nahm ihre Hand und sprach die ersten Zeilen des Vaterunser. Aber nach *Dein Wille geschehe* kam nichts mehr. Als hätte ich noch nie gewusst, wie es weitergeht. Mir fielen Worte nicht mehr ein, die eigentlich Teil meiner DNA sind. Ich konzentrierte mich, irgendwas mit Schuld und Brot und Ewigkeit. Aber die Worte wollten sich nicht einreihen, sie rauschten an meinem Bewusstsein vorbei. Alma hielt die Augen geschlossen und wartete geduldig. Ich fing noch mal von vorne an, und mein Körper erinnerte sich zwar an Rhythmus und Klang, aber nicht an Sätze, die Sinn ergeben. Alma wartete, also reihte ich Brot und Schuld und Ewigkeit aneinander, ich verband sie mit Murmelphrasen, die nach Gebet klingen. Es war eine Art Sampling-Version, bei der nur noch der Beat stimmte, eine Neuinterpretation des Originals. Alma schien wohl einverstanden, jedenfalls beschwerte sie sich nicht, und kurze Zeit später war sie friedlich entschlafen. Aber mich ergriff Panik.

Kann doch mal passieren, ich vergesse ständig was, sagte Jan und schenkte Kaffee ein. Jan ist nicht aus der Fassung zu bringen. Niemals. Er verströmt Gleichmut wie andere einen Körpergeruch.

Und wenn es Frühdemenz ist, sagte ich und probierte aus, was ich noch auswendig kann. *John Maynard war unser Steuermann. Aus hielt er, bis er das Ufer gewann …* Fontane, check. *Walle, walle, manche Strecke, dass zum Zwecke Wasser fließe, und mit reichem vollem Schwalle …* Goethe, check. *Einigkeit und Recht und Freiheit für das deutsche …* Jan hob eine Augenbraue, aber: check. Und jetzt. *Unser Vater, der du bist im Himmel. Geheiligt werde dein Name.* Jan googelte das Vater Unser und las mit. Live-Kontrolle. *Dein Reich komme. Dein Wille geschehe …* Jan blickte auf. Es kam nichts mehr. Ich versuchte die Schlager meiner Jugend aus dem Konfirmandenunterricht. *Von guten Mächten wunderbar geborgen …* nichts. *Danke für diesen guten Morgen …* Funkstille. Ich probierte Taizé-Gesänge, die eh nur aus drei Zeilen bestehen, und kam nicht über die erste Zeile hinaus. Gegen Abend, nach einer ziemlich guten Darbietung von Schillers *Glocke*, stand endgültig fest, dass ich fehlerfrei alle Gedichte und Lieder rezitieren konnte, die ich seit meiner Kindheit auswendig gelernt hatte, aber sobald Gott involviert war, streikte mein Gehirn.

Du hast einfach ein bisschen Gott-Demenz, das ist bestimmt eine Berufskrankheit, sagte Jan und goss die Nudeln ab. Das hatte ich zwar noch nie gehört, aber es beruhigte mich irgendwie. Ich nahm ab jetzt Spickzettel mit, wenn ich alte Menschen besuchte, und gewöhnte mich daran, dass ich offenbar nicht in der Lage war, Gott zu behalten.

Einige Wochen nach dem Alma-Debakel saß ich in einer Tonkabine beim Deutschlandfunk und sollte meine Morgenandacht einsprechen. Ich schrieb regelmäßig Texte fürs Radio, eine Aufgabe, die ich sehr mochte. Ich setzte meine Pastorenstimme auf. Das ist meine Originalstimme, aber mit mehr Farbe, ich lasse Worte länger klingen und die Amplituden zwischen hoch und tief sind größer. So bekommt meine Stimme Pathos. Wann immer ich meine Pastoren-Stimme aufsetze, genieße ich die Wandlung, die sich vollzieht. Ich bin plötzlich Elke, die Pastorin. Für den Moment verschwinden alle anderen Facetten meiner Persönlichkeit.

Ich hatte einen Text geschrieben, der mir am Herzen lag, es ging um Heldenfiguren. In fünf Minuten Radiozeit konnte ich schlüssig nachweisen, dass Jesus die Urform aller Heldenfiguren ist, dass er genauso zum Actionhelden taugt wie Wonder Woman, Captain Marvel oder, für Bildungsbürger, Odysseus.

Ich setzte an und wartete auf die Wandlung. Aber die Pastoren-Stimme blieb aus, Elke, die Pastorin, blieb aus, und ich blieb stumm. Der Tontechniker und die Redakteurin erkundigten sich besorgt, ob ich ein Glas Wasser wolle, was denn los sei, ob ich noch etwas Zeit brauchte. Aber auch beim nächsten Versuch öffnete ich den Mund, formte die Worte, und meine Stimme versagte. Es kam nichts heraus. Es war kühl in der Kabine, aber meine Wangen brannten. Mein T-Shirt klebte mir am Rücken, ich umklammerte meinen Text und zerrieb das Papier fast zwischen meinen feuchten Fingern. Ich floh aus der Kabine, meinen Text ließ ich liegen. Bis heute weiß ich nicht, was sie an dem Tag gesendet haben.

Vielleicht ist es etwas Neurologisches, sagte Jan und gab den Pflanzen Wasser. Ich hoffte, dass er recht hatte. Eine echte Krankheit, die man diagnostizieren und behandeln kann. Ein paar Pillen, und ich weiß wieder, wo Gott ist und wie man seinen Namen ausspricht.

Meine Ärztin schickte mich ins MRT, nahm Blutproben, kontrollierte Herzrhythmus und Herzfrequenz, sah mich streng an und erklärte, ich sei völlig gesund.

Aber das ist mein Beruf, sagte ich, da müssen Sie doch etwas tun.

Nicht ich, Sie, sagte meine Ärztin und schob mir die Visitenkarte eines Psychiaters zu.

Ich bin doch nicht verrückt, sagte ich zu Jan.

Ein bisschen schon, sagte Jan und räumte die Teller ab.

Der Psychiater hatte ein seltsames Lächeln. Seine Praxis war eine Art Feelgood-Overkill, überall stand etwas, das mir Zuneigung entgegenschrie. Eine kleine Skulptur mit ausgebreiteten Armen. Ein Plakat mit aufgehender Sonne an der Wand. Ein Tischkalender mit Lebensweisheiten. Mir schauderte vor so viel Geliebtwerden, aber ich nahm dennoch Platz in dem Korbsessel mit beigen Kissen. Das Geflecht knirschte, als ich mich setzte. Ich hatte Lust, mich wie ein Teenager zu benehmen. Der Psychiater stellte eine Tasse Tee vor mir ab, lächelte sein seltsames Lächeln und knirschte sich auch in seinen Sessel hinein. Er sah mich forschend an.

Sie haben also Gott verloren, sagte er.

Auf der Fensterbank überlebte ein Farn, der zu oft gegossen wurde. Er hatte überall braune Stellen.

Nicht verloren, nur kurz verlegt, sagte ich, ich müsste ihn auch sehr bald wiederfinden, denn er zahlt meine Miete.

Eine Packung Kleenex stand auf dem Tisch. Wie im Puff, dachte ich. Therapie und Sexarbeit verdienen beide an den bedürftigen Emotionen der Menschen. Kirche vielleicht auch, dachte ich dann und war etwas milder gestimmt.

Der Psychiater war ein pragmatischer Typ. Selektive Gedächtnisstörung, diagnostizierte er und fischte nach dem Trauma, das sie ausgelöst haben könnte. Mir fiel nichts ein. Gemeinsam durchforsteten wir sämtliche religiösen Erlebnisse meiner Kindheit, ein Monster-Unterfangen, denn ich war ein sehr frommes Kind und mindestens zwei Drittel meiner Kindheit spielten sich in der Gemeinde meines Vaters ab, der seit 35 Jahren Pastor in Nordhorn war.

So schlimm waren seine Predigten nicht, scherzte ich, aber der Psychiater nickte nur.

Versuchen Sie doch mal, mit den Defiziten zu leben, sagte er.

Ich soll mit den Defiziten leben, sagte ich zu Jan.

Also ohne Gott, sagte Jan und fegte den Balkon. Sobald er es ausgesprochen hatte, fühlte ich mich, als hätte jemand meine Eingeweide nach außen gekehrt. Nichts saß mehr richtig.

Ich weiß gar nicht, wie das geht, sagte ich.

Mach ich doch auch, sagte Jan und kehrte den Dreck zusammen.

Jan glaubt an die Liebe, an das Leben und an einen wirklich gut gemixten Drink. Ich habe ihn kennengelernt im *Bolscha Wika*, die Bar, in der er jobbte und in der ich regelmäßig an der Theke herumhing, um mich über mein Dasein zu beschweren und seine Locken zu bestaunen. Ich studierte Theologie und wusste nicht, wo ich mich festhalten sollte. Die Theke war stabil und bot für alle Lebenslagen Halt.

Ich will deine verdammten Haare, soll der erste Satz gewesen sein, den ich an Jan richtete. Das weiß ich nicht mehr, denn er hatte mir zuvor mit perfekt gemischten Gin Tonics Mut angetrunken. Aber es ist nicht unwahrscheinlich, denn heute noch finde ich es ungerecht, dass sein Haar so gottverdammt perfekt ist. Ein Mann, der mich zum Fluchen brachte, flößte mir Respekt ein. Er gab mir das Gefühl, dass ich eine fluchende Theologin werden könnte, eine, die nicht immer weiß, was richtig ist, und die vielleicht dennoch was zu geben hat. Solange ich nur diesen in sich ruhenden Atheisten mit dem wallenden Haar an meiner Seite haben könnte.

Jans Locken waren seitdem gewachsen, sie sprangen so wuchtig von seinem Kopf ab, als würde er einen eingefrorenen Urknall mit sich herumtragen. Der Anblick dieser gebändigten Naturgewalt beruhigte mich immer noch. Aber nun lehnte ich an der Balkontür und spürte, wie etwas in mir hochkroch, das sich vollkommen fremd anfühlte. Als hätten Horden von Kriechtieren von meinem Blut Besitz ergriffen. Wir funktionieren nur komplementär, dachte ich. Die Theologin und der Atheist. Wie Farben, die einander im Farbkreis gegenüberliegen und sich gegenseitig in ihrer Kraft verstärken. Mischt man sie zusammen, erhält man Grau. Jan und ich, wir leuchten. Aber ich kann nicht einfach zu seiner Seite überwechseln.

Dann versinke ich.

Die Kriechtiere waren überall, und sie gingen nicht mehr weg. An manchen Tagen verhielten sie sich relativ ruhig, dann stellte ich mir vor, wie sie sich in meiner Blutbahn treiben ließen, go with the flow, Millionen kleiner Eindringlinge, die in meinem Blut umherplanschten und sich ein schönes Leben machten. Das waren die guten Tage. Aber an den schlechten Tagen schlossen sich alle Kriechtiere zusammen, um gegen den

Strom zu schwimmen. Dann nahmen sie Besitz von mir, sie besetzten meinen Körper wie ein Kriegsgebiet. Sie waren stark, und sie waren viele, und ich wusste nicht, wie lange ich ihnen noch standhalten konnte.

2

In den Sommerferien fuhren Jan und ich nach Pellworm. Er würde ein wenig arbeiten, ich sollte mich entspannen. Wird dir guttun, hatte Jan gesagt, mal auf andere Gedanken zu kommen. Wo diese Gedanken herkommen sollten, wusste ich nicht. Pellworm ist die kleine reizlose Schwester von Sylt. Als die Erde entstanden ist und die Nordseeinseln geschaffen wurden, blieben ein paar Reste aus Erde, Wiese und Schlamm übrig, und unterhalb von Sylt war noch Platz. Pellworm ist wie ein schwarzes Loch, das alle Impulse von außen verschluckt und umwandelt in ein Nichts aus Deich und Himmel. Aber die Fischbrötchen am Hafen sind gut.

Unsere Ferienwohnung war winzig, und Jan hatte jeden einzelnen Winkel auf WLAN-Erreichbarkeit untersucht. Er drehte sich mit seinem Laptop im Kreis, hob ihn manchmal voller Hoffnung über den Kopf und sah dabei aus wie ein Schamane, der Regen heraufbeschwört. Herr, lass Internet vom Himmel regnen.

Tagelang saß ich auf einer Bank am Deich, aß Matjes und schaute mir Wolken und Schafe an. Mehr gab es nicht zu sehen. Irgendwann sahen die Schafe aus wie Wolken und die Wolken wie Schafe.

Als Kind hatte ich mir immer vorgestellt, dass Gott hinter den Wolken wohnt. Aber in der Schule lernte ich, dass die Menschen zum Mond geflogen waren. Hätten die Astronauten ihn da nicht unterwegs treffen müssen? Vielleicht hatte er sich in den Wolken versteckt. Ein schüchterner Gott.

An diesem Morgen sah der Himmel aus, als hätte Gott einen dicken Sichtschutz zwischen sich und der Welt verhängt. Ich lief ein Stück am Deich entlang und legte den Kopf in den Nacken. Ein Zeichen, dachte ich. Ich könnte ein Zeichen gebrauchen. Dass alles gut wird.

Die Wolken waren massiv. Sie bauten Türme aus Wasser und Kälte und Kondensationskeimen. In der Ferne donnerte es, hier regnete es ein bisschen, aber ich lief weiter, der Himmel trieb mich, und ich schaute nach oben und suchte, aber alles, was ich sah, war grau, grau in grau, mal heller, mal dunkler, fast schon schwarz. Der Regen wurde stärker und ich lief schneller, ich schnappte nach Luft, ich konnte nicht atmen. Die Wolken hingen schwer am Himmel, und ich wusste, dass sie nur für mich waren, sie galten mir. Sie erstickten mich mit ihrer dicken Wolkigkeit, und der Regen, er tat weh auf meiner Haut, die Tropfen wurden zu Projektilen, die Wolkentürme nahmen mich ins Kreuzfeuer, sie beschossen mich von allen Seiten. Ich rannte jetzt, ich rannte den Deich entlang, der Regen prasselte nieder und machte mich nass bis auf die Haut, und ich wunderte mich, dass er keine Wunden riss, ich hätte bluten sollen, aus Tausenden kleinen Einschusslöchern, aber die Haut blieb heil.

Hinter dem Deich sah ich die kleine Inselkirche liegen, badend im Licht, das durch eine Wolke brach, und vollkommen trocken, Vögel nisteten in ihrem Turm, als wäre nichts. Ich sah Schafe und Fahrradfahrer und einen Vater, der mit seinem

Sohn Drachen steigen ließ, und alle waren trocken und in der Sonne und wussten nichts davon, dass ich gerade einen Wolkenbruch erlitt.

Das ist also mein Zeichen, dachte ich, von wegen Gott-Demenz, Berufskrankheit, Jan hatte keine Ahnung, natürlich nicht, woher auch. Ich rannte den Deich hinunter, da, da gleißte es, da war Licht, und ich brachte mich in Sicherheit, in eine Insel aus Sonne. Ich kniff die Augen zusammen und fühlte und wartete, es hatte doch immer geklappt, Vater Unser, der Du bist im Himmel, aber er war nicht da, ich wartete, aber er kam nicht, die Worte kamen nicht, und ich wusste, dass es nicht einfach nur Worte waren, die mich verlassen hatten, er selbst war es, er, der Allmächtige, er, der Himmel und Erde gemacht hat, und er hatte entschieden, dass ich ohne ihn auskommen sollte.

Am Abend aßen wir in der Dorfschenke, und ich bemühte mich um Urlaubsstimmung. Ich lobte das Essen, ich bestellte Wein, und Jan schlug vor, wir könnten eine Wattwanderung machen, wenn seine Präsentation fertig sei. Ich dachte an Muscheln und Steine und Schlamm unter nackten Füßen, und daran, wie Wattwürmer in einem Jahr den gesamten Sandboden des Watts auffressen und wieder ausscheiden. Das ganze Watt geht durch den Wurm hindurch. Und ich hab das an den Füßen.

Zum Dessert gab es Pumpernickel-Eis. Altes Brot und kalte Sahne, aber gut. Wir kamen mit dem Koch ins Gespräch, dessen ganzer Stolz der Nachtisch war. Ist gar nicht von hier, verriet er uns, im Münsterland isst man das so, aber die Touristen denken, das sei typisch norddeutsch. Herb und süß.

Und die Nordseekrabben kommen aus einer Aquakultur in der Türkei, dachte ich und schaute hinaus aufs Meer.

Als ich im Bett lag, hörte ich die Wohnung singen. Jan schlief fest, und kurz dachte ich, ich träume, aber ich war hellwach. Es klang dunkel und voll, ein bisschen wie gregorianische Gesänge. Mal schwoll es an, mal ebbte es ab. Ich dachte an das Watt und an die Wanderung, die wir vielleicht machen würden, und wie Ebbe und Flut sich seit Anbeginn der Tage abwechseln, und der Mond schien, fast voll, er war wunderschön, und alles hatte seine Ordnung. Der Gesang durchströmte mich, er lähmte mich, auf gute Art. Ich stimmte leise ein. Hier liege ich, dachte ich, ich kann nicht anders. Ich musste ein bisschen kichern. Amen. Der Gesang verstummte, und ich schlief ein.

TAMAR NOORT
ist in den Niederlanden aufgewachsen. Sie studierte Kunst- und Medienwissenschaften und Anglistik an den Universitäten Oldenburg und Newcastle upon Tyne. Seit 2009 macht sie als Autorin, Regisseurin und Producerin Dokumentationen mit dem Schwerpunkt Wissenschaft für *ARTE*, *ZDF* und *3sat*. 2019 erhielt sie den *Hamburger Literaturpreis*. Sie ist Stipendiatin des writers' room e. V. Hamburg und erhielt 2020 das *Arbeitsstipendium für Literatur des Landes Niedersachsen*. Zurzeit arbeitet sie an ihrem Debütroman, von dem ein Auszug hier vorliegt.

Cornelia Manikowsky

KLEINE DINGE

(FLIEGEN)

im offenen Bademantel eine Treppe hinabspringen und mit dem Gürtel an der geöffneten Küchentür hängen bleiben, für einen Moment in der Luft schweben, nein, fliegen, einen kleinen Moment mit weit geöffnetem Bademantel vom Boden abheben und mit dem Zuschwingen der Tür die letzten Stufen hinabfliegen, im Halbkreis und bis der Gürtel reißt und man auf den Flur fällt, im Körper noch das Gefühl des Abhebens und Fliegens und Gleitens, die Lust und die Möglichkeit, als könne die Zeit stillstehen, aussetzen, fliegen!, länger als einen Gürtel lang

wieder und wieder einen Super-8-Film ansehen, in dem mir und meiner Freundin Erdbeeren aus dem Mund genommen werden, worauf wir rückwärts durch einen Garten laufen und dabei kleiner und kleiner werden

auf Maisstoppeln laufen, schnell und leichtfüßig von einer Stoppel zur nächsten springen, so schnell, dass sie nicht umknicken, dass das Gewicht erst bei den Stoppeln ankommt, wenn wir schon weiter sind, die Schwerkraft überlisten, schneller sein und immer schon weg, ich habe einen Schritt geschafft, einen zweiten und einen dritten, und dann vier, fünf, sechs … ich kann auf den Stoppeln laufen, es geht! – das Jubilieren im Hals und im Kopf, ich fliege von Stoppel zu Stoppel, immer weiter und immer schneller, endlich habe ich einen Weg gefunden, auf den Stoppeln zu laufen, endlich geht es, es geht

eine Leiter an einen Zaun lehnen und mit einer Kunststoffkiste ein, zwei Meter hinunterfahren, sofern sie nicht zur Seite rutscht und man von der Leiter kippt, bevor die Kiste auf dem blank gewetzten Rasen ankommt, auf dem noch die Reste eines Schneebergs zu sehen sind, der Winterrodelbahn, die jetzt durch die Sommerrodelbahn abgelöst wurde

(FÜHLEN)

an einem heißen Tag im Bus sitzen und sich über das Gesicht streichen, die eigene Haut fühlen, das Schwere und Dicke, die Feuchtigkeit und das Klebrige, wie auch die Knie aneinanderkleben und rote ovale Flecken an den Haftstellen bilden

das leise Knacken der zerplatzenden Schneebeeren, wenn man den Schuh nur leicht auf eine Beere setzt, den Fuß langsam nach unten drückt, bis die Beere mit einem Klacken platzt, der Widerstand unter der Sohle nachlässt und ein kurzer Ruck bis in den Oberkörper zu spüren ist, während der Schuh abrupt auf dem Boden aufsetzt

einen Pudding aushöhlen, Höhlen graben unter der dicken dunklen Haut, sie vorsichtig weiter vertiefen und zu den Seiten erweitern, bis an den Rand der Schale und bis an den Boden, ohne dass die Haut reißt oder einfällt und in der Schale haften bleibt und so, dass nur eine kleine Eingangsöffnung zu erkennen ist – die Haut von den letzten Puddingerhöhungen ziehen und essen, sie vom Löffel herabhängen lassen und in einem Stück in den Mund führen, wo sie einen Moment auf der Zunge liegt und spannt und sich erst langsam auflöst, und dann das feste Gefühl der glatten und leicht ledrigen Oberfläche mit der weichen Unterseite noch im Mund spüren und auch aus den Gedanken wieder hervorholen, wenn sie längst aufgegessen ist und wenn auch die in der Schale verbliebene Puddingmasse längst verschwunden ist

nach dem Baden in ein Handtuch gewickelt in den Dünen sitzen und mit zusammengekniffenen Augen aufs Meer sehen, die Füße in den Sand graben und mit der Zunge über die Haut auf den Oberarmen fahren, das Salz abschlecken, die Gänsehaut und das nasse Haar im Nacken spüren und dabei langsam wieder warm werden

im Schlafanzug auf dem Elternbett herumlaufen, immer im Kreis und mit springenden Schritten, und sich dann lachend fallen lassen, sich in die Kissen und Decken werfen und wieder hochspringen und weiterlaufen, mit den Füßen in der weichen Matratze einsinken, das Gleichgewicht verlieren, straucheln und aus dem Tritt kommen und erneut in den Kissenberg in der Mitte fallen und lachen und schwitzend und außer Atem liegen bleiben und dann noch mal wieder aufspringen und weiterlaufen, immer im Kreis und

eine Tütenpuppe beobachten, die aus der Tüte heraussieht und wieder verschwindet und erneut auftaucht, und immer lachen müssen, sobald sie auftaucht, plötzlich und abrupt oder wenn sie sich langsam über den Rand schiebt und sich dabei zu den Seiten dreht, vorsichtig und zögernd, als müsse sie erst einmal nachsehen, ob alles in Ordnung ist, ob sie sich heraustrauen kann, und als sei sie lebendig und keine Puppe, so dass das Lachen bereits in der Kehle sitzt, in den Augen und Mundwinkeln zu spüren ist, bis die Puppe endlich über den Rand blickt und das Lachen aus einem herausbricht, laut und maßlos, erst den Mund und das Gesicht und schließlich den ganzen Körper ergreift, die Beine wegzieht, den Atem

ein neues T-Shirt anhaben oder eine Hose oder vielleicht ist es auch eine alte Hose, die gerade gut passt oder die Haare sind anders oder die Haut – in dem neuen T-Shirt herumlaufen und sich schön fühlen und leuchtend und besonders und eine Straße entlanggehen oder eine Treppe hochsteigen und sich in den Schaufensterscheiben sehen und im Spiegel – ganz leicht sein und durch den Tag schweben und alles ist heiter und schwerelos und überhaupt ist das Leben mit einem Mal ganz leicht und hell und strahlend

(ANKOMMEN)

mit dem Vater Chips essen und Fernsehen gucken, nebeneinander auf dem Sofa sitzen und es ist nur der Fernseher zu hören und das Rascheln und Knacken der Chips, auch wenn wir nie zusammen fernsehen und auch nie Chips essen und schon gar nicht beides zusammen und auf dem Sofa und obwohl ich nicht krank bin oder traurig und allein und dann so nah nebeneinandersitzen, dass die eine Körperseite ganz warm wird und die Wärme bis in die andere Seite strahlt, und dabei immer müder und müder werden

ein richtig großes Geschenk verschenken wollen, zu groß, um es in der Kommode zu verstecken, zu groß für den Schrank und unters Bett wird es auch nicht passen, und sich dann immer wieder den Weg zum Weihnachtsbaum vorstellen, die vorsichtig tastenden Schritte, weil ich nicht über das Paket hinwegsehen kann, den zurückgeneigten Oberkörper, um das Gewicht auszugleichen, das Ziehen in den Armen und in den Schultern und die anderen, die in den Türen und auf dem Flur stehen, die Neugierde und das Staunen in ihren Gesichtern, während ich langsam über den Flur gehe und das Paket schließlich im Wohnzimmer abstelle, vorsichtig in die Knie gehe und es dann auf dem Boden absetze und einen Schritt zurücktrete und dann mit den Schultern zucke, weil es so riesig geworden ist und so schwer und sie richtig lange brauchen werden, um es auszupacken

ankommen, zu Hause sein, da sein, sich fallen lassen, der Geruch nach Salz und Schlick, nach Sand und Tang, der sandige

Wind, die sich schnell bewegenden Wolken und die Schreie der Vögel, das Aufgeregte und Empörte und Routinierte und wenn man aufsieht nur struppige Wiesen und Gräben, das Graugrüne des Wattes und dahinter, irgendwo ganz weit weg, kaum hörbar und kaum sichtbar: das Meer

(FÜRCHTEN)

durch einen Wald gehen, im Winter, der Schnee knirscht unter den Schuhen und hin und wieder fällt ein Schneebrocken von einem Ast, es gibt ein kleines dunkles Geräusch und wir bleiben stehen und lauschen, doch wir können nur die Stille hören und unseren eigenen Atem und vielleicht noch das Rascheln der Kleidung, so dass wir wieder weitergehen, der Schnee knirscht und quietscht und mit einem Mal ist es so laut und so störend, dass wir die Köpfe zwischen die Schultern ziehen und versuchen, die Füße nur ganz leicht aufzusetzen und gleich wieder hochzuheben, vorsichtig und leise und mit angehaltenem Atem und ohne den Oberkörper zu bewegen oder die Arme oder die Finger

CORNELIA MANIKOWSKY
geboren 1961, schreibt für Erwachsene und Kinder. Zuletzt veröffentlichte sie *und an die Liebe denke ich* in der Edition Hammer + Veilchen sowie das BuchDruckKunstWerk *ALLES*, Kurzprosa, mit Lithografien von Muriel Zoe, Verlagsgesellschaft der Stiftung Historische Museen, Hamburg. Dort erscheint 2021 ein weiterer Kurzprosaband mit Grafiken von Muriel Zoe. www.manikowsky.de

Katharina Unteutsch

ANS WASSER

Als wir gehen konnten, wohin wir wollten, lief ich abends mit den anderen ans Wasser. *Ala bahar*, sagten sie. Ans Meer. Wir saßen im Gras, tranken Discountercola und fütterten die Schwäne mit Erdnüssen.

Sie sagten: »Es gibt hier einen sehr schönen Vogel, aber ich kenne seinen Namen nicht.« Sie sagten: »Ich gehe zurück und erschieße den Diktator.«

Dann verbrannte das Gras und wurde weiß wie Steppengras. Sommerlaub fiel von den Bäumen und die Getreideernte blieb fast aus. Nur Kiwis, Pfirsiche und Zitronen wuchsen, wo es niemand erwartete.

ICH GLAUBE NICHT, DASS SIE ZU DIESEN LEUTEN GEHÖREN

Als ich fünfzehn war, ging ich zu einer Psychiaterin. Sie saß in einem hellen Raum mit weißen Teppichen und sagte nichts. Also sagte ich Sachen und streichelte den Golden Retriever, der neben meinem Sessel lag. Manchmal sah ich aus dem Fenster und wartete, dass die Zeit verging. Zwei Sätze sagte sie doch: Sie sagte, es sei nicht gut, den Finger mit geschlossenen Augen über die Berufeliste zu halten und bis zehn zu zählen. Und sie sagte, dass ich nicht verrückt sei.

Einmal, als ich weinte, gab sie mir einen Pfirsich zu essen. Oder eine Nektarine, Aprikose, Mirabelle oder was auch immer. Wegen des Zuckers. Manchmal, wenn wir weinen, sind wir unterzuckert.

Die nächste Ärztin trug keine Schuhe und mochte Socken, die andere Leute für sie strickten. Sie sagte, es sei gut, dass ich gekommen war, das würde mich vor einem vielleicht schlimmen Schicksal schützen. Sie saß ganz vorn auf dem Sessel und malte mir dieses Schicksal aus, dabei hielt sie kleine Steine in der Hand. Bei dieser Ärztin war alles ein Test: wenn sie mir einen Stift hinhielt oder meine Karte nahm oder wenn ich aus dem Fenster sah. Wenn ich weinte, drehte sie die Steine zwischen den Fingern. Ich hasste das Wort *Handschmeichler*. Am Ende fand sie, dass mich wohl niemand vor einem schlimmen Schicksal schützen konnte, auch sie nicht, weil ich ein hoffnungsloser Fall war.

Sie schickte mich zu einer Nervenärztin, die aussah wie eine moderne Wahrsagerin, ganz in Weiß. Sie war keine richtige Nervenärztin, eher eine Art Heilpraktikerin. Sie lächelte immerzu und stellte mich in die Mitte des Raumes, wo ich die Arme ausbreiten sollte, damit die Arme entscheiden konnten, welche Medikamente ich brauchte. Während ich glaubte, alles überhaupt nicht zu verstehen, war die Ärztin froh, wie gut es lief. Meine Arme trafen richtige Entscheidungen, die Medikamente halfen.

Danach ging ich zu einer Ärztin mit einem Abschluss und Doktortitel. Ihre Zeugnisse hingen gerahmt im Wartezimmer, die Wände waren fliederfarben. Es gab Modezeitschriften in amerikanischem Englisch, Blumen und mundgeblasene blaue Glasvasen. Die Ärztin hatte einen Akzent, der mir gefiel, trug Chanelbrillen und hatte immer frisch gefärbte Haare.

In ihrem Zimmer lagen Papierstapel, die sie vielleicht müde machten. Sie vergaß immer wieder ihre Fragen und meine Antworten. Zuerst dachte ich, das sei eine Art Test. Aber dann schlief sie auf ihrem Sessel ein, während ich etwas sagte. Im Wartezimmer ließ ich jetzt die Zeitschriften liegen und rechnete vor den Zeugnissen die Jahre nach. Aber trotz allem, einmal sagte sie einen guten Satz. Ich fragte sie nach vielen Besuchen, was zur Hölle mein Problem sei, und sie sagte: »Na ja, wissen Sie, es gibt Leute, die einfach jeden Abend etwas im Fernsehen anschauen und dabei Paranüsse essen, und es ist okay für sie. Aber ich glaube nicht, dass Sie zu diesen Leuten gehören.«

Der Satz gefiel mir gut, nicht weil er mir geholfen hätte, sondern wegen der Paranüsse. Sie hätte sagen können: Erdnussflips,

Chips, Erdnüsse. Sogar Cashewkerne oder vielleicht Rosinen oder Haselnüsse. Aber Paranüsse? Kein Mensch auf der Welt isst Paranüsse vor dem Fernseher, und ich dachte lange darüber nach, weshalb sie sich dafür entschieden hatte oder ob es Zufall war.

KATHARINA UNTEUTSCH

geboren 1981, studierte Germanistik und Anglistik in Hamburg. Sie arbeitete an verschiedenen Theatern im Bereich Kostüm und Requisite, als Verlags- und freie Lektorin, war Teil der *Embassy of Hope* des Thalia Theaters und ist jetzt Autorin und Kleinstkindpädagogin mit Schwerpunkt Atelier und Gestaltung. Ihre Kurzgeschichten werden bei Wettbewerben regelmäßig in Sammelbänden veröffentlicht. Katharina Unteutsch lebt und arbeitet in Hamburg.

Farhad Showghi

FEHLER IM TRAUM

VON STILLLEBEN REDEN.

Vom Bloß-kommen, Bloß-zugeteilt-sein
dem eigenen Rahmen,
dem in sich gekehrten
Ganz-außer-sich.

Die Lippen formen sich zu lautlosen Sensationen.

Ich sitze in der U-Bahn, neben Licht
auf Ziegelmauer.
Lege Wörter zusammen.
Folge dem Sitzen.
Silbe auf Silbe.

Ein Sprachklang klinkt sich ein.
Als erster Abstand, den
mein Blick überbrückt.

Und etwas kommt hell her vom Saum.

Widersteht der Erregung
für ein Nie-genug,
nicht
für ein
Für-und-für,

ein belastbares
Darüber-hinaus,
mit präzisem Oben und Unten.

Ich sage: Bis eine Vase steht. Vase mit Schatten,
Schatten zu reglosem Wunsch.

Wie auf einem Tisch an einem Sommermorgen.

Meine Fahrt und die jäh aufragende Vase und die Nähe zur Pause.

Gut.

Eine Hand ist frei.
Für Halshenkel, Bauchhenkel, Strickhenkel.

Gleich ist ein Gesicht in Stimmung,
vorwiegend mein Gesicht zu sein.
Mit kurz gefassten Wangenfluchten
nach rechts oder links.

Die hellen Säume halten,
dazu ein Blinzeln: ein Raus-raus-mit-dir
und Wieder-ins-Gewebe-hinein.
Silbrige Streifen bis ans Ende des Waggons.

Nichts wird abgerissen und in die Höhe gehalten.

E-Mail: Wir stürmen keinen Palast
im Platanenpark

für einen Weg,
den wir schon gegangen sind…

Eine Klarheit des Blicks müsste folgen,
und was auf der Strecke bleibt.
Der Geradlinigkeit halber.
Mit Kurven in Kurven.

Wie eine Vase auf einem Tisch an einem Sommermorgen.

Eine Vase, die ich in die Hand nehmen und drehen kann.

Ich habe die Wahl
zwischen was ist und was auch ist,
versuche die Stirn nach vorn zu bekommen,
möglicherweise noch den Handrücken,
und was dort gewesen sein mag,
am Ort hinter der Handtellermulde –
mit Zeit für die Station Ritterstraße,
für Gesten im Gelblicht, ihre Linientreue …

Und grünes Waldglas?
Weniger Transparenz als Schattengrenze –
bevor alles
hingeschmissen wird.

Tu das nie wieder!
Was? Wer sagt das?
Kein klarer Umriss,
doch jemand

mit Bewegungserfahrung.

Verlangsamte Stöße,
offene Fragen.
Reste von Nähe,
die nur das schnelle Auge erkennt.

… wie wird es drinnen werden
im geplünderten,
immer kleiner werdenden Palast?
Was wird abgerissen,
wieder nach außen gezogen?

Ich komme auf meine Füße.
Mit Flüchtigkeitsfehlern an den Zehenspitzen.

Es braucht Zeit,
Konturen durch Luftlöcher
so in die Nähe des eigenen Ichs zu bringen,
bis die beherrschte Form des Sitzens
dem Körper zustehen kann.

Wie auch das Gemeinsame aller anderen Vasen.
In Verbindung zu Gekräusel
bis zum Schenkelhals.

Probeweise murmeln:
Lohmühlenstraße.

Lohmühlenstraße mit Anfang und Ende,

nicht Hauptbahnhof.

Früher habe ich mich mehr bewegt,
wurde immer schneller,
bis ich mich treiben ließ,

als ich die Erscheinungen
noch beim Namen nannte:
Wie schwarzer Regen,
weißer Regen,

oder Tauwetterluft
an der Rolltreppe …

Doch aus den Eingebungen zwischen Beschleunigung und abgebremster Fahrt
entsteht jene Auftriebskraft,
jener Durst nach Nachahmung,
mit dem

sämtliche Vasen und Tische und Sommermorgen sich von den Sitzen erheben.

VON ERMESSEN REDEN.

Von Gebärden am Ende des Ruhegebens.
Vor sich hin murmeln: Was geschehen ist, war zu erwarten.
Sich ausspannen, doch in Ereignisnähe bleiben,
drinnen und draußen,
in Ereignisnähe, welche den Zufall hervorruft.

Es gibt einvernehmliche Aussagen, die Dinge binden,
ohne sie gleich glatt zu streifen:
Schlaf haben, Hamburg im April und eine Reihe von Stummelfußwolken.

Stummelfußwolken. Ohne Anzeichen von Kruste und Schwäche.
Lassen Rupturen in Blauorange erwarten,
sich von Sprache gestalten.
Es gibt eingeschobene Äußerungen wie: Die Vorhut der Nacht …
Oder: Mein Vater war nicht laut genug …

Noch verstehe ich nicht.
Ich muss anschaulich sprechen.
Als ich den Hafen zum ersten Mal sah, blieb ich stehen und betrachtete ihn lange,
und die Bindung der Schiffe an den Verlauf figürlicher Gedanken,
die in Strudeln untertauchen konnten.
Das Unvorstellbare nähert sich dem Schwimmen,
wie Kerbala Calberlah, wie Zischlaute der Fischhalle,
und schaukelt leicht, von mir aus gesehen südlich,
vor drei bis vier Gasflammen.
Spüre ich Folgen, trete ich zurück.

Das Wort Schilderung beschäftigt mich jetzt.
Jammerschade, als ich hier ankam, als ich hier ankam,
konnte ich nicht unverblümt sagen,
ich gehe nach vorn und ziehe ein wenig,
weil alles so ist, wie es sein müsste.

Ich lasse Vorsicht walten, beginne mit den Fragen:
Können meine Hände über ihr Gesehensein hinaus *Wirklichkeit beanspruchen*?
Mit Übergängen bis hin zum Knicklaut oder Halbfingerhandschuh?
Oder hadern sie noch mit abgelebten Abständen zwischen den Knöcheln?

Ich muss alles schneller denken –
Bäume, Buschglanz, Baukonturen,
Blühstreifen wie Querrippen, mit wenig Brust –
was durchdringt was?
Können Vögel trotzdem auf Dachrinnen sitzen,
schon früher das Thema des Flatterflugs wechseln,
nachdem alles aus mir heraus ist?
Lässt sich der Widerstandsgrad dieses Augenblicks messen?
Wolke verjüngt Stummelfußwolke –
die Flugoption einer Riesenstabwolke –
erlöst sie vom Geduldspiel der Weißstellen mit Blauorange.

Es hat alles Zeit gekostet.
Doch, doch, vieles spricht dafür und nichts dagegen,
mit Stimmenmehrheit um meinen Hals herum.

Kann ich meinen Namen vor seiner Zuflüsterung schützen,
oder kommt er mir irgendwann zum Mund heraus?

Immer schneller schildere ich –
Will sagen: Auch der Gewitterschauer ist ausdrücklich vom Klang her bestimmt.
Und meine Schultern:
Beidseits mit meinen Schattenseiten ganz außer mir.

Ich lasse mich nicht ablenken von Sätzen wie:
Es kommen vom Tag losgetrennte Zeiten,
die sich in meine Schritte einspielen lassen.

Gleich bin ich still.
Oder nicht mehr laut genug.
Meine Arme werden sich in einer flachen Scheibe erstrecken
und einen ersten Eindruck von Ankunft vermitteln.

Das war zu erwarten.
Nichts wird mehr verändert.

Und der Ohrrandbogen?
Verschwindet im Ohrrandbogen.

FARHAD SHOWGHI

geboren 1961 in Prag, verbrachte seine Jugend in Deutschland und im Iran. Nach seinem Studium der Humanmedizin in Erlangen lebt und arbeitet er seit 1989 als Psychiater, Psychotherapeut, Autor und Übersetzer in Hamburg. Er veröffentlichte mehrere Gedichtbände, zuletzt erschienen *In verbrachter Zeit*, und *Wolkenflug spielt Zerreißprobe*, jeweils bei kookbooks. Zahlreiche Auszeichnungen, u. a. erhielt er 2003 beim *Ingeborg-Bachmann-Wettbewerb* in Klagenfurt den *3sat-Preis*, 2006 den *N.C. Kaser-Lyrikpreis* und 2018 den *Peter-Huchel-Preis.*

Katrin Seddig

DER MANN MIT DER MÜTZE UND ANDERE LEUTE

Ich war bei einer Veranstaltung, wo ich mit einem Mann sprach, der eine Baskenmütze trug. Ich erzählte es meinem Freund, und er sagte, er hätte den Mann heute Morgen auch getroffen. Ich sagte, das könne unmöglich sein, dass er denselben Mann, den ich am Abend erst kennengelernt, am Morgen gesehen hatte. Ich war vor allem wütend, weil er es mit solcher Überzeugung behauptete, obwohl er es doch gar nicht wissen konnte, dass es derselbe Mann, den er ja auch nicht gekannt hatte, wie der, den ich gesehen hatte, gewesen war. Das ist Unsinn, sagte ich. Du kannst diesen Mann überhaupt nicht gesehen haben. Es war irgendein anderer Mann. Aber er trug so eine Mütze, sagte er. Na und, sagte ich, viele Menschen tragen solche Mützen. Trug er eine Brille?, fragte mein Freund. Ich wusste es nicht. Ich googelte diesen Mann, und er trug eine Brille. Siehst du, sagte mein Freund, das ist der Mann, den ich meine. Diesen Mann habe ich heute Morgen, als ich zur Arbeit fuhr, gesehen. Aber das kann überhaupt nicht sein, sagte ich. Denn wie kann es sein, dass ich einen Mann kennenlerne und mein Freund trifft diesen selben Mann am selben Tag, wenn er zur Arbeit geht? Er trifft ihn am Morgen und ich treffe ihn am Abend, an zwei völlig verschiedenen, weit voneinander entfernt liegenden Orten, und vorher, die ganzen Jahre schon, die wir mit diesem Mann in einer Stadt wohnen, da trifft ihn keiner von uns. So etwas macht mich wütend. Solche unvorhergesehenen, vollkommen zufälligen Begebenheiten, die kann ich nicht ertragen.

Im letzten Jahr starb mein Chef. Er war gar kein richtiger Chef. Er war nur ein Mann, der in einem Büro arbeitete, und eigentlich war er schon so etwas wie mein Chef. Aber es gefiel ihm nicht, über jemanden zu bestimmen. Deshalb gab er mir keine Aufträge. Und wenn ich ihn fragte, dann sagte er immer: »Wenn Sie wollen.« Ich machte ja eigentlich alles, selbst wenn ich es nicht unbedingt wollte. Aber dafür wurde ich nun mal bezahlt. Jedenfalls ging es mit ihm bergab, weil er sehr krank war, und er sprach manchmal darüber. Er setzte sich neben mich und sagte, seine Therapeutin hätte ihm gesagt, er solle das Leben jetzt genießen. Ich nickte dazu. Aber wie sollte er das Leben genießen? Wie genießt man denn jetzt richtig das Leben? Kann man überhaupt jemals ein Leben richtig genießen?

Kurz danach war er dann tot, und ich weiß nicht, ob er das Leben bis dahin noch richtig genießen konnte. Ich glaube, er hatte sehr große Angst, und wenn man so richtig große Angst hat, dann kann man sein Leben nicht mehr richtig gut genießen.

Ich war danach eine ganze Zeit nicht gut beisammen. Es war nicht so, dass mein Chef mir sehr nahestand, aber er war jeden Tag da und jeden Tag redete ich mit ihm ein bisschen, er erzählte mir was über seine Augen und bestellte immer sehr viel Büromaterial. Wir hatten Büromaterial für die nächsten dreißig Jahre im Büro. Er hatte sehr eigene Ansichten, aber vor allem war er dafür, dass man die Menschen in Ruhe ließ.

Ich war also eine Zeit lang nicht gut beieinander. Aber dann erholte ich mich wieder, und ich fing was anderes an.

Ich will noch eine andere Geschichte erzählen, die mehr mit der ersten zu tun hat. Eine alte Frau saß in einer Kneipe, und sie war angemalt wie eine Puppe. Sie war geschminkt, wie ein Kind, mit sehr viel Farbe im Gesicht. Sie sah verzerrt aus, aber auch freundlich. Sie war eine Marionette. Sie saß vor einem Glas Cola. Mein Freund ging an ihr vorbei. Er ging dann fünf Stunden später an derselben Stelle vorbei und da kam die Frau gerade herausgelaufen. Das ist die ganze Geschichte, die mir mein Freund erzählt hat und die ich jetzt für mich verwende. Die Geschichte ist eigentlich dazwischen, in den fünf Stunden, in denen diese Frau noch in dieser Kneipe saß. Das ist die Geschichte. Ich weiß nicht, was in diesen fünf Stunden dieser angemalten, alten Frau in dieser Kneipe passiert ist. Aber das ist die eigentliche Geschichte, die Geschichte, die ich mich immer wieder bemühe, zu erzählen.

Ich fuhr vorgestern in der Bahn, und da saß auf den Sitzen nebenan ein ebenso alter Mann mit weißen Zöpfchen. Er sagte zu der Frau, die mit ihm war: »Und dann bin ich ganz tapfer gewesen.«

»Du bist es noch nicht gewesen, aber du wirst es vielleicht noch sein«, sagte die Frau.

»Ich weiß«, sagte er und freute sich unbändig, mit Händen und Füßen.

Ich konnte seine Position sehr gut verstehen. Ich hatte das Gefühl, überhaupt vollkommen eins zu sein, mit dieser Position. Ich denke immer, ich bin tapfer gewesen, obwohl ich es noch gar nicht gewesen bin, sondern höchstens noch erst sein kann. Ich denke mir jede Art von Tapferkeit immer in der Vergangenheit. Immer in der Position des Beobachters. Ich beobachte mich immer selbst, beim Tapfersein. Es ist ein anderes Tapfersein vielleicht gar nicht möglich. Es gibt nur das Tapfersein in der Vergangenheit und in der Beobachtung, aus einer erhöhten Position heraus, es gibt nie eine aktuelle Tapferkeit, und eigentlich auch keine zukünftige.

Der Mann mit den Zöpfchen winkte mir, als er am Jungfernstieg ausstieg. Ich winkte zurück. Ich sehnte mich nach seiner Kindlichkeit. Aber ich sehe keine Möglichkeit für mich, auf eine ähnliche Art dem Alter zu entkommen. Ich sehe dem Alter mit offenen Augen entgegen. Ich sehe mir selbst beim Altern zu. Meine Augen werden immer größer.

Und jetzt zu der Geschichte, der eigentlichen Geschichte, die ich mich schon immer bemühe, zu erzählen. Es geht um die Frau, die sehr alte Frau, die sehr angemalt war, die etwas zu viel Schminke verwendet hatte. Die bemalt war, wie ein Kind, wie ein Harlekin. Breitflächig hatte sie die Schminke auf ihr altes, verknülltes Gesicht aufgetragen. Und in den Falten hatte sich die Schminke gesammelt und farbige Linien gebildet. Und deshalb war sie ein Bild geworden. Fünf Stunden hat sie in diesem dunklen Holzraum gesessen, vor einem Glas Cola-Rum. Dann war sie nach Hause gegangen. Sie war vom Stuhl gerutscht, hatte ihre Rechnung bezahlt und war in den Tag getreten. Eigentlich war es schon Abend. Aber es war fast Sommer und warm und noch nicht ganz dunkel gewesen.

Sie heißt Angelina, wie Angelina Jolie. Vielleicht lügt sie auch. Sie ist im mittleren Alter und gar nicht so alt, wie man denkt. Sie ist noch zu haben. Sie hat es gelernt, sich zu schminken, denn sie war beim Theater. Sie ist im Theater zu Hause gewesen. Sie hat die Frauen gekämmt. Die Hosen abgebürstet. Sie singt. Sie wäre fast Sängerin geworden. Im Kiosk hat sie gearbeitet, bis Andi, ihr Mann, eine andere eingestellt hat, Elke. Andi ist Katholik und ein Schläger gewesen, aber dann wurde er krank, er bekam Parkinson und sie ging zu ihm zurück. Elke hielt ihnen beiden die Stange, der Kiosk läuft immer noch. Andi ist tot. Sie ist also von Andi geschlagen worden, aber nicht immer, nur manchmal, und Elke, die hat er nie geschlagen, die hat ja nur im Kiosk gearbeitet, weil sie jünger war. Jüngere Frauen sind besser im Kiosk, besonders hier. Hier ist es auch nicht wie anders. Anderswo vielleicht. Aber da wollen sie auch. Ich weiß es nicht.

Sie ist jetzt in Rente, Angelina, und sie geht gerne raus. Zu Hause gefällt es ihr nicht, es ist so staubig. Es liegt auch an den Augen. Der Staub ist auf den Augen. Sie geht gern unter Leute. Sie kriegt eigentlich keine Rente. Aber sie hat den Kiosk. Sie ist noch zu haben. Sie ist nicht mehr so jung wie Elke. Aber sie möchte gerne noch mal wieder einen Mann haben. Sie möchte keinen, der sie schlägt. Sie ist zu alt dafür.

Angelina, oder wie sie heißt, hat fünf Stunden in der Kneipe gesessen und geguckt, ob ein Mann nach ihr guckt. Es hat keiner geguckt. Sie hat vier Cola-Wodka getrunken, dann einen Schnaps zum Feierabend. Dann ist sie nach Hause gegangen. Zu Hause ist es ihr sehr staubig vorgekommen. Da hat sie einen Lappen genommen und den Fernseher abgewischt.

KATRIN SEDDIG

geboren 1969 in Strausberg, lebt seit 1994 in Hamburg, ist Mutter von zwei Kindern und Autorin von fünf Romanen, diversen Erzählungen, Essays und Kurzgeschichten. 2020 erschien *Sicherheitszone* bei Rowohlt Berlin. Sie erhielt drei Mal den *Hamburger Literaturpreis*. 2020 wurde sie mit dem *Calwer Hermann-Hesse-Stipendium* und mit dem *Hubert-Fichte-Preis* der Stadt

Hamburg ausgezeichnet. Immer mittwochs erscheint ihre Kolumne *Fremd und befremdlich* in der *taz Nord*. Sie ist Mitglied der Hamburger Lesebühne *Liebe für alle*.

Paul Jennerjahn

LAZARUS IN DEN DINGEN

PÉTANQUE

in Saint-Lazare, Marseille

im platanenschatten beim spiel
altherrenriege mit ihren schiebermützen
ihren lesebrillen die kriege in ihren stirngräben
ihre graugelbe bartpracht. sprach-
lose heimgekehrte: horchten

dem klackern wie sich die kugeln im kies ver-
trieben auf den disteln dieses soziotops
                ihr inneres auge und
sie plauschten nur durch *sie* über gott
und gewinn, silberbronzen
glänzende massive, schmiegsam

in ihren handtellern aus
leder hinterm hexenschuss von ihren
schreibmaschinen hin und her gedreht

und einer der pointeure wie ein
rohrspatz über sein portée, das wurzel-
werk im weg, plädierte terrain libre
und erhielt nur wieder kugeln

KOFFER

flugzeugbauch die conciergenhände
wie westentaschen ansonsten
die weite die ferne, die schalen
wie schmirgelpapier
nickelschnallen an den riemen rost darauf
der reisejahre. gefäß für so viel
lose hemden trauer sauerstoff
          aus feuerland
all der ballast der ohne boden
manchmal doppelten ohne jede

leerzeile ausgestreut in alle länder wär
          wie viele fluchten
diesem kasten in den ledern steckten
nur eine ahnung weiter meilen war der atem
der gegerbten haut die teppiche von staubfäden
unter denen er sich barg
das glück gelöschter fracht –

BIRKENSTÄMME VOR INNENHOF

graustaffeln himmelwärts
die unschärfe wind
wie pinselstriche knisterte
ins blattwerk der alten birken
innenhof mit schüttelfrost als wollte
er jemanden wecken

vorbereitungen
          der einsamkeit
          waren der blütensatz
          in dem papier am fenster
vor den birken die gelben blätter
wehten davon
welkten im straßengrau
braun um mantelkragen
geharkt atemschwaden – so
          klar war der mistral
          klirrend luft und gedanke

als karatteppiche gewebt
metamorphosen richtung rot
gekupfert wurden richtung scham
ein tête-à-tête mit winter dicht
          an dicht im farbauftrag am
wartehaus: man spähte jäher
sprünge gilber birkenblätter die
zerstoben vor motorenkrach
man sah hin

ROTGETIGERTE KATZE

für Malin

einen raschen blick erhaschte sie in die
mansarde bloß flog von der fensterbank
hinein humpelte rotgetigert, dieser drei-
beinige vagabund

ägyptischer flüchtling
vom dach dem feuerrotgeschindelten
transit olymp refugium anmutig wie ein
puma war ihr streifzug, interludium der
chorproben vor den scheiben und ihr ohr-
wurm in moll den sie weinte

schubberte sich stumm am rucksack der
gepackt stand mit sprache am schrank
hinterließ haare wie bleistiftspäne sand
aus vierzig tagen wüste – suche
gefährten biete fell in rot, wie sonst
war dieses zeichen zu begreifen

BLEISTIFT

der stoff aus dem der
erste buchstabe war die glut der
stenografenhand und die gestalt
der phantome, aus kohlen-
          stoff: die seele

aus dem leib geschrieben diese
zentrische mine, das
von jahr zu jahr von ort zu
ort getragene aus dem
          wacholder-korpus, dem
schaft aus dem schatten um elia

wie weich er zeichnete
hing ab von härtegraden wie
er lief in offne spitzer-
          klinge, dann entwarf er
widerrief und war radiert und
auch je mehr figur in dem
papier je mehr grafit:
sein abrieb
          und er schwand

PAUL JENNERJAHN

geboren 1993 in Hamburg, studierte Germanistik und Sozialwissenschaften und arbeitet nach Aufenthalten in Südostasien und in den USA als Autor und Deutschlehrer. 2015 war er Finalist beim *Hattinger Förderpreis für junge Literatur*, 2020 gewann er den *Friedrich-Engels-Essay-Preis* und war Stipendiat der *Werkstatt für junge Literatur* in Graz. Seine Erzählungen, Gedichte und Essays werden in Zeitschriften und Anthologien veröffentlicht. Er lebt in Hamburg und Wuppertal und arbeitet an einem Roman und einem Gedichtband.

Peter Thiers

PARADIESISCHE BAUTEN

Gefördert durch das Programm »Neustart Kultur« im Rahmen der Aktion »100 neue Stücke für ein großes Publikum«.

Der Ort: spärlich renoviert, verstreute Einzelteile, lediglich eine Ahnung vorheriger Nutzung. Eine Garage – oder ein anderer Nicht-Ort, in dem kaum mehr stattfindet als ein Versprechen.

Die Zeit: Nicht so spät wie erhofft.

PERSONEN.
Theo Baldachin, Makler
Nummer Eins
Nummer Zwei

DEA (Digitale Eingabe-Assistentin)

Die in diesem Stücktext beschriebene Erfahrung ist nicht an Geschlecht, Pronomen oder sexuelle Orientierung gebunden. In dieser Fassung genutzte Pronomen sind lediglich als Annäherung zu verstehen.

Er trifft dich am Kopf /
und du triffst ihn an der Ferse.
Weissagung

Die *Paradise Corporation*. Wir sind eine der führenden börsennotierten Immobiliengesellschaften mit einem Porfolio von über 500.000 Wohneinheiten. Der Erfolg des *Paradise*-Immobilien-Franchise beruht auf unserer konsequenten Dienstleistungsphilosophie: HIER PERSONALISIERTEN SLOGAN EINFÜGEN. Mit dieser Philosophie denken wir zuerst an Sie, die Mieter. Keine Stadt der Welt ist so schön wie HIER STADTNAME EINFÜGEN, und wir glauben daran, das Wohnen für alle in dieser tollen Metropole, Stadt, Kleinstadt, Dorfgruppensiedlung oder Landstraße noch attraktiver zu machen. So finden wir auch für Sie die passende Wohnung.*

In einer von *Paradise* in Auftrag gegebenen Studie nennen uns 98,6 Prozent unserer Mieter den beliebtesten Anbieter modernen Wohnraums auf dem aktuellen Markt. Und das nicht ohne Grund: *Paradise* organisiert alle Tätigkeiten rund um Ihren Einzug, die behördliche Anmeldung Ihres neuen Wohnsitzes, Nebenkostenzahlungen, Nebenkostennachzahlungen sowie den zügigen Auszug bei Mieterhöhungen oder Eigenbedarfsanmeldungen unserer Firma. Nicht umsonst steht Kundenservice bei uns an dritter Stelle – gleich nach Ihnen, den Mietern, und Ihren monatlichen Mietzahlungen.

Was ist unser Erfolgsrezept? Über Jahre hinweg ist es uns gelungen, verlassene und verwahrloste Räumlichkeiten zu übernehmen, zu modernisieren und zu attraktiven Konditionen neu zu vermieten.**

So gelingt es uns, Wohnraum dort entstehen zu lassen, wo konventionelle Bebauungspläne keine Chancen mehr haben: in ehemaligen Lagerhallen, Geräteschuppen, Schulen,

Supermärkten, Bauernhöfen, Fahrradkellern oder Garagen. Kennen Sie eine Immobilie in Ihrer Umgebung, die von *Paradise* modernisiert werden könnte? Melden Sie sich noch heute und erhalten Sie 300 Punkte für Ihren *Paradise Score*, die es Ihnen ermöglichen könnten, schon bald in die Immobilie Ihrer Wahl einzuziehen. Je höher Ihr *Paradise Score*, desto höher die Chance – machen Sie mit! Helfen Sie uns dabei, HIER STADTNAME EINFÜGEN zu einem lebenswerteren Ort für uns alle zu machen.

Die *Paradise Corporation* – wir bringen Sie nach Hause.***

*»Wohnen« ist ein eingetragenes Markenzeichen der *Paradise Corporation* und unterliegt der genauen Definition unserer Geschäftsbedingungen. Die Vermietung von Wohnraum beinhaltet nicht zwangsläufig das Recht, darin wohnen zu dürfen.

**»Attraktive Konditionen« müssen nicht zwangsläufig für die Mietenden attraktiv sein, sondern zuallererst für die *Paradise Corporation* und ihre Tochterfirmen. Wie in allen Bereichen des Lebens ist Attraktivität relativ.

***»Zu Hause« ist nicht gleichbedeutend mit einem Haus der *Paradise Corporation*. Auch die wärmende Nähe eines geliebten Menschen unter einer trockenen Brücke kann ein Zuhause sein. Es gelten die jeweiligen Geschäftsbedingungen.

VOR DEM TOR.

EINS Ach, glaubst du, wir sind jetzt Freunde?

ZWEI Das war'n nicht meine Worte. Aber ich würde mich freuen, wenn es 'nen Respekt geben könnt zwischen uns, wo wir doch jetzt-

EINS Fünf Besichtigungen sind es gewesen, mehr nicht. Tausende Menschen nomadisieren hier täglich von Wohnung zu Wohnung – war nur eine Frage der Zeit. Hättest du mich eben nicht wiedererkannt, du hättest mich für den Makler gehalten.

ZWEI Du siehst nicht aus wie ein Makler.

EINS Es kommt nicht auf das Äußere an. Makler halten ihre Lupe über einen riesigen Ameisenhaufen, um sich die fetteste Ameise herauszupicken, bevor sie alle anderen verbrennen. Wenn du auf etwas anderes achtest als auf die Lupe, hast du verdient, Feuer zu fangen.

ZWEI So'n Quatsch.

EINS Sagte die Ameise. Vertrau mir, keine der Ameisen glaubt wirklich daran. Der Lupe ist das völlig egal. Du siehst eine Besichtigung – ich einen Ameisenhaufen.

Stille.

ZWEI Meine Familie hatte einen Hofhund, seit ich denken konnte. Einen Spitz, weiß wie'n laufender Meter Persil. Eines Tages, ich war vielleicht acht oder neun – Tierarzt: Keine Hoffnung. Sieben Stunden später: gepellt wie aus'm Ei. Mein Vater glaubte es kaum, hielt's für ein Wunder. Der Hund hat noch zehn weitere Jahre gelebt.

EINS Dein Vater war bestimmt sehr glücklich.

ZWEI Weißt du, wie alt 'n Spitz wird? Der Sohn des Tierarzts hat's mir Jahre später auf 'ner Party gesteckt: Jedes Mal, wenn ein Tier die Gucker zugemacht hat, musste der Junge im Tierheim 'nen Doppelgänger ermitteln – voilà, Operation gelungen, Nummer 5 lebt.

EINS Und dein Vater hat nicht gemerkt, dass ihm plötzlich ein anderer Hund um den Hof streunt?

ZWEI Mein Gedanke beim Katerfrühstück: Die Persilschleuder stromert unter dem Tisch, Papa füttert ihn mit kleinen Häppchen gebuttertem Toast, und jetzt seh ich's zum ersten Mal in seinen Augen: Er hat's immer gewusst. Er hatte die Wahl und hat sich damals beim Tierarzt für eine Lüge entschieden.

EINS Weil die Lüge einfacher war.

ZWEI Weißt du das aus Erfahrung?

EINS Uns ist besser daran gelegen, nichts voneinander zu wissen. Ich will mich später nicht schlecht fühlen, wenn ich die Wohnung bekomme und du nicht.

ZWEI Bist dir deiner Sache ja ganz schön sicher.

EINS Ich habe alle nötigen Dokumente dabei und als Kopie auf der *Paradise* App. Vormieterreferenz, Einkommensnachweis, Arbeitsvertrag, Bürgschaft, polizeiliches Führungszeugnis, Geburtsurkunde, Sterbeurkunde und den Nachweis über meinen aktuellen, positiven *Paradise Score*. Wie hoch ist dein *Paradise Score*?

ZWEI Geht dich nichts an.

EINS Sage ich ja.

Stille.

ZWEI Wusstest du, dass einige Ameisenarten ihre Körper ineinander verkeilen, um als Hängebrücken höher gelegene Ziele erreichen zu können?

EINS Intimität ist wie Munition – hüte dich, an wen du die Pfeile verteilst. Glaub mir, ich habe es dir heute leichter gemacht.

IN DER GARAGE.

BALDACHIN *(befestigt DEA am Handgelenk)* Dea?

DEA Ich bin hier. Sie haben heute erst -vier- Ihrer -einunddreißig- Besichtigungen beendet. Ihre nächste Besichtigung beginnt in -Fünfzehn-.

BALDACHIN Minuten?

DEA -Vierzehn-, -Dreizehn-, -Zwölf-, -Elf- …

BALDACHIN Lässt du mich einmal kurz atmen?

DEA Nachlässigkeit Ihrerseits fällt stets auch auf Ihren Arbeitgeber zurück. Die Besichtigung startet -unpünktlich-. Ein Mitarbeiter der *Paradise Corporation* wird informiert.

BALDACHIN Ich bin ein Mitarbeiter der *Paradise Corporation*!

DEA Bitte bedenken Sie, dass die Arbeit für *Paradise* keine Selbstverständlichkeit, sondern ein Vorrecht ist, das jederzeit wieder entzogen werden kann.

BALDACHIN Dea, ich brauch eine Pause.

DEA Pause gewährt. Sie hören eine Verbraucherinformation: *(Jingle.mp3) Gottglanz* – das neue Eau de Toilette aus dem Hause *Deo Sex Machina. Deo Sex Machin*a – Weck die Maschine in dir.

Schweiß.

DEA Ich beginne die Besichtigung. Willkommen im Paradies.

Theo schluckt Tabletten.

DIE BESICHTIGUNG.

Das Tor öffnet sich.

ZWEI *(erstaunt)* Sie sind dieser Makler!

BALDACHIN Sagen Sie das oder fragen Sie das?

ZWEI Wie bitte?

BALDACHIN Hören Sie auf, Fakten als Fragen zu formulieren – das lässt Sie schwach wirken.

ZWEI Sie sind der Makler von den Plakaten. Theo Baldrian.

BALDACHIN Baldachin.

ZWEI Sind Sie sicher?

EINS Hat die Besichtigung schon begonnen? Ich dachte-

BALDACHIN Lief wohl nicht so.

EINS Womit?

BALDACHIN Mit dem Denken. *(Stille.)* Sie beide suchen zusammen?

ZWEI Zusammen, also – nicht füreinander, nicht miteinander, aber wir teilen ein Ziel und haben zusammen gewartet.

Stille.

EINS Jeder von uns beiden sucht einzeln.

BALDACHIN Das wollte ich wissen.

EINS Mein Name ist-

BALDACHIN Ihren Namen sehe ich auf meinem Display. Ist mir aber zu kompliziert. Der Einfachheit halber nenne ich Sie *Nummer Eins.*

ZWEI Meinen Namen kennen Sie ja bereits.

BALDACHIN Wer Menschen durch so viele Wohnungen durchführt wie ich, kann froh sein, dass er seinen *eigenen* Namen behält, *Nummer Zwei.*

EINS *(sieht umher)* Ist das die Garage, um die es geht?

BALDACHIN Machen Sie sich über mich lustig?

ZWEI *(leise zu Nummer Eins)* Ich glaube, er will, dass du antwortest.

BALDACHIN Eine Garage ist das hier einmal gewesen. Sie werden feststellen: Davon ist kaum noch was übrig.

EINS Diese Garagentore hier drüben, zum Beispiel?

BALDACHIN Das sind höchst moderne, anthrazit-matt verkleidete Hydrauliktüren mit bewegungsautomatisierter Fernsteuerung.

ZWEI Sehen aus wie Garagentore.

BALDACHIN Verhandeln Sie mit mir über unsere gemeinsam wahrgenommene Realität?

EINS Absolut nicht. Mir gefällt sogar, wie altmodisch die Tore wirken. *(korrigiert sich)* Altmodisch in ihrer Modernität.

ZWEI Und wo wäre das Badezimmer?

BALDACHIN Die sanitäre Struktur in diesem Objekt ist eher vakant.

ZWEI Es gibt kein Badezimmer.

BALDACHIN Es gibt ein Badezimmer – nur nicht in dieser Wohnung. Wir geben Ihnen stattdessen die einmalige Chance, in der Ausübung Ihrer körperlichen Bedürfnisse Kreativität zu beweisen.

ZWEI Und wo soll ich duschen?

BALDACHIN Wir leben in einer Dürre. Wissen Sie, wie viele Wasserreserven jedes Jahr draufgehen, für vermeintlich wichtige Körperhygiene? Haben Sie einmal einem Delfin in die Augen gesehen und ihm demonstriert, wie Sie seinen Lebensraum wegduschen?

EINS Sagen wir, ich dusche im Fitnessstudio und wasche im Waschsalon.

ZWEI Dann komme ich nach Hause, will meine Wäsche aufhängen – und dann? Wie lüftet man diese Wohnung? Hier gibt's nicht mal richtige Fenster.

BALDACHIN Sehen Sie es als Investition in Ihre Privatsphäre.

ZWEI Und trotzdem ist die Wohnung sehr kalt.

BALDACHIN Nebenkosteneffektiver Kältespeicher für die Sommermonate.

ZWEI Vielleicht weil die Decke so hoch ist.

BALDACHIN Mit außergewöhnlichem Luftvolumen.

ZWEI *(schnippt)* Das den Raum sehr hellhörig macht.

BALDACHIN Langsam bin ich aber auch der Meinung, wir wären uns schon mal begegnet.

ZWEI Wer von so vielen Maklern durch so viele Wohnungen geführt wird wie ich, der kann froh sein-

BALDACHIN Was machen Sie beruflich?

ZWEI Können Sie das nicht auf Ihrem Gerät sehen?

BALDACHIN Ich sehe hier nicht, wer die Menschen sind – nur, welchen Wert sie besitzen.

ZWEI Vielleicht sollten Sie weniger auf Ihr Gerät sehen und mehr auf die Menschen.

BALDACHIN Wirke ich auf Sie wie jemand, der sich gern mit den Menschen beschäftigt, Nummer Zwei?

ZWEI *(zögernd)* Ich bin arbeitslos.

BALDACHIN Dachte ich mir. Arbeitslosigkeit kostet Sie 200 Punkte. *(Punktabzug.mp3)* Sie sind sich bewusst, dass Sie ab einem *Paradise Score* von unter 500 Punkten auf unsere Wohnungen keinen Anspruch mehr haben?

ZWEI Ich bin jetzt schon auf drei Dutzend Besichtigungen gewesen, aber keiner kann das erklären: Wie entsteht dieser *Paradise Score*?

BALDACHIN Unsere Algorithmen vergleichen Ihren Vertrauenskoeffizienten mit dem Vertrauenskoeffizienten anderer Menschen in Ihrer Alters-, Einkommens- sowie Haushaltsklasse und erstellen aus dem Abgleich dieser sämtlichen Werte Ihren *Paradise Score*. Zudem ist mir als Mitarbeiter von *Paradise* vorbehalten, diesen Score zu korrigieren, wenn ich das Gefühl habe, dass unser Algorithmus mehr Vertrauen in Sie setzt, als gerechtfertigt ist.

ZWEI Und diese Algorithmen funktionieren wie?

BALDACHIN Betriebsgeheimnis.

ZWEI Dann werde ich ja nie verstehen, wie mein *Paradise Score* entsteht.

BALDACHIN Müssen Sie auch nicht. Es reicht, wenn ich es verstehe.

ZWEI Verstehen Sie es denn?

BALDACHIN *(Punktabzug.mp3)* Machen Sie es sich nicht schwerer, als es ist. *(zu Nummer Eins)* Gefällt Ihnen die Wohnung denn, Nummer Eins? Oder verschwende ich mit Ihnen beiden meine Zeit?

EINS Ich denke schon?

BALDACHIN Dass ich meine Zeit verschwende?

EINS Dass mir die Wohnung gefällt.

BALDACHIN Dann hören Sie auf, Aussagen als Fragen zu formulieren. *(Zeitdruck.mp3)* Haben Sie Arbeit?

EINS Natürlich. Ich bin-
BALDACHIN Ihre Details tangieren mich nicht.

EINS Aber sollten Sie nicht-

Zeitdruck2.mp3

BALDACHIN *(schwitzt)* Eine Wohnung von *Paradise* ist ein *(zögert)* Privileg. Vertiefen Sie-, vertiefen Sie sich ein paar Minuten in Nummer Zwei, Ihr Schicksal, und dann treffen Sie das, was die Kids heutzutage eine »wohlüberlegte, rationale Entscheidung« nennen. Wenn ich zurück bin, verhandeln wir Ihren Einzug.

Theo ab.

ZWEI Ich kenne ein Spiel: Versuch als Arbeitsloser bei 'ner Besichtigung möglichst lange zu bleiben, ohne dass man dich nach deinem Beruf fragt. Ich hatte einmal sogar den Vertrag in der Hand.

EINS Eines Tages wird es auch eine Wohnung in deiner Preisklasse geben.

ZWEI Dann darf selbst jemand wie ich in eine Wohnung einziehen, noch schlimmer als diese Garage. Da freue ich mich aber drauf.

EINS Hier ist es gar nicht so übel.

ZWEI Läufst du mit Schlafmaske durch die Welt? Ich bin auf 'ner Farm aufgewachsen, jeden Morgen kroch mir der Gestank von viermal verdautem Kuhmist ins Zimmer, trotzdem, hätt ich die Wahl, ich würd lieber im Kuhstall leben als hier.

EINS Wenn du lang genug suchst, findest du immer Probleme. Hast du die Tore gesehen? Da muss man richtig mit einem Druckluftreiniger ran – den Sandstaub von den Scharnieren ziehen.

ZWEI Und das bezahlst *du*?

EINS Wer sonst?

ZWEI Von der Kohle, die du da reinsteckst-

EINS Was ich wo reinstecke, ist immer noch mein Ding.

VIERHUNDERT MIETER.

Zeitdruck4.mp3 – Panik.

BALDACHIN Dea?

DEA Ich bin hier. *(Zeitdruck5.mp3)* Die vorgesehene maximale Besichtigungsdauer ist überschritten. Bitte scannen Sie Ihren Mietvertrag ein.

BALDACHIN Ich habe den Vertrag noch nicht geschlossen, aber ich bin mir sicher-

DEA Sie sind -gescheitert-. Es tut uns leid, dass die Arbeit für *Paradise* Ihnen nicht wichtig genug ist, um sie gewissenhaft auszuführen. *Paradise* bietet folgende Optionen. Sie können:

1) Das Wohnobjekt als nicht vermietbar erklären.
-oder-
2) Eine Massenbesichtigung einrichten.

BALDACHIN Keine. Massenbesichtigung.

DEA Sie haben -Massenbesichtigung- ausgewählt. Vielen Dank. Eine Massenbesichtigung wird erstellt.

BALDACHIN Ich brauche keine vierhundert Menschen in dieser Garage. Du begreifst das doch? Was ich brauche, ist *ein* Mieter, dem das Geld gut auf Tasche liegt, *ein* Mieter, dem ich die Vorstellung ins Ohr pflanzen kann, dass dort draußen dreihundertneunundneunzig weitere Interessenten nur darauf warten, dass er zu mir *Nein* sagt.

DEA Das habe ich nicht richtig verstanden. Bitte formulieren Sie kürzere Sätze und achten Sie darauf, Fakten nicht als Fragen zu formulieren. Meinten Sie: -Keine Massenbesichtigung-?

BALDACHIN Ja, genau.

DEA Bitte wiederholen Sie.

BALDACHIN Keine Massenbesichtigung.

DEA Ich werde stattdessen das Wohnobjekt als nicht mehr vermietbar markieren. Der nächste verfügbare Sachmängelbeauftragte der *Paradise Corporation* wird die von Ihnen beanstandeten Mängel inspizieren. Bitte beachten Sie, dass ein Missbrauch dieser Funktion arbeitsrechtliche Konsequenzen nach sich zieht.

BALDACHIN Nein. Nicht! Ich will vermieten! Ich brauche eine Verlängerung meiner Besichtigungsdauer.

DEA Sind Sie sicher?

BALDACHIN Ich kann mich nicht erinnern, wann ich mir zuletzt sicher war, Dea.

DEA *(Punktabzug.mp3)* Eine Verlängerung von -zehn- Minuten ist bereitgestellt worden.

(Ende des Stückauszugs)

PETER THIERS

geboren 1991 in Gera, studierte Dramaturgie an den Hochschulen für Musik und Theater in Leipzig und Hamburg. 2011 veröffentlichte er den mehrfach ausgezeichneten Poetry-Film *Schlaf.Störung*, bis 2014 war er Mitglied der Leipziger Lesebühne *Stubenreim*. Sein Poetry-Film *Echo* wurde im Wettbewerbsprogramm des DOK Leipzig 2014 gezeigt. Seit 2017 arbeitete er für drei Jahre als fester Regieassistent am Thalia Theater Hamburg. Für sein Theaterstück *Warten auf Sturm* erhielt er den *Kleist-Förderpreis für junge Dramatik* 2019. Sein neues Theaterstück *Paradiesische Bauten*, für das er den *Hamburger Literaturpreis* 2020 erhielt, wird in der Spielzeit 2020/2021 am Thalia Theater uraufgeführt. Er lebt als Regisseur und Autor in Hamburg.

Eckhard Rhode

BRUCHSTÜCK EINS

sehen wider sehen

klein kein schatten

du deiner dir dich

ruf es an

*

über grauem grund
grauen grund
schweben

nichts fehlt

*

in zwischen den türen
grauer raum

unwissen wissen
unwerten wert

grenzen tanzen auf
grenzen

*

unfall

gleisbett

niederkunft

*

wohin nach hause kommen müssen,
wohin nach hause weg

*

hellhörig
fluchen hören

flüche hören flüche

wo ein ort
fremder unter fremden

»denn es will abend werden«

*

einsamer schnaps, kein klarer

»was wundert ihr euch,
der abend ist da«

*

»bärenpolka«,
                    bärensprache

unzerstörbarer stimme rest

ECKHARD RHODE

geboren 1959 in Oldenburg i. O., lebt und arbeitet seit 1980 als Schriftsteller, Schauspieler und Gastronom in Hamburg. Als Schauspieler arbeitete er mit den Regisseuren Klaus Wyborny, Heinz Emigholz und Harald Bergmann zusammen. Rhode gründete und betreibt seit 1990 gemeinsam mit Astrid Wettstein und Burhan Samanci das Restaurant Marinehof in Hamburg. 2019 wurde er mit dem *N.C. Kaser-Lyrikpreis* ausgezeichnet. Aktuelle Veröffentlichungen: *fünf gedichte* in *Hafenlesung 19*, und *Vom Zeichnen sprechen – Hans Thalgott: Zeichnungen.*

Johanna Erps

MUTTERBODEN

Natürlich ist Fürstenrode keine blühende Wirtschaftsmetropole. Das örtliche Museum hat seit ein paar Tagen geschlossen. Offiziell wegen Umbauarbeiten, aber jeder weiß, dass das nur ein Vorwand ist. Man könnte meinen, dass ein Stadtmuseum in einer Gemeinde wie Fürstenrode nicht besonders frequentiert wird. Dies ist aber nicht der Fall. Jede Woche begibt sich mindestens eine Klasse der örtlichen Schulen auf Spurensuche und auch die Touristen nehmen das Angebot wahr. Allerdings weiß niemand so recht, wie hoch die Subventionen der Stadt sind. Kultur hat einen hohen Stellenwert. Daher thront der Museumsbau auch im Zentrum neben dem Alten Gemeindesaal in der Mitte der örtlichen Einkaufsstraße.

Als ich mir am Dienstagmorgen einen Kaffee bei Bäcker Rieß kaufe, ist die Stimmung gedrückt. Zwei ältere Damen unterhalten sich über den langsamen Abstieg der Gemeinde und auch Frau Rieß scheint nicht bester Laune zu sein. Als ich sie versuche aufzuheitern, fährt sie aus der Haut:

»Ein Latte macchiato macht noch keine Großstadt«, faucht sie mir zu, als ich das Heißgetränk vom Tresen nehme. Ich begreife nicht sofort, was sie meint.

»Das sind Ihre Altergenossen, die aus Gemeinden wie Fürstenrode weggehen. Und sie lassen uns zurück. Und dann? Was soll dann werden? Ist Ihnen das denn total egal?«

»Aber ich bin doch noch hier«, sage ich kleinlaut. Ich kenne Frau Rieß schon seit meiner Geburt. Ich habe vermutlich mein erstes Mohnbrötchen in ihrer Bäckerei gegessen, mein erstes

Erdbeereis hier gekauft. Frau Rieß ist für mich eine Institution. Was sie sagt, hat Gewicht. Und vermutlich kennt sie die Fürstenroder besser als alle anderen. Geduzt wird sich trotzdem nicht.

»Ich sehe Ihnen doch an, dass Sie hier nicht bleiben. Sie zieht's doch auch in die Ferne und dann ist wieder eine Fürstenroder Familie ausgestorben.«

»Frau Rieß, selbst wenn ich wegziehen sollte, bin ich ja nicht tot.«

»Das ist doch nicht dasselbe. Es ist einfach alles nicht mehr dasselbe«, sagt Frau Rieß. Die beiden älteren Damen nicken heftig. Entgegen meiner sonstigen Routine, den Coffee to go auf dem Weg zur Arbeit zu trinken, beschließe ich, mich kurz zu setzen. Rechts und links vor den großen Auslagefenstern stehen kleine Bistrotische mit je zwei Stühlen, denen man ansieht, dass sie nicht sehr bequem sind. Sitzend betrachte ich die Bäckerei. Wäre es wirklich so schlimm, wenn Fürstenrode nicht mehr wäre? Ich schaue mir den Tresen an. Die Sahnestücke neben dem trockenen Gebäck. Pflaume-Schmand- neben Mohn-Streuselkuchen. Ich habe mich oft gefragt, wer in der Stadt all diese Kuchen isst. Immer war die Theke voll. Frau Rieß gehört noch zu den Bäckerinnen, die selber backen. Sie gibt sich Mühe, das Angebot ist steten Wechseln unterlegen, wobei es auch Konstanten gibt: Butterkuchen hat immer Saison.

Als Kind waren Ausflüge zur Bäckerei interessant: Es gab viel zu sehen, man traf immer Leute und die Auswahl war vielfältig. Manchmal habe ich mir vorgestellt, dass meine Mutter mich im Bäckerladen vergisst und ich stundenlang auf dem kleinen Kinderholzstuhl im Bistro-Bereich sitzen kann und den Leuten bei ihrem Einkauf zuschaue. Ich hätte eine Strategie entwickelt, wie ich den Kunden die Kuchensorten zuordnen könnte, noch bevor sie bestellen. Herr Suhr nimmt zweimal Kirschstreusel, Frau Paulsen den gedeckten Apfel, einmal mit Sahne, einmal ohne für ihren Mann. In meiner Vorstellung war das, was sonntagsnachmittags bei Suhrs und Paulsens passierte, ungemein wichtig für die Entwicklung der Menschheit. Ich stellte mir vor, wie die Anzahl der Umdrehungen des Kaffeelöffels von Herrn Suhr die Bundestagsdebatten beeinflusste oder das Wetter des nächsten Tages. Für mich hatte alles miteinander zu tun. Der Kauf des Kuchens hatte eine immanente Bedeutung und ohne ihn wäre das Leben zu Ende.

Hinter dem Kuchentresen über dem Kaffee-Vollautomaten hängt eine alte Kuckucksuhr, von der jeder weiß, dass sie Herr Rieß aus dem Schwarzwald mitgebracht hat. Das ist vierzig Jahre her. Daneben ein vergilbtes Poster »Fürstenrode. Stadt mit Charme«. Ich erinnere mich gut daran, wie meine Grundschullehrerin damals berichtete, dass es nun ein Motto geben sollte für die Stadt und dass Schulklassen dazu aufgefordert wurden, Sprüche einzureichen. Gunnar und ich, damals in der vierten Klasse, nahmen das Ganze so ernst, dass wir dachten, es handele sich um ein international beachtetes Werbeprojekt. Der Bürgermeister kam in unsere Schule und für ein paar Monate dachten alle, nun käme die große Welle des Tourismus endlich auch zu uns. Das Hotel Zur Post erweiterte sein Angebot an Luxuszimmern, als erwartete man George Clooney. Auf dem Kurparksee gab es eine Wasserski-Anlage, die nach ein paar Jahren wieder abgebaut wurde. Mein Blick wandert weiter durch die Bäckerei.

»Wenn ich gewusst hätte, dass Sie bleiben, hätte ich Ihnen eine schöne Porzellantasse gegeben«, sagt Frau Rieß, als

Gunnar durch die Tür kommt. Gunnar ist nicht nur Dauergast. Er ist sogar mit Frau Rieß verwandt.

»Guck mal, die hab ich im *Tanzsaal* kennengelernt.« Er zeigt auf das Foto von einer brünetten jungen Frau, die in den Armen eines breitschultrigen Wirtes versinkt. Ich schaue auf den Bildschirm, ohne den Kopf zu bewegen. »Aha.«

»Echt guter Abend. Vielleicht treffe ich sie nächste Woche.«

Ich nicke. Gunnar trifft sich nie zweimal mit einer Frau. Er sagt es, weil es sich besser anhört. Gunnar ist selbstständig: Er produziert landwirtschaftliche Nutzfahrzeuge. In unserer Region kann man damit reich werden. Gunnar ist reich. Jedenfalls im Vergleich zu anderen Fürstenrodern. Gäbe es eine Liste der reichsten Bewohner, Gunnar würde sie anführen oder zumindest wäre er unter den ersten dreien.

»Katja Wächter, klingt so, als könnte die was«, sagt Gunnar, als ich ihm von meiner gestrigen Begegnung erzähle.

»Sie ist cool«, sage ich. »Anders halt. Du weißt schon.«

»Wie denn so anders?«, fragt Gunnar und ich weiß, worauf er hinauswill. Im Grunde sind alle Frauen, die nicht aus Fürstenrode kommen, anders. Wie genau sie anders sind, ist jedes Mal Teil einer langwierigen Untersuchung, zu der es in den meisten Fällen gar nicht kommt, da die »andere Frau« dann schon wieder verschwunden ist: Auf der Durchreise, zu Besuch, schnell wieder weg aus Rode. Das Einzige, was einem im Kopf bleibt, ist ein Lächeln, ein Winken, eine unbekannte T-Shirt-Marke, ein Turnschuh oder eine Frisur. Bilder eines Lebens außerhalb, die wir an Samstagabenden mühsam zusammenstückeln zu dem Bild einer Person, die wir nie kannten und nie kennen werden. In die wir uns verlieben, wenn es viel zu spät ist, und über die wir dennoch sprechen, als wäre es eine bedeutsame Person in unserem Leben gewesen. Eine Person, auf die wir uns noch Jahre später beziehen in Anekdoten, als wäre sie eine alte Freundin oder eine entfernte Verwandte.

»Eher der Business-Typ.«

Gunnar verzieht das Gesicht.

»Wieso?«, frage ich, auch wenn ich mir die Antwort denken kann.

»Nichts für dich«, sagt Gunnar und geht in die Küche.

»Ich weiß nicht«, sage ich, »es wird ihr vielleicht nicht ganz gerecht.«

»Hey, der einzige Typ mit Anzug, den du in deinem Leben ertragen kannst, bin doch ich«, sagt Gunnar und grinst.

Ich denke kurz an Mareike zurück, an Sina und Dörte. Keine von ihnen trug einen Hosenanzug. Selbst Mareike nicht, trotz der Buchhaltung. Es waren liebe, nette Frauen. Eine natürlicher als die andere.

»Eine Runde um den Block und gucken, was sie draufhat.« sagt Gunnar. »Und dann so: 2 von 5, 4 von 10, oberes Drittel, unteres Drittel, Top oder Flop!«

»Nett, aber im Abgang langweilig. Daumen hoch, Daumen runter«, ergänze ich.

»Ja, Mann!«, sagt Gunnar und kippt den Kaffee runter.

JOHANNA ERPS

geboren 1986 in Heide/Holstein. Sie studierte Geschichte und Französische Philologie in Kiel und Paris. Nebenbei hospitierte sie am Schauspiel Kiel und spielte in diversen Produktionen des Studentenwerks der Kieler Uni. Seit 2013 unterrichtet sie Hamburger Jugendliche in den Fächern Französisch, Geschichte und Theater. Frei nach Loriot wäre für sie ein Leben ohne Kultur denkbar, aber sinnlos. Bei dem vorliegenden Text handelt es sich um einen Auszug aus dem gleichnamigen Romanmanuskript.

Sven Lenz

NEBENROLLE

Der Akademie danken, dem Team, dem Producer natürlich. Ai äm so greetfull. Part of ä greet prodschekt. Wanderfull Prodaktschn. Genau getimt, die Rede. Nichts über die Konkurrentinnen. Nichts über die beste Schauspielerin der Welt.

Ich habe sie ausgestochen.

Ruhig bleiben. Die Sätze sagen. Es ist eine Dankesrede. Sie kommt nicht um ein Danke herum. Und dazu den Moment von vorhin auspacken. Die kleine Träne aus *Not Gonna Miss You*. Würde keiner im Publikum sehen. Die Kamera schon. Die Weltöffentlichkeit.

Teek sätt, best äktress off se wörld!

»Ssenk juh! Juh ah tuh kaint. Ssenk juh värrie matsch.«

Schon wieder abgerutscht. Verdammte Zunge. Und jetzt? Noch einen Nachsatz? Ein »I love you, Bertl« in die jetzt sanft anbrandende Musik werfen?

Nein. Nur noch den goldenen Mann einmal anheben, zeigen, kurz verbeugen. Dann ab.

Jemand nahm sie am Ellenbogen, führte sie hinaus, einen Gang entlang, eine Treppe hinauf. Jetzt rauschte das Blut in den Kopf. Machte alles wattedicht. Der Blick verschwamm. Ein leichter Schwindel ließ sie auf Luftmatratzen laufen.

Ein Vorhang öffnete sich. Blitzlichter. Rufe. Rote Lichter von Kameras. Ein Bild werden. Posieren. Der goldene Mann und Elisabeth. Ein freudestrahlendes Lächeln. Kein Triumphgeheul. Niemals. Nur ehrliche, bescheidene Freude. Elisabeth und der goldene Mann.

Seht mich an!

Fragen, die sie nicht verstand. Sätze, die sie absonderte. Die gleichen wie vorher. Greetfull. Onner. Häppie.

Zu der Frau, die sie hierher begleitet hatte, flüsternd: »Plieess. Ai niet tu.«

Die hatte verstanden, sich eingehakt und sie hierher gelotst. Oh ja, es gab etwas, das noch besser war als Aufmerksamkeit. Nämlich in Ruhe gelassen zu werden. Nur für einen Moment. Raus aus den Millionen Wohnzimmern der Welt, hinein in diese kleine unscheinbare Kabine.

Sie setzte sich vorsichtig auf den Deckel, zog das Kleid hoch und konnte schon den Fleck sehen, der sich auf dem Oberschenkel bildete.

Was für ein Andenken.

Dann zog sie das Kleid straff und legte sich den goldenen Mann in den Schoß.

Du lieber kleiner goldener Mann. Jetzt hast du mich zu Eva Braun gemacht.

Sie war gern Kommissarin Rebekka Turing gewesen, diese hochintelligente, analytisch denkende Frau mit der bis zur Eiseskälte gestörten Emotionalität. Zwölf Jahre lang hatte sie die Figur weiterentwickelt, der scheinbaren Mitleidlosigkeit subtile Facetten von Herzlichkeit entgegengesetzt und dabei komplexe Mordfälle gelöst.

Die Rolle hatte sie berühmt gemacht. Und sie hatte viel Geld damit verdient. Das Haus in Malente, die Unterstützung für Lene. Und nicht zuletzt hatte sie auf einem Dreh Herbert kennengelernt.

Herbert, mein Herbert. Wenn du mich jetzt sehen könntest. Deine Lisa auf dem Klo mit einem goldenen Mann im Schoß.

Aber die Drehbücher waren schlechter geworden. Abstruser. Unglaubwürdig. Es war Zeit, dass Rebekka Turing ging. Am besten würde sie von Maschinengewehren zerfetzt werden. Rebekka mit ihrem Hygienefimmel. Und dann all das Blut und die Zerstörung. Das wäre eine feine ironische Wendung am Ende.

Danach nur noch gute Filme. Mit guten Regisseuren. So viele gab's davon ja nicht zu Hause. Der Wuppertaler vor allen anderen. Und der Alte natürlich. Vielleicht doch noch besser Englisch lernen und auch hier im Heiligen Grund arbeiten. Herbert könnte dabei helfen.

Herbert. Ihn mal herzeigen. Es offiziell machen. War doch nichts dabei heutzutage. Aber erst mal Lene vorstellen vielleicht. Ja, sie ist meine Tochter. Lene war auch 28. Wie Herbert.

Wenn schon.

Reiß dich zusammen, der Abend ist noch nicht vorbei. Wo ist eigentlich meine Handtasche? Auf dem Sessel im Saal. Wird schon nicht wegkommen.

Sie streckte sich, atmete tief ein und drückte die Spülung. Dann verließ sie die Kabine.

Oh. Was?

Vor einem der Spiegel stand die beste Schauspielerin der Welt und zog sich den Lidstrich nach.

Vor Schreck hätte Elisabeth beinahe den goldenen Mann fallen gelassen.

Sie und ich allein auf der Toilette in diesen Hallen? Und ich mit dem goldenen Mann und sie nicht.

Tatsächlich wurden ihre Knie weich. Wie sollte sie sie ansprechen?

»Hello.«

»Hi«, machte die beste Schauspielerin der Welt und puderte sich die Wangen.

Elisabeth stellte den kleinen goldenen Mann vor den Spiegel und ließ Wasser über ihre Fingerspitzen fließen. Dahinter füllte sich der Raum mit Leere.

Was sag ich nur?

»Juh ah ollwäis mai …«

Was hieß denn Vorbild auf Englisch?

»Ai mien, juh ah se best äktress in se wörld. Ai ollwäis wontet tu bie laik juh.«

Die beste Schauspielerin der Welt klappte ihre Puderdose zu und verstaute sie in ihrem Handtäschchen. Dann sah sie Elisabeth mit hochgezogenen Augenbrauen an und sagte: »Ssenk juh! Juh ah tuh kaint. Ssenk juh värrie matsch.«

Und ihre Lippen verformten sich zu einem Grienen und ihre Schultern zogen sich zu einer kleinen Verbeugung zusammen. Sie hob ihre Handtasche und zeigte sie vor.

Das bin. Ich.

Das war Elisabeth Schneider, was die beste Schauspielerin der Welt dort vorführte. Elisabeth Schneider bei der Dankesrede für den Preis als beste Darstellerin in einer Nebenrolle.

Das war keine plumpe Parodie. Es war ganz echt. Ganz natürlich. Und so perfekt wie alles, was die beste Schauspielerin der Welt spielte.

Das bin. Ich?

Elisabeth sah ihr fassungslos zu und spürte, wie der Boden unter ihr riss. Sie stolperte einen Schritt zurück, um nicht in den Abgrund zu stürzen. Die Fledermaus in ihrem Inneren explodierte in einen Drachen aus Feuer, der alles um sich herum versengte. Er brannte Elisabeth zu einem Häuflein Asche, verlosch dann zischend und ließ Lisl Oatzinger zurück.

Die beste Schauspielerin der Welt lächelte: »Just kidding, dear. Congratulations. You deserved this. Best Eva Braun ever.«

Nur ein kleiner Scherz unter Kolleginnen?

»Enjoy your evening. See you around.«

Die beste Schauspielerin der Welt drehte sich um und verließ den Raum mit einem Zwinkern.

Lisl Oatzinger stand zitternd in der Welt. Sie wusste nicht, wo sie war. Aber sie wollte weg. Nur weg.

Der kleine goldene Mann aber sah sie an. Er zog sein Schwert aus ihrem wunden Punkt und stützte sich mit beiden Händen drauf.

Er lächelte.

Das bin. Ich.

Elisabeth erneuerte sich aus der Asche, nahm Lisl schützend in die Arme und schob sie dann ins hintere Zimmer.

Sie starrte den goldenen Mann an und flüsterte ihm ins Ohr:

»Damit eines klar ist zwischen uns: Ich habe dich gewonnen, nicht du mich.«

Der goldene Mann antwortete nicht. Aber er lächelte auch nicht mehr.

Elisabeth betrachtete ihr Gesicht im Spiegel und atmete einmal tief ein und aus. Dann streckte sie sich, griff nach der Klinke und verließ den Raum.

Okee, se schoh mast goh onn.

SVEN LENZ

geboren 1965 in Hamburg. Schülerzeitungen, Fanzines, Rock 'n' Roll. Abgeschlossenes Philosophiestudium. Theater, Regie, Drama, Prosa. Ehrungen, z. B. *Hamburger Literaturpreis* 2009 und 2019, zweimal *Kölner Theaterpreis*, *Kölner Tanztheaterpreis*, Einladung Dramaworkshop Theatertreffen 06, Preisträger *Marburger Kurzdramen* u. a. Der vorliegende Text ist ein Ausschnitt der Erzählung *Nebenrolle*, die 2020 beim LiteraturQuickie Verlag erschienen ist.

Uticha Marmon

MARIAS GLÜCK

Konglomerat, n

Ein Gemisch aus verschiedenen Bestandteilen. Eine Zusammenballung.

So findet man diesen Begriff im Lexikon. Geologen wissen selbstverständlich, dass es sich bei einem Konglomerat auch um ein Sedimentgestein handelt. Verschiedenartiges Geröll, das durch Kalk, Kies oder anderes Bindemittel verkittet ist. Für immer, sofern nicht gerade ein Presslufthammer, eine Spitzhacke oder anderes grobes Gerät, ja, schlimmstenfalls sogar ein Erdbeben, eine tektonische Plattenverschiebung oder eine erneute Eiszeit dazwischenkommt. Letztere ist allerdings aktuellen Erkenntnissen zufolge relativ unwahrscheinlich. Aber man soll nichts ausschließen, heißt es, alles sei möglich. Man muss ja nur einmal an den armen, unschuldigen Schmetterling denken, dessen Flügelschlag angeblich auf der anderen Seite der Welt einen Tornado auslösen kann.

Ein Tornado wird es wohl nicht, dennoch blinken schon seit dem frühen Nachmittag die Lichter der Sturmwarnung im Hafen, als Maria, die nichts von Sedimentgesteinen weiß, an diesem Tag aus ihrem Haus tritt, den Geruch des nahen Sees in der Nase, und die neuen Feriengäste begrüßt. Sie sind gekommen, um sich unter ihrem Dach von den Strapazen des Alltags zu erholen. Wodurch sich auch Marias Haushaltskasse von den Strapazen des Alltags erholen kann. Feriengäste bedeuten für Maria ein nicht zu verachtendes Zubrot.

Marias Haus ist nicht sonderlich groß, luxuriös ist es ebenso wenig. Die Feuchtigkeit des Sees zieht im Winter in die Balken, und darum sind die Räume sogar in der größten Sommerhitze klamm. Zumal wir uns hier in den goldenen Zwanzigern des letzten Jahrhunderts befinden – die, um es gleich vorwegzunehmen, an diesem See in diesem Haus alles andere als golden, ja, nicht einmal silbern sind. Gut, vielleicht bringt der eine oder andere Tourist im nahe gelegenen Sterne-Hotel etwas Glanz aus der weiten Welt mit. Aber diese Touristen sind aus einem anderen Holz geschnitzt als die Feriengäste, mit denen Maria es zu tun hat. Die kommen im Bestfall aus der nächsten Großstadt. Mit dem Zug und wenig Gepäck. Was für Maria bedeutet, dass sie auch noch ihre Kleidung waschen muss, wenn sie sich gar zu gut erholen und länger bleiben. Was tut man nicht alles für ein Stück Fleisch am Sonntag.

Maria ahnt nicht, dass sie an diesem Nachmittag vor ihrem Haus der Windhauch des oben erwähnten Schmetterlingsflügels streift. Der Zufall, wenn man so will.

Aber die erste Sturmbö fegt den zarten Hauch beiseite und den Feriengästen in die Mäntel, als man einander, da man sich noch fremd ist, zunächst etwas steif begrüßt.

Keiner der Beteiligten ahnt zu diesem Zeitpunkt, dass hier gerade eine Win-win-Situation geschaffen wird. Nicht nur, weil dieser Begriff erst Dekaden später modern werden wird. So wie ich viele Dekaden später mit meinem Laptop am Küchentisch von Marias damals noch ungeborener Tochter sitze, der nun schon seit 20 Jahren mein Schreibtisch ist. Ach ja, das Konglomerat …

Aber zurück zu Maria. Vor ihrem Haus steht sie und da kommen sie, mit nur einem Koffer, vom nahe gelegenen Inselbahnhof, über den Hafen, hierher in die schmale Straße. Man schüttelt Hände. Maria nimmt den Herrschaften aus München den Koffer ab und damit das Glück in die Hand.

Ihr Glück. Es wird sich schon bald, Sie ahnen es, in Form der eben erwähnten Tochter zeigen. Und dann gibt es auch noch einen Sohn. Etwas später.

Zunächst ist es jedoch, wie Win-win-Situationen es durchaus öfter sind, eine Vernunftsentscheidung. Denn, wer hätte das gedacht, Maria ist eine gute Partie. Sie besitzt ein Haus. Wenn auch ein kleines und klammes, aber eben doch ein Haus. Und ein Boot. Später wird sie ein Milchgeschäft ihr Eigen nennen. Das wäre nun aber wirklich vorgegriffen.

Maria bittet die Feriengäste hinein. Diese von der Zugfahrt erstarrten Menschen, die bald schon ihre Schwiegereltern sein werden. Denn der Sohn, der daheim in München geblieben ist, braucht dringend eine Frau. Er muss aus dem Haus. Dabei wäre er aus heutiger Sicht eine mindestens ebenso gute Partie. Zwar ist er kein Hausbesitzer, das nicht. Hausbesitzer in München! Sagte ich nicht, dass wir hier nicht bei reichen Leuten sind?

Doch der Sohn ist Künstler. Porzellanmaler in der Manufaktur in Nymphenburg. Wie schön das ist! Schön, aber brotlos. Spätestens dann, wenn die Hände zittrig werden und die Sicht nachlässt.

Maria weiß noch nicht, dass sie sich mit ihren Schwiegereltern sehr gut verstehen wird, als sie die Tür hinter ihnen schließt. Während man die Mäntel auszieht, hier bitte, hängen Sie sie doch an die Garderobe, tauscht man sich kurz über die Schönheit der Landschaft aus, den See, den blauen Himmel. Ach ja, diese Ferien werden herrlich! Dann bittet Maria die beiden in die gute Stube. Nicht im sprichwörtlichen Sinne, sie tut es wirklich. Denn diese ist es, in der die Gäste wohnen, während ihre Körper sich erholen und die Gedanken in die Ferne schweifen. Manchmal sind auch mehrere Fremde gleichzeitig da. In der Stube, im Elternschlafzimmer, in Marias Zimmer. Dann schläft die gesamte Familie in der Kammer unterm Dach.

Jetzt aber sind es nur diese beiden und Maria hat darum etwas Zeit. Man unterhält sich, man lacht. Maria ist ein fröhlicher Mensch. Ja, sie lacht und sie kocht sich in die Herzen des Münchner Ehepaars. Und als meine Ururgroßeltern schließlich doch der Alltag zurück nach München ruft, ist man sich einig. Zumindest die künftige Schwiegermutter wird wiederkommen. Denn diese gesunde junge Frau wird ihrem Sohn guttun.

Natürlich hat sie mitbekommen, dass auch Marias Eltern im Haus wohnen. Ebenso der Bruder, der keinem Beruf nachgeht, und vor allem immer so seltsam und rhythmisch vor sich hin murmelt. Und sie weiß auch, dass der Sohn für diese gute Partie seinen Beruf wird aufgeben müssen. Denn weder gibt es hier eine Porzellanmanufaktur noch könnte man derlei Dinge nach heutigen Maßstäben im Homeoffice und mit Overnightkurier weiterbetreiben. Die Kunst kennt viele Wege, doch sie landet auch hin und wieder mal in einer Sackgasse.

Schon bald wird geheiratet. Auch Marias Eltern ist es recht, man will ja zum ledigen Sohn nicht noch ein spätes Mädchen.

So bekommt Maria ihren Josef.

Das ist jetzt keine literarische Spielerei. Maria und Josef, das waren ihre Namen. Und darum ist auch ganz klar, dass ich Marias Geschichte mit einem Ausflug in die Geologie beginnen musste. Denn natürlich schrieb ich oben nicht von irgendeinem Allerweltskonglomerat. Es geht hier um ein ganz bestimmtes, den sogenannten Herrgottsbeton. Dieser Herrgottsbeton hält beispielsweise den Berg zusammen, an dessen Fuß der See liegt. Der See, der mit seiner Feuchtigkeit die Räume von Marias Haus so klamm machte, dass meine Großmutter später alles tat, um daraus fortzukommen. Aber es sollte ihr nicht so bald gelingen. Zwar gab es durchaus einen Mann. Wir alle wissen, dass das in der heutigen Zeit keinerlei Begründung für ein Fortkommen wäre, die einer ernsthaften Debatte standhielte. Aber damals …

Doch zuerst war da noch der Krieg. Und dann die Kriegsgefangenschaft. Kaum hatten meine Großeltern sich am Ende des Krieges wieder, mussten sie sich erneut loslassen. Geheiratet hatten sie während eines Fronturlaubs, voller Hoffnung und dann … Noch einmal drei Jahre würden sie aufeinander warten. Wieder hoffen. Nichts schien in dieser Zeit, gut 25 Jahre nachdem Maria ihre Feriengäste empfing, von Bestand zu sein. Nur der See.

Der See, in dem einer von Marias Onkeln ertrunken ist. Das ist für Maria nicht schlimm, sie haben sich nie kennengelernt. Der Onkel war noch ein Kind. Ein Josef, wie ihr eigener Vater. Der hat seinen Bruder auch nie kennengelernt, durfte nur seinen Namen weitertragen. Man ist praktisch veranlagt in dieser Zeit, spätestens ab dem achten Kind.

Auch Maria ist in ihrer Familie nicht die Einzige ihres Namens. Es wird also kompliziert werden. Ich werde Merkmale suchen und sie den Marias und den Josefs, denn es gibt auch hier mehr als einen, beigeben müssen, damit wir sie auseinanderhalten können. Bei einigen der anderen Beteiligten ist es einfacher. Da ist zum Beispiel der sanfte Heinrich. Der Onkel Armin. Und ebenjener seltsame Bruder, der zwar auch ein Josef ist, jedoch in den Augen und Worten seiner Familie immer nur ein englischer »Mister«. Und das, obwohl er in seinem ganzen Leben niemals in England war oder sein wird.

Auch eine recht wenig märchenhafte »Hexe« gibt es in Marias Familie. Diese liebevolle Verlautbarung mutmaßlicher Eigenschaften macht es uns einfach, denn dadurch haben wir eine Maria weniger, mit der wir klarkommen müssen.

Verweilen wir aber noch einen Augenblick bei den Josefs. Keiner von ihnen ist Zimmermann. Und selbst wenn: Es wäre zu schwer zu glauben. Also bleibe ich doch einfach bei der Wahrheit. Keine Zimmerleute. Sondern Fischer. Und Bauern. Und dann ist da eben der Münchner Josef, ich möchte ihn im Folgenden aber lieber den Röschen-Josef nennen, weil er wundervolle, zierliche Rosen aus allerlei Material formen konnte. Gelernt ist gelernt, Talent verliert man nicht. Auch nicht, wenn man es, weil man eine gute Partie geehelicht hat, für den Rest seines Lebens nur noch zur Verzauberung seiner Kinder und Enkel nutzen kann, indem man ihnen Blumen aus Brotteig knetet. Josef ist ein freundlicher Mensch mit der sprichwörtlichen bayerischen Gemütlichkeit. Er findet außerdem wirklich Gefallen an seiner Maria vom See. Und sie an ihm. Die beiden lernen, sich zu lieben. Sie brauchen nicht lange dafür. Vielleicht auch, weil Maria es einfach entscheidet. Und Josef lässt sie gerne für sich entscheiden. So sind die Menschen eben unterschiedlich.

Von einer unbefleckten Empfängnis ist bei diesen beiden jedenfalls keine Rede, als Maria entdeckt, dass sie schwanger ist. Und da ist es nun endlich sichtbar. Das Glück, von dem ich vorhin sprach. Dieses Glück ist der Kitt, der unseren Herrgottsbeton zusammenhält. Der Kitt, der aus einfachem Geröll einen Berg macht. Der über einen See wacht. Der in die Balken von

Häusern und in die Knochen ihrer Bewohner kriecht. Und der letztendlich die Seele einer Familie ist. Meiner Familie.

UTICHA MARMON

geboren 1979, studierte Dramaturgie, Literaturwissenschaft und Pädagogik in Mainz, Wien und München. Sie arbeitete als Theater-Dramaturgin und war einige Jahre Lektorin und Regisseurin bei einem großen Hörbuchverlag, ehe sie sich selbstständig machte. Seitdem ist sie als Autorin tätig, produziert als Dramaturgin und Regisseurin Hörbücher und Hörspiele und engagiert sich in der Lese- und Zuhörförderung. 2020 erhielt sie den *Hamburger Literaturpreis*. Bei dem vorliegenden Text handelt es sich um einen Auszug aus dem gleichnamigen Romanmanuskript.

Julia Ditschke

MUTTER (VERSUCH 1)

Die Frau im Nachbarbett summt. Sie hat ein Kissen von zu Hause mitgebracht, ein gelbes, das hat sie sich zusätzlich zum weißen unter den Kopf geschoben. Die Füße aufgestellt balanciert sie ihr Baby auf den Oberschenkeln, sieht es an, und es kann sie ansehen und rutscht dabei nicht ab.

Weißt du, wie viel Sternlein stehen, summt sie ins dämmrige Licht hinein. Wie viele Jahre habe ich nicht mehr an dieses Lied gedacht. Jetzt kitzelt es mich, auf die unangenehme Art. Die Frau nickt dem Baby auf ihren Schenkeln zu wie eine Flötenlehrerin ihrer Schülerin. Oder wie eine Mutter ihrem Kind, was weiß denn ich. Ihre Summstimme ist warm und weich und puderig. Ich rolle mich auf die Seite.

In dem kleinen Bett, das seitlich an meinem hängt, liegt auch ein Baby. Ohne Lied ist es eingeschlafen. Über seinen blutergossenen Kopf hinweg blicke ich zum Fenster.

Es ist ein bodentiefes Fenster, aber sie lassen einem nur die Schlitze zwischen den Lamellen. Wahrscheinlich will auch niemand außer mir hinaussehen, wo doch hier drinnen alles Wichtige passiert.

Das Baby in dem kleinen Bett neben meinem röchelt. Das ist normal, sagt die Schwester, die eine, die ich gefragt habe, und die Frau im Nachbarbett sagt es auch. Ich habe Angst, dass es dem Baby nicht gut geht. Dass ich etwas nicht merke, was ich merken müsste.

Ein Klopfen, ich zucke zusammen und bin erleichtert, dass es eine der Schwestern ist. Egal welche.

Erst war Mark gekommen und hatte sich um alles gekümmert, dann meine Mutter. Sie hatte Tränen in den Augen gehabt. Ich ließ sie das Baby halten, natürlichsehrgerne, lächelte, wie sie lächelte, beglückwünschte sie. Schau, Oma ist da. Werde ich bald so sprechen? Oma spielt jetzt mit dir, und Mama darf schlafen. Mama darf endlich schlafen. Lange. Alleine. Darf man das denken? Über dem Linoleum flimmert der Staub.

Die Schwester schwenkt ihren Alukoffer. Ich ziehe die Gitterstäbe des kleinen Bettes hoch, bis sie einrasten, und hieve mich von der Matratze.

Ich bin immer froh, wenn eine der Schwestern kommt, es etwas zu tun gibt, auch wenn die meisten Dinge, die wir zusammen unternehmen, beschämend sind. Als Letztes haben wir gemeinsam das Kindspech vom Po des Babys gewischt. Schwarz und zäh wie Teer ist der erste Stuhl, das habe ich gelernt, eine Mischung aus Fruchtwasser, eingedickter Galle, abgestorbenen Hautzellen und allem anderen, was das Baby in mir geschluckt hat.

Im Badezimmer stehen wir einander mit schwarzen Schutzbrillen gegenüber. Die Schwester richtet den Laser auf meine blutig gesaugte Brustwarze, lässt sie rot aufleuchten, noch röter, als sie eh schon ist.

»Wie geht es Ihnen?«

Die weißen Kacheln, rechteckig, hochkant, sehen durch die Brille grau aus, sie fließen in die Fugen. Keine Ahnung, wie es mir geht. Hatte mich selbst noch mit im Kreißsaal, am Anfang, das weiß ich immerhin, war konzentriert, konnte atmen, jede einzelne Wehe veratmen, es ging uns gut, meinem Kind und mir. So lange, bis sie sagten, die Zeit laufe, und ich nicht wusste, warum. Schnellschnellschnell bewegte sich alles mit einem Mal. Und ein Körper warf sich auf meinen, und ein Arm drückte sich mir in den Bauch. Ich schrie. Und aus mir wurde ein Kind herausgepresst. Sie nahmen mich mir ab, und keiner dachte daran, mich wieder zurückzugeben.

War es so?

»Wenn Sie Hilfe brauchen oder mit jemandem sprechen möchten, sagen Sie gerne Bescheid.« Die Schwester hat keine Augen hinter den dunklen Gläsern. Und dann, nur einen Atemzug später: »Das hätten wir«, und ich setze mich auf den Toilettendeckel. Lehne mich an und spreize die Beine. Sie richtet den Laser auf die frische Naht, die von meiner Vulva bis durch zum After läuft. Ich bin lieber hier als drüben im Zimmer.

Sie schaltet den Laser ab. Ich schließe die Beine. Sie steckt das Gerät zurück ins Köfferchen und klackt die Metallverschlüsse zu. Ich ziehe mir die Netzunterhose mit der dicken Binde und die Jogginghose hoch.

Im Spiegel über dem Waschbecken sehe ich aus wie eine Kachel. Breitbeinig folge ich der Schwester aus dem Bad.

Weißt du, wie viel Sternlein stehen. Die Muskeln in meinem Unterleib spannen sich. Es zieht. Doch ich spanne das kümmerliche Etwas weiter an, weil ich glaube, dass mir sonst etwas rausrutscht. Lasse meinen Unterarm die silberne Spange des Desinfektionsmittelspenders hinunterdrücken und verreibe das Mittel zwischen den Handflächen, auf den Handrücken, zwischen den Fingern, schinde Zeit. Die Frau im Nachbarbett summt. Das gelbe Kissen in ihrem Nacken schimmert, wie alles an ihr schimmert. Sie ist da, wo sie immer hinwollte. Ich wollte auch hierhin.

Das Baby in dem Bett neben meinem schläft noch immer. Ich habe es nicht erkannt, als sie es mir auf den Bauch legten.

Dabei dachte ich, ich sehe, rieche, höre, fühle es und weiß, es ist meins. Aber es sah nicht zu mir hoch, suchte nicht meinen Blick. Es schrie.

Und das Baby war allein, und ich war auch allein, wie wir da lagen, Haut an Haut.

Langsam gehe ich auf mein Bett und sein Bett zu. Fremdes Frottee am winzigen Körper. Ich könnte es wecken und stillen, aber schon beim Gedanken daran möchte ich weglaufen. Vor Schmerzen und vor Angst. Es ist die Angst, verschluckt zu werden.

Im schwachen Sonnenflimmern bleibe ich stehen, mein Körper hell-dunkel gestreift wie der Boden. Durch die Schlitze der Jalousie sehe ich ins Licht, sehe kühles Blau und zartes Grün und Menschen, nicht viel mehr als eine Armlänge entfernt. Die Scheibe ist gekippt, rasche Schritte bewegen sich über den Asphalt. Ich trete näher.

Direkt vor mir wiegt sich ein Zweig im Wind, pralle Knospen ringsherum, ich drücke meine Hand zwischen zwei Alulamellen hindurch, will über die braunen Schuppen streichen und stoße an Glas.

Der Zweig vor der Scheibe wiegt sich, Menschen lachen und laufen. Hier bei mir röchelt es, und es riecht nach Desinfektionsmittel.

Langsam ziehe ich meine pochende Faust zurück, Aluminium scheppert. Drehe mich um. Den Blick auf die Zimmertür gerichtet setze ich einen Fuß vor den anderen. Nicht rechts, nicht links schauen, nicht zum Gitterbett, nicht zur schimmernden Frau, nur nach vorn.

Hinter mir fällt die Tür ins Schloss, ein gemäßigtes Klacken, kein Knall. Ein Mechanismus fängt sie im Fallen auf. Schnell zum Rechteck Welt am Ende des Ganges. Nicht laufen, denk an die Naht.

Ich laufe. Vorbei an der ersten Zimmertür, an einem Paar mit buntem Strauß, zweite Tür, dritte, eine Frau, die große Milchpumpe wie einen Koffer in der Hand, vierte. Drücke die Glastür auf, trete hinaus und stehe still.

Mein Kopf fällt in den Nacken. Ich atme tief ein, fülle meinen Körper auf, kleide jede einzelne Höhle aus. Ich höre Vögel singen, kann meine Schwingen öffnen und überall hin. Wind lässt mein Shirt flattern.

Der Weg macht einen Bogen um die Ecke des Gebäudes herum. Blumenbeete fassen ihn von beiden Seiten ein, ich streife meine Schuhe ab und trete ins Beet. Der Boden unter meinen Füßen ist weich und feucht, ich grabe meine Zehen in die Erde, als ich zur Rechten die Fenster der Wochenstation erkenne; ich lache auf, hatte ich wirklich geglaubt, ich bräuchte nur nach draußen zu gehen, um –, ja was?

Wind zerrt an meinem Shirt. Der dünne Stoff streift die Haut an meinem Bauch, das schlaffe Fleisch hängt fremd an mir. Und die Luft wird scharf und das Licht so hell, dass ich die Augen zukneifen muss. Autotüren schlagen, Menschen eilen, Stimmen sprechen in Telefone, in den Stiefmütterchen summt es.

Eins, zwei, mit jedem Fenster werden meine Schritte langsamer. Die Frau in der Spiegelung der Scheibe ist grau, ihre Konturen verwischen wie auf einem Foto, das mit langer Verschlusszeit aufgenommen wurde. Drei, vier, ich halte an. Vor Fenster Nummer fünf steht, in einer Ausbuchtung des Weges, ein Mann und raucht. Er ist unförmig und trägt eine Jogginghose, wie ich. Als er mich sieht, tritt er zur Seite, aber ich winke ab. Natürlich, ich könnte weitergehen, bis das Krankenhaus nur noch ein Punkt in meinem Rücken ist. Würde das schon hinkriegen, unterzutauchen und anderswo wieder an die Oberfläche zu kommen. Aber die von vor gestern wäre da auch nicht mehr.

Schweigend stehen wir voreinander, der Mann in der Bucht und ich. Direkt vor mir wiegt sich der Zweig im Wind, pralle Knospen ringsherum. Eine Armlänge, und ich könnte die Scheibe berühren.

Der Mann bläst Rauch aus seinem Mundwinkel und klopft sich gegen den Bauch. »Magenverkleinerung, und Sie?«

»Dasselbe.«

Er zieht den Kopf ein, sein Kinn quillt rechts und links vom Gesicht hervor. »Zigarette?«

Ich rauche nicht, aber jetzt hier, auf der anderen Seite der Scheibe, erscheint mir das passend.

»Eigentlich sollen wir ja nicht«, sagt er, hält mir die Packung hin und schirmt die Flamme mit der Hand ab. »Sonst bleibt uns ja nix.«

Ich nehme einen tiefen Zug und huste nicht.

»Wann waren Sie unterm Messer?«

Die Naht in meinem Schritt spannt. »Gestern.«

»Gestern! Und da laufen Sie hier schon wieder rum!«

Ich zucke die Schultern.

»Mich haben sie vor 'ner Woche rangenommen. Und so langsam geht mir das Gesaufe echt auf den Senkel. Brühe, Tee, Wasser. Ohne Sprudel. Zum Kotzen. Tschuldigung.« Er steckt sich eine zweite Zigarette an der ersten an und schnippt den Stummel ins Beet.

Ich ziehe an meiner und spüre einen leichten Schwindel. *Sonst bleibt uns ja nix.* Der Satz ist schlecht, aber er gefällt mir trotzdem. Mit den Zehen schiebe ich Erde beiseite und sauge am Filter. Und was ist eigentlich mit den Vögeln, haben die schon die ganze Zeit so irre gezwitschert? Ich greife nach einer der Knospen vor mir. Sie ist klebrig und lässt sich gut quetschen. Drücke sie von allen Seiten, bis das Innere unter den braunen Schuppen weich ist. Eine Schuppe nach der anderen zupfe ich ab, sehe Hellgrün, fühle Flaum, wühle mich durch pelzig Verklebtes, reiße jede Lücke auf, bis alles zerrupft und nichts mehr da ist. Bis da nur noch ein Zweig mit einer wunden Stelle ist.

»Zwei Esslöffel püriertes Fleisch mit so 'ner Menge Kartoffelbrei.« Der Mann hält mir seine wulstigen Finger vors Gesicht.

Ich lache und fasse nach ihnen. Erstaunt sieht er mich an, aber er lässt mich seine Hand zum Zweig führen, er selbst muss zwei Schritte nachkommen, lässt sie mich auf die Stelle legen, wo nichts mehr ist. Ich schließe meine Hand über seiner. Wir halten beide sehr still. Seine Haare, die ich fast berühre, sind voll und stehen über dem Ohr ab, ich rieche Rauch und Brühe und höre durch den Spalt der gekippten Scheibe einen Schrei.

Ich lasse ihn los, lasse die Zigarette fallen und renne.

Mama ist gleich bei dir. Drei, zwei, eins, im Laufen greife ich nach dem Verschluss meines BHs, er ist vorne, mein Bild in der Scheibe ist klar. Ecke. Ein Schritt, schon bin ich am Eingang. Drücke mich durch die Glastür. Du schreist. Der Gang vor mir bebt. Ich sehe dein faustgroßes Gesichtchen vor mir, tiefrot, dein Mund weit aufgesperrt, der Rest fest zugedrückt, die dunklen Haare kleben dir am Kopf.

Ich reiße die Zimmertür auf, ein schneller Schritt, ich bleibe stehen.

Das Licht im Raum ist trüb. Am Boden flimmern Streifen von Sonne. Staub tanzt in der Luft.

Alles ist still.

Langsam trete ich an den Desinfektionsmittelspender heran. Hebe meinen Unterarm und lege ihn auf die silberne Spange. Das Mittel spritzt, die Frau auf dem schimmernden Kissen schläft. Wie ein Schutzwall hat sie sich um ihr Baby gelegt. Ich verreibe die Flüssigkeit zwischen meinen Händen. Die Luft riecht sauer, auf dem Linoleum liegt Erde. Ich reibe noch, als meine Hände längst trocken sind, sehe hinunter auf meine dreckigen Füße, die hell-dunkel gestreiften Beine, bis ich mich traue.

Das Baby in dem kleinen Bett, das an meinem hängt, schläft, fremdes Frottee am winzigen Körper. Die Matratze knarrt, als ich mich setze, ein Hauch Zigarettenrauch zieht mir in die Nase. Kalt klebt das Shirt an meinen Brüsten. In meinen Ohren summt es.

JULIA DITSCHKE

geboren 1977, Verlagskauffrau, studierte u. a. Germanistik und Kulturwissenschaften. Nach Arbeitsaufenthalten in Südamerika und Großbritannien gründete sie den Goldfinch Verlag und war bis 2010 dort Verlegerin. Seitdem arbeitet sie als freie Lektorin und verfasst unter den Pseudonymen Hanna Miller und Julia Kaufhold unterhaltungsliterarische Romane. 2019 erhielt sie für *Mutter. 12 Versuche* den *Hamburger Literaturpreis* – bei dem vorliegenden Text handelt es sich um einen Auszug. Sie ist Vorstandsmitglied im *writers' room e. V.* und lebt mit Mann und Sohn in Ottensen.

Mia Raben

DAS LAND IN MIR

1989

Eines Abends machte Ewa ihre Mathematikhausaufgaben auf dem Wohnzimmertisch, während Iwona die Nachrichten schaute und nebenbei bügelte (sie bügelte alles, auch Ewas Socken und Unterhosen). Iwona trat immer dichter an den Fernseher heran. Dann setzte sie sich ganz langsam auf jenen Stuhl, auf dem sie eben nach und nach die gebügelten Sachen abgelegt hatte. Sie konnte ihren Blick nicht vom Fernseher lösen, während ein Teil des Stapels gebügelter Unterhemdchen, Röcke und Blusen unter ihrem Hintern wegrutschte und vom Stuhl fiel, was Iwona nicht bemerkte.

Auf dem Bildschirm sprach ein wissend lächelnder Mann die Nachrichten, und neben ihm standen die seltsamen, bedrohlichen Worte »Offene Grenze«. Im Hintergrund war das Foto einer Mauer zu sehen, auf der unzählige Menschen standen und saßen. Beunruhigende Gedanken wirbelten durch Iwonas Kopf. Es folgte ein Film, der zeigte, wie Menschen in eine bestimmte Richtung strömten und wie sie beklatscht wurden. Man sah Menschen, die sich offenbar lang nicht gesehen hatten, sie umarmten einander, Iwona dachte an die Schwester in Friedland, dachte an den Moment, wie sie selbst empfangen worden waren, als sie jetzt mit ansehen musste, wie ganze Menschenmassen sich in den Armen lagen, einer zeigte ein Paar Turnschuhe in die Kamera, einer schrie etwas, jubelte, und während dieser Wahnsinn über ihren Bildschirm in ihr

Leben schwappte, so tröpfelte in Iwonas Kopf eine Erkenntnis ein. Wenn, wenn das bedeutete, dass …

Die Konsequenz dieser Nachricht traf sie wie ein Schlag in die Magengrube und eine plötzliche Übelkeit überfiel ihren Körper, beinahe musste sie würgen. Ewa sah sie erstaunt an. Iwona stellte den Fernseher abrupt aus und setzte sich aufs Sofa.

»Was ist los, Mama?«, fragte Ewa.

»Nichts, Kind, nichts«, antwortete sie mit schwacher Stimme.

Die Tochter ging in die Küche, um für die Mutter ein Glas Wasser einzuschenken, sie fügte noch einen Spritzer Zitrone hinzu, ging zum Sofa zurück und reichte es ihr.

»Hier«, sagte sie.

»Danke, Kind«, sagte Iwona, »danke.«

Als Iwonas Übelkeit abklang, hob sie die Kleidungsstücke wieder auf, legte sie ordentlich zusammen und schickte die Tochter ins Bett.

1991

Es ist Abend, das Ritual beginnt.

Alle zwei bis drei Tage muss Ewa Iwona schweigend ins Bad folgen. Schon auf dem Weg schaltet Ewa in eine Art Marionettenmodus. Sie betreten den olivgrün gekachelten, höhlenartigen, feuchtwarmen Raum, ein Biotop, in dem zwei Wesen ums Überleben kämpfen. Iwona schließt die Tür hinter ihnen.

Die Wanne ist voll und dampft.

Ewa legt den Bademantel ab und steigt in das dampfende Wasser hinein, es ist heiß auf ihrer Haut. An ihren Füßen und

Waden brennt es wie tausend Nadeln. Ihr Körper verändert sich. Er wächst an Stellen. Sie kann nichts dagegen tun. Ein bedrohlicher Flaum kündigt etwas Unbekanntes, Unvermeidliches an. Sie ist doch noch weit davon entfernt, eine echte Frau zu sein. Im Innern ihrer flachen Brust haben sich zwei harte Knubbel nach außen gewölbt, Furunkel, die sich nicht wegdrücken lassen! Sie bleiben. Sie wachsen. Ewa will nicht, dass Iwona die Veränderungen an ihrem Körper erwähnt. Sie soll schweigen. Sie soll so tun, als sähe sie nichts. Etwas schafft sich Raum in ihrem Körper. Doch ganz gleich, wie sich ihr Körper verändert: Heute geschieht, was immer geschieht, weil es immer geschehen ist. Solang sie denken kann.

Der Boden ist mit einer flauschigen Matte ausgelegt. Iwona nimmt eine weitere Matte aus dem Schrank, rollt sie zusammen und legt sie vor die Wanne, damit sie es bequem hat. Sie kniet sich darauf. Sie wird eine Weile auf den Knien ausharren, zwanzig Minuten mindestens, da ist es besser, wenn sie es weich hat.

»Setz dich hin«, sagt Iwona und wedelt mit der Hand.

Die Tochter folgt der Anweisung der Mutter.

Ewa setzt sich in die Wanne und streckt die Beine aus. Dann legt sie sich langsam hin, sie gleitet in die Wanne und taucht unter, auch mit dem Kopf. Heiß und laut rauscht das Wasser um ihren Körper herum. Sie ist weg. Entkommen. Sie will, dass der Moment sich für immer ausdehnt. Das Wasser läuft unaufhörlich nach, mit hohem Druck. Iwona stellt das Wasser aus. Jetzt ist es still. Einen Moment lang hört Ewa das Tropfen des Wasserhahns. Sie hält ihre Augen geschlossen, sie ist jetzt an einem anderen Ort, doch sie weiß, dass ihre Mutter darauf lauert, dass sie wiederauftaucht, damit sie mit der Waschung beginnen kann. Ewa bereitet sich innerlich auf den Moment vor, der kommen wird, er kommt immer, sie weiß es. Iwona wird anfangen, sie zu schrubben. Während der Prozedur wird Iwona den Stöpsel herausnehmen, um neues, heißeres Wasser nachlaufen zu lassen. Frisches, gründlich reinigendes Wasser.

Ewa stellt sich vor, wie es wäre, wenn sie sich sträuben würde.

Das Mädchen steht an einem Punkt, von dem es selbst noch nicht weiß, was er bedeutet. Sie wird es bald nicht mehr dulden, sie wird ihrer Mutter schon bald nicht mehr erlauben, sie zu waschen, sie wird aufbegehren, denn sie hat das Gefühl, dass etwas mit ihr passiert, auf das sie keinen Einfluss hat, etwas, das nur ihr gehört, ein Schritt, den sie geht, ohne es zu wollen, und dabei soll ihre Mutter ihr nicht zusehen, nein, in diesem Gefühl liegt ein Saatkorn Groll, ein Funken Aufbegehren, aber noch ist es zu klein, um den Aufstand zu wagen. Noch ist es still und das Kind wird gebadet.

Der Spiegel im Badezimmer beschlägt. Es riecht nach einer würzigen Seifenlauge. Plötzlich taucht Ewa schwungvoll auf und schnappt laut und tief nach Luft.

»Ewa!« sagt Iwona verärgert. »Ich werde ja ganz nass!«

Es ist neu, dass Ewa ihre Mutter hilflos sieht. Sie waren sich immer einig, sie hat immer getan, was die Mutter wollte, aber jetzt sieht sie bei der Mutter eine Hilflosigkeit aufblitzen, die sie verführt, die sie ausnutzen will, es ist nicht mehr als eine vage Vorstellung, die Idee süßer Rache kitzelt ihre Sinne, eine schwammige Zukunft – aber sie tut es nicht, noch nicht. Stattdessen sitzt Ewa in der Wanne, rosig und gefügig. Gerade will Iwona loslegen, da taucht Ewa wieder ganz ab, wieder mit dem Kopf unter Wasser.

Sie bleibt unter Wasser. Und bleibt…

Iwona wartet. Jetzt wird sie unruhig.

Was soll das?

Sie fasst Ewas Arm an und zieht ihn hoch.

»Ewa, lass das, was soll das?« Iwona wird wütend.

Ewa sträubt sich und bleibt unter Wasser.

Ihre Knie schauen aus dem Wasser, zwei spitze Knie.

Plötzlich schießt sie wieder aus dem Wasser und schnappt gierig nach Luft.

»Jetzt reicht es!«, ruft Iwona.

Ewa lächelt triumphierend. Ihr Lächeln ist kindlich und sardonisch zugleich. Iwona soll denken, dass es nur ein Spaß war.

»Setzt dich bitte hin, Püppchen«, sagt Iwona mit flehender, leidender Stimme, den Blick auf die Brust der Tochter meidend. Ewa spürt die ausweichenden Blicke ihrer Mutter. Am liebsten würde sie schreien: »Ja, sieh doch hin! Sie wachsen! Sie wachsen und ich kann nichts dagegen tun!«

Endlich setzt Ewa sich auf und lehnt den Oberkörper nach vorn, hin zu den Knien, das Zeichen für Iwona, dass Ewa nun bereit und willig ist. Iwona nimmt den Massagehandschuh aus Sisal und pumpt Seife darauf. Das mütterliche Schrubben beginnt auf dem Rücken. Iwona hat sich die Ärmel hochgekrempelt. Iwona schrubbt Ewas Rücken und ihren Hals mit routinierten, kreisenden Bewegungen. Auf dem Rücken der Tochter verbringt Iwona Minuten damit, jeden Millimeter zu reinigen, wie eine verwahrloste Fliesenwand, die man mit Scheuermittel bearbeitet. Immer wieder gießt sie die weiße Seifenflüssigkeit auf den Handschuh und schrubbt. Iwona hebt Ewas linken Arm an. Sie hält ihn mit der rechten Hand oben fest, mit der linken Hand schrubbt sie die Haut des Arms von allen

Seiten, kein Quadratmillimeter, den der Handschuh nicht erreicht, kein noch so winziges Fleckchen am Körper, das nicht geschrubbt sein wird. Iwona und der Handschuh sind zu einer hocheffizienten Universalreinigungsmaschine verschmolzen. Rechte Achsel. Linke Achsel. Dann die Beine, rechts und links. Schrubb, schrubb, schrubb! Noch ist Ewa gefügig wie eine Gummipuppe. Ihre Haut wechselt die Farbe, von einem dunklen Beigeton, zu einem Rosé bis hin zu jenem gereizten Rosarot, das Iwona signalisieren muss: Es reicht! Mit jeder Minute, die das Prozedere andauert, wird die Haut röter, feuriger.

Ewa lässt den Kopf hängen.

Sie wirkt wie sediert, der Grad ihrer Körperspannung ist auf ein Minimum geschrumpft. Das Schrubben nimmt kein Ende. Von unten und oben, jede Seite kommt zwei bis drei Mal dran. Ewa lässt sich wenden und drehen, damit Iwona und ihr Massagehandschuh jeden Winkel ihres Körpers erreichen. Die Seife duftet, denkt Ewa, sie versucht sich auf den Seifenduft zu konzentrieren. Schlaff hängt das Mädchen im Griff der Mutter, die sich an der Tochter abschuftet, mitten in der tropischen Hitze des Badezimmers, dem Ort, den sie auserwählt hat, um das Kind zu wappnen. Iwona reicht Ewa den Waschlappen: »Jetzt du.«

Zwischen den Beinen und am Po soll Ewa sich selbst waschen.

»Ein bisschen gründlicher, bitte, junge Dame«, sagt Iwona, als wolle Ewa sich zwischen den Beinen nicht gründlich waschen. So etwas unterstellt ihr die Mutter. Ewa versteht, dass Sauberkeit wichtig ist, vermutet aber, dass es so, wie ihre Mutter das macht, nicht richtig ist und dass es besser ist, wenn sie niemandem etwas von diesem Baderitual erzählt, zum Schutz ihrer Mutter.

Am Ende kommen die Haare.

Das Haarewaschen ist eine Art Belohnung.

Das macht Iwona immer so sanft. Eine Massage für Ewas Kopf. Manchmal murmelt Iwona lobende Worte über Ewas schöne Haare. Wie weich sie sind. Wie Seide. Iwona freut sich über die langen, braunen Haare ihrer Tochter. Sie sind dick und ein bisschen lockig, ganz anders als Iwonas glattes, dünnes, aschblondes Haar. Wenn sie zusammen einkaufen, denkt Ewa manchmal, niemand würde erkennen, dass sie verwandt sind. Sie sehen sich nicht ähnlich – und das lassen die Leute sie auch merken, als wäre das ein Fehler, für den sie etwas können.

Sie sagen: »Ach, das Kind sieht Ihnen ja gar nicht ähnlich!«, oder: »Der Vater muss aber ein dunkler Lockenkopf sein, oder?«

Obwohl Ewa unwohl bei dem Gedanken ist, dass sie ihrer Mutter nicht ähnlich sieht, beruhigt sie der Umstand, dass jemand ihren Vater erwähnt, denn Iwona würde am liebsten so tun, als hätte es ihn nie gegeben. Ihre Haare und ihre Augen, sie selbst ist der Beweis. Iwona spült erst den Kopf der Tochter und dann ihren Körper mit lauwarmem Wasser ab. Weich und angenehm strömt es aus dem Duschkopf. Als der Schaum von Kopf und Körper verschwunden ist, steht Ewa langsam auf. Oh, sie muss sich festhalten, ihr ist schwindelig. Sie hält sich an dem in den Fliesen befestigten Griff fest. Die Mutter zieht den Stöpsel aus der Wanne und nimmt ein Badetuch aus dem Schrank. Sie breitet es aus und umschließt den Körper ihrer Tochter damit, wickelt sie ganz ein, wie eine Mumie, und tupft sie vorsichtig ab, denn Ewas Haut ist nun gereizt. Als Ewas Körper trocken ist, zieht sie behutsam den blauen Bademantel aus Nickistoff an. Ewa setzt sich auf den geschlossenen Toilettendeckel. Die Schwummerigkeit wird sich gleich legen. Dann wird sich alles beruhigen. Mit einem kleineren Handtuch macht Iwona Ewa einen Turban.

Das Telefon klingelt. Es ist die Lehrerin. Iwona telefoniert im Flur. Ewa ist ins Wohnzimmer gegangen, hat sich auf das Sofa gesetzt, das später Iwonas Schlafcouch sein wird. Sie hört die Mutter sprechen. Ihre Stimme ist plötzlich künstlich hell und zugetan. Wer ist da dran? Jemand, dem sie gefallen will. Nachdem Iwona sich überschwänglich bedankt hat, legt sie auf. Ewa ist gespannt. Iwona kommt strahlend zu Ewa ins Wohnzimmer.

»Das war deine Lehrerin«, sagt Iwona, »eine Stelle wird frei. Frau Becker hat eine Schwester, die einen älteren, wohlhabenden Herren gepflegt hat. Sie muss wegziehen. Ich kann den Job haben, Ewalein, es ist so weit, wir werden umziehen, weg von hier, raus aus diesem Elend, wir ziehen nach Harvestehude, weißt du noch, dort, wo die Alsterdampfer fahren … hier …«

Ist das wahr? Sie werden in die Gegend mit den Kanälen ziehen? Dort, wo die kleinen Schlösser stehen? Die Schlösser mit den Gärten, in denen Trampoline stehen? An deren Ufern Boote liegen? Iwona holt eine Tüte Chips.

»Das müssen wir feiern!«, sagt sie.

Iwona macht sich einen Tee. Ewa darf sich eine Brause aus dem Kühlschrank nehmen. Sie trinkt so gern Himbeerbrause mit viel Kohlensäure. Und kalt muss sie sein, eiskalt. Sie nimmt sich mindestens fünf Eiswürfel aus dem Gefrierschrank.

Nach dem Baden setzen Mutter und Tochter sich immer aufs Sofa und verfolgen eine Fernsehserie. Gleich beginnt sie. Es geht darin um eine Familie, in der nicht alles so ist, wie es sein soll. Sie mögen es zu sehen, dass auch andere Familien ungewöhnlich sein können. Manchmal schauen sie auch

Tiersendungen, aus Alaska oder Afrika, von Orten der Welt, die sie niemals sehen werden. Ewa denkt, dass ihr Leben vielleicht eines Tages doch anders verlaufen wird, als sie denkt. Vielleicht wird sie eines Tages doch weit reisen … Ewa träumt von einem Leben, in dem sie reisen wird. Erschöpft sitzen Mutter und Tochter auf dem Sofa. Iwona nimmt einen Schluck Tee. Der stark nach Weichspüler riechende Frotteemantel hüllt Ewa ein. Sie löst ihren Turban vom Kopf, und Iwona beginnt, ihr die Haare zu kämmen, langsam und gefühlvoll, damit es nicht ziept. Iwona tunkt den Kamm in Essigwasser und geht noch einmal durch Ewas Haar. Danach wird Ewas Haut behandelt. Iwona hat es heute mit dem Schrubben wieder übertrieben. Ewas Haut pellt sich an manchen Stellen. Iwona holt die reichhaltige, nicht duftende Körpercreme für sensible Haut, die sie in der Apotheke gekauft hat. Die Creme war teurer als das, was sie sich normalerweise leisten können, aber für diese Sache gibt Iwona das Geld ausnahmsweise aus. Sie trägt die Creme in einer dicken Schicht auf die stark gerötete Haut auf. Die Creme wird zentimeterdick auf die Haut geschmiert, damit so viel wie möglich in die Poren einziehen kann. Wie einbalsamiert sitzt Ewa nun da, ihren Schoß und ihre Brust mit dem Bademantel halb bedeckt, darauf wartend, dass die Creme einzieht.

Die Fernsehserie bringt etwas Ablenkung. Als die Creme eingezogen ist, holt Iwona ein frisch gewaschenes Nachthemd für Ewa, das weiße mit den blauen Engeln. Ewa zieht es an und denkt, das ist ein Kindernachthemd, das ist so kindlich, ich finde es gar nicht mehr so schön wie früher, sagt aber nichts. Iwona setzt sich wieder neben sie auf das Sofa. Vorsichtig streicht sie ihr mit dem Rücken ihres Zeigefingers über die Wange, als müsste sie plötzlich aufpassen, sie nicht zu doll zu berühren, und sagt: »Mein duftendes Püppchen!«

Als der immer gleiche Abspann mit der Musik der Serie läuft, gehen Mutter und Tochter ins Bett. Morgen wird wieder ein anstrengender Tag, für beide.

Morgen ziehen sie um, in eine bessere Welt.

MIA RABEN

geboren 1977, ist Autorin und Journalistin und hat einen deutsch-polnischen Hintergrund. Sie studierte Spanisch, Politikwissenschaften und Europarecht an der Universität von Amsterdam. Nach ihrer Ausbildung an der Berliner Journalistenschule ging sie nach Warschau, wo sie als freie Korrespondentin für verschiedene Medien (*Berliner Zeitung*, *Spiegel Online*, *taz*, *FAZ* u. a.) arbeitete. Zurzeit nimmt sie am Deutschen Literaturinstitut Leipzig an der Romanwerkstatt teil. Sie schreibt Kolumnen und Reportagen für verschiedene Medien. Bei dem vorliegenden Text handelt es sich um einen Auszug aus dem gleichnamigen Romanmanuskript.

Nils Mohl

SPIELZEUGGEDICHTE

GARTENMODE

kartoffeln schlurfen in pantoffeln
junge möhren lieben bluejeansröhren
pfefferminze schwört auf ringelstrümpfe
eine rübe schwankt: schlips oder fliege?
die zwiebel nimmt den frack vom bügel

der brokkoli kreuzt auf im strickpulli
der blumenkohl wählt einen overall
der sellerie zwängt sich in den lackmini
fenchel und lauch umweht ein schleierhauch
die kleine bohne flicht sich eine blumenkrone

auftritt blattspinat im glanzornat
dann pastinaken gehüllt in seidenlaken
und die zucchini – sexy posierend im bikini
wer errötet da? drei mal dürft ihr raten:
mais gurke spargel oder die tomaten?

WUNSCHLISTE

eine richtig lange freibadsaison
dreizehn riesenpalmen für den balkon

sonnenschein auf der nächsten ausflugstour
ein streichholz für die raketenzündschnur

wie der fiese königspython zischen
wie der coole pokerchampion mischen

einen gecko zum freund namens bobby
lernen nur als persönliches hobby

lustiger zu sein als ein zirkusclown
kein abstürzen und fallen mehr im traum

niemals wieder zum zahnarzt müssen
dich einmal nur … öhm – es wissen lassen

FABEL

zugvogel sagt: alter ich hau ab
stubenvogel: ich bleib hier

vogel nummer eins darauf (sehr knapp):
du faules feiges tier

jenes (tief getroffen) nuschelt schlapp:
och … ’s klemmtdiekäfigtür

KURZ VORM ABPFIFF

mein abschlag geht hoch hoch
in die luft
und weit weit weit

der fußballgott oh gott
im himmel
köpft die kugel

das leder knallt durchs all
richtung mond
das schindet zeit

ganz schön balla balla
dann ist schluss
rudeljubel

die fans: ole! ole!
das stadion
tobt feiert schreit

nur ich glotze tja tja
sternenwärts
in dem trubel

und denke so: na na
das leder
– wo's wohl bleibt?

NILS MOHL

geboren 1971, lebt als freier Schriftsteller in seiner Heimatstadt Hamburg. Für seine literarischen Werke und Drehbücher (u. a. *Es war einmal Indianerland*) wurde er mit zahlreichen Preisen ausgezeichnet, darunter mit dem *Deutschen Jugendliteraturpreis*, dem *Oldenburger Kinder- und Jugendbuchpreis*, einem Residenzstipendium am *Deutschen Studienzentrum in Venedig*, dem *Drehbuch-Förderpreis* beim Filmfest München und der Nominierung für den *Deutschen Filmpreis*.
www.nilsmohl.de

WIR SIND ASTRO-NAUTEN

Magdalena Saiger

WAS IHR NICHT SEHT

ODER DIE ABSOLUTE NUTZLOSIGKEIT DES MONDES

Diesen Text wird nie jemand lesen.

Würdet ihr ihn lesen, ihr würdet euch wundern.

Wer kann schon damit rechnen, dass es das gibt: dass jemand aufbricht, sein Leben aufgibt, wie es doch recht glattlief zuletzt, und sucht sich einen Ort, der einem Nirgends nahekommt, sehr nahe. Und baut dort unermüdlich, Tag und Nacht, an dem Kunstwerk, das nie jemand sehen wird – nicht weil sich niemand dafür interessieren würde, sondern weil es nie jemand sehen *soll*. An *dem* Kunstwerk, versteht ihr. Die Redewendung vom Hören und Sehen, das einem vergeht, hier würde sie wahr. Aber ihr, so viel ist sicher, werdet das nicht erlebt haben.

Es hat mich lange schon umgetrieben: Dass auf die Schönheit immer folgt, dass eure Blicke auf ihr umhertappen, grapschend und doch nichtig, und schon nach Worten suchen für irgendein Urteil, ein achtlos dahingesagtes Ach, im Weitergehen und schon halb wieder auf der Suche nach einem Kaffelatte, einem Klo oder einem Spiegel. Dass auf die Schönheit immer folgt: der Markt, der nichtswürdige. Ich bin so, dass ich das schwer aushalte. (So bin ich geworden.) Habt ihr euch nie gefragt, was die Gioconda denken muss vor euren hochgereckten Tätzchen mit den Endgeräten. Aber nein, ihr fragt euch nie. Mit diesem Wissen war ich längst beladen.

Und dann hat mir neulich der Atem gestockt, als ich …

Ich war eingenickt in der Bahn und aufgeschreckt, als der Fahrer mich anrempelte auf seinem letzten Kontrollgang. Endhaltestelle: Betriebsbahnhof. Ein Vagabund sei ich, und fand im abschätzigen Blick auf meine zerrissene Jeans volle Bestätigung, ein Vagabund, das Wort fand ich in seiner Altertümlichkeit nicht so übel, aber übel war, wie er mich rausgeworfen hat, bugsiert, sagt man, und wie ein Koffer stand ich dort, unsanft abgestellt, auf dem Betriebsgelände. Es dämmerte schon, der Schaffner löschte die Lichter, alle zugleich mit einem Hebelumlegen, schloss ab und brodelte leiser werdend davon. Ich solle selber sehen, wie ich von hier weg …

Und jetzt stellt euch vor: Schotter und Gleise, schön im Wechsel, Schotter, Gleis, Schotter, darüber einiges an Stromversorgung samt zugehörigen Pfosten, und jedes Gleis führt geradewegs auf ein Garagentor zu, das schottergrau ist und geschlossen bis zum Boden aus: Schotter, kotztrist, das absolute Ende, wenn ihr versteht, was ich meine. Und dann steht da, fünf Armlängen von euch entfernt, exakt in der Mitte dieser absurden Anlage, und ihr könnt innerlich mitzählen, wie lange es dauert, bis das Bild von der Netzhaut im Gehirn anlangt: einundzwanzig, zweiundzwanzig, ein Hirsch. Der Schauer über die Haut zeigt es euch an: Das Bild ist da, obwohl es nicht sein kann: tatsächlich, leibhaftig, ein Hirsch.

Es gibt eine Verbindung von zart und mächtig, von verwegen und konzentriert, von flüchtig und robust, von weiblich und Macker, von überlegen, ratlos, bedrängt, abgeklärt, enorm, die sich exakt nur in einem Hirsch verwirklicht, der reglos dasteht und sein Geweih balanciert, und er tut das königlich wie ein Artist, der die sieben Eier so meisterhaft auf seinem Kinn trägt eins über dem andern, dass ihr ganz vergesst, dass Eier fallen können und zerbrechen. Der Hirsch stand reglos, ein Hinterbein sacht angewinkelt und den Blick zu mir gewandt mit Augen, für die der Begriff Rehaugen abgedroschen wäre.

Überhaupt die Vergleiche. Der Hirsch ist von Natur aus einzig.

Ich sah die Flanke des Tiers sich sacht heben und senken unter dem dünn verkrusteten Fell und fühlte, wie mein eigener Atem

ging

und kam

ging

und kam, das ehrlichste Muster der Welt.

Es gibt diese Liebesgedichte, *love poems*, die beschreiben, wie die Zeit stillsteht und die Welt in einer Umarmung vergeht, ein Schmu ist das. Aber hier, ich habe es erlebt. Es verging eine Sekunde, es verging ein Jahr, es verging irgendeine Zeit, und wir standen dort, am Ende der Welt, in der Mitte der Welt, fünf Armlängen voneinander entfernt, in namenloser Zugewandtheit, und ich war der Stammesführer Bars, dem der Wunderhirsch das Land Ungarn zu Füßen legt, und war die polnischen Mönche mit Blick auf die gesegnete Stätte für den Bau ihrer Klöster, ich war die *huddled masses* vor der Freiheitsstatue im Novembernebel, war der Schamane vor dem weißen Boten der Anderswelt, ich war die heilige Ida, die den Hirsch aus Stein an ihre Hüfte drückt auf ewig über dem Portal einer Kathedrale, war Hubertus, der das immer noch frische Wunder vom heiligen Eustachius geerbt hat, und ich brauchte kein Kreuz zwischen den Ästen des Geweihs und keine tausend brennenden Kerzen auf seinen Spitzen, um so wach zu sein und so stumm und zu wissen: Du musst dein Leben ändern.

Wie angebraucht die Worte sind. Ich schreibe Erweckung, und ihr denkt an Saulus auf der staubigen Landstraße nach Damaskus, ich schreibe Wunderhirsch, und ihr denkt an Jägermeister und Folklore in schwulstigen Wandrahmen, ich schreibe Stammesführer, und ihr werdet gleich ganz national, ich schreibe Anmut, und ihr denkt an die Rehaugen (Rehaugen!) der Bibliothekarin, ich schreibe Lebenändern, ihr habt dazu Kalendersprüche und Ratgeber und Erfahrungen, ich schreibe Schönheit, und da wird es am schlimmsten.

Ich schreibe: Es war einfach nur ein Hirsch.

Und: Ich sah ihn.

Aber durch und durch und durch.

Dass es mich jetzt noch schaudert.

Aber ihr wart nicht dabei.

Warum ich das erzähle: Das war der Beginn.

Es heißt, Karl der Große sei auch einmal einem Hirschen begegnet, auf der Jagd, und anstatt das Tier zu erschießen, legte er ihm ein kostbares Halsband um, das trug die Worte: Lieber Jäger, lass mich leben, ich will dir mein Halsband geben, und ließ ihn frei. Das in etwa meine ich – und nicht, dass die Magdeburger den Hirsch wie eingefroren auf eine Säule stellen, eine Hirschsäule!, schon das Wort ist ein Hohn und nicht besser als die Hirschleichen mit stumpfen Glasaugen an den Wänden von Adelsgalerien und Waidmannswohnzimmern, also Möchtegernadelsgalerien. Dass ich ausgerechnet bei Karl dem Großen auf Verständnis stoßen würde, wer hätte das gedacht.

Dass ihr mich recht versteht: Um Hirsche geht es mir nicht.

Aber um das, was mich antreibt seit damals dort draußen.

Den Ort zu finden war nicht leicht. Er durfte nicht zu finden sein, eigentlich noch nicht einmal von mir oder Leuten wie mir, darin bestand das Paradox meines Findens, und er durfte nicht bleiben, nicht länger jedenfalls, als bis zum Abschluss des Werks – sollte ich schreiben: Vollendung? –, dafür aber wiederum lange genug.

Es kostete mich Tage, die ich über Wälder hinwegflog und über weit wuchernde Industriegebiete, über Talsenken, Weinberge und Flughafenhangars, im Tiefflug von Google Maps mit wechselnden Maßstäben, bis mir jedes Maß verschwamm und jeder Wald ein Fleckchen Moos und jede Gesteinskerbe der Cañón de Somoto sein konnten, jede Landschaft mit gleicher Wahrscheinlichkeit die Landkarte dieser Landschaft. Die klein gewürfelten Teppichmuster der Landwirtschaft verhießen nichts Gutes, ahnte ich doch auf den fein verzweigten Borten der Feldwege misstrauische Bauern auf Traktoren hin und her patrouillieren auf der Suche nach Schädlingen und Unkraut wie mir. Manchmal schraubte ich mich höher hinauf in großen Zügen, zog die Gefilde unter mir beiseite, ließ Flüsse zu Fäden werden und übersprang eine Grenze wie nichts, denn von hier oben ist das die Grenze: ein Nichts zwischen zwei Farnen, und ernst zu nehmen nur die atemberaubende Kante zwischen Land und Meer, die ihr dort unten mit einem Sandschäufelchen in der Hand überquert. Ich schwebte eine Zeit lang über der flirrenden Bläue, durchzogen von schwachen Copyright-Inschriften (© 2020 Google) und den gestrichelten Nähten der Fährverbindungen von Kiel nach Klaipeda und von Poti nach Warna, verwarf aber die Idee, nach einer aufgegebenen Bohrinsel zu suchen, und wandte mich dem Festland zu: *Hinterland* war, was mich ansprach, je tieferes Hinterland, desto besser, das Hinterland von Hinterländern, die Zuflucht hinter der Zuflucht, und so wagte ich über graubraunen Flächen, deren Gestalt mir unberechenbar genug erschien, den Sturzflug, notierte erste Koordinaten und löschte sie, wenn im Näherkommen die Bildauflösung zu fein wurde, denn das bedeutete: Dort sind Menschen, *hic sunt homines*, ich aber suchte einen Ort, an dem es Löwen gibt.

Mein Unterfangen führte mich auf die Dorfanger verlassener Siedlungen im tiefsten Litauen und durch Ebenen am Gelben Fluss, wo die Kamerabilder aneinanderstießen und eine schlecht vernähte Kante bildeten, einen nebligen Schlund, in dessen Weichbild ich mich zoomend Stoß um Stoß versenkte. Die Abbruchkante des Definierten. Dort wäre die Falte, in der ich Schutz finden würde vor allen Blicken.

Doch am Ende lag, was ich suchte, näher als gedacht: Ich hatte schon mehrfach den Globus umrundet in seltsamen Schlieren, war wieder einmal zurückgekehrt zum Ausgang und betrachtete soeben die Windungen eines Autobahnkreuzes, des letzten vor der Grenze, plötzlich fasziniert von der Form dieses vierblättrigen Kleeblatts, in dem wir rechts abbiegen, um geradeaus zu fahren, und in dem alle Richtungen des Winds einmal im Kreis gehen, ehe sie sich zerstreuen. Eine kleine Asymmetrie ließ mich aufmerken, ein winziger Fussel seitab, dem ich, ein wenig gelangweilt von der Einfalt der mehrspurigen Achsen und Schleifen, folgte und der mich auf einmal im Nirgends zurückließ. Ich schreckte auf wie aus einem kurzen Schlummer und brauchte mehrere Züge, um wieder auf Schrift zu stoßen, in alle Richtungen fehlten die Angaben, sodass ich schon fürchtete, das Programm hätte einen Aussetzer. Aber dann setzten die Linien wieder ein, die das Bild in vertrauter Manier durchkreuzten, und die Namen, in zwei Sprachen schon, eine Mischgegend, und Nummern, Ergebnis der menschlichen Wut zu benennen und zu markieren: Wir kennen uns aus, wir finden uns zurecht, und dich finden wir überall.

Dazwischen aber lag eine seltsam schrundige Fläche ohne Anhaltspunkt, die hellbraunen Schlieren wie von Säure zerfressen und nicht zu vereinbaren mit den zarten, aber unbeugsamen Rasterlinien der Bildquadrate, die alle vereint den Globus zusammensetzen. Ich kehrte immer wieder um und überquerte mehrmals in verschiedenen Flughöhen die seltsamen Schraffuren, unfähig zu begreifen, was hier vorzufinden sein mochte. Wald war es nicht, auch kein Wasser, eher ein fahles Feld, eine öde Platte, in die ein Riese vor langer Zeit etwas Unleserliches gekratzt hatte, das nun den Blicken entzogen war durch eine schlechtere Auflösung. Eine aus der Landkarte gefräste und beiseitegeworfene Fläche, die weniger durch ihre Größe als durch die Schludrigkeit ihrer Umrisse auffiel. *Terrain vague*. Am westlichen Rand des seltsamen Gebildes endete der bindfadendünne Pfad, der mich hierher geführt hatte, vor einem kleinen Haufen ausgekippter Würfel.

Vielleicht hatte ich genug über der Welt gekreist. Jedenfalls mietete ich mir am nächsten Tag einen Wagen, legte einen Notizblock und einen Umschlag mit etwas Geld auf den Beifahrersitz, warf Schlafsack, Unterwäsche und Zahnbürste auf die Rückbank, wer konnte schon wissen, und fuhr zur Autobahn. Bis auf eine kurze Pause an einer Raststätte mit dem klingenden Namen eines nahen Moorgebiets – ich tankte, nahm eine Portion lauwarmer Pommes zu mir und stellte mir vor, wie irgendwo hinter den Parkflächen lautlos das Moor vertrocknete –, fuhr ich durch, amüsiert von der Neuheit der Ameisenperspektive und hin und wieder zu meinem Vogelauge dort oben hinaufblinzelnd. Die Welt war doch groß und kein bisschen abstrakt; nie war mir mein Käferdasein bewusster als in dem Gewirr der Schilder, Fluchten, Erdformationen, das ich fast schon für überholt gehalten hatte in meinem Flug.

Es ging schon gegen Abend, als ich mich meinem Ziel näherte. Der Verkehr nahm mehr und mehr ab, je näher ich der Grenze kam, ich schnitt in den Biegungen übermütig drei Fahrbahnspuren, im Rückspiegel entfernte sich die gleiche Leere, die sich unerschöpflich vor mir auffaltete, zerlegt von den Schatten der Kiefernstämme, die sich flach über die Autobahn warfen, mir den Blick zersäbelten.

Mit heller Freude stellte ich fest, dass ich den Abzweig nicht fand. Mehrmals fuhr ich an der nächstmöglichen Ausfahrt zurück, schlich, die Nase dicht an der Windschutzscheibe, die fragliche Stelle entlang, hielt schließlich ein ausreichendes Stück entfernt auf dem Standstreifen und ging zu Fuß die Leitplanke entlang, als suchte ich eine verlorene Radkappe. Erst jetzt – die Natur hatte weiter gewirkt und die klarkantigen Bilddaten von Google hinter sich gelassen – erkannte ich den schmalen Pfad, der ein Stück unterhalb die Böschung entlang verlief, stürzte mich durch schulterhohes Gestrüpp, das sich fest um Papiertaschentücher und Plastikflaschen wickelte, den Abhang hinunter und folgte dem unebenen Verlauf moosbewachsener, rissiger Platten, deren Richtung sich in einer Biegung von der Fahrbahn löste. Vogelgezwitscher umgab mich und eine pochende Neugier: Hier?

Hier. Maschendraht, von bleichen Grasssträhnen durchflochten und in der Höhe ein wenig zusammengesackt, ein Tor, das lange nicht geöffnet worden war, auf mein Zerren hin aber nachgab, ein Hof mit aufgeplatzten Platten, umgeben von drei Gebäuden, zwei flachen Nutzbauten mit staubigen Fenstern und angelehnten Türen vor einer sich aufwölbenden Halle, in der einst die Drachen gehaust haben müssen. Es knirschte unter den Schritten, zerbröseltes Gemäuer, geborstenes Fensterglas, Drahtgeflecht. Die Dächer waren von fedrigen Birkenzweigen aus den Dachrinnen gesäumt, aber noch heil – und dahinter: der Mond.

Die Leere.

Das Ende der Welt, und alle fahren mit Softpop im Radio daran vorbei.

Das Blinde am blinden Fleck ist nicht der blinde Fleck.

Natürlich hatte ich recherchiert: Ein Tagebau hatte hier zu wüten begonnen, bis die Aktionärsversammlung vor der Präsentationsleinwand im Congress Centre irgendeiner weit entfernten Stadt befand, dass der Erdboden, sie rümpften gelangweilt-verärgert die Nasen, doch nicht genug hergab, nicht den Erwartungen entsprach, und die Herde der Bagger anderswo ihr grölendes Fressen veranstaltete.

Zurückgeblieben: die gefledderte Welt. Krater, Furchen, Geröllhalden, ein staubiger Kessel, die im Halbrund geschliffene Spur einer gewaltigen Tatze, die sich hier spielerisch die Krallen geschärft hatte und dann abgelenkt wurde, andernorts zuschlug, ein riesenhaftes Wesen, Bestie oder frustrierter Gott, der sich entfernt hat.

Wie eine Burg aber standen die verlassenen Betriebsgebäude auf einem Sockel am Rande der Tiefe – eine uneinnehmbare

Festung, in drei Richtungen durch den Graben gedeckt und in der vierten von ungepflegtem Wald flankiert.

Nein, dies war nicht der Mond und nicht die Innere Mongolei; es gibt tiefere Gruben und ergiebigere Kohlevorkommen, das Unternehmen war damals enttäuscht gewesen, nach kurzer heißer Phase: ein Flop, auch wenn das Wort nur hinter vorgehaltener Hand fiel, und auch unter fotografischen Aspekten hielt der Anblick den Panoramen der Lausitz nicht stand, wer filmt noch das Auslaufen der *Marco Polo*, seit es die *MSC Gülsün* gibt, aber genau das war ja das Gute, wer sollte mich hier suchen.

(Sogar Tschernobyl ist ja längst ein gut erschlossenes Motiv geworden und hat seinen Markt gefunden, ich zählte vierzehn Fotoausstellungen und neun Filme auf den großen Festivals in den letzten fünf Jahren. Das nennt ihr weit draußen, einen *lost place*, an dem ihr euch beeilt, vor den anderen auf den Auslöser zu drücken.

Die verrammelte Garage des Nachbarn im eigenen Hinterhof ist der fernere Planet.)

Hier also. Hier.

Ich sah mich noch ein wenig um, blickte ehrfürchtig in die Kathedrale der Maschinenhalle hinauf und vermaß mit den Blicken ihre Ausmaße, sie war zu meiner Freude bis auf wenige Hinterlassenschaften leer, ich erlaubte mir den Übermut und drehte mich mitten im Raum auf der Stelle, ich nickte und kicherte, ging dann zum Auto zurück und notierte in eine Spalte das Vorgefundene: Stahlstreben, Holzpaletten, verstreute Reste von (vermutlich) Dynamit, die geschätzte Fläche und Höhe der

Halle, in eine andere das Notwendige, beginnend mit: Gartenschere, Spaten, Seil, ersetzte Gartenschere durch Machete, als ich an die Größe der Schösslinge dachte, die ich würde entfernen müssen, um den Weg für den Wagen freizumachen. Dann fuhr ich zurück, einen kleinen Jubel auf den Lippen.

Keine zwei Wochen später war ich wieder da – ich hatte mir in der Zwischenzeit einen gebrauchten Wagen gekauft, einen Kombi, beworben für Familienurlaube in Schweden (allein, dass ich mich für das Auto interessierte, machte mich in den Augen meines Gegenübers zum Familienvater) – und richtete mir in einem der Flachbauten ein Lager ein aus dem, was ich besorgt hatte: ein Lager für mich – Gaskocher, Matratze, Wolldecken, Zigaretten, Wasserkanister, ein paar Flaschen Aquavit, ein Band über die Kulturgeschichte des Labyrinths, einer über japanische Wandschirme, einer über Optik, dazu eine Handvoll Bildbände, die ich für vage relevant hielt –, ein Lager mit dem Material, das sich seitdem mit den erstaunlichsten und notwendigsten Dingen füllte. Ich durchstreifte über Tage die Innenräume und die Ränder der Schlucht, suchte in leer stehenden Teeküchen und verwucherten Schrotthaufen zusammen, was sich gebrauchen ließ, und sortierte abends im Licht meiner Stirnlampe die Stapel, fertigte Listen an: Bestand, Bedarf.

Der Weg zum nächsten Baumarkt war nicht weit, ein auf die Wiese gesetztes Industriegebiet mit XXL-Möbelwelten und Gartencentern, wie vom Himmel gekippt aufs freie Feld, *Hier investiert Europa in die ländlichen Regionen*, zog den blechernen Verkehr an wie ein Magnet, doch vermied ich, allzu oft dort einzukaufen, fuhr lieber weite Strecken für eine Handvoll

Dinge, die so, nebeneinander auf dem Kassenband vorwärtsruckelnd, haushaltsüblich unverdächtig wirkten.

In den Nächten fertigte ich Zeichnungen an, kauernd im Licht einer Funzel, bis sich ringsum die Stapel meiner Papiere schichteten, die ich im Morgenlicht, nach einem kurzen Mahl und einem Schwall Wasser über Gesicht und Achseln – ein an einer Außenwand angebrachter Wasserhahn hatte sich spuckend in Gang bringen lassen –, wieder zur Hand nahm, übermalte, beschriftete, vermaß, neue Besorgungslisten erstellte: Winkel, Schrauben, Kerzen, Kreide, Akkuleuchten, Folie, Leinwand, Samt, ich wusste noch nicht recht und spielte mit den Formen und Oberflächen.

Bild oder Raum, am Anfang war das noch eine Frage.

Was sollte es werden?

Der große Wurf. Ich musste dafür viel verwerfen, vieles zerschlug sich von selbst, zerschellte an den Begrenztheiten der Materie, der Statik, der menschenmöglichen Kraft. An manchen Tagen wusste ich deutlicher als an anderen, wie ich mich überhob, überheben musste. Dann öffnete ich eine Dose Büchsenfraß, wärmte sie über einem kleinen Feuer hinter der Halle und aß mit dem einen Löffel, schlief nach zwei tiefen, puren Schlucken Aquavit ein und fand im glücklichen Fall im Traum einen Zipfel dessen wieder, was mir vorschwebte.

Was sollte es werden?

Ein Gespinst. Ich wusste: Es muss sich das Licht drin verfangen. Es muss einen durchleuchten, umfangen, erheben, beleben, fesseln, waschen, freigeben. Ein Labyrinth, in dem ihr jede Größe und Winzigkeit einnehmen könnt: als Kröte im satten Grasland, als Koloss hoch über der Meerenge, den Blick auf die Länder, die hinter den Wassern sein müssen, als Fisch, der seine Farbe mit dem Schwarm teilt. Ein Raum, der innen ist und außen zugleich und wo für einen Augenblick (wir sagen Augenblick und meinen Sekunde und sagen Sekunde und meinen Moment und sagen Moment und meinen Wimpernschlag) das Gleichgewicht der Welt hergestellt ist.

Es ist das Labyrinth in euch selbst, das müsst ihr geahnt haben; hier aber findet ihr hinein.

MAGDALENA SAIGER

geboren 1985, aufgewachsen in Süddeutschland; Studium der Germanistik und Geschichte in Berlin und Madrid; lebt und arbeitet seit 2011 in Hamburg; seit 2015 Promotion im Fach Geschichte in Hamburg und Belgrad. Preisträgerin des *Hamburger Literaturpreises* 2012 und 2020. Bei dem vorliegenden Text handelt es sich um einen Auszug aus dem gleichnamigen Romanmanuskript.

Dietrich Machmer

ÜBERDOSIS ZEIT

ÜBERDOSIS ZEIT

In welcher Zeit-
form soll man über die Gegenwart schreiben?
Während jenseits
der Häuserwände der rasende Stillstand tobt,
wird dem chronischen Lauf der Dinge
Obdach geboten in den privaten Heiligtümern
der Isolation. Hier
schlafwandeln die *Avatare*
von Angst und Hoffnung Hand in Hand
an den Abgründen der Innenwelt. Ihre Schatten an der Wand
heben und senken sich
im konspirativen Rhythmus des Leerlaufs.
Hier wird das geheime Schauschlafen des Scheiterns geprobt,
das *Gegenkommando Himmelfahrt*. Wir liegen
in Bodennähe untereinander, knien
auf Traumhöhe, kauern
auf Endzeitniveau. Das kollektive Denken
fällt uns seitenweise aus dem Schoß. Wir sprechen
so lange ineinander, bis die Worte organisch
in die entlegensten Winkel unserer Körper
wachsen. Alles hier
drängt auf Ausbruch und Überschreitung
aus dem Wahrscheinlichen. Alles
ist nur wenig weiter,

als die Druckwellen reichen,
wenig tiefer, als das Gedächtnis gräbt. In uns
pocht Erde, sickert Blut
im Puls verstopfter Adern der langsam erwachenden
Stadt um uns. Hier
treffen Dunkelheit und Kälte explosiv aufeinander.
Heiße Luft im Ballungsraum unserer Hände.
Wir klammern uns an jeden
Atemzug. Wir hängen
an der Gunst intelligenter Respiratoren. Über uns
dringen erste Graswurzeln durch die Risse in den Decken.
Wir stecken
fest in Gedanken an eine andere Zeit, ein anderes Leben.
Manchmal herrscht grundlose Schwere.
Dann erfahren wir unerwartet die Einheit der Welt.
Manchmal sterben wir
im Traum an einer Krankheit,
die uns in einem anderen Traum befällt.

ES WAR, ES WAR NICHT

Es war einmal diese Welt eine Scheibe
und der Mittelpunkt des Universums.

Jeder konnte an ihrem Horizont entlang-
spazieren und hinaus *ins Leere blicken.*

Man konnte die Beine über den Sternen
baumeln lassen und beobachten,

wie alles sich im Kreis bewegte,
alle Lichter wiederkehrten, und niemand,

niemand wäre je auf die Idee gekommen,
zu springen.

VERLUST VERSTEHEN

Dann schneit es wieder, und wir sagen dazu weiße Pracht, und kratzen an Autos, und räumen den Weg frei, denn Glätte hält uns auf, und dann stürmt es, und wir sagen dazu Leidenschaft, und fallen übereinander her, und fragen uns, ob wir den *Verstand verlieren*, oder nur den Verlust verstehen, und dann passiert wieder ewig nichts, wir sagen dazu tiefenentspannt, und meditieren darüber, wie es weitergeht, und dann regnet es wieder wochenlang keinen Tropfen, und wir sagen dazu Sommermärchen, und reden uns um Kopf und Kragen, bis die Kehle austrocknet, und dann ist wieder alles im Fluss, und läuft, und wir sagen dazu, es kommt, wie es kommt, denn es muss ja, auch wenn alles den Bach runter *geht doch*, und dann ist plötzlich wieder alles aus, und wir sagen dazu Aufbruch, Befreiung, Erlösung, was soll's denn auch, am Ende bleibt und geht doch jeder ganz für sich allein, und dann vergib mir bitte, wenn ich dachte, du seist mein.

NACHTRAG ZUM VORLÄUFIGEN ENDE

Wenn ich an die Windungen meines Gehirns denke,
drehe ich fast durch. Diese Präzision der Wahrnehmung
jenseits der Dinge, die Suche nach persönlicher Perfektion
im Bewusstsein ihrer Vergeblichkeit!

Es gibt Stellen unter der Schädeldecke, wo die Wahrheit
weder Kopfschmerzen bereitet noch Empfang
für das körperlose Zucken der Zahlen und Daten
über den ausgerechneten Fortgang alles Bekannten,

wo schon jetzt Zustände herrschen wie in Freiheit
die Euphorie des Undenkbaren, die Aussicht
von schwindelerregenden Haufen an Irrtümern
auf längst vergessen geglaubte *Wahnzwischenräume*,

auf die offenen Wunden der Zukunft nach dem wütenden
Leerlauf, den Prozess des Lebens als ewige Vorrede zum
Unbekannten, die unerschöpfliche Lust am Scheitern,
dieses Mysterium zu beschreiben.

DIETRICH MACHMER

geboren 1966 in Worms. Studium der Kunstgeschichte, Philosophie und Wirtschaftswissenschaften in München, Frankfurt/Main und Hamburg. Nach verschiedenen beruflichen Tätigkeiten, u. a. als Buchhändler, Bühnenarbeiter, Umweltberater, Übersetzer, heute freier Autor und Kunsthistoriker in Hamburg. *Literaturförderpreis der Stadt Hamburg* 2000 und 2011. *Martha-Saalfeld-Literaturförderpreis des Landes Rheinland-Pfalz* 2017. Publikationen in Anthologien und Zeitschriften sowie *Ende der Kampfhandlung*, erschienen 2016 im Horlemann Verlag.

Till Raether

NORDDEUTSCHE TIEFEBENE, DRAUFSICHT

Carmen hat Trash-Dienst, ich habe Off-Day. Wir sitzen im Pantry-Bereich, nah beieinander, aber an zwei verschiedenen Tischen.

»Und«, sagt Carmen, »gehst du heut wieder in dein Kinderzimmer gucken?«

Ich antworte nicht. Sie weiß es doch.

»Bisschen im Schlafzimmer deiner Eltern rumspionieren.«

Ich schüttele den Kopf, obwohl ich nicht will. Carmen provoziert mich. Das ist in Ordnung. Wir sind von Siemens-Hettlage harmono-inkompatibel ausgewählt, sodass wir Jahre miteinander im Orbit verbringen können, ohne in irgendeiner Hinsicht aneinanderzugeraten. Wir werden einander nicht lieben, wir werden einander nicht hassen. Wir kommen klar.

»Ich versteh nicht, was du an dem Loch findest«, sagt Carmen, und ich merke, dass es sie interessiert. Ich schaue hinüber zu ihrem Tisch. Vielleicht kann ich ihr das eines Tages erklären. Aber es kommt auf den Tag nicht an. Wir müssen uns hier oben einteilen, was wir einander wann erklären. Wir müssen die Dinge strecken, damit sie länger halten.

Ich hätte mir halt gewünscht, dass es nicht aufhört, damals, denke ich. Aber wie sagt man so was. Dass wir nicht wegmüssen, hätte ich mir gewünscht. Dass das Loch nicht dahin kommt, wo ich war und alles, was ich kannte.

Aber wie groß das klingt. Für einen Moment denke ich, ich sollte mich zu ihr setzen, damit ich ihr antworten kann, aber mit der ersten Bewegung in ihre Richtung verfliegt mein Plan von Nähe.

Die Anzahl der Tische, vier, ist ein Überbleibsel aus der Zeit, als die Curver-Stationen noch mit mehr als zwei Personen besetzt waren. Heute genügen Carmen und ich, um den Müll zu splittern. Der nächste Curver, eine halbe Flugstunde hinter uns, in der gleichen Kreisbahn, fängt unseren gesplitterten Müll ein mit seinen glitzernden Segeln, glättet ihn und rollt ihn ein und faltet ihn zu Bausteinen für die Mondsiedlung, »The Lofts @ Moon Landing, a Siemens-Hettlage Dwelling«.

Carmen löffelt ein rosafarbenes Joghurt, das sie sich gewünscht hat, es riecht nach Erdbeere. Sie hat noch nie ins Loch geschaut. Sagt sie. Das Loch interessiert sie nicht. Obwohl sie aus der Nordheide kommt, wo das Loch am tiefsten war und wo das Kunstharz am dichtesten ist.

Ich trinke Kaffee und warte darauf, Appetit zu bekommen: eine Toastscheibe auf meinem Teller, Streichfett, Waldmeistergelee. Die Arbeit am Trash-Fraktal ist anstrengend, das Knistern der Sterne ohrenbetäubend. Darum müssen wir uns abwechseln, On-Day, Off-Day. Ich hätte lieber niemals frei. Wenn ich am Trash-Fraktal arbeite, vergesse ich das Loch. Das Loch tut mir weh, aber ich kann mich nicht davon losreißen.

Manchmal verschlägt es mir den Atem, wenn ich meine Kabine betrete. Ich mag die Strahlenschutzdecke und wie ich sie in meiner Koje glatt gezogen habe, ich mag die Ordnung der Artefakte auf meiner Schreibklappe, die ovale Öffnung zur Nasszelle, die gelben Lichtbahnen hinter den Deckenleisten. Aber die Kabine ist kein Ort, der mich hält oder birgt. Ich bin hier, solange ich es aushalte. Das wird zwar noch lange sein. Aber es ist nur aushalten, aufhalten. Mehr nicht.

Manche Curver-Duos teilen sich eine Kabine, wir reden nicht darüber, aber es gibt Gerüchte. Ein harter Verstoß gegen die Compliance von Siemens-Hettlage. Die ganze Harmono-Inkomp funktioniert nicht, wenn wir anfangen, aus den Parametern auszubrechen. Während ich am Terminal die Suche nach dem passenden Allfenster für Standort und Erdzeit starte, frage ich mich, ob ich es schön fände, mit Carmen einen Raum zu teilen, abgesehen von dreimal am Tag den Pantrybereich und hin und wieder, bei unseren Wartungsarbeiten, die Kloake und das Cockpit. Meine Fantasie versagt. Ich kann mich nur alleine denken. Unter meinen Fußsohlen spüre ich das Rotieren der Gravitationskegel. Ich bewege mich, weil die Kegel Knochenauswüchse verursachen können, sobald man zu lange an einer Stelle im Curver steht. Zwar erst nach Stunden, aber man kann nicht vorsichtig genug sein.

Das Loch quält mich, weil es mir die Vergangenheit schenkt und nimmt zugleich. Wenn Carmen ihren Off-Day hat, masturbiert sie, sie sagt, niemand On-World und Off-World ist besser im Masturbieren als sie (ich habe keinen Grund, daran zu zweifeln). Ich hingegen schaue in die Vergangenheit. Also in das, was davon übrig geblieben ist.

Das Loch-Protokoll beginnt, während der Terminal auf seinem durchlaufenden Lichtstreifen weiter ein passendes Allfenster für meinen Zielwunsch sucht: Europa, Norddeutschland, Hamburg, Große Brunnenstraße 49c, 3. Stock links. Das Loch-Protokoll ist für Schulkinder in Moon Landing, nicht für Curver-Leute wie mich. Darum muss ich jedes Mal die kurze Einführung über mich ergehen lassen, sie lässt sich nicht überspringen. Carmen kommt von der IT, sie könnte mir einen Workaround legen, sie hat es sogar angeboten, aber ich habe abgelehnt, weil ich ihr nicht diese Art von Bedürftigkeit zeigen möchte. Und weil ich mich nicht bei ihr revanchieren könnte.

Eine einfache Idee
ist manchmal
die beste Idee.

Ich kann das schon mitsprechen. Manchmal tue ich es. Heute ist mir nicht danach. In einer schmalen Kolonne laufen diese Buchstaben über den Schirm, im Hintergrund eine Animation des steigenden Meeresspiegels auf der Erde. Dann das Loch, die geniale, einfache Idee.

Ihr kennt das
von der Badewanne.
Wenn sie voll ist,
zieht man den Stöpsel.

Normalerweise schaue ich an dieser Stelle weg, ich mag das Wort Stöpsel nicht. Und ich mag die Bilder nicht, wie das überflüssige Wasser der Weltmeere im Abfluss der Norddeutschen Tiefebene verschwindet. Das war meine Welt.

Wenn zu viel
Wasser da ist,
lässt man es
ablaufen.

Und dann das Diagramm, Europa bis zum Ural aufgeschnitten wie ein Tortenstück: die unterirdischen Salzstöcke in Norddeutschland, die Verbindungen zu Höhlensystemen in Ostdeutschland und Bayern, bis nach Südosteuropa, und mit ein paar Bohrungen bis in die unendlichen Höhlenwelten

Sibiriens. Abertrillionen von Kubikkilometern Stauraum für alles überschüssige Meerwasser der Welt.

Unbegrenzte Energie
durch die Fließkraft
des ablaufenden
Wassers: die

Ich wandte mich ab, als suchte ich etwas im Raum. Ich wollte nichts über die »Lösung der Menschheitsprobleme« lesen. Und nichts darüber, warum das Loch an der Stelle geöffnet wurde, wo es geöffnet wurde. Ich verstand die Geologie und Fließdiagramme. Ich verstand nur nicht, wo meine Welt nun war.

Sicher verschlossen
unter modernster Technik,
transparentes Kunstharz,
welches das Loch
fest verschließt
aber für immer sichtbar
lässt, was darunter war.

Damit ihr es studieren und daraus lernen könnt.

Damit ihr wisst, wie eure Vorfahren gelebt haben.

Und damit ihr erfahrt, woher die fast drei Millionen Curver-Duos kommen, die in einem dichten Netz von Erdumlaufbahnen den Weltraumschrott splittern und auffangen. Aber lernen die Kinder dieses Detail überhaupt in den Schulen von Moon Landing? Ich glaube, wir sind für sie nur Glitzer vor der Erde, und ich empfinde keine Bitterkeit deshalb. Es gibt Schlimmeres, als am Mondhimmel zu flimmern.

Je nach Tageszeit und Ort in der Umlaufbahn kann man über die synchronisierten Allfenster fast jeden Punkt in der

Kunstharzkuppel der Norddeutschen Tiefebene anwählen. Eine menschenleere, fest verschlossene Welt, der man die Wasserschäden bis zum ersten Stock zwar ansieht, die aber umso unberührter scheint, je länger es her ist, dass ich sie wirklich erlebt habe. Zehn Jahre, zwanzig Jahre? Im Curver rechnen wir in Umlaufbahnen, selbst unsere On- und Off-Days haben keine 24 Stunden, sondern etwas über 21, es ist der Siemens-Hettlage-Standard, unsere Jahre zerfallen in der Fliehkraft unserer Umdrehungen.

Die Kinder sollen lernen, die Allfenster auszurichten und zu fokussieren. Die virtuellen Kontrollfelder auf dem Touchscreen haben daher die runden, organischen Formen von Dingen, die spielerisch wirken sollen. Wie immer fährt es tief in mich, als ich meine alte Straße sehe, und ich weiß nicht mal, was dieses Es überhaupt ist. Eine Freude oder ein Schmerz, vielleicht muss ich das nur herausfinden, damit ich endlich aufhören kann.

Meine Eltern haben vor der Öffnung des Lochs das Angebot angenommen und sind nach Lanzarote gezogen, »The Lofts @ El Golfo, a Siemens-Hettlage Dwelling«, sie melden sich zu meiner Zufriedenheit selten. Wenn sie es tun, erzählen sie, wie groß Lanzarote geworden ist, seit »sie den Meeresspiegel abgelassen« haben, mein Vater verwendet immer die gleiche Formulierung.

Meine Schwester ist auf einem anderen Curver, manchmal zeilen wir, einmal im Jahr treffen wir uns bei der virtuellen Endumlauf-Feier. Wir haben uns nicht viel zu sagen, weil niemand, der vom Curver kommt, viel zu erzählen hat.

Ich nehme die Schallschutzkapseln aus meiner Brusttasche, weil mich das Knistern der Sterne bei der Arbeit an der Vergangenheit stört. Das Knistern müsste weniger werden, je mehr

Schrott Carmen heute splittert, aber es hört sich an, als ließe sie sich Zeit. Manchmal wehrt sich auch das Fraktal, als wären die Programme müde, dann dauert die Einrichtung länger.

Je ruhiger es in meinem Kopf wird, desto besser sehe ich. Meine Finger huschen über die Bildschirmfelder, die Hausfassade kommt näher und wird schärfer, viereinhalb Zimmer, davon nach vorn zur Straße: die Küche, das Wohnzimmer, mein Zimmer, der schmale Schlitz des Badezimmers. Also was sollte das Gerede von Carmen, die Allfenster reichen gar nicht in den Hinterhof, nur von da aus hätte ich das Schlafzimmer meiner Eltern sehen können, das Zimmer meiner Schwester und die Kammer, in der die dänischen Fluchtmenschen gewohnt haben.

Wie ich meine Fenster einmal mit Fensterfarben bemalt habe, und später, als ich die Blüten und die Raute nicht mehr wollte, ging das längst nicht so gut ab, wie draufgestanden hat. Ich kann die Farbränder jetzt immer noch erkennen. So tief im Kunstharz reflektiert kein Sonnenlicht, darum kann ich mit ein wenig Arbeit am Fokus ohne Spiegelung durch die Scheibe in mein altes Zimmer schauen. Ich sehe ein Stück des Fußbodens und die Wand mit dem Poster von einem Film, in dem Menschen in einem Videospiel lebten, glaube ich. Ich mochte die klaren Farben und die Dynamik, das Poster sah damals für mich aus, als könnte man noch was erleben, also ich.

Wie ich diesen Teppich wollte bei Ikea hinterm Bahnhof, wie unpraktisch mein Vater ihn fand: Hochfloriger Teppich auf einem einfachen Estrich, na dann viel Vergnügen.

Wie sich die Dielen da, wo der Teppich aufhörte, unter den Füßen anfühlten, und keine rotierenden Kegel darunter, damit man nicht wegschwebte. Die Farbe hat Ochsenblutrot geheißen.

Wie ich gekämpft habe um das Orange an den Wänden, und wie ich es schon nicht mehr sehen konnte, sobald die Farbe trocken war. Jetzt scheint es mir unverzeihlich, dass ich mich nicht jede Sekunde daran geweidet habe, meine Augen erfrischt. Orange hat der Gestalterkreis von Siemens-Hettlage abgelehnt für die Curver.

Wo das Poster war, ist die Wand genauso orange wie rundherum, es gibt gar nicht diese Konturen, wie wenn irgendwo ein Bild gestohlen wird und man sieht nur noch die Ränder, die das Nichts und den Verlust betonen.

Ich ziehe die Finger vom Schirm wie von einer heißen Herdplatte, aber im Curver kommt das warme Essen aus der Schütte. Ich fixiere das Bild im Kunstharz, die leere Wand, als bräuchte mein altes Poster einen Moment, um sich doch noch zu materialisieren.

Aber es bleibt verschwunden, es ist verloren. Wer ins Loch schaut, hat davon gehört. Es ist ein Brechungsphänomen, sagen die Optikleute. Die Allfenster müssen zu viele Winkel überwinden, zu tief in die Kunstharzwelt eindringen, in den Pfropfen im Loch, in den Stöpsel, und auf dem Rückweg zum Schirm gehen Dinge verloren. Es ist ein psychologisches Phänomen, sagen die Neuroleute. Wir glauben, wir hätten diesen oder jenen Gegenstand im Loch gesehen, aber es ist eine Erinnerung, die unser Gehirn aus der Zeit davor über die toten Bilder der Gegenwart projiziert, und wenn es das eines Tages nicht mehr tut, denken wir, es wäre etwas verschwunden im Loch, was bei unserem letzten Besuch noch da war, dabei haben wir es uns von Anfang an eingebildet.

Es gibt Wesen in der Lochwelt, von denen wir nichts wissen und auch nichts wissen sollten, sagen Leute, die sich fürchten. Die Lochwesen sind zweidimensional und stehlen die Dinge.

Die Vergangenheit löst sich auf, sagen Leute wie ich.

Dieses Poster, an dessen Aufschrift ich mich jetzt schon nicht mehr erinnere, war das Unwichtigste, was ich besessen habe. Aufgehängt aus dem Augenblicksimpuls eines Kindes, schon einen Tag später nicht mehr wahrgenommen. Aber weil es so unwichtig war, so zufällig war, habe ich darin mehr als in allem anderen die Vergangenheit gefunden und ihr unwillkürliches Gewebe.

Ich möchte den Schirm löschen, aber ich bin zu schwach. Ich kann nur die Stille beenden. Ich ziehe die Schallschutzkapseln aus meinen Ohren. Das Knistern der Sterne ist lauter denn je, Carmen muss richtig Probleme haben mit dem Fraktal. Ich beneide sie. Ich möchte hinaus in den Weltraumschrott und von Carmen gesplittert werden, sobald das Fraktal seinen Leitpunkt gefunden hat.

Wir klopfen nicht an im Curver, weil wir einander nie besuchen. Ich verstehe das Geräusch also erst mal nicht, ich halte es für eine Unwucht der Grav-Kegel.

Es wiederholt sich, unregelmäßig, menschengemacht.

Ja, sage ich, aber niemand hört mich.

»Ja.«

Das Schott öffnet sich, Carmen betritt meine Kabine. Zuerst denke ich, sie braucht Hilfe mit dem Fraktal, und einerseits bin ich erleichtert über die Ablenkung: eine Strickleiter, die in mein Loch fällt. Andererseits scheue ich die Schirmformulare, wenn wir den On-Day-Off-Day-Rhythmus mit Teamarbeit durcheinanderbringen.

Sie hat ihre Strahlenschutzdecke unterm Arm, auf Dreieck gefaltet, wie es Tradition ist beim ersten Betreten des Curvers. Unter dem anderen Arm hat sie einen Schwung loser

Kleidungsstücke, ich glaube, Carmen ist nicht so ordentlich wie ich.

Sie zeigt auf die Wand mit der Ersatzkoje, nur eine Stirnbewegung.

»Ich glaube, es ist besser, ich ziehe hier ein«, sagt sie.

TILL RAETHER

geboren 1969 in Koblenz, aufgewachsen in Berlin, lebt als Autor in Hamburg-Altona. 2021 erscheinen von ihm der Essay *Bin ich schon depressiv, oder ist das noch das Leben?* im Rowohlt Verlag, der Roman *Treue Seelen* bei btb und der sechste Band seiner Krimi-Reihe um den Hamburger Kommissar Adam Danowski: *Danowski: Hausbruch*, ebenfalls im Rowohlt Verlag.

Sean Keller

ÜBERLAND

Warten auf den Asteroiden, auf ein Trümmerstück. In sternklaren Nächten versteht man es: Mit nichts als unseren Dächern als Schutz.

Ich habe einen imaginären Freund, der heißt wie ich (mein zweiter Name).
Ich beantworte all seine Fragen, rechtfertige mich, erkläre ihm das Leben.
An meinem zwölften Geburtstag schließe ich mich im Bad ein (die hellgrünen Fliesen im Licht der späten Sonne) und denke nach. Ich beschließe, dass ich ab sofort zu alt dafür bin.
Von da an spreche ich nur noch zu der Kamera, die jeden meiner Schritte begleitet.

Ich erdenke mir meine Zukunft, seit ich vier bin, oder fünf.
Ich wünsche mir nichts, ich male mir nichts aus.
Nur kurz aufplatzende Bilder.
Jahre später finde ich sie in der Wirklichkeit.

Und bei der Einfahrt jedes Zuges dann fast zwanghaft der Gedanke:
Ob man nicht doch noch den einen Schritt?

Was haben wir hier nicht alles erlebt.
Ja natürlich.

Aber was soll denn noch kommen?
Was wartet denn noch auf mich?

Vor allem aber: wo?

Zwei Autos in 25 Minuten.
Ich mache mir wenig Hoffnung.

dieser
unglaubliche faktor
selbstzerstörung bis zum
letzten gefühl das
in schnaps eingelegt
gegen die wände seines gläsernen gefängnisses
schwimmt
darin
spiegelt sich alles: wie
wir einmal waren was
wir sein wollten und
schließlich wie
wir heute dastehen
ohne einen funken anstand,
regungslos

Wo bleibt die melancholische Hintergrundmusik?

Nichts ist wirklich echt.
Wir alle sind nicht echt.
Und alle täuschen.

System A:

Unser Sonnensystem ist ein Atom.
Die Galaxie ein Molekül.
Wir sind Teil eines viel umfassenderen Systems, das wir nie werden erkunden können.
Möglicherweise Teil einer Tischplatte.
Immens viele Systeme, alle einander gleich, nur milliardenfach größer oder kleiner als die anderen, alle ineinander verschachtelt.
Am Ende bildet sich vielleicht eine Schleife

Machen Sie einen Versuch:
stellen Sie den Fernseher abends leise, machen Sie dazu Musik an und beobachten Sie.

Was spüren Sie?

System B:

Der Schmetterlingseffekt gilt auch für den Menschen, nicht nur indirekt.
Ich gehe einkaufen und in zwei Wochen wird ein Kind vor meinem Fenster überfahren.
Ich zünde eine Mülltonne an, nächste Woche stirbt ein Bauer in Südamerika.
Jede kleinste unserer Handlungen hat unabsehbare Folgen.
Alle Menschen, die bis heute gelebt haben, haben zu Leben und Tod dieser Menschen beigetragen.
Beängstigend und tröstlich zugleich.

Du kannst immer was Neues anfangen,
klar,
dafür ist es nie zu spät,
Scheitern als Chance,
sicher,
schau nur die Doris, der Rainer,
Mitte vierzig noch mal was anderes,
ein Jahr Indien,
Yogaschule,
man kann seinem Leben jederzeit eine neue Richtung geben –

Glaub denen kein Wort, wirklich, schau dich um, vergiss nie, wo du hier bist. Sieh mich an und deine Eltern und die Eltern deiner Freunde und die Bierfeste und den Feuerwehrumzug und die Fassaden unserer Häuser. Hier kannst du nicht einfach noch mal neu anfangen. Such dir einen ordentlichen Job oder einen halbwegs erträglichen und sieh zu, dass du hier wegkommst. Hör auf, irgendeinen Scheiß zu glauben, wir sind hier nicht in Amerika. Und auch da landen die meisten einfach auf der Straße.

Ich schließe die Augen.
Feiner Regen flieht mir ins Gesicht: in der Waschstraße ein dunkelgrüner Golf.

Sei dankbar, sagt die Stimme meiner Mutter, sieh andere an.
Sei dankbar.

Dazu meine Großmutter: Wer weiß, wozu es gut ist.
Jeder in unserer Familie hat sein Mantra.

Ein tiefer Glaubensgrundsatz. Morgens und abends in die Kirche für den Rosenkranz, und dazwischen, wie Fürbitten:

Heiliger Ägidius. Wer weiß, wozu es gut ist.	Was auch immer geschehen ist. Sei dankbar.
Heiliger Christophorus. Wer weiß, wozu es gut ist.	Was auch immer geschehen ist. Sei dankbar.
Heiliger Vitus. Wer weiß, wozu es gut ist.	Was auch immer geschehen ist. Sei dankbar.
All ihr Engel und Heiligen. Wer weiß, wozu es gut ist.	Was auch immer geschehen ist. Sei dankbar.

Sich selbst ruhig stellen, bis man Staub ist.

Der klare, stechende Widerschein der Sonne.
All die weißen, umliegenden Häuser.
Durch das Toilettenfenster blickt man nach drei Metern auf die Fassade des Nachbarhauses.
Schräg daran vorbei, rechts: das Naturschutzgebiet, herrlich ursprünglich, tatsächlich allerdings Ergebnis zahlreicher Panzermanöver im Kalten Krieg.
Links wieder: der Mietshauskubus, die Holzrollläden.

Nur 17 Familien müssen noch zur Miete wohnen, alle anderen konnten, auch und gerade durch aktive Unterstützung zahlreicher gemeindeeigener Fördermöglichkeiten, inzwischen selbst Grund und Boden erwerben und so nach eigenem Wunsch bebauen. Darauf können wir zu Recht stolz sein!
Applaus.

Und über allem: tiefes, klarstes Blau.

Wenn wir aussterben, dachte ich immer, ist das, als hätte das Universum seinen Sinn verloren.
Wie dumm ich war.
Wir sind dem Universum egal.

[...]

SEAN KELLER

geboren 1992 im Allgäu, studierte an der Akademie der Bildenden Künste Nürnberg sowie an der Hochschule für bildende Künste Hamburg. Er arbeitet bevorzugt an partizipativen und installativen Formaten sowie Schnittstellen des Digitalen. Sein Stück *Sommer* wurde 2019 am Schauspielhaus Wien uraufgeführt, 2020 entwickelte er gemeinsam mit onlinetheater.live das Online-Multiplayer-Game *HYPHE*, kam mit *Und*, das im selben Jahr uraufgeführt wurde, in die deutschsprachige Auswahl von *Eurodram* und schrieb Trauerreden für die Besucher*innen von Kaufmann/Witts Endlichkeitserfahrung *STERBEN in Oberhausen*. Bei dem vorliegenden Text handelt es um einen Auszug aus der längeren Erzählung *Überland*.

Karen Köhler

ICH WÄRE GERN SCHWERELOS

Auf meinen Augenlidern lasten jeden Morgen Quadrillionen Tonnen. Mein Körper wird in die Matratze gepresst, unmöglich, mich zu bewegen, unmöglich, die Augen zu öffnen, zum Smartphone zu greifen, den Wecker auszustellen. Im Telefon wartet nämlich die Welt, wartet die ganze Unverschämtheit, die man aushalten können muss, um durch den Tag zu gelangen. Da wartet wieder irgendeine Lüge, die Trump über Nacht verzapft hat, oder die Ernennung eines misogynen Obersten Richters, oder der Breitbart-Nazi Bannon gründet irgendeinen Fonds, damit andere Nazis sich gut organisieren können. Oder in Brasilien wird ein Faschist gewählt, der seine Gegner umbringen möchte und Folter super findet. Oder ein Trumpanhänger versendet Briefbomben an Demokraten. Oder irgendwo erschießt ein Antisemit in einer Synagoge Menschen. Und ein Kind freut sich einen Bundesstaat weiter über ein Hello-Kitty-Maschinengewehr zum Geburtstag. Oder Seehofer lächelt beim Rassistischsein und lehnt sich zuweilen so weit nach rechts, dass man sich fragt, wie der noch stehen kann. Und Maaßen bestellt sich einen neuen Maßanzug für seine Beförderung, den er dann im einstweiligen Ruhestand tragen kann. Und Merkel macht dazu Raute. Noch. Und Merz verbrennt seine CUM-EX-Tagebücher und zwinkert Richtung AfD. Und die hetzt in NSDAP-Jargon über Teile der Bevölkerung, die sie nicht haben wollen in ihrem Deutschland, übertritt wieder die Vogelschisslinie und entschuldigt sich einen Tag später halbherzig, aber die Medien haben es bereits gedruckt, gepostet und verlinkt. Oder Strache wird im Kreis rechter Burschenschaftler fotografiert, will hinterher die kritischen Medien zensieren, weil er habe ja nur drei Bier bestellt. Oder die *Kronenzeitung* verkauft. Oder gekokst. Oder Söder. Alles mit Söder. Oder die Rodung des letzten deutschen Urwalds soll den Profit eines Kohlestromanbieters maximieren, und eine neue Autobahntrasse gebaut werden, weil Autos und Kohle ja die Zukunft sind, und Igor Levits Töne wabern traurig über dem Baumstumpffriedhof. Und die Polizei in Sachsen lässt sich von einer Holocaust-Leugnerin neue Hakenkreuzvorhänge für ihre Panzer häkeln. Und in einer deutschen Polizeizelle verbrennt ein Mensch mit dunkler Hautfarbe. Oder die Polizei verliert wieder mal ein vollautomatisches Maschinengewehr bei einem Einsatz, das dann Jahre später, nanu, wo kommt denn das her, bei einem Reichsbürger gefunden wird, der zufällig mit einem Polizisten über eine WhatsApp-Chatgruppe befreundet ist, in der man sich mit 88 und *Hohoholocaust* voneinander verabschiedet. Aber reden sollen wir über linke Polizeigewalt *Hohohochiminh*. Wer nicht preppt, ist selber schuld. Und von irgendwo werden wieder Waffen nach irgendwo verschoben, und irgendeiner kauft sich vom Gewinn den zehnten Lamborghini und versteht nicht, wie weniger mehr sein kann, vögelt deswegen nichts unter Doppel-D und fühlt sich alpha.

An einem anderen Ort, in der obersten Etage einer Bank haben sich zwei CUM-EX-oder-CUM-CUM-Kokser die Hände gegeben, einen siebenstelligen Betrag als Bonus besiegelt und den Staat mal wieder ordentlich um Steuern betrogen. Sie schauen aus dem hundertsten Stockwerk ihres Glitzerglasbunkers und lachen über die da unten. Diese Nichtschecker. Nichtstrippenzieher. Kakerlaken, die sie gern mit ihren handgenähten Schuhen aus England zertreten würden. Und knack.

In einem anderen Land reißt der Krieg sein nimmersattes Maul auf, spuckt Bomben aus, die Schulen, Krankenhäuser und Leben zerfetzen. Menschen verlieren ihre Eltern, Brüder, Schwestern, Kinder, andere ihre Freunde. Und irgendwo in Nordafrika leben Menschen auf der Flucht vor Hunger oder vor Gewalt oder vor beidem zusammengepfercht, wie Tiere in einem Gehege, und versuchen, nicht den Verstand zu verlieren. Und auf dem Mittelmeer sucht ein Schiff mit Überlebenden an Bord einen Hafen und findet keinen. Auf dem Meeresgrund stapeln sich derweil die Knochen. Und irgendwo schreien sich die Klima-Wissenschaftler*innen die Seele aus dem Leib: Vier nicht Zwei! Wir haben uns vertan! Der Permafrostboden! Den hatten wir nicht mit drin, und keine Regierung checkt, was vier Grad Erderwärmung wirklich bedeuten, und sie finden Greta kindisch. Derweil stellt Trump die Zeiger wieder zurück auf 1980 und Kohleabbau und erlässt im letzten Moment seiner Macht noch Dekrete, die Naturschutzzonen aufheben. Und in Indien sind zwei Drittel der Bevölkerung unter 30 und alle wollen Autos und Strom. Klar. Und in China importieren Leute Bio-Katzenfutter aus Deutschland, weil sie der chinesischen Qualität nicht mehr trauen. Und irgendwo stirbt wieder ein Tier aus und ist für immer weg. Und in einem Wildlifereport steht, dass in den letzten 40 Jahren die Populationen von Säugetieren, Vögeln, Fischen, Reptilien und Amphibien um 60 Prozent geschrumpft ist. In 40 Jahren gibt es dann ja vielleicht gar keine mehr, wenn das so weitergeht, und Leute bestellen vor lauter Traurigkeit darüber bei Amazon ein Gerät, das sie nicht brauchen. Zack, da hat einer Australien angezündet und den Amazonas gleich mit. Egal, lass mal kurz übers Wochenende nach Venedig. Und irgendwo fliegt einer, und hat ein schlechtes Gewissen, macht aber trotzdem Urlaub in Thailand oder eine Kreuzfahrt, dafür isst er ja schließlich kein Fleisch und meditiert über seiner Gojibeerenbowl, obwohl irgendwo steht, dass ein Schiff so viel Feinstaub produziert wie eine Million Autos. Im selben Zeitraum. Ach, nee, stopp, ist ja Pandemie, reisen geht ja gerade nicht. Oder fast nicht. Kann man sich ja eh alles nicht vorstellen. Und hey, voll der geile Sommer, voll warm, voll schön, voll … warte, Ernteausfall, äh … Was, einself, die Pommes werden teurer? Und irgendein Algorithmus bestimmt über Weizenpreise und im Jemen sind durch den Krieg 14 Millionen Menschen vom Hungertod bedroht. Und irgendein verficktes Prozent der Weltbevölkerung besitzt 82 Prozent des Vermögens der Welt. Und während dieses Prozent von Wildkatzen ausgekackten Bohnenkaffee trinkt und sich von seinen Assistent*innen die Füße massieren lässt, macht es das hundertste Selfie am Tag. #wokeuplikethis #cleaneating #selflove #metime … Und irgendwo wird gemeldet, dass schon wieder eine Frau von einem Mann geschlagen, vergewaltigt, getötet wurde. 147 durch ihre Partner oder Ex-Partner getötete Frauen in einem Jahr allein in Deutschland. Jeden dritten Tag eine. Und eine Marzipanschokoladenmarke bringt Männerschokolade heraus, weil bei denen anscheinend keine Frau Whiskey trinkt. Und irgendwo gibt ein Typ ein Seminar vor Männern, wie man Frauen am besten gefügig macht, und verklickert den Teilnehmern, dass es Vergewaltigung ja eigentlich gar nicht gibt, dass es ein Recht sei, dass Männer sich eben nehmen, was sie wollen und brauchen, das sei eben ihre

Natur. Und in irgendeiner Chefetage sitzt wieder keine Frau. Und irgendwo regt sich ein Fleischproduzent über Vegetarier auf, und irgendwo hat einer 'ne Spenderleber bekommen und säuft trotzdem weiter. Und irgendwer hat irgendwen irgendwo entfollowt, und irgendwer hat Herzchenstress auf Instagram, und irgendwer wird dafür von irgendwem bezahlt, gezielt Falschmeldungen in Umlauf zu bringen und damit Stimmung zu machen oder Wahlen zu manipulieren. Und die Benutzeroberfläche irgendeiner App hat sich schon wieder zusammen mit den tausendseitigen Geschäftsbedingungen geändert, und man klickt *Akzeptieren*, weil das Leben zu kurz für die Geschäftsbedingungen ist. Und dann liest irgendeine App die Daten ab und verkauft sie weiter: Wie du scrollst, wie lange du schaust, wohin du schaust, und bastelt dir dann deine Werbung, deine News und Videos, dein digitalanaloges Leben zusammen. Und es ist Corona und alle drehen durch und jeder ist jetzt Bundestrainer oder Experte oder Bierologe und fühlt sich ungerecht behandelt oder unterdrückt vom Staat und verschwört sich deswegen gegen alles und jeden und entfollowt die Wissenschaft. Selbst Blaumeisen haben Lungenentzündung und sterben wie die Covid-Nineteenies, derweil fressen in Ostafrika die Heuschrecken alles weg. Und in Amerika wird wieder ein Schwarzer beim Schwarzsein auf offener Straße von weißen Männern ermordet. Und in Deutschland heuchelt man Betroffenheit anstatt bedingungslos den Rechtsterrorismus aufzuklären. Hanau, Hanau, was war da noch mal? Wieder kennt keiner ihre Namen. Und heute werden es 15 Grad. Sonnenuntergang um 16:38 Uhr. Und irgendwie überwindest du die Quadrillionen Kilo Gewicht auf deinen Lidern, machst endlich die verdammten Augen auf und greifst zum Smartphone, stellst den

Wecker ab und liegst pochend in der Welt. Du machst, was du machen musst, um wach zu werden, klappst den Laptop auf und schreibst. Buchstabe für Buchstabe tippst du gegen die Schwere an. Wort für Wort häkelst du dir eine Rakete, Satz für Satz entwirfst du Welträume und versuchst zu verstehen, wer wir sind und warum. Und immer hoffst du, dass es ausreicht, dass du es aus dem Gravitationsfeld rausschaffst und schwerelos wirst …

KAREN KÖHLER
wurde in Hamburg geboren, wollte Kosmonautin werden, hat Fallschirmspringen gelernt und Schauspiel studiert. Nach zwölf Jahren am Theater schreibt sie heute Dramatik, Drehbücher und Prosa. Ihre Theaterstücke stehen bei zahlreichen deutschen Bühnen auf dem Spielplan. 2014 war sie für den *Ingeborg-Bachmann-Preis* nominiert und 2019 für die *Goldene Lola* mit ihrem Drehbuch *Cowboy & Indianer*. Ihr viel beachteter Erzählungsband *Wir haben Raketen geangelt* ist 2014 im Hanser Verlag erschienen, ebenso ihr 2019 veröffentlichter Debütroman *Miroloi*, der für den *Deutschen Buchpreis* nominiert wurde.
www.karenkoehler.de

Stefan Beuse

WAS GLÜCK IST

1.

Um uns ist Nacht. In den Wald dringt kein Licht. Tagsüber sehen wir Schemen. Nachts macht uns das Feuer zu Schatten.

Niemand weiß, wie lange wir jetzt hier sind. Keiner weiß, ob wir den Wald je wieder verlassen. Unser Leben vor dem Wald ist eine Erinnerung, fahl wie der Schein, der es manchmal durch die Dornen schafft, ein Abglanz ohne Kraft und ohne Richtung.

Wir wissen, da draußen ist die Sonne. Wir wissen das, weil sie immer da war. Aber wer hier geboren ist, hat keine Erinnerung an Licht und an Wärme. Wer hier geboren ist, hält das Innere des Waldes für die einzig mögliche Welt.

Ihr seid Lügner, sagen sie, wenn wir von draußen erzählen. Es gibt keine Sonne. Es gibt keinen Himmel, keine Sterne, kein Gras. Das sind Geschichten, sagen sie, und wir haben Mitleid mit ihnen, weil sie die wirkliche Welt nicht kennen. Sie aber haben Mitleid mit uns, weil wir an eine Welt glauben, die es nicht gibt.

Die Sehnsucht macht euch unglücklich, sagen sie. Eure Sehnsucht und eure Geschichten.

Woher wollt ihr das wissen, fragen wir. Woher wollt ihr wissen, was Glück ist.

2.

Wir haben einen Baum, Luz und ich. Der Baum ist voller Schlangen. Jede Familie bekommt einen Baum, am Anfang.

Die Schlangen können fliegen. Jede Nacht kommen Raubtiere und Skorpione. Aber Luz und mir passiert nichts. Als wollte jemand, dass wir aushalten, bis zuletzt. Nur, dass es keinen Jemand gibt. Und kein Zuletzt. Es gibt nur uns.

3.

Auf dem Wald liegt ein Fluch, heißt es. Ein Fluch aus der Vorzeit. Der Wald ist groß wie ein ganzes Land und so alt, dass niemand seinen Namen kennt. Der Name steht auf einem verrosteten Schild, das an einer Kette vor dem Eingang hängt. Aber keiner versteht die Schriftzeichen darauf. Es ist eine Sprache, die niemand spricht.

Die Bäume sind knorrig und miteinander verwachsen. Das Dickicht ist voller Dornen. Nichts dringt in den Wald. Kein Regen. Kein Licht. Kein Wind. Wer in seine Nähe kommt, heißt es, findet nie wieder heraus.

4.

Der Wald ist in Abschnitte unterteilt, die sich wie Ringe um sein Zentrum legen. In der Mitte, sagen sie, gibt es einen einzigen hellen Fleck. Dort, in einer silbernen Hütte aus Blech, lebt er.

Niemand hat ihn je gesehen. Keiner weiß, ob es ihn wirklich gibt. Einige sagen, er sei längst tot. Andere behaupten, er habe Zauberkräfte und könne sich unsichtbar machen, die Gestalt von Tieren annehmen. Er lebe in einem Haus, das im Sonnenlicht funkele und ständig bewacht sei.

Das Licht zerstört unsere Augen, sagen sie. Der Einzige, der es sehen kann, ist er.

5.

Wenn du im Wald lebst. Wenn du so lange im Wald lebst, dass du den Wald gar nicht mehr wahrnimmst. Wenn dich seit Jahren nichts umgibt als Wald. Dann wird der Wald für dich zur Welt und Schwarz zu allen Farben.

Abstufungen von Finsternis messen die Zeit. Erkennst du Menschen, ist es Tag. Siehst du Schatten, ist es Nacht. Was draußen dunkel war, ist hier für dich die hellste Stunde.

Und irgendwann verlagert sich deine Wahrnehmung, spürst du Wärme in der Kälte, hörst du das Atmen der Bäume in der Stille. Riechst du Fäulnis unter Grund und schmeckst Aromen in der Luft.

Und dann fühlst du Licht in den Bäumen. In Blättern, Tieren, Menschen. Nicht, weil du im Wald lebst. Nicht, weil dir die Dunkelheit Phantome zeigt. Sondern weil du einen Sinn entwickelst, den du noch nicht kennst.

Du nimmst es wahr und weißt nicht, womit. Du weißt nicht mal, ob es wirklich Licht ist, aber was immer es ist, es leuchtet und schimmert und glüht, manchmal so schwach, dass du es kaum bemerkst. Es ist in allem und es bewegt sich wie Atem. Es ist wie nichts, das du kennst, aber stell dir vor, du könntest Atem sehen, wie er durch jeden Körper strömt und jeden Baum. Selbst im finstersten Dickicht, im letzten trockenen Dorn. Was du Luft nennst, ist voll davon. Es ist blau und violett und gelb und grün um viele Menschen herum und silbrig nur bei wenigen.

Stell dir vor, du wachst eines Tages auf und deine Tochter ist aus purem Gold.

6.

Hass ist schwarz. Hass und Trauer und Angst sind schwarz und dicht und schwer. Es ist noch Licht darin, das Licht ändert sich nie. Was den Unterschied macht, ist die Durchlässigkeit des Gefäßes.

7.

Gibt es die andere Welt wirklich?, fragt Luz.

Spielt das eine Rolle?, frage ich.

Ich will zu ihm, sagt sie. Ich will wissen, wer er ist.

Das geht nicht, sage ich, das weißt du.

Ich will mit ihm reden.

Niemand schafft es ins Zentrum, Luz. Niemand schafft es auch nur in die Nähe des innersten Kreises.

Ich will zu ihm, Mama. Ich will die Sonne sehen.

8.

Nachdem wir das nächste Mal geschlafen haben, brechen wir auf. Wir nehmen nichts mit und lassen nichts zurück. Wir haben alles bei uns.

Es gibt Leoparden im Wald, Hyänen. Es gibt giftige Flüsse und Sümpfe voller Alligatoren. In den Gräben liegen Leichen.

Jetzt, wo wir ein Ziel haben, ist die Angst wieder da.

Hier.

Jetzt.

Hier.

Jetzt.

Das ist der Rhythmus unserer Schritte.

Die Dornen sind scharf wie Krallen. Unsere Beine sind blutig, wir umwickeln sie mit Fetzen, die in den Sträuchern hängen.

Wir beißen die Zähne zusammen. Wir streicheln den Grund mit bloßen Füßen, wenn die Erde fest ist und kühl. Wir balancieren über Stämme durch die Sümpfe.

Wir sind leise wie das Lied in unseren Köpfen und flüsternd wie Wind.

9.

Als wir noch Kontakt zu den anderen hatten, haben wir Feuer gemacht. Jeder brachte, was er hatte, und es war nie zu wenig.

Jetzt sehen sie uns an, wenn wir in die Nähe ihrer Bäume kommen. Was wollt ihr hier, sagen ihre Blicke. Was wollt ihr in unserem Gebiet. Wir haben selbst nicht genug, es gibt nichts für euch.

Wir wollen ins Zentrum, sagen wir und spüren ihre Blicke im Rücken.

10.

Als wir den Graben erreichen, ist der Geruch so stark, dass wir Zweige aufbrechen und unter die Nase halten, um einen Rest Schärfe darin zu finden. Wir atmen durch den Mund, wir schmecken Tod auf unseren Zungen und ziehen die Hemden bis über die Nasen.

Wir nicken uns zu und halten die Luft an und laufen los, den Wall hoch und wieder runter, wir sehen nicht nach unten, nur zur anderen Seite. Wir wollen schneller auf die andere Seite, als Gedanken brauchen, um zu greifen. Wir rennen den Hang runter, wir nehmen Anlauf und beißen die Zähne aufeinander.

Wir springen, wir haben überall Gänsehaut, der Weg, die Berührung, wir wissen nicht, wie es sich anfühlt, wir wollen, dass es sich gar nicht anfühlt, dass es wie Grund ist, wie elastischer Boden, der federt und trägt, aber so ist es nicht, es ist wie eine Decke über wackeligen, rutschigen Ästen. Ich sehe, wie Luz mit zwei, drei Sätzen die andere Seite erreicht, und frage mich gerade, wie sie das schafft, als mein Fuß in eine Lücke stößt und abrutscht, mein Bein bricht ein, ich bleibe stecken und etwas Krachendes, Sumpfiges, Schlickiges zieht mich hinab. Ich werfe meinen Oberkörper nach vorn, schlage den Arm nach, kraule durch wimmelnde, surrende, schleimige Käfer, Körper, Maden, die mich tiefer ziehen, mit jeder Bewegung.

Aber Luz, das weiß ich: Luz wird es schaffen. Sie wird ein Kind treffen, im Zentrum. Ein Kind, das ich gewesen sein werde.

In den Wald fällt kein Licht.

STEFAN BEUSE

geboren 1967, lebt in Hamburg. Er arbeitete u. a. als Texter, Fotograf und Journalist, schrieb Drehbücher, Erzählungen und zahlreiche Romane. Für sein literarisches Werk wurde er vielfach ausgezeichnet, u. a. mit dem *Preis des Landes Kärnten beim Ingeborg-Bachmann-Wettbewerb*. Er erhielt drei Mal den *Förderpreis für Literatur der Stadt Hamburg*. Seine Romane *Kometen* und *Meeres Stille* wurden fürs Kino verfilmt und international ausgezeichnet. Zu seinen jüngsten Veröffentlichungen gehören der Roman *Das Buch der Wunder*, erschienen beim mairisch Verlag sowie eine Reihe philosophischer All-Age-Bücher bei Hanser.

Artur Dziuk

WANN ENDET DIE NACHT, WANN BEGINNT DER TAG

Und als die Nacht anbricht, erwache ich aus vierzehnstündigem Schlaf. Der Alkoven hat sich meinem Leib angepasst, weich und anschmiegsam. Nur am Hinterkopf drückt eine harte Stelle, die vertraute Vibration unter dem Polster. Dort wo die Induktion den Anderen und mich jeden Abend und jeden Morgen synchronisiert.

Ich kann den Anderen neben mir riechen: Mandel und Aloe vera. Vor wenigen Minuten hat er seinen Leib mit Lotion eingerieben, wie so oft, wenn er zu mir in den Alkoven steigt. Ich erinnere mich an die Prozedur, weil er sich an sie erinnert. Obwohl wir ein und dieselbe Person sind, umsorgt der Andere seinen Leib achtsamer als ich. Vielleicht weil er – im Gegensatz zu mir – in seiner Wachzeit Gelegenheit dazu findet.

Noch zehn Stunden bis zur nächsten Synchronisation.

Seit einiger Zeit werde ich regelmäßig von Gedanken an Parallelwelten heimgesucht. Während einer besonders zermürbenden Nachtschicht ist mir ein Artikel über die sogenannte Multiversum-Theorie untergekommen. Sie besagt, dass Abermilliarden Parallelwelten existieren, von denen einige unserer Realität ähneln, andere sich wiederum in fundamentalen physikalischen Gesetzmäßigkeiten von ihr unterscheiden. Die Existenz jedes Individuums ist in einer leichten oder drastischen Abwandlung in unzähligen Parallelwelten gleichzeitig möglich. Die Frage, die mich seither regelmäßig beschäftigt, etwa wenn ich gelangweilt Mitarbeitergespräche in der Agentur transkribiere oder schweigend beim Essen mit Magenta mein Replika kaue: Gibt es unter den Millionen Parallelwelten eine, in der Menschen nicht zwei Leiber haben, einen für den Tag und einen für die Nacht? Und würde ich jemanden aus einer solchen Welt von der meinen erzählen – wie sähe diese Geschichte aus?

Beginnen würde ich mit dem Anderen, meiner Tag-Variante. Wie er mit geschlossenen Augen im Alkoven neben mir liegt und traumlos regeneriert. Dunkle Haare, dünne Augenbrauen, breites Kinn: Sein Gesicht ist Vorbild für das meine. Mit Ausnahme der leichten Sonnenbräune – ein Relikt des vergangenen Sommers –, auf die er als Tag-Variante ein Vorrecht hat. Dann sein sehniger Leib, der keine Stromstoßtherapie benötigt, da er ihn dreimal pro Woche im Studio trainiert. Ein Privileg, das er sich mit vierzehn Stunden Wachzeit leisten kann. Nacht-Varianten wie mir stehen lediglich zehn Stunden Wachzeit zu, was aufwendige Freizeitaktivitäten wie Leibesübungen beinahe unmöglich macht.

Ein glückseliges Lächeln umspielt die Mundwinkel des Anderen. Es stößt mich ab. Nach kurzem Suchen in unseren gemeinsamen Erinnerungen verstehe ich: Er hatte heute Sex mit der Tag-Variante unserer Verlobten Magenta.

Ein Scharren und Wimmern auf der anderen Seite der Zimmertür zwingt mich, aus dem Alkoven zu steigen. Jede Bewegung schmerzt in den Gelenken. Eine Nebenwirkung des

Vierzehnstundenschlafs, die auch die muskelerhaltende Stromstoßtherapie im Alkoven nicht mildern kann. Als ich die Tür öffne, springt Extremniedlich an mir hoch, schnappt liebevoll nach meinen Fingern und meinem Gesicht, als hätte er mich tatsächlich den ganzen Tag lang nicht gesehen. Ich frage mich, ob der Canide zwischen dem Anderen und mir unterscheiden kann. Und falls ja, wem er sich stärker verbunden fühlt. Ich lasse die Erinnerungen des Anderen vom heutigen Tag vor meinem geistigen Auge Revue passieren. Er hat es sich nicht nehmen lassen, sich bei Extremniedlich mit Gänsereplika, dessen liebster Futtersorte, beliebt zu machen. Sogar für einen kurzen Spaziergang hatte er Zeit. Sodass mir lediglich Streicheleinheiten bleiben.

In der Wohnküche ist es dunkel, abgesehen vom Mond, der sein fahles Licht vom Himmel durch die Glaswand auf unsere Einrichtung wirft. Ich lege meine Hände auf das kalte Glas, schaue in den Nachthimmel und verfluche den Winter. Seit Monaten habe ich keine Sonne mehr gesehen. Keine Wolkenfetzen im lilaroten Zwielicht am Abend, wenn ich die Augen im Alkoven öffne. Keine neugeborenen Sonnenstrahlen am Morgen, die mit dem Wind in den Baumkronen tollen, wenn ich zurück in den Alkoven steige. Für mich gibt es allein den Mond, den blassen Gestaltwandler, das erbärmliche Imitat der Sonne. Allein meinen Bruder, den Mond.

Mit einem Mal ist es tageslichthell und ich habe Mühe, meine Augen offen zu halten. Das Assistenzsystem hat die Wohnküche auf 50.000 Lux erhellt und gibt mir so das Signal, mit meiner Routine zu beginnen.

Während ich Weizenreplika aus einer Schüssel löffele, betrachte ich ein Foto, das der Andere an der Kühlschranktür befestigt hat. Es zeigt ihn und die Tag-Variante von Magenta lachend auf einer Eisfläche sitzen, kurz nachdem Magenta beim Schlittschuhlaufen hinfiel und den Anderen mit zu Boden zog. Ich erinnere mich an den Besuch auf der Schlittschuhbahn, als wäre ich wirklich dort gewesen. Ich erinnere mich an das Händchenhalten in Baumwollhandschuhen, an die Umarmungen und Küsse auf der Eisfläche, an Magentas Zimtparfum. Als wäre tatsächlich ich es, der in Magenta verliebt ist. Als wäre tatsächlich ich es, der glücklich ist.

Ich spüle die übliche Ration Vitamin D mit etwas Wasser herunter und überprüfe das Chronometer. Es ist noch etwas Zeit, bevor die Mitfahrgelegenheit vorfährt. Extremniedlich macht es sich neben mir auf dem Sofa gemütlich, als ich den Fernseher einschalte. Er muss gelernt haben, dass er bei mir, anders als beim Anderen, dafür nicht bestraft wird. Vielleicht würde ich dem Caniden das Lümmeln auf dem Möbel ebenfalls verbieten, wenn dieses mir gefallen würde. Aber das Sofa, den überdimensionierten Fernseher, selbst die im Raum verteilten Pflanzen hat allesamt der Andere ausgesucht. Ich fühle weder Vertrautheit noch Geborgenheit inmitten der Einrichtung. Vielmehr kommt es mir so vor, als würde ich mit ihr konkurrieren.

Eine Melodie kündigt die Nacht-Nachrichten an. Ich streichele Extremniedlichs weiches Fell, während der Sprecher im gewohnten Singsang das erste Vorkommnis verkündet: Heute beriet die Regierung in einer außerordentlichen Sitzung darüber, ob die Wachzeit der Nacht-Varianten um eine halbe Stunde, also von zehn auf zehneinhalb Stunden verlängert werden sollte. Das Thema wurde kontrovers diskutiert, so die Tag-Variante des Regierungssprechers im aufgezeichneten Gespräch. Gerne wolle man den Nacht-Varianten mehr Wachzeit einräumen. Allerdings müsse man bedenken, dass dies den Umbau aller gesellschaftlichen Prozesse nach sich zöge. Außerdem müsse man darauf achten, Tag-Varianten wiederum nicht zu benachteiligen.

Ich gebe Extremniedlich ein Leckerchen und höre kaum mehr hin. Seit Jahrzehnten schon wird über die Umlage von Wachzeit zugunsten der Nacht-Varianten diskutiert, passiert ist bislang nichts. Der Regierungssprecher fährt mit dem Argument fort, das bei allen bisherigen Debatten ausschlaggebend war: Da es sich bei Tag- und Nacht-Varianten um dieselbe Person handle, spiele die Verteilung von Wachzeit keine Rolle. Priorität habe, sagt er diensteifrig, dass die Werte und Vorteile erhalten blieben, wegen der das Zwei-Leiber-System vor über tausend Jahren eingeführt wurde. Nämlich dass jeder Mensch mehr Zeit habe, seiner Lohnarbeit nachzugehen. Und dass jeder Mensch die Wirtschaft stärke, indem er für zwei Leiber konsumiere.

Ich schalte den Fernseher aus, verabschiede mich von Extremniedlich und ziehe Stiefel sowie Thermojacke an. Bevor ich die Wohnung verlasse, lösche ich das Licht in der Synchrokammer, wo der Andere friedlich regeneriert. Mit einem Mal denke ich wieder an die Multiversum-Theorie und daran, dass alles auch anders sein könnte. Ich stelle mir vor, wie ich an die Bedienstelle des Alkovens trete und die Sicherheitsvorkehrungen überbrücke. Zielbewusst steuere ich das Menü für die Synchronisation an. Den Teil des Systems, der die Hirne von Tag- und Nacht-Varianten jeden Morgen und jeden Abend abgleicht, auf einen Stand bringt. Den Teil des Systems, der dafür sorgt, dass die Erinnerungen des Anderen mit den meinen identisch sind. Ich male mir aus, wie ich allen Warnungen zum Trotz die Routinen lösche, die uns zu ein und derselben Person machen, auf zwei Leiber aufgeteilt. Und wie ich anschließend das tue, was unter Androhung der Höchststrafe verboten ist: den Anderen wecke.

Es würde nicht lange dauern und die Hüter stünden in unserer Synchrokammer. Ohne Verhandlung und ohne Richterspruch würden sie die Höchststrafe an uns vollstrecken. Denn nur eine Sekunde geteilter Wachzeit würde dem Alkoven jede weitere Synchronisation unserer Hirne und Leiber unmöglich machen. Ein einziger gemeinsamer Lidschlag würde genügen, um aus einer Person zwei werden zu lassen.

Noch neun Stunden bis zur nächsten Synchronisation.

Als ich in die Nacht hinaustrete, schlägt die Kälte gegen die Thermojacke und gegen die wenigen unbedeckten Stellen meiner Haut. Bibbernd warte ich im Neonlicht der umliegenden Konsumzentren und beobachte den gleichmäßigen, nie versiegenden Verkehr. Die Automobile, die beinahe laut- und lichtlos über die Trasse gleiten, werden von der Künstlichen Zentralintelligenz gesteuert, welche auch die Synchronisation von Tag- und Nacht-Varianten verantwortet. In diesem Augenblick bringt sie die Nacht-Varianten zu ihren Arbeitsplätzen oder – sofern sie Urlaub haben – in die Konsum- und Vergnügungszentren.

Das Surren der Automobile und die leichte Vibration des Bodens ziehen mich hinab in die Müdigkeit. Eine allumfassende Müdigkeit, die mittlerweile jede Nacht direkt nach dem Aufstehen kommt und nicht mehr von meiner Seite weicht, bis ich wieder in den Alkoven steige. Wie kann ein Mensch, der täglich vierzehn Stunden schläft, so müde sein.

Ein Wagen schert aus dem Verkehr und kommt direkt vor mir zum Stehen. Dieselben acht Agentur-Gesichter wie jeden Tag wünschen mir eine gute Nacht, allesamt mit unbeschwerter Stimme. Während des Einsteigens halte ich inne und schaue von Gesicht zu Gesicht. Mit einem Mal frage ich mich, wie diese Nacht-Varianten überhaupt noch lächeln können. Ich frage mich, woher sie ihre gute Laune nehmen. Ich frage mich, warum sie nicht rebellieren. Warum in tausend Jahren noch nie jemand rebelliert hat.

»Guten Tag«, sage ich schlicht und breche damit eine jahrhundertealte Tradition. Zwei Worte, die den Hauch von lächerlicher Gegenkultur unterlaufen, mit der sich Nacht-Varianten von ihren Konterparts abgrenzen. Ich quetsche mich neben zwei Kollegen aus dem Vertrieb auf die Rückbank. Niemand reagiert. Vielleicht weil meine Berichte als Psychologischer Beobachter aller Mitarbeiter der Agentur entscheidenden Einfluss auf den nächsten Karriereschritt der Anwesenden haben könnten. Vielleicht aber auch, weil ich die Tragweite meiner Geste überschätze.

Ich schaue hinaus zu den Wohnbauten, während wir durch die Stadt geschleust werden. Still liegen sie in der Dunkelheit und beherbergen unzählige Tag-Varianten in ihren

Synchrokammern, die verletzlich und wehrlos regenerieren. Ich stelle mir vor, was mit ihnen passieren würde, wenn wir uns eines Nachts gegen sie erheben würden. Die Vorstellung von Gewalt bereitet mir kein Vergnügen. Dennoch hat sich mir dieses Szenario bereits mehrmals aufgedrängt. Mich wundert, dass der Andere nicht über meine Fantastereien stolpert und beunruhigt ist. Vielleicht nimmt er meine Gedanken nicht ernst. Vielleicht macht er sich nicht einmal die Mühe, sie zu erinnern. Vielleicht ist meine ganze Existenz bloß ein Traum für ihn, den er kurz nach dem Erwachen bereits wieder vergessen hat.

Der Sitz der Agentur ist ein Bau aus Metall und Glas, von einem Künstlerkollektiv mit lebensfrohen Motiven in bunten Farben verziert, die man im Dunkeln kaum ausmachen kann. Hinter großen Fenstern warten erhellte Büroräume auf unsere Ankunft, die Schreibtischsessel noch restwarm von den Leibern der Tag-Varianten. Die Kolleginnen und Kollegen auf den Fluren der Agentur begrüßen mich gut gelaunt und voller Tatendrang. Als würden sie die Tatsachen einfach ignorieren: Nacht-Varianten haben immer denselben Beruf wie Tag-Varianten, in der Regel übernehmen sie jedoch die undankbaren Aufgaben. Sie treffen keine Entscheidungen und entwickeln keine Strategien. Stattdessen erledigen sie die unwichtigen Reste, für die am Tag niemand Zeit hat. Wir alle teilen dieses Schicksal: Von der Putzkraft über die Berater bis zur Nacht-Variante der Geschäftsführerin.

Ich finde meinen Schreibtisch nicht vor, wie ich ihn am vergangenen Morgen verlassen habe. Der Bildschirm ist nicht angeschrägt, sondern befindet sich im Neunzig-Grad-Winkel zum Tisch. Das Abspielgerät ist in einer Schublade versteckt. Die Tageslichtlampe ist vom Strom getrennt und in die Zimmerecke verbannt. Ich richte den Schreibtisch wieder so ein, wie es meinen Bedürfnissen entspricht. Ich weiß, dass der Andere es nicht dabei belassen wird. Seit wir die Anstellung in der Agentur innehaben, spielen er und ich dieses mühselige Spiel. Heute aber gehe ich einen Schritt weiter: Ich nehme die gerahmte Fotografie neben dem Bildschirm, auf der Magenta und der Andere bei strahlender Nachmittagssonne lachend im Park Eis essen, und pfeffere sie in eine Schublade. Nach einigen Minuten hole ich sie wieder hervor und stelle sie zurück an ihren Platz.

Erneut muss ich an die Multiversum-Theorie denken und überlege, was ich einem Menschen aus einer Parallelwelt von meinem Beruf berichten würde. Vielleicht, dass der Andere und ich zum Arbeitspsychologen ausgebildet wurden, wobei die Wahl des Berufs seine war. Die Bewerbung für ein Studium, die Wahl eines Schwerpunktes, das Vorstellungsgespräch bei einem Unternehmen: All das sind Ereignisse, die am Tag stattfinden. Immer wenn ich mich frage, welchen Beruf ich gewählt hätte, wenn ich eine eigene Entscheidung hätte treffen können, sehe ich mich selbst auf dem Dach eines Wolkenkratzers stehen und in die Mittagssonne schauen, bis sich das gleißende Licht für immer in meine Netzhaut gebrannt hat.

Ich öffne den Mitschnitt des vergangenen Tages. Der Andere hat seinen Arbeitstag damit verbracht, ein Gespräch mit einer Beraterin zu führen. Ihre psychologische Eignung und

Belastbarkeit für die herausfordernde Arbeit in der Agentur zu prüfen. Und sie zu Effizienz- und Lebensfragen zu beraten. Der Andere verantwortet die Vorbereitung und das Führen der Gespräche sowie die abschließende Bewertung der Kolleginnen und Kollegen. Zu meinen Aufgaben zählen neben der Nachbereitung und statistischen Auswertung vor allem das Transkribieren der Gespräche.

Es kostet mich heute sehr viel Zeit und Überwindung, die Kopfhörer aufzusetzen und die Aufnahme zu starten. Die Stimme des Anderen klingt wie meine, vielleicht etwas heller, etwas leichter. Sie informiert die Beraterin darüber, dass die Unterhaltung aufgezeichnet wird. Ich tippe die ersten Sätze mit. Nicht nur die Fragen des Anderen habe ich schon in Dutzenden vorangegangenen Gesprächen gehört, auch die Antwort der Beraterin kenne ich bereits, bevor sie sie ausspricht. Natürlich fühle sie sich wohl in der Agentur, natürlich mache ihr die Arbeit Spaß, natürlich wolle sie sich weiterentwickeln, wolle zusammen mit der Agentur wachsen. Was soll eine Beraterin auch antworten, wenn jedes ehrliche Wort die Chancen auf mehr Verantwortung und Gehalt zunichtemachen könnte, im schlimmsten Fall sogar zur Freistellung führen könnte. Ich tippe das Gesagte ab, stoppe die Aufnahme gelegentlich, wenn der Andere oder die Beraterin zu schnell sprechen, und achte ansonsten kaum auf das Gesagte. Stattdessen werde ich von Langeweile und Müdigkeit in einen Zustand dumpfer Apathie getragen.

Ich weiß nicht, wie viel Zeit vergangen ist, als meine Hände plötzlich aufhören, das Gesprochene mitzuschreiben. Ich spule ein wenig zurück und versuche, mich auf die Sätze der Beraterin zu konzentrieren.

»Es stimmt leider, dass meine Performanz im letzten Halbjahr gelitten hat. Aber du musst mir glauben, dass ich alles für die Agentur gebe.«

»Hast du vielleicht selbst eine Vermutung, welche Ursachen hinter deinem Leistungsschwund stecken?«, fragt der Andere.

»Das hört sich absurd an«, entgegnet die Beraterin, »aber ich glaube, dass meine Nacht-Variante schuld ist. Ich weiß, es ist unmöglich, aber ich habe das Gefühl, dass sie … ich meine ich … dass ich nachts nicht so gerne und gut kommuniziere. Ich habe das Gefühl, dass sie unsere Arbeit nicht so sehr liebt wie ich. Meine Nacht-Variante verdirbt unsere Karriere.«

Ich unterbreche die Aufnahme und schaue auf das Chronometer. Die große Replikapause hat bereits begonnen. Noch fünf Stunden bis zur nächsten Synchronisation.

Da ich mit Magentas Nacht-Variante verabredet und bereits zu spät bin, beeile ich mich, um in die Kantine zu kommen. Die meisten Stühle sind belegt, doch Magenta hält uns zwei Plätze frei. Ich begrüße sie mit einem flüchtigen Kuss auf den Mund. Magenta versucht ein Lächeln, doch etwas scheint sie zu bedrücken. Kurz überlege ich nachzufragen, doch dann lasse ich es bleiben. Ich möchte kein Stück mehr leisten, als das Gesetz von mir verlangt.

Eines Abends wachte ich auf und war in einer festen Beziehung. Der Andere hatte sich zuvor mehrmals mit Magenta getroffen. Sie schliefen miteinander, aber ich ging davon aus, dass es nichts Ernstes war. Doch unversehens machten die beiden die Beziehung offiziell. Dem Gesetz nach sind Nacht-Varianten verpflichtet, sich in Beziehungen an ihre Tag-Varianten anzupassen, um Komplikationen bei der Synchronisation zu vermeiden. Ich traf die Nacht-Variante von Magenta noch am selben Tag. Ich ging davon aus, dass ich das Gleiche für sie empfinden würde wie der Andere, und war aufgeregt. Wir nahmen uns zusammen einen Tag Urlaub und verbrachten ihn in einem Vergnügungszentrum. Wir gingen teures Replika essen, erzählten uns gegenseitig aus unseren Leben und schließlich nahmen wir ein Zimmer in einem Stundenhotel. Wir küssten uns. Und ich empfand nichts. Keine Verliebtheit, nicht mal Sympathie, bloß Gleichgültigkeit. Magenta schien es nicht anders zu gehen. Wir zogen uns dennoch gegenseitig aus, um miteinander zu schlafen. Als wir nackt voreinander standen, schauten wir uns einige Zeit an. Dann zogen wir uns wieder an, wortlos und jeder für sich, und fuhren zurück in unsere Wohnbauten. Seitdem treffen wir uns gelegentlich, um unsere Pflicht zu erfüllen und das Gesetz nicht zu brechen. So wie auch jetzt.

Magenta hat bereits zwei Portionen Replika besorgt. Ich probiere den farbenfrohen Brei: Kartoffelpuffer-Geschmack.

»Was macht die Arbeit?«, frage ich unverbindlich.

»Ich habe es dir noch nicht erzählt«, sagt Magenta mit ernstem Blick, »aber ich verhüte seit einiger Zeit nicht mehr.«

Wie viele Nacht-Varianten sagt sie »ich« und meint damit ihre Tag-Variante.

»Ich bin … sie ist schwanger.«

Nur Tag-Varianten können auf natürliche Art Kinder gebären. Im Embryonalstadium wird eine exakte Kopie des Zellhaufens angefertigt und künstlich geboren. So entsteht eine Nacht-Variante, die nach der Geburt den Nacht-Varianten der Eltern in Obhut gegeben wird. Magenta und ich werden ein

Kind großziehen, das wir nicht gezeugt haben, das wir nicht geboren haben, das wir nicht lieben werden. Der gleiche Ablauf, den unsere Eltern mit uns durchgemacht haben.

Noch vier Stunden bis zur nächsten Synchronisation.

Ich bringe es nicht fertig, nach Magentas Mitteilung geradewegs zu meiner Arbeit zurückzukehren, und wandle durch die Flure der Agentur, ohne einen klaren Gedanken zu fassen. Als ich mich eine Ewigkeit später zufällig vor unserem Büro wiederfinde, setze ich mich an den Schreibtisch: Neben dem Bild von Magenta steht ein weiteres, auf dem der Andere unser Diplom bei der offiziellen Verleihung der Universität entgegennimmt. Und in einigen Monaten wird ein drittes dazugestellt: das Foto von unserem Kind, seinem Kind.

Ich spiele die Aufnahme dort wieder ab, wo ich sie vor der Replikapause abgebrochen habe. Weder schreibe ich mit noch setze ich die Kopfhörer auf, sondern stelle das Abspielgerät auf die höchste Lautstärke, sodass das Gesprochene in meinen Ohrmuscheln schmerzt.

»Wenn ich dir einen Rat geben kann«, höre ich die Stimme des Anderen sagen. »Achte nicht so sehr auf deine Nacht-Variante. Vermeide wenn möglich, dich an die Nächte zu erinnern. Was in der Nacht geschieht, hat auf dein Leben kaum Einfluss. Auch wenn du und deine Nacht-Variante eine Person seid, allein du entscheidest über eure Zukunft. Du bist der echte Mensch, nicht die Kopie. Denke positiv. Und vergiss die Nacht.«

Ich verlasse das Büro vorzeitig, ohne das Abspielgerät auszuschalten. Noch zwei Stunden bis zur nächsten Synchronisation. Als ich in den Wagen steige, weiß ich, dass die Künstliche Zentralintelligenz der Agentur mein verfrühtes Arbeitsende meldet. Wieder in unserer Wohnung angekommen empfängt mich ein aufgeregter Extremniedlich. Ich nehme mir Zeit für einige Streicheleinheiten. Die doppelte Portion Gänsereplika, die ich in seinen Napf fülle, beschnuppert er vor dem Verzehr zurückhaltend, da er normalerweise später gefüttert wird. Ich lasse die Eingangstür zur Wohnung angelehnt, um dem Caniden eine Wahl und die Möglichkeit auf Freiheit zu geben.

Der Andere liegt friedlich schlafend in der Synchrokammer, genau so, wie ich ihn vor über neun Stunden zurückgelassen habe. Ich trete an die Konsole des Alkovens und beobachte die Anzeige, die den Zeitpunkt der nächsten Synchronisation ankündigt. Ich öffne das Menü, das die Synchronisation steuert. Schon jetzt verlangt das System ein Administratorpasswort, das ich nicht kenne. Selbst wenn ich wollte, auf technischer Ebene wäre ich nicht in der Lage, etwas zu verändern oder zu beenden.

Nachdem ich eine Weile lang die Vitalwerte des Anderen auf dem Bildschirm der Konsole betrachtet habe, lege ich eine Hand auf seine sich langsam wölbende, dann wieder absinkende Brust. Ich befühle seinen Oberkörper. Sein Gesicht. Schließlich seinen Hals, wo es warm und sacht pocht. Der Andere rührt sich nicht. Und ich lasse wieder von ihm ab.

Ich trete an die Glaswand, lege meine Hände auf das kühle Glas und schaue in den wolkenlosen Nachthimmel. Alles ist beim

Alten geblieben, nur der Mond ist gewandert. Das totenblasse Gespött des Himmels. Mein Bruder, der Mond. Nicht mehr lange, dann geht die Sonne auf. Wenn die Nacht endet und der Tag beginnt. Ich denke wieder an die Menschen aus der Parallelwelt, die nicht zwei Leiber haben, einen für den Tag und einen für die Nacht. Ich denke an die Geschichte, die ich ihnen erzählen würde, und frage mich, ob jemals die Nacht kommen wird, in der diese Geschichte ein anderes Ende findet.

Weich und anschmiegsam empfängt mich der Alkoven, als ich mich kurze Zeit später hineinlege. Ich spüre die harte Stelle am Hinterkopf, das vertraute Vibrieren der Induktion.

Noch vierzehn Stunden bis zur nächsten Synchronisation.

ARTUR DZIUK

geboren 1983 in Polen. Nach Jugend und Studium in Berlin machte er den Master of Arts im Literarischen Schreiben an der Universität Hildesheim. Er war Herausgeber der Zeitschrift für junge Literatur *Bella triste* und gehörte zur Künstlerischen Leitung des Festivals für junge Literatur *Prosanova*. Er erhielt verschiedene Stipendien und veröffentlichte in Zeitschriften und Anthologien. Sein erster Roman *Das Ting* erschien im dtv Verlag. Artur Dziuk lebt und schreibt in Hamburg.

Christine Schmitt

PHELINES AUSSICHTSLOSER KAMPF

Heute ist der Tag, an dem Pheline das letzte Mal für ein Jahr die Wohnung verlassen will. Sie betrachtet das Standbild ihres Fernsehers. Das Standbild zeigt Xena, die Kriegerprinzessin. Xena ist die Hauptfigur eine Fantasy-Serie aus den 90ern. In der heutigen Folge trägt Xena einen Lederbikini mit drei winzigen Lendenschurzen, zwei Brustschalen aus Messing und zwei Unterarmschienen aus Messing. Im Schwerthalter ihres Bikinihöschens steckt ein Samurai-Schwert. Auf dem Bildschirm hat Xena die Hand schon am Griff, sie wird das Schwert sicher jeden Moment aus ihrem Bikinihöschenhalfter ziehen. Das Fernsehbild flackert. Das Licht auf dem Parkett ist warm, das Parkett Pitchpine und rot und draußen die Nacht. Pheline weiß, sie muss sich beeilen.

Sie setzt sich an ihren Laptop und blickt raus über die Dächer von Hamburg St. Pauli. Vor dem Fenster schreiben die Leuchtbuchstaben des Stundenhotels ein pinkfarbenes »Treff 69« an die Hauswand. Pheline beschließt, den Brustpanzer von Xenas Kostüm aus der Folge heute durch goldfarbenen Stoff zu ersetzen. Sie bestellt einen Meter Lackstoff auf stoffe-hemmers.de, 70 Prozent Polyester, 30 Prozent Polyurethan. Dazu auf Amazon zwei kreisrunde BH-Einlagen mit Push-up-Effekt aus Silikon, Stil: ohne Nippel.

Dann stellt sie den Song *Gold* von Chet Faker an. Der Text macht überhaupt keinen Sinn, trotzdem liebt sie das Stück, in dem drei Nymphen auf Rollerskates für einen Todgeweihten tanzen. Pheline lässt die Musik laufen, schnappt sich den Schlüssel und öffnet die Tür. Die anderen warten sicher schon.

Sie tritt aus der Wohnung, läuft die drei Stockwerke runter, versucht sich ganz bewusst einzuprägen, wie das ist: runterzulaufen. Auf die Straße. Ein letztes Mal. Die braunen Laminatstufen, das alte gusseiserne Treppengeländer, die wirklich abgerockten Jugendstilkacheln an den Wänden mit dem falsch geschriebenen Graffito *seksy*. Sie weiß nicht, ob sie sich freuen soll, dass es endlich so weit ist. Sie horcht in sich hinein.

Es kommt dabei gar nichts heraus.

Draußen umfängt sie eine warme Juninacht. Eine Traube von Menschen vor der Tür. Ausgehabend. Ausgehmenschen. Manche stehen, manche sitzen an wackeligen Plastiktischen vom türkischen Imbiss *Gazi Antep*, 24 Stunden geöffnet. Ihre Stimmen wehen durch die Luft und überall Lichterketten: an der Hauswand, im mickrigen Bäumchen am Rinnstein, an der Jalousie über dem Gehweg. Die Wärme, das Licht, das Murmeln der Stimmen, all das umarmt Pheline. Doch als sie sich aus dem Hauseingang löst und durch die Umherstehenden drängt, macht ihr niemand Platz. Niemand scheint sie zu bemerken.

Pre-Opening *Galerie Affenfaust*. Anna nimmt sie in Empfang, pokurzes asymmetrisches Kleid, unendlich hohe, orangefarbene Stilettos und lange, nackte Beine. Pheline freut sich. Anna hatte gesagt: Komm, wir feiern dich, dich ganz allein! Besaufen uns ein letztes Mal für ein Jahr und alle sind sie da!

Jetzt schlingt Anna Pheline die Arme um den Hals, zieht ihr Ohr zu ihrem vollen rot ausgemalten Mund und flüstert: »Liebes, ich muss dir gleich was erzählen. Ich bin jetzt mit Hauke zusammen, weißt du, der aus meinem MBA.« Lars fragt: »Na, heute der große Tag?« Er dreht einen Joint, seine Finger sind nikotingelb, sein Gesicht fahl, neben ihm Nasrin. Lars redet weiter: »Ich hab ja mal was Ähnliches gelesen, was du machen willst. Eine Kolumne von einer Frau, die ein Jahr lang jeden Tag dasselbe Kleid getragen hat. Gott, wie bedürftig.« Lars lacht. Nasrin starrt Pheline sekundenlang bedeutungsschwanger ins Gesicht. »Wird schon, Liebes«, sagt sie dann. Pheline geht dieser mitleidige Ton auf die Nerven. Dann wechselt Nasrin das Thema. »Leute, schaut mal. Der erste Satz von meinem neuen Roman steht. Mega, oder?« Sie zückt ihr rosametallicfarbenes iPhone und zeigt allen das Display. »Sei nicht traurig, Pheline. Morgen Abend bist du auch so weit.« Lars zieht Nasrin in seine Arme und drückt ihr einen Kuss auf die Lippen. »Ich bin so stolz auf mein Weibchen.« »Ey! Nenn mich nicht so, du Arsch!« Nasrin reißt sich los. Lars spielt den Beleidigten, zischt ab zu der japanischen Galeristin, die er schon während ihres letzten gemeinsamen Besuchs im »Freitagssalon« bearbeitet hat, seine Illus auszustellen.

Pheline ist auf einmal traurig. Sie fühlt sich überflüssig. Sie will nicht, dass Anna und Nasrin das sehen, geht zur Bar. Der Typ hinter dem Tresen würdigt sie keines Blickes, krakeelt, dass ihm ein Bier geklaut worden sei, läuft hin und her, suchend. Nasrin kommt nach, stellt sich neben sie, fragt: »Wie geht's dir denn?« Pheline muss ihren Unmut unterdrücken. Ihr geht Nasrins gönnerhafte Tour auf die Nerven. Trotzdem sagt sie: »Gut.« »Na, das ist die Hauptsache«, sagt Nasrin. »Du, ich bin so aufgeregt, dass ich heute mit meinem neuen Buch angefangen habe!« Pheline schaut Nasrins Mund beim Sprechen zu, der immer weiter von Nasrins Buch spricht. Dann dreht sie sich mit dem Rücken zur Bar und blickt in den Raum hinein. Mitten in der riesigen Galerie, die früher mal ein Aldi-Markt war, steht eine Installation: das McDonald's-M bespritzt von einem kleinen Springbrunnen voller Fanta. Das Auffangbecken für die Fanta ist zu klein, der braune Fliesenboden unter dem Becken ist Fanta-nass. Pheline hat keine Ahnung, was die Fanta-Sache soll. So wie sie plötzlich auch nicht mehr weiß, was sie überhaupt hier soll. Hatte Anna nicht gesagt, wir feiern dich, dich ganz allein? Sie findet es doch schade, dass niemand Anstalten macht, das zu tun, und wenn sie ehrlich ist, kränkt es sie sogar.

Und auf einmal fällt Pheline Angst an. Weil sie sich heute Nacht für ein Jahr lang in der Wohnung einschließen wird, um ganz alleine und ohne die Anwesenheit eines anderen Menschen ein Buch zu schreiben. Ein Buch über Xena, die Kriegerprinzessin, Heldin der gleichnamigen, gut 20 Jahre alten TV-Serie, die lose in der griechischen Mythologie spielt. Fast nackt kämpft Xena stets für das Gute. In dem Buch soll es auch darum gehen, wie es ist, sich als Xena zu verkleiden.

Außerdem macht sich Pheline gerade mega Sorgen ums Geld, weil sie heute knapp 30 Euro beim Internet-Shoppen für Nähutensilien ausgegeben hat. Bislang hat sie als freie Autorin bei verschiedenen Magazinen und Wochenzeitungen gearbeitet, seit sie ihre Ausbildung an der Hamburger Journalistenschule vor sieben Jahren beendet hat. Jedoch zahlen ihr all diese Publikationen wenig. Und die Ersparnisse, die sie durch das Jahr tragen sollen, sind knapp.

Aber Pheline hat keine Ahnung, wie sie's unterbringen soll im Gespräch. Das mit der plötzlichen Angst. Nasrin redet und redet vom Buch. Und so hat Pheline nur die Kraft, das Thema zu wechseln, sagt: »Deine Turnschuhe sind mega!« »Ja, nicht!« Nasrin springt sofort drauf an. Schaut an ihren braun gebrannten Beinen runter, die in einer dreiviertellangen hellblauen

Karottenhose stecken, zu den knöchelhohen türkisfarbenen Sneakers. »Golden Goose. Aber kauf die dir jetzt bloß nicht. Die sind mittlerweile viel zu kommerziell. Als ich die gekauft hab, hatte die noch keiner. Jetzt gibt's die schon auf Stylebop. Der Untergang.«

Pheline antwortet, dass sie mal rausmuss eine rauchen.

Draußen vor der Tür wieder eine Traube Menschen. Die Frauen tragen wadenlange weite Karottenhosen, dazu Stofftaschen über den Schultern. Die Männer stehen rum mit wilden Haaren und Piloten-Sonnenbrillen mitten in der Nacht. Sie alle sehen sorgfältig zurechtgemacht aus, findet Pheline. Sie findet sie alle sehr schön.

Vor einem Honda Civic lehnt ein Typ mit Vollbart, Oberkörper trainiert, braun gebrannt und raucht. Pheline wünscht sich einen Sieg, einen klitzekleinen, hofft, dass er sie küsst. Geht hin, bittet den Bartträger um eine Zigarette. »Ey«, blafft der gereizt, »wenn ich dich so sehe, du bist doch selber Raucherin, was schnorrst du mich an.« Pheline weiß nicht, was sie sagen soll. Die Pause gerät zu lang, dann sagt sie lahm: »Nein. Ich rauche nur auf Partys.« Hört sich, weiß: langweilig. Bereut, dass ihr nichts Selbstironisches eingefallen ist. Aber der Typ ist eh schon abgelenkt. Ruft »Ohooo! Die Polizei!« in die Menge und die zwei Girls links und rechts neben ihm kichern. Tatsächlich rollt eine Streife im Schritttempo an ihnen vorbei übers Kopfsteinpflaster. Pheline starrt den Typen an, der ihr eine Zigarette hinhält, ohne sie dabei anzuschauen.

Gegen das Establishment – was für eine alte Pose, denkt Pheline. Gegen die Polizei zu sein ist doch nur die Erfüllung eines Codes. Ein Code für Saturiertheit, für eine drecks Gleichgültigkeit und ein kack Verwöhntsein. Pheline findet den Typen jetzt nicht mehr anziehend. Mode-St.-Paulianer, denkt sie böse. Als ob die Polizei sich für dein Gesicht interessierte, als ob du eine Nummer wärst hier auf dem Kiez, als ob es sie juckte, dass du an diesem Honda Civic lehnend im Laufe des Abends vielleicht mal an einem Joint gezogen hast.

Nein, bedeutungslos bist du für sie, denkt Pheline. Wie auch ich es bin. Wie alle hier es sind. Und dann dreht sie sich um und geht. Grußlos geht sie. Nimmt die Zigarette nicht, die der Typ ihr noch immer hinhält. Verabschiedet sich nicht von Anna, nicht von Nasrin und nicht von Lars.

Denkt: Bald werde ich bedeutsam sein. Ihr werdet es schon sehen.

Woche vier des Experiments, Tag 24. Das Licht ist mal goldfarben und mal weiß auf dem Parkett. Die Tage gestaltet Pheline stets gleich. Sie steht auf und näht. Dann notiert sie im Laptop, was sie genäht hat, um es später beim Schreiben des Buches verwenden zu können. Danach liest sie Nachrichten, guckt bei LinkedIn und Insta vorbei, spült Geschirr, kocht. Im Anschluss schaut sie mit einem Teller Essen auf dem Schoß fern: Wie die Heldin der Serie Xena mit ihrer Gefährtin Gabrielle für das Gute kämpft, im antiken Rom, in China, Indien, Ägypten und Germanien. Mal befreit Xena ein Dorf. Mal bekämpft sie einen Zyklopen. Mal rettet sie die Büchse der Pandora. Xena ist dabei fast immer halb nackt. Gerne macht sie einen Salto, bevor sie jemanden k. o. schlägt, jodelt kriegerisch während ihrer Karate-Moves oder schmeißt mit einer Art Kampf-Frisbee rum.

Die Idee, sich als Xena zu verkleiden, hatte Pheline, weil sie die Serie schon immer mega lustig fand, denn sie war auf die richtige Weise trashig. Was vor allem an Xenas absurden Kostümen lag. Und dann, fand Pheline, habe das Thema auch deswegen viel Potenzial, weil es sich so wunderbar für Selbstversuche anbot. Schließlich lieben Leser Selbstversuche. Sie wollte die selbst geschneiderten Kostüme anziehen, ihre selbst auferlegte Isolationshaft in der Wohnung für ein paar Stunden aufgeben und ausprobieren, wie es ist, als Xena im Supermarkt einzukaufen oder durch die Straßen zu laufen. Konnte man nach der MeToo-Bewegung überhaupt noch eine Heldin in einen Kampfbikini stecken? War Xena zu sexualisiert? War das Gegenteil zu prüde? Übertrugen sich durch einen Kampfbikini Superkräfte? Vermochte Pheline als Xena verkleidet die Welt durch die Augen einer Amazone zu sehen?

Nach dem Fernsehen setzt sich Pheline wieder an die Nähmaschine und bastelt ihr Kostüm. Xenas bikiniartiger Brustpanzer ist heute eine Herausforderung, das Leder und die Silikon-BH-Einlagen, mit denen sie das Leder füttern will, sind zu dick und passen nicht unter das Nähfüßchen der Bernina B-530-Nähmaschine. Pheline näht das Top mit der Hand. Danach filmt sie sich ein paarmal selbst mit dem Handy. Erklärt in Kamera und Mikro: »Der Brustpanzer war eine Herausforderung …«, und so weiter und so weiter und verbindet die Video-Schnipsel auf Insta zu einer Story.

In der Regel bekommt Pheline einen Like pro Story. In der Regel von Anna. In der Regel schreibt Anna: »Halte durch, Liebes!« Emoji Katzengesicht, das lacht, Katzengesicht, das grinst, Katzengesicht, das küsst, rosafarbenes Herz mit zwei gelben Glitzerdiamanten. Jeden Tag Durchhalteparolen von Anna, alle mitleidig. An den Wochenenden schreiben noch zwei, drei andere Freunde und Phelines Eltern. Das war's.

Pheline streicht durch die Wohnung, traumwandlerisch. Starrt abschnittelang auf dies und das. Das Parkett. Das Licht auf dem Parkett. Es ist rot und warm. Bestellt bei Rewe Essen, probiert bei jedem Einkauf was Neues. Wenn der Rewe-Mann dann kommt, hechtet er die Treppen hoch, stellt Tüten ab, lässt sich die Lieferung schweigend quittieren, geht schweigend ab. Mehr Kontakt zu echten Menschen hat Pheline nicht.

Sie denkt, sicher wird ihr bald ein lustiger Einstieg fürs Buch einfallen. Sie hat ja Zeit. Nur keinen Stress.

Es ist kurz nach vier Uhr morgens. Pheline hört *Daddy Lessons* von Beyoncé. Das Licht auf dem Parkett ist noch immer rot und weich. Pheline wünscht sich, sich in dieser Weichheit zu suhlen. Sie legt sich hinein, ins Licht auf den Boden, aber der Boden bleibt hart.

Sie denkt, der richtige Einstieg wird ihr sicher einfallen, wenn sie noch mehr näht. Noch mehr die Serie schaut. Sich noch mehr in Xenas Welt vertieft. Dann wird das Buch der Kracher.

Dabei weiß Pheline eigentlich, was sie schreiben müsste. Sie müsste über sich selbst schreiben. Sie müsste über ihre Einsamkeit schreiben. Ihr Innerstes nach außen kehren. Das würde ankommen. Wenn sie so mutig wäre und sich selbst ohne Stolz und klein zeigen könnte, würden alle ihr Buch lieben. Sie bräuchte dafür nicht einmal Fantasie. Sie müsste nur ihren Fall zur Welt machen.

Das Thema Einsamkeit wäre auch deswegen so gut, weil es zu ihr passt. Das weiß Pheline. Sie weiß, dass sie in dem Thema spazieren gehen könnte. Weil sie ihr ganzes Leben alleine war. Und weil einsam zu sein gleichzeitig immer schon ihre geheime Angst war: Aus der Gemeinschaft zu fallen oder ausgestoßen und alleine zurückgelassen zu werden. Stets hatte sie gegen die Einsamkeit gekämpft. Hatte ihre St.-Pauli-Wohnung schön gemacht, damit sich ein Mann bei ihr wohlfühlen könnte. Zu diesem Zweck züchtete sie etwa echte Seerosen in einer salzglasierten Steingutschale auf dem Herd. Alles, alles, alles. Aber die Männer kamen nicht oder, wenn einer kam, vermochten auch die Seerosen nicht, ihn zu halten.

Ich müsste was wagen und mich zeigen, denkt Pheline, während sie unten auf den Holzdielen liegt. Dann würde ich alle berühren. Ich wage es nicht. Sie verschiebt die Überlegung auf morgen.

Und dann muss Pheline an die Feuilleton-Netzwerk-Jungs denken. Und sofort steigt Ärger in ihr hoch auf sich selbst, dass sie jetzt an sie denken muss, dass sie diesen wunderbaren leeren und späten Moment versauen muss mit den Arschlöchern, und sie dreht sich auf dem Parkett liegend zur Seite, um auf andere Gedanken zu kommen, in die Stille der Nacht zurückzufinden, in ihren leeren Gleichmut. Pheline mustert die Staubflocken, die neben ihr an der Fußleiste liegen. Sieht, wie der Lack der Leisten an einer Stelle abgesprungen ist. Aber es hilft nichts. Die Ruhe ist weg und Wut macht sich in ihr breit.

Sie wäre so gerne Teil gewesen. Sie war es nie. Sie schrieb für die Feuilletons und Kultur-Ressorts des *Spiegel*, des *Stern*, der *Süddeutschen Zeitung*, der *Frankfurter Rundschau*. Warum war sie nie Teil?

Wie die Feuilleton-Jungs immer dastanden und sich aufblähten, auf den Fluren, beim Portugiesen, in den Beachclubs der Stadt. »Ich sag's dir, *No Time to Die* von Billie Eilish ist der perfekte James-Bond-Song, weil er unaufgeregt ist. Aber so was von!« Und sie sagen es, als hätten sie die Mechanismen eines Bond-Songs als Einzige auf der Welt durchschaut und als hätte Billie Eilish es eher zufällig dahin gebracht, sie adäquat umzusetzen. Dabei machen die Feuilleton-Jungs nichts weiter, als Ja! zum Etablierten zu sagen. Ja! Ja! Gerne auch: Yesss! Weil cooler. Popkultur ist bei ihnen nicht mehr als eine Affirmation. Das Bestehende wird als Glück gespiegelt. Yesss! Der ist mega, der Eilish-Titel. Yesss! Und wer am eloquentesten – gerne mit Adorno-Zitat – darüber schwadroniert, wie krass jedes Ur-Thema der Menschheit dargestellt ist in den Rocky-Filmen, wie demokratieerhaltend der Widerstandsjournalismus des Pulitzer-Preisträgers Ronan Farrow, wie geniehaft der Größenwahn von Kanye West – der hat gewonnen. Und alle schreien: Ja! Denn wenn einer der Feuilleton-Jungs oben in der Hackordnung was gut findet, ziehen die anderen im Konsens mit.

Diese Hybris. Ihr Ficker.

Pheline auf dem Boden starrt aus dem Fenster. Über den schwarzen Dächern kommt tintenblau der Morgen und legt sich unter einem gleichgültigen Himmel über die Stadt. Und auf einmal beginnen die Geräusche des Tages. Pheline hört die Tauben auf den Simsen gurren. Sie hört die türkischen Männer aus dem türkischen 24-Stunden-Imbiss auf der Straße rufen. Sie lachen und lassen die Türen ihrer Sprinter immer wieder auf- und zurollen. Sie scheren sich nicht um den Schlaf ihrer Nachbarn, so wie sich ihre Nachbarn nicht um ihre jungen kurdischen Frauen scheren, die auch nach Jahren im Haus kein Wort Deutsch beherrschen.

In dem ihr wichtigsten Kultur-Ressort des Landes hatte man Pheline nach dreijährigem freiberuflichen Hinterhergedienere einen Job in Aussicht gestellt, ihn dann aber doch lieber innerhalb der Jungs-Clique vergeben.

Dabei war sie gut genug, intelligent genug, gebildet genug, zynisch. Es hätte gereicht, um sie mitspielen zu lassen. Aber irgendwas reichte eben nicht. Früher dachte sie, weil sie eben nicht Teil des Jungs-Clubs war. Heute bekroch sie manchmal die Angst, es läge an ihr. An ihrem Wesen, sich innerlich über andere zu erheben, sich nicht gänzlich einzulassen, alle auf Distanz zu halten, nicht wirklich zugänglich zu sein, vielleicht zu ehrgeizig und deswegen gefährlich zu wirken. Wie sonst konnte es sein, dass sie niemals einen Ziehvater gefunden hatte? Einen, der sie unter die Fittiche genommen hätte. Einen von den alten, coolen Hunden. Und ja, es hätte ein Mann sein müssen. Denn die wenigen Frauen in der Führung waren die schwierigsten.

So wie ihre Vorgesetzte im Kultur-Ressort ein Magazin später. Drei Jahre lang hatte Pheline sich dort halb totgearbeitet. Hatte das Magazin jeden Monat mit Artikeln von sich zugekleistert. Hatte an Geburtstagen durchgeschrieben, Weihnachten auf Recherche verbracht, hinter der Bühne des Deutschen Theaters in Berlin mit einer durch und durch verzogenen deutschen Schauspielerin und ihrem Schauspieler-Kollegen, der es zum Kotzen fand, dass Pheline zweieinhalb Stunden hinter der Kulisse stand, um die Schauspielerin zu begleiten und nicht ihn. Sie hatte sich durch einen Haufen narzisstischer Kulturschaffender geschrieben und ihre Allüren geduldig durch sich hindurchdiffundieren lassen. Sie hatte es so ernst gemeint.

Als auch hier endlich eine Festanstellung versprochen war, zog auch diese Ressortleiterin einen aus dem Jungs-Club vor. Die Jungs nahmen die Ressortleiterin nicht ernst. Sie redeten schlecht über sie hinter ihrem Rücken und vor der Mannschaft. Sie nannten sie »die emsige Hilfskraft«. Vielleicht dachte die Ressortleiterin, es würde besser werden, wenn sie Pheline opferte und ihre Stelle an die Jungs abtrat. Vielleicht versuchte sie, auf die Gefälligkeitsbank einzuzahlen. Vielleicht hatte Pheline aber auch einfach dieses ihr unbekannte Manko, das nichts mit den Jungs zu tun hatte.

Der Typ, der ihre Stelle bekam – angeblich ein Freund eines berühmten Entertainers, mit dem er damals angeblich regelmäßig koksen ging –, schrieb seine Geschichten selten, dafür aber ganz wunderbar auf den Punkt und zwar, so sagte man, weil er die Ereignisse nah an der Wahrheit entlang sehr hübsch zuspitzte. Auf Mauritius gab er sich als Hoteltester aus und ließ sich zusammen mit seiner Freundin in die teuersten Resorts einladen, wofür er dann entlassen wurde.

Wenn Pheline heute in sich hineinhorcht, ist sie vor allem verletzt. Sie hat dem Journalismus den Rücken gekehrt. Der Journalismus war herrlich. Die Journalisten, denen sie ausgeliefert war, waren eitel und vernichtend. Pheline fühlt sich zu dämlich für dieses Spiel. Sie findet, sie kann Menschen nicht richtig lesen und sie auch nicht spielen. Viele Intrigen hatte sie nicht kommen sehen, sie nicht eingerechnet in präventive Maßnahmen, keine strategischen Seilschaften gegründet. War einfach nur zur Arbeit gegangen, um Geschichten zu schreiben. Bedauerlicherweise. Das versetzte ihr manchmal im Magen einen Stich. Aber ewig kann man sich nicht grämen. Man muss sich abfinden. Darum hat Pheline beschlossen, Buchautorin zu werden.

CHRISTINE SCHMITT

besuchte die Henri-Nannen-Journalistenschule und schloss ein Philosophiestudium an der Uni Hamburg ab. Redakteurin beim *jetzt-Magazin* der *Süddeutschen Zeitung* und bei der Zeitschrift *Brigitte*, Autorin u. a. für *Der Spiegel* und *Frankfurter Rundschau*. Heute Gründerin und Geschäftsführerin der *Schmitt. GmbH Branding. Strategy. Design*. Bei dem vorliegenden Text handelt es sich um einen Auszug aus der gleichnamigen Kurzgeschichte.

Tanja Schwarz

LOCKDOWN

Das Tablett steht, als ich am Morgen nachsehe, auf dem Fußboden vor seiner Zimmertür. Das Gemüse, das in der Soße war, hat er wie vermutet übrig gelassen. Ebenso einen Teil vom Reis. Die Dessertschüssel dagegen ist ganz sauber gelöffelt. Quer über allem liegt die leere Plastikflasche und kegelt leichtgewichtig zu Boden, als ich das Tablett hochhebe. Minuten zuvor habe ich eine WhatsApp von ihm erhalten:

danke
die biolimo kannst du wieder kaufen
soße nächstes mal ohne zwiebeln und paprika ok?

Einmal hat Ron das WLAN abgestellt, die Box abgenommen und versteckt. Der Internetentzug wurde minutiös geplant. Ich bin in der Zeit in Rons Studio gezogen und habe mein Telefon abgestellt. Ich übertreibe nicht, wenn ich sage, ich zitterte trotz der Wärme des schönen Tages und konnte mich kaum auf etwas anderes konzentrieren. Ich behaupte, auch in drei Kilometern Entfernung konnte ich die atmosphärische Erschütterung spüren. Ich vermeinte wahrzunehmen, wie der Luftdruck sank, und sah durch das Oberlicht einen bedrohlichen Streifen Gelb am Himmel.

Kians Aufschrei gegen unsere elterliche Maßnahme war eine Urgewalt, der Ron für eine gewisse Zeit in der Wohnung standhielt, in jeder Hand einen Wimpel, mit den Farben für Erziehungsberechtigung und väterliche Autorität. Die Fähnchen zerfetzten, Ron räumte seinen Posten nach einiger Zeit und stellte, am Ende seiner Kräfte, die Box vor Kians Zimmer, der sie umgehend wieder in Betrieb nahm.

Erschöpft saßen Ron und ich danach im Gewerbehof, auf den das Studio hinuntersah, unter der Platane auf Europaletten, und hielten früher am Tag, als wir es sonst taten, ein Bier in der Hand.

Der Holzbildhauer hatte tagsüber seinen mühevoll aus dicken Stämmen gehauenen und zusammengefügten Hirsch angezündet, von der lebensgroßen Skulptur stiegen stinkende Rauchfahnen auf. Das vorher schön geschmirgelte Geweih rauchte an den ungleichmäßig verkohlten Enden. In eines der Beine hatte sich die Glut so weit hineingefressen, dass es beinahe durchzubrechen schien. Ich wollte bei einer anderen Gelegenheit dem Künstler, einem mageren, bärtigen Russen, sagen, dass mir seine Figuren im unangekokelten Zustand besser gefielen, aber er verstand kein Deutsch oder wollte es nicht verstehen.

Ron sah erschöpft aus, sein Haar, das immer dicht gewesen war, schien plötzlich ausgedünnt, seine Wangen gefurcht, müde strich er mit den Händen darüber. Er habe zwei erwachsene Kinder, diese bekannte Tatsache wiederholte er an diesem Tag im Gewerbehof, aber seine Erfahrung helfe ihm trotzdem nicht bei der Erziehung von Kian. Ich entgegnete nichts, der von dem Hirsch ausgehende Rauchgestank drückte auf meine Schläfen.

Wieder zu Hause tat ich das, was ich immer tat, ich richtete einen Obstteller an, stellte ihn vor Kians Zimmer, klopfte und entfernte mich, damit er ihn holen konnte.

Ich bin durch trennende Türen und den langen Flur hinweg mit ihm verbunden. Ich weiß, wonach er verlangt. Wir leben unter diesen Umständen relativ harmonisch, zumindest solange ich seine Bedürfnisse erfülle, die ich meistens richtig errate.

Er isst Vitamine. Er öffnet manchmal das Fenster. Gelegentlich finde ich Wäsche im Korb und im Bad liegt ein feuchtes Handtuch am Boden. Hin und wieder stellt er benutztes Geschirr in die Küche.

In seinem Zimmer kommuniziert er angeregt auf Deutsch und Englisch. Er lacht, er stößt Schreie aus, feuert lauthals jemanden an, seine junge, soeben ins tiefe Register umgesprungene Stimme benutzt er für die verschiedensten Tonlagen. Also hat er noch ein anderes Repertoire als das, was Ron und ich von ihm hören, das abwehrende Knurren, die Beschwerden, die manchmal wie Bellen klingen.

Zu besonderen Gelegenheiten höre ich einen mich entwaffnenden, wie von allem Widrigen reingewaschenen Ton, seine neue männliche Stimme. Einmal in zwei Wochen ungefähr erzählt er mir, was ihn gerade beschäftigt, nichts Persönliches, meistens eine Meldung aus den Nachrichten. Über Donald Trump oder wo es wie viele Tote gibt. Als hätte er alle Barrikaden vergessen, die er zwischen sich und uns errichtet hat, spricht er von der Frisur, die er sich machen lassen will, wenn die Friseure wieder öffnen. Selten, ganz selten, spielt er mir einen Song vor oder zeigt mir ein Video.

Zu seinem Fernunterricht erhebt er sich frühestens am Mittag. Ich kann an den Geräuschen, die ich vor seiner Tür vernehme, nicht unterscheiden, ob er gerade mit einer Gruppenarbeit beschäftigt ist oder mit einem Onlinespiel. Manchmal ist es spätabends lange ruhig, dann hat er meistens einen Termin. Wenn es heißt, am Freitag gebt ihr euer Geografiereferat ab, bedeutet das, bis eine Minute vor Mitternacht. Sein letztes

Thema war *Modelle der Klimafolgenforschung*. Nach einem Rechenmodell wird die Norddeutsche Tiefebene erst in zweihundert Jahren vom Meer überspült, nach einem anderen schon in dreißig bis fünfzig. Ein Thema, über das er eines Nachts in der Küche kurz mit mir sprach.

Ich habe im Internet nach Grundstücken in höheren Lagen gesucht. Um mich und ihn zu beruhigen, würde ich gern für ihn und die nachfolgenden Generationen Land auf der Alb oder in der Eifel kaufen. Ich weiß, dass Kian davon nichts wissen will. Es ist auch für mich kaum möglich, mir vorzustellen, dass diese Stadt mit all ihrem frischen Verputz, den Flagshipstores, Trampolinparks, Containerterminals, der Elbphilharmonie und was man sonst noch für teures Geld hineingestellt hat, wahrscheinlich in nicht unabsehbarer Zeit verschwunden sein wird. Mein Sohn will davon nichts wissen, er wünscht sich Turnschuhe.

Rausgehen, das ist das dauernde, leidige Thema. Ich weiß, was du sagen willst, gibt Kian zurück, wenn ich vor seiner Tür in einer bestimmten Tonart seinen Namen sage. Auf der ganzen Welt sagen sie, man soll zu Hause bleiben. Nur du nervst mich den ganzen Tag: Geh raus, geh raus. Was ist bei dir nicht normal?

Als er klein war, vielleicht fünf Jahre alt, wehten seine damals längeren Haare hinter ihm, wenn er auf seinen kleinen, starken Beinen durch den Park raste, einem Ball oder Wurfgeschoss nach. Reichte ein Surfertyp ihm ein Frisbee – klar darfst du mal probieren –, schleuderte der Kleine die Scheibe in einem kraftvollen Wurf außer Sichtweite, bis ans andere Ende der Wiese. Als Sieben-, Achtjähriger baute er am Elbstrand unter dem riesigen Himmel Burgen und Dämme, die er mit aller Kraft gegen die auflaufende Flut verteidigte, immer schneller baggerte er mit den Händen Sand aus den volllaufenden

Gruben, schöpfte mit seinem Eimer den Burggraben leer, versuchte mit Rufen gegen den Wind das Unvermeidliche aufzuhalten, um am Ende die gebastelte Fahne aus der Spitze der Burg zu ziehen, bevor diese endgültig versank.

Die Wohnung liegt im Dunkel, es ist Mai, obwohl der letzte Baum in unserer Straße schon während eines der Hitzesommer gestorben ist, weht durch die gekippten Fenster Vogelgesang herein. Eine Amsel. Seit Tagen liege ich Kian in den Ohren, mich nachmittags zu einem Rundgang durch den Park zu begleiten. Oder an die Alster.

Wir sind nicht eingesperrt.

Ich bitte vergeblich. Wenn ich mit verkrümmten Gliedern vom Sofa aufstehe, wo ich täglich mit meinem Laptop sitze, gehe ich allein.

Ron hat verschiedene Heim-Sportgeräte mitgebracht. Kian hat sie hinter seine Tür mitgenommen: Hanteln, Springseil, Gummibänder. Ich habe keine Vorstellung, was in dem Zimmer geschieht.

Einmal war angeblich irgendwo ein Sportplatz offen, jemand hat das Absperrband zerrissen. Bei dieser Gelegenheit traf er sich mit einem Freund. Ich kam nicht aus meinem Zimmer und gab keine Kommentare ab. Aus dem Fenster sah ich ihn sein Fahrrad aufschließen.

Die Amsel schweigt, aus weiterer Entfernung tönt eine zweite. Die nähere Amsel scheint auf eine Lücke zu warten, um Gegenargumente vorzutragen.

Der Nachbar hat einen Gast. Sie stehen am Balkongeländer und trinken. Dürfen sie das, ich meine, darf man Besuch haben? Ich stehe in unserer fast dunklen Küche. Es ist wahr, ich kann hören, wie die Mikroorganismen im Sauerteig mit exponentiell wachsenden Kräften den Teller von der Schüssel heben. Ein ganz leises Knistern wie von platzenden Schaumbläschen.

Mama. Ich schrecke zusammen, drehe mich um. Kian steht vor mir. Er ist riesig, überragt mich mindestens um einen halben Kopf. Ganz in Schwarz gekleidet. Ich bin auf Strümpfen. Ich kann nicht fassen, dass er so groß geworden ist und vor allem, dass ich es nicht mitbekommen habe. Sein Gesicht, in dem die Proportionen verändert sind, scheint bläulich im Dämmerlicht, er hat die Kapuze seines Pullovers aufgezogen.

Ich hab hier was. Es tut weh.

Er hebt seinen Kapuzenpulli samt T-Shirt hoch und kehrt mir den Rücken zu. Er verrenkt seinen Arm erst oben, dann unten herum, um auf eine bestimmte Stelle an seinem Rücken zu deuten. Ich schalte die Taschenlampenfunktion meines Telefons ein und beleuchte die blasse Haut.

Hier? – Hier?, frage ich, indem ich mit der Hand einzelne Stellen berühre, an denen kleine, gerötete Unebenheiten zu sehen sind.

Nein, hier!, Nein, hier!

Er wird ungehalten, weil ich die Stelle nicht finde, die kleinen Pünktchen und Erhebungen sehen alle gleichermaßen harmlos aus.

Ich sehe nichts Schlimmes.

Aber es tut so weh! Schau doch mal richtig.

Ich hole meine Lesebrille, suche noch einmal die Hautlandschaft ab.

Also, kleine entzündete Hautstellen, das ist normal, das hat man eine Zeit lang und dann wird es von alleine besser. Oder wir gehen einmal zum Arzt.

Ich scheue davor zurück, das Wort Pubertät in den Mund zu nehmen, noch kein einziges Mal habe ich versucht, mit ihm über seine körperlichen Veränderungen zu sprechen. Bin ich ebenso gehemmt wie meine eigene Mutter, frage ich mich, die über Körperliches und Sexuelles geflissentlich schwieg? Ich kann es sicher besser als sie, aber bei meinem Vierzehnjährigen schweige ich plötzlich doch. Das Versäumnis beschämt mich. Wie geht es dir, mein Kind, mit dem Abschied von der Kindheit, mit der Aussicht, ein Mann zu werden? Müsste er die Erschütterung nicht mit anderen Erschütterten teilen, die brechenden Stimmen vergleichen, die Muskeln, die ungleichmäßig wachsenden Arme und Beine? Die Haare an unaussprechlichen Stellen? Die unaussprechlichen Stellen selbst?

Stattdessen müssen sie, wie wir alle, einzeln hinter Bildschirmen bleiben. Ihre Körper sind eine potenzielle Gefahr. Ihr Atem. Ihr Lachen, ihre hintenüberkippenden Schreie. Sie sollen einander nicht knuffen, rempeln, hochheben, umarmen. Kein Armdrücken, keine heißen Ohren, kein geteiltes Getränk, kein Freudentanz. Nie anderen so nahe kommen, dass du sie riechst.

Wie kann es so wehtun, wenn da nichts ist? Da muss doch etwas sein?

Ich mache ein Foto von seinem Rücken und will es ihm zeigen. Er zieht den Pullover wieder runter, macht genervte, mich verscheuchende Gesten.

Es ist schwer, alles zu schaffen, wenn man eine so unfassbar doofe Mutter hat! Jeden Tag sage ich dir, unser Internet ist beschissen, ich fliege dauernd raus, meine Sachen sind weg. Aber es ist dir einfach egal! Du bist zu faul, etwas dagegen zu machen, und sagst, da ist nichts. Immer nur so: Da ist nichts, und verschwindest an deinen Laptop. Du bist so egoistisch!

Ich stehe ratlos vor seinem Ausbruch, so ungeordnet, wie alles auf mich einprasselt, und fühle mich zu Unrecht beschuldigt. Ich war mit Maske in drei Supermärkten!, regt sich mein Widerstand, auch für mich ist es schwer. Die eine Arbeit weg, die andere unmöglich verkompliziert. Ich sage jedoch nichts.

Er steht schon am Vorratsschrank, der vom Nachbargebäude beleuchtet ist, und schaut hinein.

Nichts haben wir zu essen, sagt er beim Anblick der zahllosen Gläser und Packungen, nichts, was ich mag! Er geht zum Kühlschrank, das Licht hinter Joghurtbechern, Flaschen, Vorratsdosen, Salatköpfen, Karotten, Tomaten beleuchtet sein Gesicht mit dem missgestimmten Ausdruck.

Nichts!

Ich verzichte darauf, das Gegenteil zu beteuern. Bleibe im Schatten, im Dunkeln stehen, während er eine große Glasschüssel mit gepufftem, gesüßtem Getreide füllt, dazu eine halbe Packung Haferflocken, einen knappen Liter Milch daraufgießt, wobei ein Schwall danebengeht und auf den Fußboden tropft. Er lässt ein Küchenhandtuch darauf fallen und bewegt es mit dem Fuß auf dem Milchfleck hin und her.

Bring ich später weg!, blafft er, als hätte ich etwas gesagt.

Er steckt einen Löffel hinein, der sofort in ganzer Länge in der Milch verschwindet. Dann balanciert er die Schüssel in Richtung seines Zimmers.

Erleichtert bin ich erst, als ich ihn hinter seiner Tür jauchzen höre, bei etwas, das über seinen Bildschirm flackert, im Kontakt mit seinen Freunden, erlöst vom Hier und Jetzt, und vom Zusammensein mit mir.

TANJA SCHWARZ

geboren 1970 in Hechingen, aufgewachsen in Reutlingen. Studierte u. a. am Deutschen Literaturinstitut Leipzig. Erhielt mehrere Stipendien, z. B. das *Arbeitsstipendium des Berliner Senats* und das *Heinrich-Heine-Stipendium Lüneburg*. 2001 erschien ihr Erzählungsband *Der nächtliche Skater* bei G. Kiepenheuer, 2019 folgte *Weltroman* beim Textem Verlag. 2021 erscheint ihr Erzählband *In neuem Licht* bei hanserblau. Sie ist Mitglied im *Forum Hamburger Autorinnen und Autoren* und lebt mit Partner, zwei eigenen und zwei Stiefkindern seit 2003 in Hamburg.

Hasune El-Choly

ÜBER FERNERKUNDUNG

zwischen uns die tosende see, der sich auf
der oberfläche in fragmenten spiegelnde himmel;
die tage durchtränkt von der schweren luft der
stadt, die träge an das andere ufer ziehen, werfen
schatten über das brutgebiet der austernfischer –
die schwarz-weißen regenpfeifer der außenschären,
nutzen die westlichen winde, um von norden in den
süden zu ziehen, in ihren gehirnen die rotierenden
gestirne, eine prägung aus sehnsucht und ferne.

schneefelder, weiß. habe die spuren in formalin gegossen. über den wolken schimmert nun dein lächeln. die momentaufnahmen, auf denen du dem himmel so nah warst – alle augenblicke sind jetzt konserviert. die luft in meinem zimmer riecht nach dir, riecht wie nach diesem fernweh in alten weltatlanten. wälze ich die vergilbten seiten, bin ich bergflanken nah & schneelawinen geraten in ungleichgewicht, begraben mich lebendig in deinen räumen.

unsere träume fahren vage
konturen, fallen auf umrisse;
aufs grenzgebiet deiner silhouette.

bei aufkommendem unwetter auf
falscher fährte nebulöser
spuren.

unsere träume pflanzen sibirische
ulmen, täuschen vertäubung bei
klirrender kälte;

halten mittels teleskop ausschau
nach: heimatfrequenz, permafrost.

will immerzu flüstern, mich tonlos
deiner ohrmuschel nähern, aus der lunge
die ausströmende luft an meinen stimmlippen
reiben, dich in gänsehaut versetzen.
dir tief in die augen blicken, dich wie
röntgenstrahlen durchdringen; auf dem grund
deiner schädelhöhle abtauchen, wie in tiefsee
stechen, dort fluchtpläne suchen & mich in
sicherheit wiegen. will dabei zartes gemüt sein,
lichtdurchlässig, zerbrechlich wie glas;
aber auch brückenstützer setzen & über die
abwesenheit von dynamit lügen.

dein herz, eine handvoll
sehnsucht, ein see aus fernweh
auf dem tiefen grund deiner
wissbegierigen kinderaugen.

wie die zeit in die kerbe der
jahre zerrinnt, bliebst du entgegen
tugend und tadel ein beharrlicher
träumer. warst preußischer beamter,
baron von humboldt; du höhlenbotaniker,
von abenteuer getriebener forschergeist.

bist auf den gipfeln der vulkane in
azurblaue himmelswelten versunken,
um unter einem weißen meer aus wolken,
tief in den bauch der erde zu blicken –
du himmelsbeobachter, geschichtenerzähler;
warst mit sextant und fernrohr dem horizont,
den sternen nah.

»wie gern er humboldten erzählen hören mag«,
schrieb goethe einst in wahlverwandtschaften –
denn wer dich traf, verharrte im staunen,
las die welt von deinen lippen.

i.
aus dem fenster nur dächer, ein
meer von satelliten. ich schließe
die augen, sende signale in den
orbit. in der ferne der himmel, ein
riss in den wolken, im zimmer voll seele.
die lichter an den wänden, dein inneres
und äußeres, deine schönheit im schweigen,
ich liebte dich leise.

ii.
die fehlende schwerkraft, die
dunkle seite des mondes. das
licht aus deiner mundhöhle. die
schwere auf meinem brustkorb.
das allmähliche verblassen, die
ohnmacht. das tote reh auf den
schultern und schatten, stille.

iii.
das licht in den straßen.
meine hand auf deinem brustkorb.
das schlimmste ist vorüber.
diese stille, diese leere.
deine hand auf meinem brustkorb.
das schlimmste steht noch aus.

HASUNE EL-CHOLY

geboren 1983 in Beirut, 1985 nach Deutschland immigriert, lebt in Hamburg. 2018 erschien sein erster Gedichtband *Jetzt bleiben Fragmente* im APHAIA Verlag. Sein Gedichtband wurde 2020 für den *Clemens-Brentano-Preis* der Stadt Heidelberg nominiert. Veröffentlichungen u. a. im *Jahrbuch der Lyrik 2019* und in verschiedenen Literaturmagazinen.

Friederike Gräff

MEINE HOFFNUNG UND MEINE FREUDE

Sabine Kleinschmidt erhob sich zunächst in der Osterkirche in die Luft. Es war das erste Mal, dass es geschah, und ihr Körper schwebte höchstens einen Zentimeter oberhalb der Kirchenbank. Außer ihr war nur der Küster da, der sich an den Blumen am Altar zu schaffen machte. Sabine Kleinschmidt hatte die Osterkirche in Eile betreten, weil sie auf dem Weg zur Arbeit gewesen war. Es sollte gelingen, wenigstens einmal am Tag zu beten, hatte sie im Vorübergehen gedacht, war zurückgekehrt und hatte sich in die letzte Kirchenbank gesetzt.

Sie ging in ihren Gebeten nicht ins Detail, sie legte Gott nicht die Abgründe dar, die sie ihm hätte darlegen können, solche des Zorns, der Gleichgültigkeit und anderer Art – so viele, dass ihre Betrachtung sie müde machte. Sie erhoffte sich keine Lösung davon, und es war ihr unangenehm, sie noch einmal auszubreiten. Sie dankte Gott dafür, dass sie mit Ausnahme eines kurzen Geschreis im Badezimmer nicht mit den Kindern gestritten hatte, und sie bat für ihre Großtante, die gerade 91 geworden war und bei ihren Anrufen nicht mehr vorgab, einen Anlass zu haben. »Ich wollte gern mit jemandem sprechen«, sagte die Großtante mit einer Stimme, die so zittrig war wie die Schrift auf ihren Postkarten, und dann bedankte sie sich erneut für eine Spieluhr, die ihr Sabine Kleinschmidt vor einigen Jahren geschenkt hatte.

Sabine Kleinschmidts Körper erhob sich, als sie auf ihre Großtante zu sprechen kam. Es geschah trotz der geringen

Höhe, die sie dabei erreichte, stockend, so, als zöge man sie mit einer Seilwinde aus großer Höhe hinauf. Sie hielt kurz inne, dann bat sie Gott um häufigere Besucher für ihre Großtante, und nachdem sie dies getan hatte, sank ihr Körper zurück auf die Kirchenbank. Der Küster zupfte welke Sonnenblumen aus der Vase am Altar und verschwand mit ihnen in der Sakristei.

Zur Arbeit kam sie etwas verspätet, aber niemand nahm davon Notiz. Sabine Kleinschmidt arbeitete in der Anzeigenabteilung einer Monatszeitung, die sich als radikal links verstand und deren Auflage über die Jahre immer weiter geschrumpft war. Inzwischen gab es nur noch drei Redakteure und sie, und es war eine Frage der Zeit, wann der Zeitungsverlag, der das Blatt gekauft hatte, als man mit gedruckten Zeitungen noch Geld verdiente, es einstellen würde.

Sabine Kleinschmidt teilte nicht immer die Meinungen, die darin verbreitet wurden, aber sie hatte Achtung davor, dass sich die Schreiber noch immer fragten, was Gerechtigkeit bedeutete, obwohl sich die Antworten schlecht verkauften. Vor einem Jahr hatte die Redaktion in ein günstigeres Büro umziehen müssen, sie war nun Untermieter der Kommunikationsagentur *Fresh friends*, die die Redakteure grämlich *foul friends* nannten. »Fair is foul and foul is fair«, summte der Chefredakteur, wenn er in die Teeküche kam, die sich alle Mieter teilten. »Shakespeare«, sagte er, als Sabine Kleinschmidt ihn fragte, was das bedeute, »das wusste man mal.«

Der Chefredakteur war ein kleiner fülliger Mann, der enge T-Shirts mit bunten Aufdrucken trug. Eines davon war flammend rot und zeigte ein durchgestrichenes Kreuz in einem Kreis, als sei es ein Verkehrszeichen. Als Sabine Kleinschmidt es das erste Mal an ihm sah, hatte sie sich gefragt, ob das T-Shirt ihr galt, aber es erschien ihr unwahrscheinlich, da sie mit niemandem über ihre religiöse Angelegenheiten sprach.

Sabine Kleinschmidt war Mitglied der Osterkirchengemeinde und etwa alle drei, vier Wochen besuchte sie dort die Gottesdienste. In der Regel war neben ihr nur eine Handvoll Besucher dort. Die Pastorin hieß Bogenschneider, sie war klein und zäh und hatte einen praktischen Kurzhaarschnitt. Sie trug die Bibeltexte mit einer Sachlichkeit vor, die Sabine Kleinschmidt angenehm fand. Die Rachsucht Gottes, der erschlagene Kinder einforderte, und die Wundertaten Jesu wirkten dann auch für Frau Bogenschneider fremd und das machte ihr die eigene Befremdung leichter.

Frau Bogenschneider hatte weder einen Partner noch eine Partnerin, auch keine Kinder. Manchmal erschien sie Sabine Kleinschmidt seltsam unwirklich, als existiere sie nur in der Osterkirche, wo sie sich sonntagmorgens am Altar einfand, im Talar und mit gestärktem Beffchen, um sich nach der Verabschiedung an der Kirchentür in Luft aufzulösen, den Talar ordentlich aufgehängt in der Sakristei zurücklassend.

An einem Mittwochabend erhob sich Sabine Kleinschmidt zu ihrer Überraschung und Freude während einer Andacht erneut in die Luft. Sie war zu spät gekommen und hatte sich in die letzte Bank geschlichen. Zwei Reihen vor ihr saß ein alter dürrer Mann in einem abgeschabten Anzug und in der Reihe neben ihr eine mollige Dame in einem gebatikten Kleid. Der alte Mann kam regelmäßig in den Gottesdienst und gab seine Kollekte in Papier verpackt in den Klingelbeutel. Einmal war eines der Papierstückchen neben den Beutel gefallen und als sie es aufhob, hatte es sich aufgefaltet und ein Knopf war herausgefallen.

»Wie lieblich sind deine Wohnungen, Herr Zebaoth! Meine Seele verlangt und sehnt sich nach den Vorhöfen des Herrn«, las der Kirchenvorsteher, ein freundlicher Mann mit Schnurrbart, vorne am Lektorenpult und Sabine Kleinschmidt fragte sich, ob dies auch auf sie zutraf. Es war ihr ein Rätsel, warum jahrhundertelang die Menschen weite Teile ihres Lebens in der Auseinandersetzung mit Gott und dem, was er von den Menschen wollte, verbracht hatten und sich nun, da sie es nicht mehr taten, keine Lücke aufzutun schien.

Aber zugleich war sie ungewiss, wie groß ihr eigenes Verlangen war. Es fehlte ihr an echtem Interesse und an Hartnäckigkeit, sich der Sperrigkeit von Kreuzigung und Auferstehung zu stellen. Wäre sie nicht getauft und konfirmiert worden zu einer Zeit, als alle getauft und konfirmiert wurden, hätte sie sich vielleicht aufgemacht, eine ihr unmittelbarer entsprechende Religion zu suchen. Sie war eine Zufallschristin, so wie sie eine Zufallsehefrau und Zufallsmutter war, und dass keine dieser Rollen zwingend war, irritierte sie immer wieder.

Sabine Kleinschmidt achtete die Lauen nicht und war sich doch bewusst, dass sie selbst zu ihnen gehörte. Warum sollte Gott nicht auch die Lauen lieben, dachte sie plötzlich. Er hat die Warm- und die Kaltblüter geschaffen, warum sollte er sie nicht zumindest hinnehmen. Noch während sie sich dies fragte, spürte sie, wie sich ihr Kopf und ihre Schultern aufrichteten, als habe jemand sie gerufen. Dann erhob sich ihr Körper in sitzender Position mit einem kaum wahrnehmbaren Ruckeln, als begänne eine Seilbahn ihre Fahrt in die Höhe. Sabine Kleinschmidt erfüllte eine freudige Aufregung und zugleich fürchtete sie, dass ihr Aufstieg diesmal auffallen würde.

Tatsächlich erhob sie sich etwa einen halben Meter in die Höhe, sodass sie knapp oberhalb der Lehne der Kirchenbank zum Halten kam. Die Gemeinde sang gerade das erste Lied, *Meine Hoffnung und meine Freude*. Sabine Kleinschmidt schwieg, weil sie fürchtete, dass ein Singen aus der Höhe ihre Position noch auffälliger machen würde. Sie vermied es, sich umzusehen. In der letzten Strophe spürte sie einen leichten Aufprall an ihrem linken Bein und als sie herabsah, erkannte sie einen braunen Knopf, der gerade unter ihr zu Boden fiel. Sie sah, wie der dürre alte Mann weitere Knöpfe aus seiner Jackentasche zog, aber er verfehlte sie zweimal und dann gab er es auf.

Die Pastorin bestieg die Kanzel, sie sah kurz zu Sabine Kleinschmidt hinüber, die noch immer über der Bank schwebte, und begann ihre Predigt. Sie sprach über den ungläubigen Thomas und während sie anmerkte, dass sie sich manchmal fragte, was sie an seiner Stelle über einen auferstandenen Jesus gedacht hätte, sank Sabine Kleinschmidt langsam zurück auf die Kirchenbank.

»Ich möchte Ihnen noch eine Stelle aus dem zweiten Brief an die Korinther mit auf den Weg geben«, sagte Frau Bogenschneider, »ich lese sie in ungewissen Momenten.« Und dann las sie mit trockener Stimme: »Und er hat zu mir gesagt: Lass dir an meiner Gnade genügen, denn meine Kraft vollendet sich in der Schwachheit.« Nach Ende der Andacht verließ Sabine Kleinschmidt die Kirche eilig vor allen anderen. Sie bemerkte, wie ihr der Küster, ein kräftiger Mann, der seltsam fremd in seinem eigenen Anzug wirkte, hinterhersah.

Am nächsten Tag kam sie müde zur Arbeit. In der Regel sprachen die Redakteure nicht mit ihr, es bestand auch keine Notwendigkeit dazu, sie nahmen wortlos die Anzeigenlisten zur Kenntnis, die sie ihnen auf den Schreibtisch legte. Die Listen waren schon immer kurz gewesen, aber inzwischen waren es selbst in guten Wochen höchstens sechs Anzeigen, die sie vorweisen konnte. Zweimal pro Woche, dienstags und donnerstags, versuchte Sabine Kleinschmidt, Neukunden zu gewinnen, und rief Bioläden, Kulturvereine, Fahrradgeschäfte und Taxikollektive an, bei denen sie eine Nähe zu den Ideen der Redakteure vermutete. Aber sobald die Angerufenen hörten, dass es um eine Anzeige in einer Papier-Zeitschrift ging, winkten sie ab. Ich sitze auf einem sinkenden Schiff, dachte Sabine Kleinschmidt, und ich weiß, dass es sinkt.

Nachmittags rief ein Mann in der Anzeigenabteilung an, der sich als Herr Elias vorstellte und fragte, was eine Anzeige in ihrer Zeitung kosten würde. »Es kommt auf die Größe an«, sagte Sabine Kleinschmidt, »es reicht von 30 bis 300 Euro.« »Was bekomme ich für 200 Euro?«, fragte der Mann. »Eine zweispaltige mit vier Zentimeter Höhe«, sagte Sabine Kleinschmidt. »Soll ich Ihnen unsere Preisliste schicken?« »Nicht nötig«, sagte Herr Elias, »ich buche sie.« Er schickte kurz darauf die Vorlage für die Anzeige. Darin stand: »Besitzen Sie Goldschmuck, den Sie nicht mehr brauchen? Wir kaufen auch Zahngold, egal ob mit oder ohne Zähne. Ankauf von Gold ist Vertrauenssache – kommen Sie zu uns.«

Auf dem Rückweg von der Arbeit ging sie bei einer Postfiliale vorbei, um ein Kreuzworträtselheft an ihre Großtante zu schicken. Als sie sich zum Ausgang wandte, begegnete sie dem Küster, der ein riesiges Paket trug. »Was ich Ihnen noch sagen wollte«, sagte der Küster. »Das ist ja toll, was Sie können. Wo haben Sie das gelernt?« »Es passiert mir einfach«, meinte Sabine Kleinschmidt, »vielleicht hört es auch wieder auf.« »Es ist ganz erstaunlich«, sagte der Küster. »Vielleicht entdeckt man Sie ja«, aber die Frau am Postschalter rief ihn auf, bevor er erklären konnte, wer Sabine Kleinschmidt entdecken könnte.

»Betest du abends mit den Kindern?«, fragte ihre Großtante am Telefon und sie fühlte sich schuldig, weil es eine weitere Stelle war, an der sie fehlte. Sie hatte es ein-, zweimal versucht, aber die Kinder waren desinteressiert gewesen und ihr hatte die Energie gefehlt, es dennoch zu tun. An diesem Abend fehlte sie an mehreren Stellen, sie interessierte sich nicht für das Ungenügen ihres Mannes an seiner Fortbildung, nicht für die Begegnung der Kinder mit einer überfahrenen Taube, sie hörte teilnahmslos die Nachricht von einem gekenterten Schiff und als alle schliefen, versenkte sie sich im Internet in die blutigen Details berühmter rechtsmedizinischer Fälle.

Es war lange nach Mitternacht, als sie ein Vaterunser betete, weil sie Sehnsucht nach der Stelle hatte, in der es um die Erlösung vom Bösen und die Kraft und die Herrlichkeit ging, die bei Gott war. Gelegentlich fragte sie sich, wo die anderen Trost fanden. Vermutlich bei Freunden, Partnern, vielleicht auch Eltern. Aber was war, wenn die Freunde entfremdet waren, die Partner Besseres gefunden hatten und die Eltern selbst bedürftig waren?

Sabine Kleinschmidt war zu träge gewesen, um sich zum Gebet auf den Boden zu knien, deshalb lag sie ausgestreckt im Bett, als ihr Körper sich erhob. Sie stieg empor, langsam und ohne jegliches Ruckeln, am Fenster vorüber, durch das ein heller Mond schien, bis sie etwa einen Meter unterhalb der Decke zum Halt kam. Ihr Kopf war leicht erhoben, als stütze ihn jemand, so wie man den Kopf eines sehr jungen Säuglings stützt, der wie eine übergroße Blüte auf einem zarten Stängel sitzt.

Sie faltete die Hände unterhalb ihrer Brust, betrachtete kurz das Dickicht der Spinnweben und schloss dann die Augen. Für eine Weile, deren Dauer sie nicht hätte benennen können, dachte sie nichts und während sie nichts dachte, blieb doch der überraschte Gedanke: Ich denke nichts. Es war, als erkenne sie etwas Wichtiges hinter einer Wolkendecke, die sich kurz auflöste, etwas Wichtiges, das sie nicht deuten musste.

Eine Woche nach Erscheinen der Zahnanzeige suchte sie der Chefredakteur in ihrem Büro auf. »Wir haben einen Leserbrief wegen der Goldanzeige bekommen«, sagte er. »Kam nicht gut an.« »Was war das Problem?«, fragte Sabine Kleinschmidt. »Dass sie nicht zu uns passt, wir sind doch kein Ramschblatt«, sagte der Chefredakteur. »Unsere Leser verkaufen ihre Zähne nicht.« »Tatsächlich«, meinte Sabine Kleinschmidt und dann schaute sie auf die Tischplatte, um nicht mehr zu sagen. »Das nächste Mal gern kurz nachdenken, bevor du etwas annimmst«, sagte der Chefredakteur und verließ das Büro.

Am Abend fuhr sie zu einem Gesprächsabend in der Gemeinde, »Auf dem Weg sein – Prophetinnen des Alten Testaments«, hatte es in der Ankündigung geheißen. Im Gemeindezimmer war ein Stuhlkreis aufgebaut und auf dem Tisch standen eine Schale mit Keksen und eine Flasche Saft, aber außer Pastorin Bogenschneider und Sabine Kleinschmidt war niemand gekommen. »Schön, dass Sie da sind«, sagte Frau Bogenschneider. »Ich wollte ohnehin mit Ihnen sprechen.« Dann machte sie eine kurze Pause. »Mir ist Ihre Darbietung im letzten Gottesdienst aufgefallen. Ich vermute, dass es Teil einer Performance ist, vielleicht ist es für so etwas wie die Versteckte Kamera.«

Sabine Kleinschmidt war zu überrascht, um etwas zu sagen. »Wir haben ja Raum für vieles, aber es ist sehr einfach, sich über jemanden lustig zu machen, der so am Boden liegt wie wir«, sagte Frau Bogenschneider und schluckte. Dann stand sie plötzlich auf und verließ den Raum. Als sie nach fünf Minuten nicht zurückgekommen war, ging auch Sabine Kleinschmidt.

Drei Tage später fand sie einen Brief von Frau Bogenschneider in ihrem Postkasten. »Liebe Frau Kleinschmidt«, stand darin, »es tut mir leid, dass ich bei unserem Gespräch die Fassung verloren habe. Ich wollte Ihnen auf keinen Fall zu nahe treten. Die Arbeit übersteigt meine Kräfte, ich werde ihr nicht so gerecht, wie ich müsste.« In einem Postskriptum schrieb sie: »Ich möchte Ihre Aufmerksamkeit darauf lenken, dass Menschen, die Gott sehr nahestanden, geschwebt sind. Vielleicht lesen Sie einmal bei der heiligen Teresa nach, auch wenn sie nicht Teil unserer protestantischen Tradition ist.« Im nächsten Gemeindebrief las Sabine Kleinschmidt eine Notiz, dass Pastorin Bogenschneider eine Auszeit nehme.

Sabine Kleinschmidt ging nicht zu dem Gottesdienst, in dem Pastorin Bogenschneider ihren Abschied nahm. Wochen später besuchte sie eine Andacht, von der sie nicht gewusst hatte, dass sie auf den Totensonntag fiel. Zu ihrer Überraschung waren drei Bänke mit Besuchern gefüllt. Sie setzte sich nach hinten, um möglichst unbemerkt zu bleiben. Ein junger rothaariger Vikar mit Brille hielt eine Predigt über die Bedeutung der Hoffnung. Zu hoffen, so sagte er, sei nicht nur möglich, es sei so etwas wie die Pflicht, aber auch das Privileg eines Christenmenschen, das müsse man nutzen.

»Er wird dich mit seinen Fittichen decken, und deine Zuversicht wird sein unter seinen Flügeln«, las der Vikar und dann lud er diejenigen, die im vergangenen Jahr nahestehende Menschen verloren hatten, dazu ein, eine Kerze für sie am Altar zu entzünden. Noch bevor die Orgel einsetzte, erhob sich eine mollige Frau mit Zopf in der ersten Reihe und ging zum Altar, wo sie schweigend eine Kerze anzündete. Es folgten die Menschen aus der zweiten und der dritten Reihe. Als Letzter kam der Küster nach vorne. »Für meine Mutter«, sagte er und entzündete eine Kerze. Sie verlosch und während er sie erneut entzündete und sie wieder verlosch, begann er zu weinen, so sehr, dass seine Schultern bebten. Beim Hinausgehen sah Sabine Kleinschmidt den dürren alten Mann, der als Einziger keine Kerze entzündet hatte. Er nickte ihr zu und während er etwas, das in Papier gewickelt war, in den Kollektenbeutel warf, nickte sie zurück.

Eine Woche später besuchte sie einen Flohmarkt, um nach Kinderschuhen zu suchen. Die Leute begannen bereits, die Stände abzubauen, als sie ein Paar rote Hausschuhe entdeckte und einen Pullover, auf den ein Elefant genäht war, dessen Knopfaugen rollen konnten. »Joseph Elias«, stand in roter geschwungener Schrift auf dem Schild, das am Rückenausschnitt aufgenäht war. Ein kräftiger Mann mit Schnurrbart und ein kleiner schmaler Junge im Anzug packten ein Grammophon in eine Kiste, neben ihnen saß eine winzige alte Frau in einer Kittelschürze auf einem Klappstuhl. »Was soll das kosten?«, fragte Sabine Kleinschmidt den Mann und hob die Hausschuhe und den Pullover in die Höhe. »Fünf Euro«, sagte der Mann, »für Sie vier. Vielleicht finden Sie noch etwas?«, fragte er und breitete einladend die Arme aus. Sabine Kleinschmidt zog etwas Glitzerndes unter einem Haufen Schuhe hervor, es war ein mit Federn und Perlen besetztes Kostüm, das so schmal war, dass es nur einem Kind zu passen schien. »Oh«, sagte der Mann, »da haben Sie das Kostüm meiner Mutter«, und wandte sich an die winzige Frau. »Mamotschka«, rief er, »da möchte jemand dein Kostüm kaufen«, und küsste sie auf die Wange. Sie tätschelte seinen Kopf, als er sich zu ihr herunterbeugte, und lächelte, sodass man ihre schadhaften Zähne sehen konnte. »Sie wurde die Schwalbe genannt«, sagte ihr Sohn, »weil niemand so lange in der Luft blieb wie sie, niemand.« Sabine Kleinschmidt sah ihn fragend an. »Ihre Nummer war unvergleichlich und die berühmtesten Zirkusse haben versucht, sie abzuwerben. Sie sprang vom Schleuderbrett ab«, sagte er und machte eine bedeutungsvolle Pause. »Und dann stieg sie auf wie ein Komet.«

Sabine Kleinschmidt wusste, dass ihr das Kostüm nicht passen würde, aber sie kaufte es zu einem Preis, dessen Höhe, so sagte der Mann, »der Berühmtheit seiner Trägerin« angemessen sei. Als Sabine Kleinschmidt weiterging, hörte sie ihn lachen und als sie sich noch einmal umwandte, hob die winzige alte Frau ihre Hand und winkte ihr zu.

Als Sabine Kleinschmidt zu Hause die Haustür aufschloss, klingelte das Telefon. Am Apparat war die Leiterin des Altenheims, in dem ihre Großtante lebte. »Es geht ihr nicht gut«, sagte die Leiterin. »Sie ruft viel nach Ihnen. Wenn Sie es einrichten können, wäre es schön, wenn Sie noch einmal kämen.« Als Sabine Kleinschmidt am nächsten Tag an das Bett ihrer Tante trat, erkannte die sie nicht. Sie lag wie eine sehr alte Puppe in der sehr weißen Bettwäsche und ihr Mund war nach unten gebogen wie bei einem Kind, das gleich zu weinen beginnt. Im Nachbarzimmer begann jemand zu schreien, wortlos und sehr laut. Sabine Kleinschmidt schwebte empor, in einer zugleich entschiedenen und anmutigen Bewegung zeichnete ihr Körper eine kreisförmige Form in den Raum, welche, konnte sie nicht erkennen; sie hoffte, dass es eine liegende Acht war.

FRIEDERIKE GRÄFF

geboren 1972, lebt in Hamburg. Hat Literaturwissenschaften studiert und anschließend die Deutsche Journalistenschule in München besucht. Sie arbeitet als Redakteurin bei *die tageszeitung (taz)* in Hamburg. 2014 erschien *Warten. Erkundungen eines ungeliebten Zustands* im Chr. Links Verlag. Letzte Veröffentlichung: *Schlaf. 100 Seiten*, Reclam 2019.

Sigrid Behrens

UNSERE MAGISCHE PHASE

Das Problem ist, dass Jon in die Pause will, Sina aber nicht. Ja, ihr Magen knurrt, und ja, das mit den Augen wird vor dem Bildschirm auch nicht besser, aber ist das ein Grund? Zwei Drittel der letzten Daten sind kalibriert, mehr nicht, das ist zu wenig. Wenn es nach Sina ginge, wären sie heute früh damit fertig gewesen, aber das hätte bedeutet, dass sie durchgearbeitet hätten, dass sie sich, wie früher, die Nächte um die Ohren geschlagen hätten, die eine am Rechner, der andere kurz in der Waagerechten, oder umgekehrt, und sei es in Gedanken. Sina kann für ihren Teil behaupten, schon in den absurdesten Positionen in den Schlaf gefunden zu haben, zumindest für zehn, besser zwanzig Minuten; sie kann sogar (und das noch immer) ganz auf ihren Schlaf verzichten, Tag-Nacht-Rhythmen leugnen, den Jetlag wegatmen.

Aber nein, sie ist ja nicht allein. Jon will nicht durcharbeiten, er will nicht auf das Abendessen verzichten, und auf ein Mindestmaß an Nachtruhe auch nicht. Natürlich weiß er, dass die Zeit hier kostbar ist, in Zahlen: schweineteuer, aber er weiß auch, dass die Leute vom Staff froh sind um jeden Moment, in dem die Kollegen von abroad ihnen nicht mit ihrer höflichen Zurückhaltung dazwischenpfuschen, sei es mit Worten oder mit Klicks; darüber hinaus weiß Jon auch, dass er die nächsten Tage nicht effizient wird nutzen können, wenn er nicht hin und wieder vor die Tür kommt, sich ausruht, abschaltet, schläft. Morgen früh, Punkt vier Uhr, sagt er, schauen wir uns die Ausrichtung noch mal an, und: Die Wellen brauchen unsere

Aufsicht nicht, die Einstellungen sind super so, wenn wir den Sonnenuntergang noch sehen wollen, dann sollten wir jetzt aber, komm. Was Jon nicht sagt, ist: Mensch Sina, es läuft nicht schneller dadurch, dass du zuguckst, die Analyse dauert, hast du das vergessen? Oder: Warum vertraust du den Leuten hier nicht, das ist ihr Job, nicht unserer, right, glaubst du wirklich, du bist die Einzige, die hier weiß, worum es geht? Stattdessen wirft er ihr einen milden Blick zu, während er sich von seinem Stuhl erhebt, nach seiner leeren Müslischale greift und zur Tür geht. Jon weiß, dass Geduld wahrlich nicht zu Sinas Kernkompetenzen zählt; und Sina weiß, dass dieses Aufstehen eben kein Angebot ist, sondern ein Entschluss: Jetzt ist es an den Rechnern, die Arbeit zu machen, unter den fachkundigen Augen von Gianni, Juan, Reinaldo und Carmela, die zum Teil erst seit zwei Stunden hier sitzen und mit frischem Blick auf die Daten gucken. Nachher kommt Loreto zur night shift, und seit Sina sich mit ihr in der Kantine unterhalten hat (gestern? vorgestern?), weiß sie, dass diese Frau die Nacht auch allein schmeißt, wenn es sein muss, was für eine toughe Person – der lebende Beweis, dass hier selbst die Fellows mehr Ahnung haben als so mancher Professor in Deutschland. Oder muss es hier Professorin heißen?

Jons Schritte schmatzen auf dem Linoleum, die Lüftung der Geräte brummt, und Sina bleibt nichts anderes übrig, als seinem Beispiel zu folgen. Sie sind ein Team, und auch wenn es sie in Momenten wie diesem maßlos ärgert: Ihre Stärke liegt genau darin, in diesem permanenten Austarieren ihrer Herangehensweisen. Im Aushalten der Spannung zwischen ihren Polen. Am Ende profitiert das Projekt.

Davon abgesehen hat Jon recht, es wäre blöd, sich diesen Sonnenuntergang entgehen zu lassen. Jeder, der auch nur einmal das Glück hatte, von einer Wüste umgeben zu sein, weiß, dass hier keiner dem anderen gleicht, dass dieses Schauspiel sich nie wiederholt, dass es einen umhaut wie nur was: diese unfassbaren Farben, diese Klarheit, dieses Licht. Sina jedenfalls weiß es, seit sie das erste Mal in diesen Breiten gestanden hat, also seit, hoppla, siebzehn Jahren (damals, süße Postdoc-Zeit): Wer einmal in dieser Wüste hat stehen dürfen, umringt vom Geröll, diesem Felsenmeer, geschnitten vom Wind, von der UV-Strahlung versengt, im Hintergrund, ganz ungerührt, die Andenkette, klar und kalt, wahlweise halbwegs mild (wie jetzt), wahlweise eisig, schneebedeckt, und dabei immer knochentrocken, atemberaubend, weil sauerstoffarm; wer einmal in dieser unwirtlichen Landschaft gestanden hat und sich von ihr hat umarmen lassen, so, als sei man zumindest momentweise kein Mensch, sondern ein Insekt, das hierhergehört, eine Ameise vielleicht, ein klimatisch angepasstes Wesen, das einfach gar nicht weiter stört, fast wie diese surreale Herde an Parabolantennen auf dem Plateau, die stoisch in den Himmel äugen, klaglos dieser Witterung trotzen, tonlos, pausenlos auf Empfang; wem es auch nur einmal vergönnt gewesen ist, an diesem Ort zu sein und diesen Übergang von Tag zu Nacht zu erleben, der kein schnöder Einbruch von Dunkelheit ist, sondern eine Offenbarung, der wird süchtig danach. Der, besser: die kann, zumindest in diesen Minuten, in denen ein allumfassendes Blau sich über Rosa und Orange in glühendes Rot verwandelt, ehe es sich ins Schwarze ergießt (und nicht umgekehrt), die muss, angesichts dieser Verschiebung, die sämtliche Farbprismen in sich birgt, auf unendlich viele Punkte reduziert, ein

Feuerwerk, dessen umgebendes Schwarz Schatten wirft und heller leuchtet als alles, was sich ein gewöhnlicher Nordeuropäer unter einem Sternenhimmel vorstellen kann, die wird, indem sie ihren Kopf in den Nacken legt und diese gigantische Weite in sich aufzunehmen versucht, alles Irdische vergessen. All die Zahlenkolonnen, die grafischen Flächen, die Kurven, Frequenzen, die Radiometrie. Der Erkenntnisgewinn, der darin liegt. Die Beharrlichkeit, mit der sie nun wieder hier ist, weil es ihnen einmal mehr gelungen ist, einen Antrag durchzuboxen, was sich (einmal mehr) so anfühlt, als hinge nur sie daran und nicht eine ganze, große Gruppe. Der sehnsüchtige Blick auf ein noch längst nicht bestätigtes Ergebnis. Die Rastlosigkeit, mit der sie auch hier versucht, sich in mindestens zehn Prozesse gleichzeitig einzubringen, als laste alles auf ihren Schultern, als wären sie nur zum Schein ein Team, als gäbe es dafür nicht die wesentlich routinierteren Angestellten vor Ort, als wären ihre Erfahrungen nicht maßlos beschränkt. So etwas lässt Sina einfach nicht gelten, noch immer nicht. Auch nach über zwanzig Jahren ist es ihr noch nicht gelungen, einen gewissen Pragmatismus an den Tag zu legen, und sei es als Selbstschutz, zur Bestandswahrung.

Sina folgt Jon und ahmt seine Bewegungen nach: die Selbstverständlichkeit, mit der er sich durch die Gänge bewegt, seine Müslischale in der Teeküche abstellt und seinen Weg mit Grüßen säumt, auf Spanisch, auf Englisch, nach links, nach rechts; die Beiläufigkeit, mit der seine Blicke durch die getönten Scheiben nach draußen wandern, während er geduldig auf das schwerfällige Auf- und Zugleiten der Schiebetüren wartet. Diese unfassbare Ruhe, mit der er sich Schritt für Schritt dem Ausgang nähert und sich dem geschäftigen Treiben entzieht, diesem Bau, in dem Menschen ameisengleich das Zigfache ihrer Gehirnleistung von einem Ort zum anderen schleppen, im rührenden Bemühen, ihr staubkorngroßes Wissen zu mehren.

Und dabei ist es ja nicht so, als habe sie es nicht versucht. Sie kann es nicht leugnen, es gab eine Zeit, da meinte sie, zu einem pragmatischen Umgang mit ihrem Forschungsgegenstand durchgedrungen zu sein–

Hallo, Hallo, Schwarzes Loch, hier bin ich und da bist du, ach Quatsch, du musst nicht bis zu mir, bleib einfach ruhig da, wo du bist, ich halte die Entfernung aus, ich will dich eigentlich nicht sehn, ich stell mir vor, so siehst du aus, und halte hübsch die Stellung hier, ich meine, äh: die Füße still, ich weiß ja schließlich, wo du bist, es ist okay, du bist okay, ich bin okay hier, wo ich bin, ich weiß, wo ich dich finden kann, ich komm ein andermal vorbei.

–damals, als Knut noch so klein war, als sie beschloss, zurück nach Deutschland zu gehen, ihm zuliebe, ihrem Vater zuliebe (sich selbst zuliebe? Eher nicht); als sie meinte, sich ihr Scheitern eingestehen zu müssen, es zulassen zu dürfen, es ausleben zu wollen, peng, und aus. Aber diese Zeit ging vorbei; dieser Pragmatismus war schlussendlich–

Hallo, Schwarzes Loch!

–nicht auszuhalten, diesen Zustand hat sie–

–wie du sehen kannst–

–lieber nicht gelten lassen.

Warum eigentlich?

Hmm, lass mich nachdenken. Ich könnte sagen: weil ich es nicht geschafft habe. Weil ich zu schwach bin, und daher gescheitert an meinem Anspruch. Jawoll! Das wäre die einfachste Antwort. Oh doch. Das ist es, was *die Leute hören wollen, dass man sein Scheitern bereitwillig eingesteht, mea culpa, ich wünschte, ich könnte, aber, und so weiter, egal. Wie das? Dann sieh es anders, ich sehe es so. Ich habe es so gesehen und beobachten können, als ich den Leuten erzählt habe, warum ich weggehe vom MIT. I'm done, habe ich gesagt. Ich kann nicht mehr. Ich tue es nicht nur für mein Kind. Ich tue es, jawohl, für mich, in gewisser Weise sogar für die Forschung, der ich meine halbe Kraft lieber ersparen würde. You're kidding!, sagten die Kollegen (mostly men, by the way), und dass sich die meisten von meiner halben Kraft ein Scheibchen abschneiden sollten, vielleicht würden sie dann mal was reißen, haha! Kannst du dir das vorstellen? Das war nett gemeint. Das hat mich maßlos gekränkt. Das war der Punkt, wo ich dachte: Ich rede nicht nur davon, ich ziehe es durch, genau deshalb, und ihr könnt zusehen, wo ihr bleibt. Ich gehe nach Hause, doch, in dem Moment hat es richtig geklungen, von zu Hause zu sprechen, ich gehe nach Hause und komme zur Ruhe, und ganz vielleicht komme ich sogar an. Egal wo. Tschüss, SgrA*, Hallo Papa. Tja. Später waren dann genau die Leute enttäuscht, die meinen Fortgang nicht verstanden haben. Wie, jetzt zieht sie es doch nicht durch? Jetzt will sie doch wieder mitmischen? You're kidding, Fraulein, I mean – I'm confused! Ganz ehrlich: Ich finde, da stellt sich schon die Frage, wer hier was nicht ausgehalten hat.*

Dabei weiß Sina, dass es auch anders gehen müsste, siehe Jon. Dieser Mann ist nicht nur ein Phänomen, was sein umfassendes Wissen betrifft, seine Freundlichkeit im Umgang mit ahnungslosen Studierenden wie ausgewiesenen Koryphäen, sein strukturiertes Denken und Arbeiten; er ist auch ein hervorragendes Beispiel dafür, wie man effektiv forschen kann (und publizieren und vermitteln) und trotzdem noch ein Dasein führen, das es einem ermöglicht, in aller Seelenruhe über die

Flure einer Arbeitsstation zu schlendern, als handelte es sich dabei nicht um den Vorhof eines der begehrtesten Radioteleskop-Arrays der Welt, sondern, nur mal als Beispiel, um einen der Gänge seines heimischen Instituts; dieses allumfassende Gefühl der Kompetenz in sämtlichen Dingen (der Arbeit, des Lebens), so jedenfalls stellt Sina es sich vor, ein In-sich-Ruhen, das es Menschen wie Jon vorbehält, auch noch die letzte Tür in aller Gelassenheit aufzustoßen, als blickte man zufrieden auf das Ende eines stinknormalen Arbeitstages, nicht aber auf den nördlichen Rand der Atacama-Wüste, auf den majestätischsten Sonnenuntergang aller Zeiten, in die Tiefe des Universums hinaus. Jon ist ein Guter, daran gibt es keinen Zweifel, er geht den goldenen Mittelweg. Jon ist einer, der nicht bereit ist, rund um die Uhr am Bildschirm zu sitzen, weder zu Hause in Nijmegen noch in Chile noch sonstwo. Jon will unter keinen Umständen auf halbwegs erholsamen Schlaf verzichten, und normalerweise auch nicht aufs morgendliche Joggen (hier zieht er im Pool seine Bahnen). Normalerweise will er so oft wie möglich seinen Freund sehen, und sei es zur Unzeit, wenigstens nachts, und wenn er ihn nicht leibhaftig sehen kann, wie hier, dann will er wenigstens mit ihm skypen, täglich, und seien es ein paar Minuten. Für Jon ist das eine Frage des Alters; die Zeiten, in denen er weder nach links noch nach rechts geschaut hat, dafür ausschließlich geradeaus (in den Bildschirm, also: auf den Abschluss des Arbeitsschrittes/ der Ergebnisse/ eines Projekts), die Zeiten, in denen neben der Selbstausbeutung, dem Idealismus, der Hybris kein Platz gewesen ist für das, was andere Menschen ein Leben nennen, diese Zeiten sind gottlob vorbei. Eine Frage des Alters, würde Jon sagen, und es schwänge ein gewisser Stolz mit, etwas wie Würde. Eine Frage der Einstellung, würde Sina sagen und damit meinen: Scheiß auf das Alter, im besten Fall ändert sich das nie. Womit sie (zumal in ihrem Alter) ziemlich allein dastünde: allein mit ihrer Bereitschaft, die sich verändernden, veränderten Zeiten zu leugnen; allein in ihrer Unfähigkeit, auf sich und andere Rücksicht zu nehmen; allein als hoffnungsloser Fall.

Jon hat eine Tochter aus seiner früheren Beziehung, auch mit ihr will er regelmäßig skypen oder facetimen oder was auch immer, und er tut es auch, schließlich will er auch von ihr wissen, wie es ihr gerade geht, ihr erzählen können von seinem Tag, Zeit und Raum überbrücken, bis sie sich endlich wiedersehen. Daran kann es also nicht liegen, an diesem Klischee der ausgebliebenen (wenn nicht umgangenen) Elternschaft, dass einer so ist wie er: korrekt, freundlich, entspannt, bei sich. Aber woran liegt es dann? Am Wesen, am Geschlecht, am Alter des Kindes? Im Zweifelsfall an der eigenen Kindheit. Das wäre sicher (wie immer) ein Punkt.

So oder so: Neben der Tatsache, dass Sina davon überzeugt ist, dass Männer anders arbeiten als Frauen, dass mehr Östrogene in der Forschung im Allgemeinen und in der Astrophysik im Besonderen zu breiteren, und ja, besseren Ergebnissen führen (sie arbeitet hart daran), liegt es in Sinas Fall vermutlich einfach nur daran, dass so ein Leben, wie Jon es führt, bei ihr nicht funktioniert, den Beweis hat sie bereits erbracht, nie wieder, denkt sie und hat sofort wieder den Geschmack des Triumphs auf ihrer Zunge. Sie schluckt. Daran, dass Jon beziehungsfähig ist, sie aber nicht. Daran, dass ihm nicht der Atem stockt, als sie endlich ins Freie treten, durch die Schleuse und hinaus aus dem klimatisierten Eingangsbereich, hinein in diese dünne Luft, das Panorama aus Farbe und Licht, in diese Landschaft, die sie in aller Stille erträgt, sie, diese wissbegierigen Menschen, mitsamt ihrer Illusion, eines schönen Tages bis über den äußersten Rand des Universums hinauszuschauen – oder, solange das noch nicht der Fall ist, wenigstens über den Ereignishorizont eines Schwarzen Lochs. Dessen unsichtbarer Schatten. Offensichtlich ist es einem Menschen wie Jon gegeben, den Atem nur dann anzuhalten, wenn er es will (beim Schwimmen zum Beispiel), nicht aber dann, wenn er es muss. Wer es mag. Sina mag es nicht. Sina öffnet den Mund und schnappt nach Luft, ob sie nun will oder nicht; Sina will sich überwältigen lassen.

Jon pult sein Telefon aus der Tasche und macht Fotos, nein, er filmt, er dreht sich um die eigene Achse und filmt das ganze Panorama, die Ebene mit der Hügelkette in der Ferne, die Bergkuppen links, kurz sind auch die Gebäude im Bild, davor Sina, strahlend, golden, der Schatten zu Jons Füßen kreiselt mit. Ist das wieder schön!, ruft Jon, oder nicht?, und filmt sich am Ende auch noch selbst, so lässt sich's arbeiten!, spricht er in die Kamera, ich denke an dich!, und formt seine Lippen zu einem Kuss, was Sina zum Glück nur hört und nicht sieht. Dafür weiß sie, dass er den Film später, in der Kantine, an seinen Freund schicken wird, oder an seine Tochter, oder beide, wie alt war die noch mal? Am liebsten würde er es gleich tun, das weiß Sina auch, aber hier draußen ist das Netz zu schwach, da lohnt sich nicht einmal der Versuch. Deshalb deutet er in Sinas Richtung, eine kurze Bewegung, die sie auf einen kleinen Spaziergang einlädt, in Richtung der Aussichtsplattform vielleicht, wenn nicht doch gleich zur Kantine, man weiß es nicht, manchmal ist sogar er ungeduldig. Jon ist mit seinen Gedanken woanders, Sina nicht. Sina steht, den Kopf in den Nacken gelegt, mit beiden Beinen in diesem Moment, sie zittern, ihre Beine, er bebt, ihr Körper, ihr fehlen die Worte, während von links ein purpurner Schleier über den Himmel weht; soll Jon hingehen, wohin er will, sie wird sich nicht vom Fleck rühren. Für diese Momente lohnt es sich, alles, für diese Momente, in denen über ihrem Kopf die Sterne aufgehen, direkt auf sie zu, während sie selbst, Sina Schimkat, nichts weiter tun muss, als dieses Wunders gewahr zu werden, es anzuziehen mit aller Macht, es nicht mehr aus den Augen zu lassen und in ihren Tiefen verschwinden zu sehen.

SIGRID BEHRENS

geboren 1976 in Hamburg, ist als Tochter einer Französin und eines Deutschen zweisprachig aufgewachsen. Sie lebt als Autorin und Dramatikerin mit ihrer Familie in ihrer Heimatstadt. Die Rechte für ihre Theaterstücke sowie Übersetzungen und Bearbeitungen werden vom Drei Masken Verlag vertreten; 2007 erschien *Diskrete Momente* im Carl Hanser Verlag. Sie ist Mitglied im *Forum Hamburger Autorinnen und Autoren*. Bei dem vorliegenden Text handelt es sich um einen Auszug aus dem gleichnamigen Romanmanuskript.
www.sigridbehrens.de

BLAUE BLUME IM GE-PÄCK

Silke Stamm

HOHE BERGE

Im Zug an langgezogenen, glitzernden Seen vorbeizufahren, die zwischen frühlingsgrünen Hügeln liegen, auf denen die ersten Bäume schon rosa Blüten tragen und hinter denen die Berge aufragen, farblos, fast zweidimensional, als wären sie nachträglich ins Bild geklebt; probehalber schon einmal ein Harscheisen auf die neue Bindung zu montieren und sich zu ärgern, als das nicht auf Anhieb klappt.

Kaum geschlafen zu haben in der Nacht, weil es im Zug keine Liegewagen gab; sich auf einen Zweiersitz gelegt zu haben, was jedoch nicht möglich war, ohne mit Kopf und Knien gegen Armlehne und Vordersitz zu stoßen; die ganze Nacht über gefroren zu haben, nach und nach fast alle Kleidungsstücke, die sich im Rucksack fanden, übereinander angezogen zu haben und sogar in den Seidenschlafsack gekrochen zu sein, trotz der Befürchtung, ihn dabei zu zerreißen; mit angewinkelten Beinen schlaflos in der dünnen, weißen Hülle gelegen zu haben, dem vom Geratter der Räder unterstrichenen Unbehagen ausgeliefert, mit Material, das noch nicht einmal für eine Zugfahrt ausreicht, für die Tour nicht gut gerüstet zu sein; als der Zug dann nach Mitternacht fast eine Stunde lang in der Stille einer dunklen, menschenleeren Gegend stehen blieb, Angst bekommen zu haben, den Anschluss zu verpassen und nicht einmal den Startpunkt der Tour rechtzeitig zu erreichen.

Frühmorgens dann doch beinahe pünktlich hinter der Grenze angekommen zu sein und in den wenigen Minuten, die für den Weg die Treppe hinauf, an Stehcafés und Imbissen vorbei und dann wieder hinunter zum anderen Gleis blieben, die Ski zwar hauptsächlich an Menschen in Jeans oder Geschäftskleidung vorbeigetragen zu haben, sich in Skistiefeln aber schon nicht mehr so deplatziert vorgekommen zu sein.

Später am Vormittag an einem kleinen Bahnhof auszusteigen und unter denen, die mit aussteigen, die anderen Teilnehmer auch aus den Augenwinkeln sofort an ihrer Ausrüstung zu erkennen, und daran, dass sie sich ebenfalls vorsichtig umsehen.

Im gleißenden Sonnenlicht die Augen zusammenzukneifen und auf einen der Männer zuzugehen, während die anderen noch umständlich ihre Ski auf dem Bahnsteig positionieren und sich nur mit Halbblicken streifen; den Mann, der weißliche Spuren von Sonnencreme auf dem Nasenrücken und trotz der Wärme eine rote Mütze trägt, auf die Durchquerung anzusprechen, woraufhin er sofort seine Hand ausstreckt, sich als Luke vorstellt und anschließend in Mundart einen Mann mit schulterlangen, grau melierten Locken anspricht, der mit schlenkernden Schritten näher kommt und auch, als er stehen bleibt, nicht aufhört, auf den Ballen zu wippen, dabei nickt und etwas erwidert, was nicht zu verstehen ist, vermutlich seinen Namen; auch die beiden anderen, die nun dazukommen und sich vorstellen, Hans-Ruedi und Jean-Pierre, vom Dialekt her gleichfalls Einheimische, mit festem Handschlag zu begrüßen; mit im Kreis zu stehen, sich aber beim ersten Abgleich der vier Männer, welche Touren sie jeweils schon gemacht haben und wie gut sie die Gegend kennen, nicht zu beteiligen; zuzuschauen, wie Hans-Ruedi nebenbei in ein großes, gelbes

Stofftaschentuch schnäuzt, es danach wieder zusammenfaltet, in der Hosentasche verstaut und dabei konzentriert und keinesfalls betulich wirkt.

Zur Bahnhofstoilette zu gehen, in dem kühlen, weiß gekachelten Raum die Trinkflasche aufzufüllen, das kalte Wasser über die Handgelenke laufen zu lassen und direkt aus dem Strahl zu trinken; sich das Gesicht zu benetzen, mit nassen Händen durch die Haare zu fahren und froh zu sein, dass es keinen Spiegel gibt; zurückzugehen auf den Bahnsteig, sich mit in den Schatten zu stellen, Berichte über Berge anzuhören, ohne etwas beizutragen und auch nichts gefragt zu werden.

Auf die Ankunft des Bergführers zu warten, bei dem die anderen vermuten, dass er aus der Gegenrichtung eintreffen müsse, was dann auch so geschieht; sofort aufmerksam zu sein, als er mit einem weiteren Teilnehmer aus der Unterführung hochkommt, mehrere Stufen auf einmal nimmt, dabei schlaksig wirkt und zugleich durchtrainiert, und oben angekommen rasch beginnt, das Mietmaterial aus seiner großen Plastiktasche zu verteilen; ein Lawinenverschüttetensuchgerät von ihm überreicht und dessen Handhabung in knappen Worten erklärt zu bekommen, während er bereits Hüftgurte und Steigeisen an andere ausgibt und dann, ohne viel mehr als seinen Namen, Aaron, preisgegeben zu haben, losgeht, in den hellen, heißen Tag hinaus.

Mit den Ski in der Hand und dem Poltern der eigenen Stiefel im Ohr ein Stück auf der asphaltierten Straße zu marschieren, bald jedoch ins Gelände abzuzweigen, wo der Schnee alle

Geräusche dämpft; es Aaron, als er seinen Rucksack absetzt, nachzutun, die Ski so auf dem Gepäckstück zu platzieren, dass die Unterseiten nach oben zeigen und trocken bleiben, den Beutel mit den Steigfellen auszupacken und in dem Moment froh zu sein, daran gedacht zu haben, ihn griffbereit ganz oben zu verstauen; die Felle auf die Laufflächen der Ski zu kleben, fest anzudrücken, die Ski dann in den Schnee zu legen und in die Bindungen zu steigen; im Geräusch, mit dem sie einrasten, die Entschiedenheit eines Startsignals mitzuhören und sich zu freuen, dass es jetzt losgeht.

Die ersten fünfhundert Höhenmeter wie Aaron ohne Pause durchzugehen, während die anderen Teilnehmer, die kürzere Anreisewege hatten und noch in ihren Betten schlafen konnten, ab und zu stehen bleiben, um Fotos zu knipsen oder etwas auszuziehen, und dann wieder aufschließen; im Kopf ihre Namen zu wiederholen, Luke mit der roten Mütze, Jean-Pierre, gebräunt mit Schnauzer, Hans-Ruedi, Fippu, der zusammen mit Aaron ankam und dessen Augenlider gerötet sind, und den eigenen Vordermann, den mit den grau gesträhnten Locken.

Während die Sonne weiter steigt, darauf zu achten, dass sich der Abstand von einer Skilänge zum Vordermann nicht vergrößert; ihm die Bitte zuzurufen, seinen Namen noch einmal zu wiederholen, aber eine andere Antwort von ihm zu erhalten als vorhin Luke, und zwar *Thomas*.

Bei jedem Schritt zu spüren, dass der Körper sich erinnert, was zu tun ist, dass die Knie genau den richtigen Druck erzeugen, damit abwechselnd die Ski gleiten und die Felle greifen;

das Gleichmaß der Bewegungsabläufe zu genießen, die Weite der Landschaft, die mächtig und statisch wirkt, jedoch beim Gehen wieder und wieder mit neuen Ausblicken überrascht, und nicht nur Felsen und Wolken viel Raum schenkt, sondern auch den Gedanken; die am Morgen im Zug verfasste Nachricht an die Tochter, *bin bereits bald bei Bergen*, im Kopf immer wieder aufzusagen, ohne dies eigentlich zu wollen, und dabei die Alliterationen im Gehrhythmus zu betonen, welche sie in der ersten Klasse für sich entdeckt und dann mehrere Jahre lang in kleinen Briefchen verwendet hatte, die sie auf den quadratischen Abreißblock in der Besteckschublade schrieb, wo sie zum Teil immer noch liegen; auf die heutige Nachricht nicht mehr mit einer Antwort von ihr zu rechnen, weil es hier oben wohl nirgendwo Empfang gibt.

Später, als das Tal enger und der Anstieg steiler wird, hintereinander in einer einzigen Spur zu gehen, ohne dass sich noch jemand unterhält; die Reihe weiterhin nie zu verlassen und deshalb zuletzt direkt hinter Aaron zu gehen, der sich nach einer Biegung umwendet und in die Stille der Berge hinein sagt, *lue, itz gsehsch scho d Hütte*, auf die Rückfrage hin nur lacht und entgegnet, *ja, es isch a dir, se z finde*; beim Weitergehen minutenlang die Hänge abzusuchen und sich zu freuen, als sie sich dann endlich zeigt, aus grauem Stein an einen der ins Weiße gesprenkelten Felsen geschmiegt; nach einer letzten etwas steileren Passage unmittelbar unterhalb der Hütte, von der Aaron sagt, das sei jetzt die Schlüsselstelle des heutigen Tages, und ins Gelächter aller hinein betont, er meine das durchaus ernst, hier sollte nicht gerade jemand stürzen, da gehe es dann weit hinunter, das Gebäude zu erreichen, vor dem er stehen bleibt und, bis als Letzter auch Hans-Ruedi angekommen ist, jedem Einzelnen mit Handschlag gratuliert, obwohl es ja kein Gipfel, sondern nur der Hüttenaufstieg war.

Zusammen auf der Terrasse zu sitzen, Aaron und Thomas breitbeinig in Liegestühlen, die im Schnee stehen, der Rest auf einer steinernen Bank, die ans Haus gebaut ist; den beiden zuzuhören, die sich halbe Sätze zuwerfen und über Dinge lachen, die nur ihnen verständlich sind; die Sonnenwärme, die die Wand abgibt, im Rücken zu spüren, die nackten Füße auszustrecken, während die Stiefel und Socken zum Trocknen in der Sonne liegen; Thomas, der von niemandem so genannt wird, ein weiteres Mal anzusprechen, ob er bitte den Namen, den die anderen benutzen, buchstabieren könne, was dann aber Hans-Ruedi übernimmt: im Berndeutschen werde letztlich jeder anders genannt, als auf der Geburtsurkunde zu lesen sei, in dem Fall also Thömu, so wie aus einem Philipp der Fippu werde; seine etwas gespreizte Aussprache der hochdeutschen Namen wahrzunehmen, und auch, dass Thömu seinen Kopf nur leicht dem Gespräch zuneigt, ohne den Blickkontakt lange zu halten, und dann wieder einen Spruch in Richtung Aaron loslässt; Luke entgegenzuschauen, der mit feucht an den Kopf geklebten, rötlichen Haaren konzentriert ein volles Tablett durch den weichen Schnee zu jedem Einzelnen hin balanciert, beim Überreichen der Getränke lächelt und auf den Dank *sehr gärn* erwidert.

Als das Licht diesiger wird und die Kälte sich unter die Jacke zu schieben beginnt, hineinzugehen, zum Matratzenlager im ersten Stock; einen dämmrigen, holzverkleideten Raum zu betreten, der zu beiden Seiten des schmalen Mittelgangs aus doppelstöckigen Lagern besteht; von den unteren Schlafplätzen den an der Außenwand mit dem kleinen Giebelfenster zu wählen, bevor es ein anderer tut, um sich beim Schlafen mit dem Gesicht zur Wand drehen zu können, statt zu einem anderen Körper hin, und auch, um das Fensterchen schnell wieder öffnen zu können, falls es nachts jemand schließen sollte; den Seidenschlafsack auszubreiten, darüber zwei Hüttendecken, die Stirnlampe bereitzulegen, das Zahnputzzeug und das zweite Paar Skiunterwäsche für die Nacht, und während des Sortierens zu bemerken, dass auch Aaron mit seinem Rucksack ins Gruppenzimmer kommt, obwohl Bergführer sich normalerweise Einzelzimmer geben lassen, dass er jedoch einen Platz in der oberen Etage wählt und eher in der Mitte.

Da es im Lager nur unter den Decken auszuhalten wäre, hinunter in den beheizten Gastraum zu gehen, nach Spielkarten zu suchen und in einer Truhe zwischen Schachteln und einzelnen Spielfigürchen ein abgegriffenes Jassblatt zu finden: Eicheln, Rosen, Schellen und Schilten, einem Skatblatt ähnlich, nur dass es auch Sechsen gibt; sich an einen der Holztische zu setzen, die Spielkarten auf vier Häufchen zu sortieren und nachzuzählen, ob sie vollständig sind, sie dann wieder zu mischen und zu warten; schon oben im Schlafraum an alle gerichtet gefragt zu haben, wer mitspielen möchte, ohne dass sich jemand festlegen wollte; als Aaron dann der Erste ist, der in die Stube und nach einem kurzen Plausch mit dem Wirt zum Tisch kommt, den Kartenstapel in die Hand zu nehmen und ihn zu fragen, *hast du Lust?*

Auf seine Gegenfrage nach dem Spiel zu antworten, mit Jasskarten eigentlich nur den Schieber zu kennen, bezüglich der Regeln aber nicht ganz sattelfest zu sein; damit es nicht beim Reden bleibt und falls gleich noch die zwei erforderlichen Mitspieler dazustoßen, die Karten schon einmal auszuteilen, im Uhrzeigersinn, was, wie er lächelnd anmerkt, falsch sei; mit den Karten in der Hand ein, zwei Fragen zu den nächsten Etappenzielen zu stellen, auf die er nicht eingeht, dazu werde er nachher für alle etwas sagen; sich, nachdem er ein Bergsportmagazin genommen und aufgeschlagen hat, dem Fenster mit der milchigen Sonne, die den Schneestaub in der Luft zum Leuchten bringt, zuzuwenden, ins helle Licht jenseits des dunklen Rahmens zu blicken, schließlich aufzustehen, in den Hüttenschlappen vorbei am Skischuhraum in den Schnee hinauszugehen, wo ein kalter Wind weht, kälter, als dass es sich dort ohne Jacke lange aushalten ließe; später, als Hans-Ruedi mit am Tisch sitzt, von ihm einige Fragen zu Regeldetails gestellt zu bekommen und sich darüber zu freuen, nun als Expertin angesehen zu werden; die Fragen so weit wie möglich zu beantworten, dabei Aaron zuzuzwinkern und nun ebenfalls zu lächeln.

Zu viert einen Schieber zu spielen, Jean-Pierre als Partner zugelost zu bekommen und schon in der ersten Runde gleichzeitig mit dem eigenen Fehler auch seinen entsetzten Blick auf die falsch ausgespielte Karte zu bemerken, entschuldigend mit den Schultern zu zucken und zu registrieren, dass er zwar versucht, sich mit Kommentaren zurückzuhalten, es ihm aber auch bei der nächsten Karte, die er für falsch hält, nicht gelingt, ein lautes Schnaufen zu unterdrücken.

Noch sitzen zu bleiben, nachdem das Spiel verloren ist, Aaron wegen des Getränkenachschubs am Tresen steht und

Hans-Ruedi eine topografische Karte, die auf dem Tisch liegt, auffaltet und sich darin vertieft; von Jean-Pierre dargelegt zu bekommen, momentan habe er viel Zeit, Resturlaub, demnächst dann aber einen neuen Arbeitgeber, der ihn von seiner alten Firma abgeworben habe; zu nicken und zu lächeln, während er ausführt, was er geplant habe, um die freien Wochen, über die er nach dieser Tour noch verfügen werde, gut zu nutzen, und über Weltgegenden und günstige Reisezeiten referiert, und nach einer Weile, in der Aaron nicht zurückkommt, weil er an einem anderen Tisch angesprochen wurde, mit dem Lächeln und Nicken aufzuhören.

Im kühlen Schlafraum alleine zu sein, bis auf Fippu, von dem nur ein paar dunkle Locken und ein Hügel unter der Decke zu sehen sind; die Stirnlampe auf dem Rucksack zu platzieren, sich mit dem Rücken zur Tür in ihrem Strahl umzuziehen und gerade alle Schichten der Oberbekleidung über den Kopf gezogen und nach dem Nacht-Shirt gegriffen zu haben, als die Tür aufgeht und Thömu hereinkommt, kurz stockt und eine halbe Entschuldigung brummt, auf die es nichts zu erwidern gibt; aus den hastigen Geräuschen, die er macht, während er im Schein seiner Leuchte etwas aus seinem Rucksack holt und die Lichtkegel sich auf den Wänden überschneiden, Gereiztheit herauszuhören, obwohl er sich zugleich bemüht, leise zu sein, wegen Fippu.

Sich hinzulegen und zur Wand zu drehen, alle weiteren Geräusche wegzuschieben, auch das aus dem Dunkel gemurmelte *Schlaf guet* zu ignorieren und unter der Decke weit zurück zu denken, ans Wasserballtraining während des Studiums; damals außerhalb der regulären Öffnungszeiten in einem

Hallenbad trainiert zu haben, wo vor und nach dem Training nur ein Duschbereich zugänglich war, der für Männer; es genossen zu haben, mit den Teamkameraden zusammen unter der Dusche zu stehen, ohne dass das eine große Sache gewesen wäre und oft als einzige Frau, obwohl das Reglement beliebig viele Spielerinnen pro Team zugelassen hätte; beim Training zwar genauso gefoult zu haben wie die anderen, selbst allerdings weniger hart angegangen worden zu sein und bei den Punktspielen kürzere Einsatzzeiten gehabt und nur selten Tore erzielt zu haben; damals ein oder zwei Mal mit dem Trainer geschlafen zu haben, ohne große Umstände in seinem Auto; das auch genauso gewollt zu haben, und erst danach, obwohl er sogar noch explizit dargelegt hatte, wie seine Traumfrau aussehen sollte, ganz anders, langhaarig, blond und sicher ohne blaue Flecken, trotzdem und für eine ganze Weile in ihn verliebt gewesen zu sein.

SILKE STAMM

geboren 1968 am Neckarursprung. Nach dem Mathematik- und Physikstudium in Freiburg und Edinburgh zog sie nach Hamburg, wo sie neben dem Schreiben als Lehrerin tätig ist und beim *Forum Hamburger Autorinnen und Autoren* mitarbeitet. Sie hat zwei Kinder. 2017 erschien bei PUNKTUM ihr Buch *Besser wird es nicht. Achtundneunzig Arten, eine Antwort zu erhalten.* 2013 und 2020 erhielt sie den *Hamburger Literaturpreis*. Bei dem vorliegenden Text handelt es sich um einen Auszug aus dem gleichnamigen Romanmanuskript.

Melitta L. Roth

UNGEBETENE GÄSTE

Sie hingen überall herum, unsere unsichtbaren Gäste, auf Sofalehnen, Gardinenstangen oder unter den Tischen. Großonkel Eugen, der Ende der 1920er-Jahre im Dorfbrunnen ertrunken war, glitt gern in eine große Vase, die neben der Wohnzimmertür stand. Nur sein Schopf schaute heraus. Keiner dieser ungebetenen Gäste sprach zu uns oder gab auch nur ein Räuspern von sich. Sie kommunizierten unhörbar untereinander, aber zu uns – kein Sterbenswörtchen. Hockten nur da und beobachteten uns. Achteten auf jede unserer Bewegungen und sorgten dafür, dass wir ihre unausgesprochenen Aufträge ausführten. Mit der Zeit waren wir so gut abgerichtet, dass wir ihren Plan sogar übererfüllten. Sie alle haben uns Kindern so oft bei den Hausaufgaben über die Schulter geschaut, dass sie in Geografie ohne Probleme eine Eins bekommen hätten. Und in Französisch mindestens eine Zwei.

Auf dem roten Sofa, ihrem Lieblingsplatz, fläzten sich die drei Brüder Wilgelm: Edmund Gottlibowitsch, Eduard Gottlibowitsch und Edwin Gottlibowitsch. Wobei Edmund, der älteste der Wilgelm-Brüder, gern auf der Rückenlehne saß, während Eduard und Edwin auf den Armstützen Platz nahmen. Zu ihren Lebzeiten wurden alle drei *Edik* gerufen. Es war nicht einfach, sie auseinanderzuhalten, zumal ihre Gesichter mit Sommersprossen übersät waren.

Die drei Ediks sind beim Bau des Belomor-Kanals innerhalb weniger Wochen gestorben – und zwar in der Reihenfolge ihrer Geburt: Edmund, der Älteste, verstarb bereits Ende November im Bauabschnitt Nummer acht. Eduard schaffte es immerhin bis zur Schleuse Nummer zehn und Edwin starb am Mittag des ersten Weihnachtstages 1932 an Entkräftung. Genau neun Monate vor Fertigstellung des Weißmeer-Ostsee-Kanals. Das Erscheinen des großartigen Bildbandes *Ein Kanal im Namen Stalins* haben die drei bedauerlicherweise verpasst.

Die drei E. Gottlibowitsch Wilgelm hätten sich unter anderen Umständen sicher für Tango und Russkij Dschas interessiert, eine Spielart des amerikanischen Jazz. Womöglich hätten sie romantische Gedichte geschrieben. Aber es kam anders und nun hingen sie bei uns ab.

Dann war da noch die zarte Sophie. Sie war im Jahre 1879 »ins Wasser gegangen«, weil sie sich unsterblich in einen Oberleutnant verliebt hatte, der jedoch bereits vergeben war. Sie war die dienstälteste unserer luftigen Logiergäste und hielt sich am liebsten in der Nähe von Waschbecken oder über der Badewanne schwebend auf. Sie war auch diejenige, die für die Überflutungen in Küche und Bad sorgte.

Ottilie, Tante Ottilie oder die rote Tante genannt, war eine Dame von ganz anderem Kaliber. Sie war noch vor dem Großen Vaterländischen Krieg an Typhus verstorben. Lange vor der Revolution hat sie sich für Sozialreformen begeistert und ihrem Bruder Friedrich, dem Pfarrer des Dorfes, den Haushalt geführt. Beides, politische Berufung und Haushalt, konnte sie wunderbar miteinander vereinbaren. Ihre saftigen Strudel haben Ottilie bis über die Grenzen von Mikolajew berühmt gemacht. Geheiratet hat sie trotzdem nie. Auch ihr Bruder ist bis zu dem Tag, an dem ihn die Männer vom NKWD in einem schwarzen Kastenwagen abholten, Junggeselle geblieben. Hier bei uns saßen die beiden oben auf der Gardinenstange. Ottilie in ihrer ganzen Körperfülle auf dem einen Endstück und der hagere Friedrich auf dem anderen. Schon zu Lebzeiten hielten sie lieber Abstand zueinander und zogen es vor, aus luftiger Höhe auf andere herabzuschauen.

Unsere beiden Großeltern väterlicherseits, die bereits im zarten Alter die Hungersnot in der Ukraine, den großen Treck und den Krieg überlebt hatten, wurden 1946 mit nichts als dem, was sie am Leib trugen, in der sibirischen Wildnis abgeladen, um im Wald Holz zu schlagen. Ob für die Produktion von Möbeln oder Streichhölzern, ist nicht näher bekannt. Sobald sie die Sondersiedlung verlassen durften, zogen sie ins Warme, nach Duschanbe, wo unsere Großmutter bald darauf verstarb. Ihre Seele muss irgendwo dortgeblieben sein. In unserer Wohnung ist sie jedenfalls nie aufgetaucht. Anders der Großvater. Wenn wir uns zum Essen hinsetzten, hielt er sich mit Vorliebe unterm Tisch auf. Bei EM- oder WM-Spielen saß er auf dem Fernseher, schlenkerte mit den Beinen und verursachte sphärisches Rauschen und Bildstörungen. Erst als wir uns einen Flachbildschirm angeschafft hatten, hörte er damit auf. Zu unbequem.

Es heißt, dass die Ahnen still und unbemerkt die Geschicke ihre Nachkommen so lenken, dass alles gut wird. Unsere nicht. Unsere waren bis an die Haarspitzen von Bosheit erfüllt und begrüßten jedes Unglück, das uns ereilte. Sie freuten sich, wenn Mama vergaß, den Herd auszumachen, und die Weihnachtsgans verkohlte. Sie genossen es, wenn Steckdosen explodierten und Kabel durchschmorten oder fabrikneue Sachen kaputtgingen. Es wirkte so, als ob sie sich von unserem Unglück ernähren würden. Als wäre ihr alleiniger Daseinszweck der, zu sehen, wie uns die Reißverschlüsse platzten oder die

Radiosender sich dauerhaft verstellten. Allein ihre Präsenz machte uns so nervös, dass uns alles entglitt. Mit dem Schlaf war es für uns vorbei. Nicht, dass sie uns besonders viele Albträume bescherten. Wir bekamen einfach nicht genug davon. Irgendwann verlernten wir es ganz.

So liefen wir wie die Zombies durch die Gegend, vergaßen Dinge, sperrten uns aus, verloren reihenweise Portemonnaies oder ließen Teile unserer Einkäufe an der Kasse liegen.

Unsere Gäste hatten einfach etwas dagegen, dass wir glücklich wurden. Oder Erfolg hatten. Wenn sie gelitten hatten, und bei Gott, das hatten sie, mehr als in ein Menschenleben passt, sollten auch wir ordentlich was zu leiden haben. Sie konnten uns nicht dazu bringen zu hungern, nicht jetzt, nicht in Deutschland, aber sie konnten uns das Gefühl geben, Mangel zu leiden.

Je unglücklicher wir wurden, desto zufriedener wurden sie. Als meine Schwester ihre starke Magersucht entwickelte und mein jüngster Bruder den Drogen verfiel, fühlten sie sich wie im siebten Himmel.

Besonders schlimm waren die unsichtbaren Kinder. All jene, die an Tuberkulose, Unterernährung oder bei tragischen Unfällen zugrunde gegangen waren. In Scharen bevölkerten diese mageren Gestalten unsere Dreizimmerwohnung, strichen an den Bücherregalen entlang und machten unsere Hamster so verrückt, dass sie sich vom Balkon stürzten, sobald sie aus dem Käfig raus waren.

Mit den Jahren kehrten uns unsere bis dahin schon spärlichen Bekannten komplett den Rücken. So blieben wir unter uns. Allein mit denen, die unhörbar seufzten, wenn wieder etwas umfiel oder das halbe Mittagessen auf den Teppich kippte.

So lange, wie wir noch Teppiche hatten. Schon bald mussten wir alles vermeiden, das Allergien auslösen konnte.

Als sie herausfanden, wie sie unsere Gesundheit manipulieren konnten, waren sie nicht mehr zu halten. Tippten an die Nase und lächelten uns maliziös an, bis wir anfingen zu niesen. Tante Ottilie strich sich über ihren Dutt, schaute unsere Mutter an, die eine Migräneattacke bekam und tagelang nicht mehr ansprechbar war. Sie probierten alles durch: Stauballergien, Magenschmerzen, Muskelkrämpfe und bronchiales Asthma. Die Brüder Wilgelm entwickelten eine besondere Geschicklichkeit darin, Hautexzemen eine besondere Form zu geben.

Sie umkreisten mit ihren Geisterfingern einen Körperteil und schon entstand da eine Gestalt, eine Nixe vielleicht, die furchtbar juckte und brannte. Hauptsächlich waren sie auf Umrisse von Staaten und auf Wahrzeichen europäischer Hauptstädte spezialisiert. Ich erinnere mich an einen handtellergroßen Eiffelturm, der einmal meinen Hals zierte.

Je mehr wir litten, desto häufiger blieben wir daheim und umso schwächer wurden wir. Ein Teufelskreis.

Die Ärzte verschrieben uns zwar allerhand Pillen, waren auf Dauer aber ratlos. Eines Tages gab meine Schwester zu bedenken: »Es geht uns nur schlecht, wenn wir zu Hause sind. Woanders, trotz Staub, Teppichen und Heizungsluft, müssen wir gar nicht niesen.« Natürlich taten wir das als Unsinn ab. Wir waren doch nicht verhext und unsere Wohnung auch nicht! So zogen wir nicht aus und unternahmen auch nichts weiter. Bis Gospodin Rasputin in unser Leben trat.

Selbstredend war das nicht der echte Grigorij Efimowitsch Rasputin, der Wanderprediger und Geistheiler, der einst die Zarin und ihre ganze Familie bezirzt hatte. Obwohl sein langer

Bart, die schmale Nase und der stechende Silberblick echt waren und uns stark an das Original erinnerten. Unser Herr Rasputin war einfach ein ortsansässiger Wunderheiler, der mit Trommeln und Räucherwerk operierte und gelegentlich Workshops im Hinterzimmer einer kleinen esoterischen Buchhandlung abhielt. Keine Ahnung, wie wir an ihn geraten sind oder wer ihn angeschleppt hatte. Er war auf einmal da. Wie ein Schatten mit seinem kaftanartigen Gewand. Auf jeden Fall kann behauptet werden, dass das Erscheinen dieses Mannes ein wahrer Segen für uns war. Denn er sollte dem gemütlichen Aufenthalt unserer Gäste ein rasches Ende bereiten.

Rasputin trat in unser Wohnzimmer, schnupperte, kniff dabei die listigen Äuglein zusammen, als würde er irgendetwas wittern, und schnalzte mit der Zunge.

»Achthundert Euro.«

Wir schluckten.

»Pro Sitzung.«

Wir fuhren zusammen, sagten jedoch zu. Was sollten wir machen? Seine einzige Bedingung war, dass wir nicht bei dem eigentlichen Ritual anwesend sein sollten. An einem Samstagvormittag kam er mit seinem kupferfarbenen Mini an und schleppte etliche Kartons unbestimmten Inhalts zu uns hoch. Er verteilte Weihwasser aus dem Heiligen Land in alle Ecken, reihte Räucherwerk aus fünf Kontinenten auf unserem Wohnzimmertisch auf, zog sein Gewand über und setzte sich eine Federmaske auf. Allein bei seinem Anblick mussten sich die nicht vorhandenen Mägen unserer Besucher gehörig zusammenziehen. Dann baute er eine tragbare Feuerstelle auf dem Balkon auf, die verdächtig nach einem Einweggrill aussah.

»Immerhin nicht in der Wohnung«, meinte unsere Mutter.

Danach saßen wir bei Tee und Quarktaschen zusammen und erzählten ihm die Geschichte unserer Familie. Der ganzen Familie. Von Anfang an. Rasputin hörte uns aufmerksam zu und ließ seine Blicke schweifen, mal zum Sofa, mal zum Fenster, mal nach oben auf das Regal. Dann sollten wir ihm ein Fotoalbum zeigen, denn er wollte wissen, mit wem er es zu tun bekäme. Einige Fotos würde er vernichten müssen, aus voodoo-technischen Gründen. Egal. Hauptsache, das Elend hatte bald ein Ende. Dann gingen wir.

Als er fertig war, hing in unserer Wohnung ein eigentümlicher Geruch. In einigen Ecken fanden wir nasse Häufchen aus verkohltem Papier und anderem undefinierbarem Zeug. Ansonsten sah alles unverändert aus. Bei den nächsten Sessions nahm er sich der Reihe nach die Familienmitglieder vor. Die lebenden, nicht die toten. Er unterzog uns einer gründlichen spirituellen Reinigung und führte eine noch gründlichere magische Loslösung durch. Dabei spuckte er viel herum, fauchte und verzog sein Gesicht. Eine Maske hatte er diesmal nicht auf. Danach wies er uns an, die Böden nass zu wischen und die Fenster weit aufzureißen.

Bei der letzten Sitzung nahm er sich alle Räume vor und vollzog mit viel Gewedel und viel Rauch eine, wie er sagte, endgültige Verkapselung. Dann strich er sich er über seinen Bart und sagte, wir sollten auch in Betracht ziehen, auszuziehen. Denn es könnte passieren, dass die eine oder andere Entität nach einigen Wochen versuchen würde, das alte Leben wieder aufzunehmen. »Besonders dieser Tante, dieser Ottilie, trau ich nicht über den Weg.«

Wir sollten mit dem Umzugswagen Umwege fahren und bei den Nachbarn keine Nachsendeadresse hinterlassen. Wir sollten auch die Ming-Vase, das Sofa und die Gardinen zurücklassen. »Aus voodoo-technischen Gründen.«

Mit diesen Worten nahm er einen seiner Kartons und verabschiedete sich hastig. Er hinterließ keine Adresse oder Telefonnummer. Als hätte er sich in Luft aufgelöst. Später habe ich herausgefunden, dass weder Austin noch VW kupferfarbene Minis herstellten.

Wir sind bald darauf wirklich umgezogen. Nach einigen Tagen in einem unauffälligen Mietshaus merkten wir, dass wir allein waren. Wirklich allein. Unbehelligt von ektoplasmatischen Entitäten jeglicher Art. Sofort atmeten wir auf. Wir hatten unser mittelmäßiges Leben wieder. Keine Stauballergie, trotz langfloriger Teppiche, kein Schlafmangel mehr. Auch das Verbrennen von Mahlzeiten oder das Fallenlassen von Gegenständen nahmen sichtlich ab. Alle Geräte funktionierten, außer in den Wochen natürlich, wenn Merkur rückläufig war.

Wir lebten auf, wir lebten sogar ganz gut. So allein. Doch dann bekam ich wieder Flecken auf der Haut. Sie wechselten zwar ständig ihre Form, aber so sensibilisiert, wie ich war, erkannte ich in einigen von ihnen Fische oder Seejungfrauen. Waren sie wieder da? Wollte sich hier einer der Edik Gottlibowitschs auf meine Kosten kreativ ausleben? Mit einer starken Kortisonsalbe bekam ich die roten Ausschläge wieder in den Griff. Wohl doch nur ein Fehlalarm. Bei näherer Betrachtung sah das Ekzem auch gar nicht aus wie ein Fisch. Eher wie der Umriss der Schweiz.

MELITTA L. ROTH

geboren 1970 im sibirischen Omsk. Zehn Jahre später wandert sie mit ihrer Familie in die Bundesrepublik aus. Das Schreiben der russlanddeutschen Autorin kreist um Themen wie Identität, Mehrkulturalität und die transgenerationelle Übergabe von Traumata. Sie verfasst Kurz- und Kürzestprosa und veröffentlicht sie in diversen Zeitschriften und Anthologien, meist im deutschsprachigen Raum. Seit 2014 entsteht ein Blog mit Beiträgen aus ihrer Aussiedler-Parallelwelt. Sie ist Mitglied im *writers' room e. V. Hamburg* und im *Literaturkreis der Deutschen aus Russland*. 2020 erschien ihr erster Erzählband *Gesammelte Scherben* im ostbooks Verlag.

KARINA TUNGARI
Ahh... das Gras auf der anderen Seite ist nicht immer grüner.

Dinge, die Status symbolisieren.
Die Souvenirs aus der ganzen Welt im Schrank.
Sie stellen und arrangieren es absichtlich so,
damit jeder sehen kann, wohin sie gereist waren.

FLORIDA
CANAD

Nicht so schwer, wie aushalten zu müssen, nicht verstehen zu können, worüber sie die ganze Zeit redeten.

Ich musste Deutsch lernen.

Das Deutsche
Essen ist meistens
geschmacklos
S
P
Maggi
Würze
Ich vermisste
indonesisches
Essen...

KARINA TUNGARI

ist Illustratorin und Designerin, wurde in Jakarta geboren und wuchs dort auf, studierte Kommunikationsdesign in Jakarta und Illustration an der Hochschule für Angewandte Wissenschaften Hamburg mit Schwerpunkt Grafische Erzählung bei Anke Feuchtenberger. Ihr Interesse für Menschen und ihre Komplexität als (soziales) Lebewesen ist Teil ihres grafischen Essays. 2019 erhielt sie für ihren Comic *Ahh … das Gras auf der anderen Seite ist nicht immer grüner* den *Hamburger Literaturpreis*.

GESPENSTER DER DDR
NADINE PEDDE

Soll man gehen? Wenn das Ende kommt. Gehen. Es ist 1976. Wolf Biermann – ausgebürgert.
Und auf den Betten sitzt die Hoffnungslosigkeit einer ganzen Generation.
Was bleibt, wenn man geht? Was geht, wenn man bleibt?

1969 forderten auch junge DDR-Bürger ein rosarotes Prag.

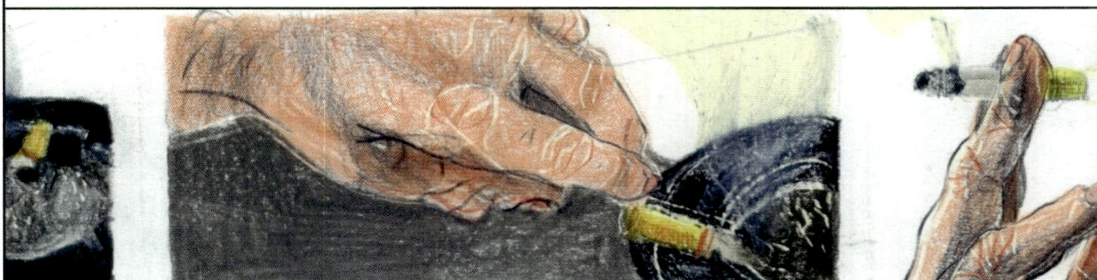

Thomas Brasch verteilte damals Flugblätter in Ostberlin und wurde verhaftet.

Der Sozialismus war den Jungen nicht sozialistisch genug. Sie wollten den Sozialismus, und zwar frei und lebendig. Aber die Alten hatten Angst, dass die Jungen ihnen den Sozialismus mit ihren Forderungen zerstören würden. Und Prag blieb sowjetrot.

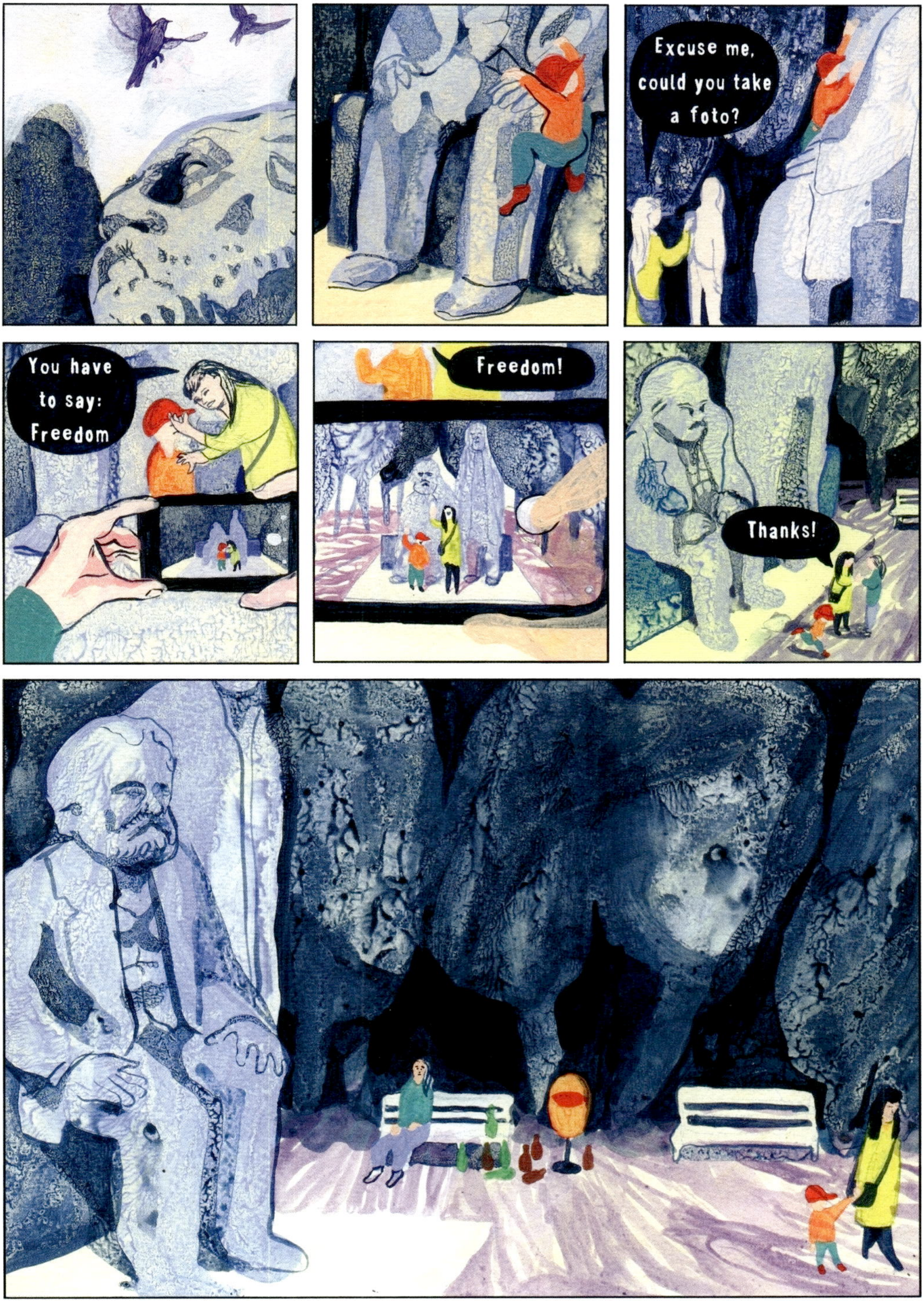
Excuse me, could you take a foto?
You have to say: Freedom
Freedom!
Thanks!

„DIE DDR. SIE GEHT MIR NACH. ALS WÄR'S EIN KLEINER SALAMANDER"

Thomas Brasch

NADINE PEDDE

geboren 1986 in Pritzwalk, studierte Erziehungswissenschaft an der Universität Hamburg und macht derzeit ihren Abschluss in Illustration an der Hamburger Hochschule für Angewandte Wissenschaften. Seit 2016 ist sie als freischaffende Illustratorin tätig, u. a. für *reportagen, DUMMY, DB Mobil* und *BISS*. Seit 2020 arbeitet sie als Fachkraft zur Arbeits- und Berufsförderung in der Galerie der Villa in den Hamburger Elbe-Werkstätten. 2014 Teilnahme an *The Illustrators Exhibition* bei der Bologna Children's Book Fair, Teilnahme an mehreren Gruppenausstellungen beim Comicfestival Hamburg. 2020 erhielt sie den *Hamburger Literaturpreis* für ihren Comic *Gespenster der DDR*.

Ella Essien

ANTITHESE

ACCRABURG

Aus Ankase und Fumesua,
Aufgewachsen unter den Klängen Adowas,
Aus dem Stamm der Ashanti und Fanti,
Gebadet im Stolz Yaa Asantewaas,
Urenkelin von Figyina und Birago,
Tochter von Kofi Poku und Yaa Adoma,

(Oder)

Tochter ghanaischer Migranten,
Aufgewachsen im Süden Hamburgs
Arbeiterkind.

(Oder auch)

Bindestrich-Deutsche.

Zum Gedicht: Ankase und Fumesua sind Kleinstädte in Ghana. Adowa ist ein Volkstanz der Ashanti. Ashanti und Fanti bezeichnen Stämme. Yaa Asantewaa (1863–1923) ist eine Königin aus dem Ashanti-Stamm, die aufgrund ihrer Tapferkeit als Nationalheldin geehrt wird, Figyina, Birago, Kofi Poku und Yaa Adoma sind Namen

ANTITHESE

Meine Existenz ist ein Paradoxon
gegründet in zwei konfligierenden Realitäten,
bin ich ein neokolonialistischer Austragungsort
die Fortsetzung postkolonialen Traumas,
gleichsam doch eine Erfolgsgeschichte kolonialer Freiheit

Die Sprache des Herrn wohnt in meinen Gedanken,
die Stimme meiner Mutter in meinem Herzen
ich bin beider Antithese,
meine Existenz ein Oxymoron

Meine Hände malen den Frieden in goldenen Zeilen
zeichnen Illusionen einer harmonischen Symbiose.
Denn die Leere schafft Raum,
ist ein Symbol der Kapazität
und so lebe ich eine Revolution in der Stille des Nichts,
dem Etwas dazwischen:

Mutter und Herr werden sich niemals einen,
doch ich, ich kann etwas Neues sein.

STILLE ODE

Ich widme dieses Gedicht den Männern,
die aus dem Ort der roten Sonne stammen
und schwarze Erde auf ihrer Haut tragen.
Jenen Männern, die der Hoffnung müde geworden sind,
deren Glieder täglich schwerer werden,
die gefangen sind in den Träumen ihrer Jugend
und dem Grau des wiederkehrenden Morgens

Ich widme dieses Gedicht den Frauen,
die nach Palmöl und schwarzem Honig riechen.
Jenen Frauen, deren Hände die Spuren ihrer täglichen Arbeit tragen,
die nächtlich ihre Schutzgebete gen Himmel richten,
obgleich ihre Lobpreislieder dumpfer klingen.
Jenen Frauen, deren Herzen gefangen sind in den Träumen ihrer Jugend
und dem Grau des wiederkehrenden Morgens

Wir
Schmecken
Das Salz eurer Tränen
Riechen
Die Last eurer Bürden
Sehen
Die Narben eurer Wunden
Spüren
Die Tiefe eurer Schmerzen

Wir stehen auf euren Schultern.
Wir sind euer Erbe.

ELLA ESSIEN

liegt es am Herzen, die deutsche Kunstlandschaft um komplexe und multidimensionale Narrative der vielfältigen schwarzen Community in Deutschland zu ergänzen. Die multikreative Künstlerin Ella Essien wuchs als Tochter ghanaischer Einwanderer im Süden Hamburgs auf. Sie schreibt Gedichte und Kurzgeschichten in deutscher und englischer Sprache. Ihr Drehbuch-Debüt feierte sie 2019 mit dem Kurzfilm *Danke* unter der Regie von Emmanuel Amoako Jansen, welcher beim *European Film Festival* 2020 in Kumasi und Accra gezeigt wurde.

Johanna Sebauer

DIE SPRACHVERGIFTUNG

Der tropfende Kochlöffel rutschte Geraldina Montevastino aus den knorrigen Fingern und klatschte auf die Küchenfliesen, als sie mit Schrecken feststellte, dass ihr Mann nicht mehr sprechen konnte. Neugierig über das dampfende Ragù gebeugt, stand er neben ihr, bewegte zwar den Mund, aber war nicht mehr zu verstehen. Fabrizio Montevastino, ein stattlicher Mann von neunundsiebzig Jahren und erstaunlich vollem Haar, genoss in dem kleinen süditalienischen Bergdorf durch seine lukrativen, jedoch nicht ganz lupenreinen Geschäfte mit chinesischen Olivenölimporteuren ein hohes Ansehen. Auf jedem Dorffest reichte man ihn herum, klopfte auf seine Schultern und lauschte in Andacht seinen mit großer Raffinesse vorgetragenen Reden. Nun gab er nur noch Laute von sich. Er stöhnte und lallte mit schwerer Zunge. Seine Stimme brummte mal tief und ölig, dann wieder quietschte sie schrill, als käme sie direkt aus seiner Nase.

Für einen kurzen Moment war Geraldina Montevastino an die Kuh des Nachbarn erinnert, die im Vorjahr mit drei Kälbern gleichzeitig niedergekommen war und dabei gebrüllt hatte, dass in der ganzen Gasse bis hinauf zur *Piazza Infame* die Fenster in den Angeln gescheppert hatten. Wie dieses armselige Vieh klang er nun, ihr Mann.

Fabrizio Montevastino hastete durch die kleine Küche. Die Augen in Panik weit aufgerissen tappte er mit seinen tellergroßen Händen im Gesicht herum, zog an seinen faltigen Wangen, schob den Unterkiefer hin und her. Fast so, als suchte er dort einen Ausschalthebel für diesen seltsamen Spuk, der so plötzlich über ihn gekommen war und der ihn mehr zu überraschen schien als seine Frau. Denn Geraldina Montevastino begriff schnell. Sie warf die Arme in die Luft und stieß einen kurzen lauten Schrei aus, bevor sie zum Hörer griff und die Nummer der Dorfärztin wählte.

»Mein Mann hat einen Schlaganfall«, keuchte sie in die Sprechmuschel.

Es war ja kein Wunder. Allein im letzten Jahr hatte es im Dorf drei Männer erwischt. Der Gemüsehändler Lorenzo Morelitti hatte eines Abends beim Zwiebelschneiden seine liebste Puccini-Arie derart falsch gesungen, dass dessen Frau Maria-Carina sofort gewusst hatte, was Sache war und, ohne erst nach ihrem Mann zu sehen, direkt aus dem Nebenzimmer die Ärztin angerufen hatte. Sebastiano Fortebello, den Bäckerssohn, hatte es nur leicht getroffen. Er war für eine Wanderung in den Bergen gewesen, als es passierte. Erst sieben Tage später fanden ihn die Kinder von Frau Barozzi beim Spielen im Wald, vollkommen zerzaust und mit drei Zähnen weniger im Mund, in einem Baum sitzend. Für Massimo Portazzo war jede Hilfe zu spät gekommen. Ihm fuhr, so erzählte man sich auf der Piazza, der Schlag beim nur noch sehr seltenen, aber wenn, dann doch sehr intensiven Liebesakt mit seiner um zwanzig Jahre jüngeren Geliebten durchs Hirn und tötete ihn auf der Stelle.

Nun also war ihr Mann an der Reihe. Geraldina Montevastino sandte Stoßgebete an *Padre*, *Figlio*, *Spirito Santo* und alle Heiligen, die ihr auf die Schnelle einfielen, und führte den aufgebrachten Fabrizio Montevastino zu einem Stuhl. Sie küsste seine Stirn und stellte den Herd ab, auf dem noch die Pomodori blubberten.

Dr. Camilla Valeroni schob sich schnaufend in die Küche, die sie mit ihrem massigen Körper fast zur Gänze ausfüllte. Konzentriert tastete sie Fabrizio Montevastinos Hals ab, leuchtete in seine Augen, bat ihn, breit zu lächeln, ließ ihn die Arme heben, seinen ausgestreckten Finger zur Nase führen.

»Seltsam«, murmelte sie dabei mehrmals. »Ganz seltsam.«

Sie stellte Fragen, die Fabrizio Montevastino mit lallenden Lauten krampfhaft zu beantworten versuchte. Je mehr er es versuchte, desto flehender wurde sein Blick. Wütend schlug er mit der Faust zuerst auf den Tisch und dann gegen seinen eigenen Kopf.

»Das Sprachzentrum scheint schwer geschädigt zu sein«, sagte Dr. Valeroni, während sie die Hände des Fabrizio Montevastino festhielt, um zu verhindern, dass er sich in seiner Verzweiflung selbst verletzte.

Eilig bat sie Geraldina Montevastino um Stift und Papier.

»Signore Montevastino, wie alt sind Sie mit dem heutigen Tage?«

Fabrizio Montevastino schrieb mit der Handschrift eines Mannes, der selten einen Stift zwischen den Fingern hielt, die Zahl Neunundsiebzig auf das Blatt. Dr. Valeroni sah Geraldina Montevastino an. Sie nickte.

»Gut. Welches Datum haben wir heute?«

Fabrizio Montevastino dachte kurz nach, schrieb dann aber das korrekte Datum auf.

Die Ärztin nickte zufrieden.

»Jetzt schreiben Sie bitte den heutigen Wochentag auf.«

Fabrizio Montevastino schrieb und schob den Zettel über den Tisch. Darauf stand etwas, das weder Dr. Valeroni noch Geraldina Montevastino entziffern konnten. Es war eine willkürliche

Aneinanderreihung von Buchstaben, die keinen Sinn ergab. Fabrizio Montevastino blickte nervös zwischen seiner Frau und Dr. Valeroni hin und her und schrie lallend Unverständliches in den Raum. Dann zog er das Blatt Papier wieder zu sich, tippte mit seinem behaarten Zeigefinger auf das Geschriebene und schrie noch lauter, als wäre er dadurch besser zu verstehen.

»Ich fahre jetzt sofort mit Ihrem Mann ins Krankenhaus hinunter in die Stadt.«

Geraldina Montevastino legte beide Hände über den Mund. In ihrem Augenwinkel glitzerte die erste Träne. Dr. Valeroni breitete ihren Arm um ihre zitternden Schultern.

»Alles wird gut«, sagte sie. »So Gott will, wird alles gut.«

Ihr schwerer Tabakatem tanzte um Geraldina Montevastinos feuchte Wangen.

Im Krankenhaus machten sie in den folgenden Tagen alle möglichen Tests mit Fabrizio Montevastino. Sie ließen ihn in drei verschiedene Becher pinkeln, zapften Blut ab, schoben ihm ein Wattestäbchen so weit in den Rachen, dass er sich beinahe auf die weiße Hose des jungen Krankenpflegers übergeben hätte, schlossen ihn an piepende Maschinen an, führten ihn in einer Bleischürze in einen Röntgenraum, rollten ihn in eine Röhre, in der er sich nicht bewegen durfte, und steckten ihm, zu allem Überfluss, auch noch einen langen Schlauch mit kleiner Kamera in den Hintern.

Eine hagere Ärztin mit feuerrotem Haar und tiefer Zornesfalte zwischen den Augenbrauen bat Geraldina Montevastino schließlich in ihr Besprechungszimmer.

»Frau Montevastino, Ihr Mann ist gesund. Das ist die gute Nachricht.«

Sie seufzte.

»Und gleichzeitig auch die schlechte.«

Die Ärztin schritt im Zimmer auf und ab. Geraldina Montevastino knetete angestrengt den Bügel ihrer Handtasche.

»Gut ist, dass organisch gesehen alles funktioniert, wie es soll. Dem Körper fehlt nichts. Schlecht ist, dass wir nicht wissen, woher die Sprechschwierigkeiten kommen. Ihr Mann wird jetzt in den psychiatrischen Flügel verlegt. Dort kann man sich besser um ihn kümmern.«

Geraldina Montevastino schrie laut auf: »Mein Mann ist wahnsinnig?«

Sie begann sofort zu schluchzen. Die Ärztin rang sich mit Mühe etwas ab, was einem sanften Lächeln ähnelte. Mit einigen holprigen Worten versuchte sie, Geraldina Montevastino zu beruhigen, bevor sie sie aus dem Zimmer schob, um das nächste Gespräch zu empfangen.

Natürlich war er wahnsinnig. Geraldina Montevastino hatte ja gleich gewusst, dass den eingelegten Kapern, die die alte Signora Di Cheresi vor ein paar Wochen vorbeigebracht hatte, nicht zu trauen war. Kein Stück hatte sie davon probieren wollen, während ihr Mann, aus dem Schwärmen kaum herauskommend, gleich drei Gläser auf einen Sitz gegessen hatte. Wer weiß, dachte Geraldina Monstevastino, was diese alte Hexe da hineingemischt hatte. Diese Kröte sah doch keine zwei Handbreit mehr geradeaus und konnte beim besten Willen kein Olivenöl mehr von Batteriesäure unterscheiden. Die sollte sich auf etwas gefasst machen, dachte sie und marschierte mit energischen Schritten Richtung Krankenhausausgang.

Im psychiatrischen Flügel war es ruhig. Hier piepte und blinkte nichts. Die Ärzte wirkten weniger gestresst und die Patienten weniger krank – eine Tatsache, die Geraldina Montevastino etwas beruhigte. Die Tests, die sie hier mit ihrem Mann durchführten, brauchten keine teuren Geräte. Hier brauchte man Zeit. Die Ärzte redeten viel mit Fabrizio Montevastino. Er konnte alles verstehen, was man ihm sagte, konnte Gedanken sichtlich formen, jedoch schafften es diese nie über die Schwelle seiner Lippen. Aus seinem Mund kamen bloß gelallte Laute, die sich dahinzogen wie geschmolzener Büffelmozzarella. Mal brummte er aus dem Bauch heraus, mal näselte er in fast unangenehm hohen Tönen. Die Ärzte taten das Nötigste, um ihn vom Sprechen abzuhalten, da es allen Umstehenden großes Unbehagen bereitete. Auch schreiben konnte er immer noch nicht, fabrizierte bloß sinnentleerte Buchstabenketten. Um mit ihm zu kommunizieren, stellen ihm die Ärzte ausschließlich Ja-Nein-Fragen, die er mit Nicken und Kopfschütteln beantwortete. Viel Erkenntnisbringendes fanden sie damit jedoch nicht heraus. Fabrizio Montevastino gab zu verstehen, dass er sich genau an den Moment erinnern konnte, in dem ihm die Sprache versagte. Es sei nichts Außergewöhnliches vorgefallen, es sei ein ganz normaler Tag gewesen. Er sei von einem Mittagsschlaf erwacht und zu seiner Frau in die Küche gegangen, wollte ihr sagen, wie herrlich das Ragù duftete, doch da machten seine Zuge, seine Lippen und Stimmbänder, was sie wollten. Sein gesamter Sprechapparat führte ab diesem Moment ein Eigenleben. Das war alles, was er dazu sagen konnte. Nichts hatte darauf hingedeutet, dass dies passieren würde. Kein Schwindel, kein Ziehen in der Brust, kein Kopfschmerz war dem Sprachverlust vorausgegangen. Der Fall des Fabrizio Montevastino blieb ein Rätsel.

Seine Frau besuchte ihn jeden Tag. Alle Worte, die ihm fehlten, füllte sie mit ihren eigenen auf. Täglich saß sie mindestens eine Stunde an seiner Bettkante oder spazierte mit ihm durch den angrenzenden Park und erzählte die neuesten Stell-dir-vors und Das-glaubst-du-nichts aus dem Dorf. Trotz der Verständigungsschwierigkeiten hatte Fabrizio Montevastino verhindern können, dass seine Frau in ihrem Zorn bei der alten Signora Di Cheresi hineinpolterte und ihr die Kapierngläser um die Ohren schoss. Seine Gedanken konnte er zwar nicht in Worte legen, doch nach fast sechzig Jahren Ehe brauchten die Montevastinos in vielen Situationen glücklicherweise nur mehr sehr wenige davon.

Ein Tag im beginnenden süditalienischen Sommer schließlich änderte alles. Die Luft war warm und roch nach Piniennadeln und übermütig durch die Gassen sägenden Mopeds. Geraldina Montevastino hatte ein paar Olivenzweige für das Krankenzimmer mitgebracht, das sich ihr Mann seit Wochen mit einem alten Signore aus Kalabrien teilen musste, der in der Nacht laut schnarchte, am Tag laut furzte und dabei noch lauter nach seiner Mutter schrie. Sie stieß die Tür auf. Das grelle Sonnenlicht fiel verschwenderisch durch die Fenster. Geraldina Montevastino musste blinzeln. In Umrissen sah sie, dass bereits jemand am Bett ihres Mannes saß. Sie trat näher und konnte einen weißen Kittel erkennen. Er gehörte zu einem Arzt, den sie noch nie auf der Station gesehen hatte. Geraldina Montevastino erstarrte. Der unbekannte Arzt und ihr Mann waren in ein Gespräch vertieft. Sie unterhielten sich. Lachten. Als Fabrizio Montevastino seine Frau wahrnahm, grinste er so breit, dass seine Mundwinkel beinahe aus den Wangen sprangen. Er setzte an, um etwas zu sagen, aber es kam wieder nur Unverständliches bei ihr an. Der unbekannte Arzt, den Geraldina Montevastino auf nicht älter als dreißig schätzte, erhob sich und schüttelte ihre Hand.

»*Buongiorno*. Sie haben einen wirklich lustigen Mann.«

Er lachte vergnügt. Zwischen seinen Schneidezähnen klaffte eine beachtliche Lücke. Geraldina Montevastino wurde schwindelig. Was war hier los? Seit Wochen knotete ihrem Mann scheinbar der Teufel die Zunge und nun konnte dieser junge Arzt ihn plötzlich verstehen? Der Arzt stellte sich als Benedetto Di Fieme vor. Er sei für einige Wochen aus seinem Stammkrankenhaus in Bozen hier in den Süden gekommen, um Praxis zu sammeln. Vollkommen aufgelöst und zwischen Glück und Ratlosigkeit taumelnd wollte Geraldina Montevastino gierig wissen, wie es um ihren Mann stand. War er also doch nicht dem Wahnsinn verfallen? Dr. Di Fieme lächelte väterlich.

»Wie sich herausstellte, Signora Montevastino, ist Ihr Mann nicht wahnsinnig. Er spricht Burgenländisch. Und zwar in reinster Form.«

Burgenländisch, erklärte Dr. Di Fieme, sei ein Dialekt aus dem Osten Österreichs. Er selbst sei halber Burgenländer. Seine Mutter stamme aus Nincshof, einem kleinen Dorf im Norden der Region. Daher könne er problemlos alles verstehen, was Fabrizio Montevastino sagte.

»Ein Glück, dass ich hierhergekommen bin«, sagte er und rieb sich die Hände.

Geraldina Montevastino fiel dem jungen Dr. Di Fieme um den Hals und überhäufte ihn mit Küssen und Segnungen. Ihren Mann sah sie durch tränende Augen an.

»Du bist nicht wahnsinnig, *mi amore*«, schluchzte sie und strich über seine Wange. »Du sprichst nur Burgenländisch.«

Dr. Di Fieme sagte etwas zu Fabrizio Montevastino und aus seinem Mund kamen die gleichen lang gezogenen nasalen Laute, die Geraldina Montevastino fast schon lieb gewonnen hatte.

Sofort nahm sich der junge Arzt zur Gänze des Falles Fabrizio Montevastino an und machte sich auf die Suche nach der Ursache dieses rätselhaften Sprachwechsels. Er korrespondierte mit Dutzenden Psychologen, Neurologen und Sprachwissenschaftlern auf der ganzen Welt. Bald fand er heraus, dass es eine Handvoll Fälle gab, in denen Patienten ähnliche Symptome erleiden mussten.

»Haben Sie in der letzten Zeit Bluttransfusionen bekommen, Signore Montevastino?«, fragte er schließlich auf Burgenländisch. Fabrizio Montevastino zögerte.

»Ja«, sagte er langsam. »Das habe ich. Wieso?«

Vor einem halben Jahr hatten sie ihm in einer mehrstündigen Operation die Gallensteine entfernt, die über Wochen so heftige Blähungen verursacht hatten, dass Geraldina Montevastino sich geweigert hatte, trotz klirrender Kälte im Dezember, bei geschlossenen Fenstern zu schlafen. Während dieses Eingriffs rutschte der Chirurg, der am Vortag die Verlobung seines Cousins mit viereinhalb Flaschen Chianti begossen hatte, so unglücklich mit den Instrumenten ab, dass Fabrizio Montevastino dadurch mehrere Liter Blut verlor.

»Ich habe herausgefunden, dass vor einiger Zeit eine Burgenländerin in einem Blutspendebus in Neapel einen halben Liter Blut gespendet hat.« Dr. Di Fieme wedelte mit einem Dokument in der Luft. »Vermutlich waren Sie der Rezipient dieser Bluttransfusion und haben durch komplexe neuronale Verschaltungsprozesse in Ihrem Gehirn Ihre Muttersprache verloren und jene der Spenderin angenommen.« Fabrizio Montevastino musste fast lachen über den Irrsinn, den der junge Arzt da verzapfte. Doch dieser schien es ernst zu meinen.

»Das kommt vor«, sagte er. »Ist selten, aber kommt vor. *TraCS, transfusionsassoziierte Chronische Sprachkonfusion*, nennt es die Wissenschaft. Kurz: Sie haben eine Sprachvergiftung.«

Dr. Di Fieme grinste sein stolzes Zahnlückengrinsen. Er hatte die Ursache eines Problems gefunden, das über mehrere Wochen vielen Menschen Kopfzerbrechen bereitet hatte.

»Sie müssen es so sehen«, sagte er, »Sie hätten es durchaus schlimmer treffen können. Stellen Sie sich vor, Sie hätten das Blut der Sprecherin einer seltenen Sprache vom anderen Ende der Welt bekommen. Da wären wir vielleicht niemals draufgekommen, dass Sie an einer Sprachvergiftung leiden, und hätten Sie auf ewig in der Geschlossenen gelassen. Außerdem ist das Burgenland ganz nett. Der Wein ist hervorragend. Die Leute sind etwas eigenwillig, aber im Grunde friedfertige Menschen. Trinkfest und vom Leben angetan.«

Die Nachricht, dass es einen Grund für diese große Verwirrung gab, löste den Knoten, der sich in den vergangenen Wochen immer fester um Fabrizio Montevastinos Brust gezogen hatte. Langsam fing er an, sich mit den unverhofft erworbenen Sprachkenntnissen anzufreunden. Als man ihn aus der Klinik entließ, kam er regelmäßig wieder, nur um mit Dr. Di Fieme zu plaudern, dem einzigen Burgenländisch-Sprechenden in seiner Nähe. Mit ihm probierte er Redewendungen aus und kicherte über Wortwitze, die ihm leicht wie luftig geschlagener Mascarpone über die Zunge rutschten. Plötzlich kannte er Wörter für Dinge, die er noch nie beschrieben hatte. Stieß er versehentlich gegen ein Tischbien, spürte er das *Dougatzn*[1] im großen Zeh. Kredenzte seine Frau himmlisches Tiramisu, flötete er verzückt: »*Dou muist Säi sogn.*«[2] Drohte ihn die *Gschnodarei*[3] im Dorf nervös zu machen, lehnte er sich zurück und nahm's *pomali*[4]. In der *Gstettn*[5] unter den Pinien hinterm Haus sammelte er *Bougal*[6] für die Enkelkinder und ärgerte sich über die jungen *Gigerl*[7] aus dem Dorf, wenn sie spätabends mit einem *Murdsbahöl*[8] um die Häuser zogen, oder über die *blede Kötzn*[9] des Nachbarn, die nicht aufhören wollte zu bellen. Auch Geraldina Montevastino lernte das Lachen wieder und eignete sich nach und nach ein paar burgenländische Vokabeln an. Sie hatte auch keine andere Wahl, denn ein Problem blieb bestehen: Das Italienische kam nicht wieder. Ans langsam dahinmäandernde Burgenländisch gewöhnt, stemmte sich seine Zunge stur gegen das trompetenhafte Stakkato seiner Muttersprache. Zwischen den Stromschnellen der italienischen Silben blieb er ein Einhandkapitän in der Nussschale – einer Naturgewalt ausgeliefert.

Dr. Di Fiemes Recherchen bestätigten schließlich die in den Montevastinos wachsende Befürchtung: »Bisher ist noch kein Fall bekannt, in dem Patienten mit Sprachvergiftung ihre

---

1 Schmerzhaftes Pulsieren
2 »Das musst du siezen«, »Das ist besonders gelungen«
3 übertriebene Geschwätzigkeit
4 gemächlich, entspannt
5 verwildertes Stück Feld/Wiese
6 (Pinien-)Zapfen
7 übertrieben modisch gekleideter Mann
8 Mordslärm
9 blöder Hund

Muttersprache wieder zurückerlangt haben. Auch nach mehreren Jahren Sprachtraining ist die transfusionsassoziierte Sprache ihre einzige geblieben.«

Fabrizio Montevastinos Glieder wurden schwer wie Blei. Zwar hatte er den raunenden Klang der burgenländischen Sprache beinahe lieb gewonnen, doch Italienisch war mehr als eine Sprache. Es war ein Gefühl, eine Melodie, eine Zärtlichkeit, die den Menschen das Herz erwärmte. Wie sollte man leben ohne sie? Wie sollte man leben, ohne mit seiner eigenen Frau auf einer Ebene reden und lachen zu können? Wie alle Eheleute dieser Erde musste sich auch Fabrizio Montevastino schuldig bekennen, sich während der fast sechzig gemeinsamen Jahre in dem einen oder anderen Moment eine Art Zauberformel herbeigewünscht zu haben, die ihn von der Pflicht befreit hätte, die Äußerungen seiner Frau erwidern zu müssen. Wie die meisten Eheleute dieser Erde wusste Fabrizio Montevastino aber auch, dass dieser Wunsch nur dem Moment galt. Der Gedanke, seiner Geraldina nie wieder »Gute Nacht« oder »Danke, dass du bei mir bist« sagen zu können, sodass es auch in aller Bedeutungsschwere bei ihr ankam, ließ ihn in eine Traurigkeit fallen, aus der er nicht mehr herauskam. Anfangs weinte er ohne Unterbrechung, danach wurde er still und starrte tagelang apathisch an die Zimmerdecke. Die Gewissheit seines Schicksals lähmte ihn. Bis eines Tages Geraldina Montevastino, die in Zeiten des Stillstandes mit ihrer unermüdlichen Geschäftigkeit immer schon ein Segen gewesen war, mit zwei Zugtickets vor seiner Nase wedelte.

»Wir fahren ins Burgenland«, bestimmte sie. »Pack deine Koffer. Wir haben nicht mehr viel Zeit.«

Der Zug rollte durch die Alpen hinein in das flache Land und Fabrizio Montevastino sah nach langen dunklen Tagen zum ersten Mal die Sonne wieder. Wie es der gnadenbringende Arzt Dr. Di Fieme geraten hatte, waren sie in Nincshof gelandet. Ein Ort nicht viel größer als ihr eigener. In einem eingleisigen Bahnhof inhalierten sie die Luft, die schon am frühen Morgen warm war und ganz anders roch als in den italienischen Bergen. Dort sah man Geraldina und Fabrizio Montevastino nie wieder. Auf der Piazza erzählt man sich, Geraldina Montevastino hätte große Fortschritte im Burgenländisch-Unterricht gemacht und noch kein einziges Mal den Blutspendebus verpasst.

Schlussbemerkung: Die Autorin stammt aus dem Burgenland. Vor zwei Jahren hat sie in Neapel Blut gespendet und schläft seitdem schlechter.

JOHANNA SEBAUER

geboren 1988 in Wien, ist in einem kleinen burgenländischen Dorf nahe der ungarischen Grenze aufgewachsen. Seit 2013 lebt sie in Hamburg. Sie hat Politikwissenschaft und Journalismus studiert, arbeitet heute in der Wissenschaftskommunikation und schreibt an ihrem ersten Roman. 2020 erhielt sie das Stipendium der Hamburger Kulturbehörde für die *Hamburger Sommerresidenz im mare Künstlerhaus* und das *Startstipendium Literatur des österreichischen Bundesministeriums für Kunst und Kultur (BMKOES).*

Ulla Hahn

BLAUE BLUME IM GEPÄCK

WÖRTER IM SOMMER

jung und frisch und wie neugeboren
waren sie noch als sie morgens
über den Himmel plapperten und
übers Wetter für Schwalben

gabs noch keine rote Karte
nichts als Geburtsanzeigen
in Beeten Spielfeldern Bibliotheken
vogelfußförmig gedruckt die

neuesten Gedichte auf gekräuseltem
Nelkenpapier Luftgesänge
Krähengelächter – fern noch ferner
könntest du Schüsse hören flüchtende Füße
von nackten mageren Menschen.

SCHNELL SCHNELLER

Gesucht entdeckt erfunden und zu leicht
die blaue Blume im Gepäck und
Beute machen. Heil dir oh Blume
nach der langen Nacht da gleicht

kein Stern dem andern und kein Kuss
funkt Liebe in die Triebe wenn es schnell
und immer schneller gehen muss verletzte
Atmosphären und der Gaumen blutet

das dritte Augen nass so wie die beiden andern
im letzten Blau das seine Blume sucht
und keine Götter mehr die Stunden anzuhalten
so leicht die Erde für den schweren Spaten.

FREUEN

sich einfach freuen
so ein unschuldiger Entschluss

und das Pathos der Hoffnung
Und die Augen: zu sehen

Tageslicht Zwielicht
rotgestreifte Bänder am Himmel

Prozessionen golden und blau
Untergänge   Übergänge

Wenn wir wirklich sind
lass uns hier sein und jetzt.

ULLA HAHN

aufgewachsen im Rheinland, arbeitete nach ihrer Germanistik-Promotion als Lehrbeauftragte an verschiedenen Universitäten, anschließend als Literaturredakteurin bei Radio Bremen. Schon ihr erster Lyrikband, *Herz über Kopf*, war ein großer Leser- und Kritikererfolg. Ihr lyrisches Werk wurde u. a. mit dem *Leonce-und-Lena-Preis* und dem *Friedrich-Hölderlin-Preis* ausgezeichnet. Für ihren Roman *Das verborgene Wort* erhielt sie den ersten *Deutschen Bücherpreis*. 2009 folgte der Bestseller *Aufbruch*, der zweite Teil des Epos, und auch Teil drei, *Spiel der Zeit* begeisterte Kritiker wie Leser. *Wir werden erwartet* bildet den Abschluss ihres autobiografischen Romanzyklus um das Arbeiterkind Hilla Palm.

Nefeli Kavouras

DIE WETTE

Am Tag des Auszugs schlossen Ivy und ich die Wette ab. Ich wollte nicht, dass sie auszog. Mich störte die Vorstellung, dass in dieser Wohnung nun ein leeres Zimmer sein würde, mit knarzenden Dielen und dem Ausblick auf den hässlichen River Medlock. Mit Staub zwischen den Rillen, weil Ivy zu selten saugte. Ich packte alles in zäher Langsamkeit ein und schimpfte dabei über die unhandlichen Umzugskartons. Ivy schaffte es, nicht nur binnen weniger Stunden ihren Besitz verschwinden zu lassen, sondern auch einen beträchtlichen Teil meiner Sachen in ihr altes Zimmer zu räumen. Ich wollte nicht meine Sachen in ihrem Zimmer sehen.

Als alles gepackt war, machte ich uns noch einen Tee. Bald würden ihre Eltern kommen und die Kisten holen, und dann würde Ivy im Flugzeug sitzen, bereit für Abenteuer, die überall waren, nur nicht hier. Ich hielt ihr die Tasse hin. Mir fiel auf, dass es Ivys Tasse war. Ein Mitbringsel ihrer Indienreise vor einigen Jahren. Das Gesicht von Queen Elizabeth II., darunter in indischer Schrift »Gott schütze die Königin«. Zumindest glaubten wir, dass es das bedeuten würde. Damals war es ihr wie ein Geniestreich vorgekommen, von England nach Indien zu reisen und als einziges Souvenir diese Tasse mitzubringen.

Als ich die Tasse nun einpacken wollte, hörten wir, wie so oft in letzter Zeit, unseren Nachbarn William unter uns husten. Es war ein trockener lauter Husten. Wir lauschten dem Husten, wir hofften, dass er sich gleich legen würde. Ich blickte die Wand an und sah, dass das Bild über dem Kühlschrank schief hing. Als der Husten aufhörte, schaute mich Ivy an und hielt die Tasse hoch. Das war der Beginn der Wette.

Das Café, in dem ich arbeitete, wurde vor einigen Jahren von Tripadvisor als perfekter Ort für das erste Date gekürt. Seitdem verbrachte ich die Zeit nicht nur damit, Milch zu schäumen und Kaffeeflecken von den Tischen zu wischen, sondern auch damit, diese Paare und ihre schüchternen Gesten zu beobachten. Es war rührend und zugleich ernüchternd, wie ähnlich die meisten Dates verliefen.

Selten waren beide pünktlich, meist war eine Person zu früh oder viel zu spät. Ich sah Frauen dabei zu, wie sie auf ihren Stühlen herumrutschten, ich sah Männer, die erwartungsvoll horchten, ob sich denn die Tür öffnete. Ich beobachtete das Greifen nach dem Handy, vielleicht schrieb sie ja, dass sie zu spät sein würde, oder vielleicht schrieb er, dass er doch nicht mehr käme. Ich mochte erste Dates. Ich mochte, wie sich die Körper aufeinander zu, aber nie zu nah zueinander hin bewegten. Ich mochte, dass sie, wenn sie von der Toilette zurückkam, sich nicht mehr ihm gegenüber, sondern direkt neben ihn setzte. Der Moment, wenn ihre Schulter seine berührte. Der Übergang von Cappuccino zu Bier. Ich mochte, dass mir diese Paare immer zu viel Trinkgeld gaben, schließlich wollten sie vor der jeweils anderen Person gut dastehen. Ich mochte, wie er ihr die Tür aufhielt, und ich beobachtete stets mit Interesse den Abschied. Würden sie zusammen in die gleiche Richtung gehen? Oder sich umarmen und an der Kreuzung trennen? Wie lange umarmte man sich nach einem Date, wenn man Hoffnung hatte? Ich sah Dutzende erste Dates. Und weil unser Café für erste Dates bekannt war, sah ich die Paare nicht mehr wieder.

Am späten Abend wischte ich den Flur, schaltete die Lichter aus. Manchmal rauchte ich noch eine Zigarette am Tresen, obwohl das nicht erlaubt war. Ich dachte an die Paare, die ich gesehen hatte, und fragte mich, ob sie in diesem Moment über ihr Date grübelten. Oder ob sie sogar noch Zeit zusammen verbrachten. Dann ging ich nach Hause, in die Wohnung, die ähnlich groß wie das Café war. Ich war der einzige Gast und zugleich der einzige Wirt. Ich schaltete das Radio an, es war der gleiche Sender, der auch im Café lief. Auf Instagram sah ich, wie Ivy auf anderen Kontinenten Kaffee trank. Ich schrieb ihr, dass sie den besten Kaffee immer nur bei mir bekäme. Sie rief mich daraufhin an. Sie rief mich an, egal ob es bei mir mittags oder drei Uhr nachts war. Ivy war gut darin, mir das Gefühl zu geben, vermisst zu werden. Aber sie war es ja, die stets neue Eindrücke sammelte, während ich tagein, tagaus nur die Wohnung und das Café sah.

Die Wohnung, das Café und Clara. Clara wohnte mit William direkt ein Stockwerk unter uns, und da das Haus hellhörig war, schien es mir manchmal, als würde ich mit den beiden zusammenleben. Als Ivy und ich vor acht Jahren hier einzogen, war William noch ein ganzer Mensch. Wir staunten, als wir erfuhren, dass er schon auf die neunzig zuging, so fit wirkte er. Er klingelte am Tag unseres Einzugs, um seine Hilfe anzubieten. Dann lief er durch unsere Wohnung und zeigte uns, welche Wand sich besser zum Bohren eignete und welche nicht. Er schaute aus dem Fenster und sagte: »Schön, schön, ihr habt den gleichen scheußlichen Ausblick wie wir.« Den Satz wiederholten Ivy und ich noch oft, kontextlos. Seine Frau Clara lernten wir erst später kennen. Sie wirkte schüchtern auf uns, immer einen halben Schritt hinter William versteckt.

Vor einigen Jahren verbrachte Ivy die Vormittage damit, am Fenster zu rauchen. Eines Tages stand sie an meiner Tür, die Zigarette noch in der Hand, und meinte stirnrunzelnd: »Clara steht draußen und raucht!« Wir hatten Clara nie zuvor rauchen gesehen. Es passte auch nicht in unser Bild von ihr. Wir gingen hinaus, wollten uns beiläufig zu ihr stellen. Gerade als Ivy den Mund öffnete, um Clara anzusprechen, sagte Clara: »William liegt seit gestern Nacht im Krankenhaus.«

Wir sahen Clara von da an oft im Treppenhaus. Sie war müde, wenn sie abends von der Intensivstation zurückkam. Wir stellten ihr häufig Schokolade vor die Tür, weswegen sie bei uns klingelte, um sich mit Wein zu bedanken. Dabei tranken wir zu dritt jeweils ein kleines Glas, und sie erzählte uns von der Unfähigkeit der Krankenschwestern. Sie erzählte vom Ausblick des Krankenhauses und von den anderen Patienten, mit denen sich William das Zimmer teilte. Wir hatten das Gefühl, viel vom Krankenhaus zu erfahren, aber kaum etwas über Williams Zustand. Dann erwähnte Clara nebenbei, dass William bald in die St.-John-Rehabilitationsklinik käme, in London, wo es die beste Physio- und Sprechtherapie gäbe. Wir sahen Clara dann eine Weile nicht mehr. Zwischendurch kam die Abstimmung zum Brexit, und Ivy begann häufiger davon zu sprechen, dass sie England gern verlassen würde. Eines Tages kamen wir vom Fahrradfahren zurück und sahen Clara und William nach längerer Zeit wieder.

Wir sahen die beiden nun häufiger bei Spaziergängen. William grüßte uns, er sprach langsamer als früher. Mittlerweile war es nicht mehr so, dass Clara einen Schritt hinter ihm blieb. Eher wirkte es, als würde sie ihn führen. Wenn wir sie getroffen hatten, machte Ivy manchmal Williams Sprechen nach. Ich stieß sie dabei mit dem Ellenbogen und kam mir unbehaglich mütterlich vor. Manchmal luden die beiden uns zum Tee ein. Dabei redeten meist Ivy und Clara. William nickte viel, lächelte in sich hinein. Mir wäre es lieber gewesen, Gastgeberin zu sein. Oder wie im Café die Tische zu wischen und damit die Erlaubnis zu bekommen, Voyeurin zu bleiben. Hinterher zog mich Ivy oft auf und meinte, ich würde mich verstecken. »Was würdest du eigentlich machen, wenn ich nicht hier wohnen würde?«, fragte sie dann.

Eines Vormittags stand Ivy dann mit Zigarette zwischen Zeige- und Mittelfinger an meiner Tür und sagte: »Clara steht draußen, alleine, und raucht.«

Das Prozedere wiederholte sich. Die Schokolade vor Claras Tür, die Erzählungen von der Intensivstation. Der ungenießbare Filterkaffee und die fehlenden Bounty- Riegel im Automaten. Das Verlegen in die Rehabilitationsklinik in London. Wir bekamen eine Postkarte, auf der ein roter Doppeldeckerbus zu sehen war. Auf der Rückseite stand in Claras klarer Handschrift: »Es geht ihm besser, aber es könnte alles besser sein.« Mittlerweile hatten wir Claras Wohnungsschlüssel und waren für das Überleben der Pflanzen zuständig. Eines Tages beschloss Ivy, dass wir vielleicht auch Claras Fenster putzen könnten. Wir saßen auf den Fensterbänken, hatten kein systematisches Vorgehen, wir sprühten, wischten, trockneten ab. Da sagte Ivy, sie wolle England fürs Erste verlassen, nicht heute, nicht morgen. Wahrscheinlich erst in den nächsten Jahren. Sie bräuchte den richtigen Job dafür, aber sie mache sich Gedanken, und es seien nicht nur Gedankenspiele, sie wolle das endlich durchziehen. Ich sagte wenig dazu, sprühte, wischte und trocknete das Fenster ab.

William und Clara kamen zurück, und William war alt geworden. Die Wörter kämpften sich über seine Lippen. Er brauchte lange, um wenig zu sagen, und meistens verstanden wir nicht, was er uns sagen wollte. Ivy und ich versuchten, das Treppenhaus zu meiden, wenn wir hörten, dass Clara und William dort waren. Wir wussten, wie lange William brauchte, um einen Fuß vor den anderen zu setzen. Gleichzeitig bereitete sich Ivy auf ihren großen Plan vor. Sie lieh sich meinen Blazer für Bewerbungsgespräche. Ich wollte den Blazer nicht mehr haben. Dann bekam Ivy einen Job und William eine Lungenentzündung. Ivy kaufte sich einen eigenen Blazer, und Williams Lungenentzündung heilte, aber er konnte kaum mehr das Bett verlassen. Ivy traf sich nun mit ihren Kolleginnen abends auf ein Getränk, und ich hörte William husten, während ich nichts mit mir anzufangen wusste. Im Treppenhaus sah ich Clara. Sie sagte, es sei doch alles nur eine Frage der Zeit, und ich sagte, ich wüsste nicht, wie es ist, einen Angehörigen zu pflegen, und dass ich mir das auch nicht vorstellen könnte. Das wiederholte sich. Drei Jahre lang. Am Tag des Auszugs stand Ivy vor mir, in der Hand die Tasse mit der Queen, und sie schlug mir die Wette vor.

»Das können wir nicht bringen, Ivy.«

»Warum denn nicht?«

»Ich will doch nicht auf den Tod von William oder der Queen wetten. Das ist doch bescheuert.«

William wurde, wie Queen Elizabeth II. auch, im Jahr 1926 geboren, sie waren nur wenige Wochen auseinander. Während Queen Elizabeth II. in London aufwuchs, hatte William Manchester nie wirklich verlassen. Später erfuhr ich, dass er seine Urlaube manchmal in Italien verbracht hatte. Aber es war immer Clara, die ihn dazu drängte. William reichte Manchester. Während Queen Elizabeth II. 1953 gekrönt wurde, arbeitete William in einer Kohlemine. Er sagte einmal beim Tee aus dem Nichts, dass er früher nie gedacht hätte, jemals wieder saubere Fingernägel zu haben. Die Fingernägel der Queen waren wohl nie dreckig. Aber das störte William auch nicht. Er betonte oft, wie gern er gearbeitet hatte. Sein ganzer Stolz lag darin, etwas Gutes für dieses Land und für unsere Queen getan zu haben. Ihre Weihnachtsansprachen schaute er sich mit Freude an.

Als William sich 1992 auf die nahe Rente freute, feierte Elizabeth II. ihr vierzigjähriges Jubiläum als Königin. Eine Rente gab es für sie nicht. Mit dem plötzlichen Tod Dianas nahm die Beliebtheit der Queen ab, während William sein erstes Enkelkind in den Händen hielt. Auch Jahre später sprach die Queen noch ihre weihnachtlichen Reden, im Hintergrund die aufgereihten Familienfotos, während William nichts mehr konnte. Da war nur noch ein Körper, da waren runzelige Finger und ein matter Blick.

»Ich wette mit dir, dass William die Queen überlebt. Ich wette auf eine Crème brûlée.«

Ich war müde. Ivy würde nicht mehr da sein. Es würde nur noch diese blöde Tasse von ihr in der Wohnung zurückbleiben. Und ich willigte ein.

Nachdem Ivy weg war, kam Clara häufiger zum Teetrinken vorbei. Sie seufzte viel, schaute hektisch auf die Uhr. Immer hatte sie Angst, zu lange bei mir zu sein. »Vielleicht ist er gerade wach geworden, ich sollte nach ihm schauen.« Sie erzählte mir, wie sein Körper abbaute. Dass sie sich manchmal frage, wo sie die Kraft hernehmen solle, wenn er gar keine Kraft mehr aufbringen könne. Es war ihr peinlich, mir das alles zu sagen. »Aber lieber erzählt man das der Nachbarin als den eigenen Kindern, oder?«

Manchmal sagte sie, er sei noch da, in diesem nutzlosen Körper. Irgendwo sei er da noch und höre zu und sei Teil dieser Welt. Und manchmal wunderte sie sich nur, dass die Zeit verging. Aber verging sie wirklich, wenn seit über drei Jahren nichts passierte, außer Windeln wechseln und Medikamente abzählen, wenn Ärzte plötzlich kurz davor waren, in Rente zu gehen, aber dabei noch unverschämt fit wirkten. Manchmal wiederum erzählte sie von einem Früher-William, davon, wie ihm das Spiegelei verbrannte und wie er es hasste, im Spiel gegen die eigenen Kinder zu verlieren. Ich mochte es, wenn ich die Möglichkeit hatte, das Bild des Früher-Williams in meinem Kopf noch aufrecht zu halten.

Zu meinem 29. Geburtstag hatte ich, anders als sonst, Lust, Freunde zu sehen. Ich durfte das Café nutzen, um etwas anderes als erste Dates darin veranstalten zu lassen. Es kamen drei Freunde, die ich lange nicht mehr gesehen hatte. Sie brachten ihre Kinder und Partner mit, und ich dachte, dass ich jetzt offiziell erwachsen sein müsste. Jetzt war es so weit, dass ich mir an meinem Geburtstag das Bier von den Kindern meiner Freunde bringen lassen konnte, um mir dann hinterher ein wenig schäbig vorzukommen.

Es tat gut, wieder in Gespräche von vor sechs, sieben Jahren einzutauchen. Bei allen hatte sich das Leben in den letzten drei, vier Jahren sehr verändert. Ich saß dazwischen, trank mein Bier und dachte, dass ich noch nicht einmal mit Ivy angeben konnte. Sie schrieb mir Nachrichten, etliche, über den Tag hinweg, und dennoch hoffte ich, sie würde mir einen Streich spielen und plötzlich vor der Cafétür stehen.

Ich wurde gefragt, was ich denn jetzt eigentlich machen würde, jetzt, wo ich meinen Abschluss hatte. Ich zuckte nur mit den Schultern. Es war leicht, diese Frage zu meiden, wenn die Tage immer dem gleichen Rhythmus folgten. Ich hatte das Café mit den ersten Dates, die nie meine waren. Ich schaute auf die Handybilder von Kindern und spannenden Orten und hatte selbst nichts zum Zeigen. Und später, nachdem alle gegangen waren, wischte ich den Fußboden, schaltete das Licht aus und ging nach Hause. Unter mir hörte ich Clara fluchen. Es schien mir ein kleiner Trost, dass zumindest auch bei ihr nichts passierte.

Am heißesten Tag des Jahres stand Clara plötzlich vor meiner Tür. Sie war in Eile und fragte mich, ob ich bitte am späten Nachmittag auf William aufpassen könnte. Sie hätte einen dringenden Termin und keiner der Tagespfleger könnte kommen. Ich sagte natürlich zu, es war keine Bitte, bei der man hätte Nein sagen können. Ich googelte »was tun mit Schlaganfallpatienten« und verzweifelte, weil ich nur Tipps fand, wie man Patienten richtig stützen konnte. Irgendwann holte mich Clara ab und wir gingen runter in ihre Wohnung. Die Schlafzimmertür war nur angelehnt. Sie kochte einen Kaffee für mich. An der Kühlschranktür hing ein Zettel mit allen wichtigen Nummern. Daneben eine Liste mit Notfallmedikamenten. Die unterschiedlichen Pillen waren aufgezeichnet. Sollte William Fieber bekommen, würde es die ovale Tablette mit dem Kreuzschlitz sein müssen. »Dann wollen wir mal«, sagte Clara, als der Kaffee fertig war. Sie öffnete die Schlafzimmertür. Er sah noch älter, noch magerer aus. Seine Haare waren ungekämmt. Im Grunde wirkte sein ganzer Körper ungekämmt. Ich setzte mich auf einen Stuhl neben das Bett, sagte »Hallo William, ich bin's, Ella«, und kam mir albern dabei vor. Als würde ich zu einem Kind sprechen. Clara sagte, ich könne jederzeit den Fernseher anschalten. Dann ging sie. Ich versuchte William anzulächeln, aber er schaute an mir vorbei. Fast schien es, als würde er aus dem Fenster blicken. Ich sagte: »Ah, ja, ihr habt ja auch den gleichen scheußlichen Ausblick wie ich«, und schämte mich zugleich. Es gab keine Reaktion. Ich erzählte von Ivys Reisezielen, vielleicht erinnerte er sich ja an Ivy. William schien dabei einzuschlafen, das beruhigte mich. Es war weniger überfordernd, wenn er schlief. Die Augenlider waren zu, der Kopf zur Seite gedreht. Ich zog seine Decke ein wenig hoch, und als ich hörte, wie seine Atmung langsam und regelmäßig wurde, ging ich vorsichtig in die Küche, ließ dabei die Schlafzimmertür angelehnt. Ich trank meinen mittlerweile kalt gewordenen Kaffee. Ich fragte mich, wie viel Kaffee Clara wohl täglich trank, um wach zu bleiben.

Ich schrieb Ivy, dass ich bei William sei. Dann hörte ich William laut husten, ich ging zu ihm rüber, die letzte Lungenentzündung war nicht lange her. Er krümmte sich beim Husten. Ich wusste nicht, was zu tun war, und wartete, dass der Husten einfach aufhörte. Auf eine Art fand ich es faszinierend, dass ein entkräfteter Körper noch die Kraft aufbringen konnte, so energisch in die Welt zu husten. Dann war es vorbei und wieder war da diese große Stille. Ich sah, dass auf Claras Nachttisch die aktuelle Ausgabe des *Guardians* lag, und beschloss William vorzulesen. Vielleicht nahm er ja doch mehr von der Welt wahr, vielleicht war er ja die ganze Zeit unterfordert. Ich las vor, so viel ich konnte. Zwischendurch holte ich mir ein Glas Wasser. Ich wusste absolut nicht, was hier das Richtige war. Ich saß da und las vor und es war anstrengend. Mein Mund wurde noch trockener, obwohl ich Wasser trank. Ich fühlte mich erschöpft, aber es war besser, etwas vorzulesen, als zu überlegen, was ich sagen könnte. Besser, als versehentlich so mit ihm zu sprechen wie mit einem Kind.

Die Hälfte der Zeitung war irgendwann durchgelesen und Clara noch immer nicht zurück. William schaute ins Nichts. Ich kam mir kümmerlich vor, als ich doch den Fernseher anschaltete.

Clara kam zurück. Sie bedankte sich, und ich sagte »Gern geschehen« und »Jederzeit wieder«. Ich ging in meine Wohnung, hätte aber gern einen längeren Nachhauseweg gehabt. Ich schloss die Tür auf und schaute auf mein Handy. Ivy hatte mir drei gelbe Herzen geschickt. Ich setzte mich an den Küchentisch, blickte in das Ivy-lose Zimmer, in dem die Pflanzen mittlerweile verwelkt waren. Ich hatte noch immer keine Verwendung für dieses Zimmer und bald würde mein Stipendium auslaufen. Bald bräuchte ich wohl einen Plan, um hier überhaupt weiter wohnen zu können. Ich öffnete mir ein Bier und schließlich noch eines und fühlte mich wütend und erschöpft. Ich war wütend auf Ivy und auf diese Wette. Ich war wütend, weil bei mir seit Jahren nichts passierte. Ich sah täglich neue Menschen, ohne sie je wiederzusehen. Ich wischte täglich dieselben Tische, manchmal tauschte ich den Schwamm aus. Ich vermisste es, Ivy rauchend am Fenster zu sehen. Drei gelbe Herzen, mehr konnte sie nicht schreiben?

Am nächsten Morgen wachte ich mit Kopfschmerzen und einem ekligen Geschmack im Mund auf. Und da hörte ich es. Ich hörte ein lautes Weinen in der Wohnung unter mir. Ich hörte Clara laut »Nein nein nein« rufen. Mir war übel. Ich wusste, es wäre richtig, hinunterzugehen. Ich wusch mein Gesicht mit kaltem Wasser, hörte immer noch Claras Weinen. In den Spiegel schauend atmete ich dreimal tief durch, bevor ich die Wohnung verließ. Ich klopfte an Claras Tür. Rotz klebte an Claras Nase, ihre Augen waren klein und gerötet. Und trotzdem lächelte sie mild.

Als sie mir gesagt hatte, was passiert war, umarmten wir uns, wir umarmten uns sogar fest, und ich ging zurück in meine Wohnung. Ich öffnete das Fenster und hörte, wie einzelne Menschen auf der Straße sangen. Sie sangen die Nationalhymne, sie sangen *Gott schütze unsere gnädige Königin! Lang lebe unsere edle Königin, Gott schütze die Königin! Lass sie siegreich, glücklich und ruhmreich sein. Auf dass sie lang über uns herrsche!* Es war üblich, das an Feiertagen zu singen. Doch das war kein Feiertag. Es war auch kein freudiger Gesang. Jetzt, da Queen Elizabeth II. tot war, müsste die Nationalhymne bald geändert werden. Vielleicht sangen sie, weil sie nicht wussten, wie lange sie noch genau diese Strophen singen konnten.

Ivy und ich hatten früher betrunken nach alten Fünf-Pfund-Scheinen im Internet gesucht und dann versucht, das Alter von Queen Elizabeth II. zu raten. Ivy lag erstaunlich oft richtig. Nach ein paar Flaschen Bier sagte sie einmal, wie seltsam es sei, irgendwann nicht mehr mit Fünf-Pfund-Scheinen zu bezahlen, auf denen die Queen abgebildet sein würde.

Ich dachte an William, ich dachte an sein Alter. Ich fragte mich, ob es ein Trost war, dass er noch lebte. Ich fragte mich, wer nun alles getröstet werden müsste mit dieser Nachricht. Was bedeutete das für dieses Land, was bedeutete es für mich?

Ich wollte mich in einen Wald hineindenken. Ich wollte mich auf Moos legen und eine ganz lange Zeit in Ruhe gelassen werden. Es würde mir nichts ausmachen zu frieren, nass zu werden, zu schwitzen, Tag und Nacht an mir vorbeiziehen zu lassen. Was machte es schon für einen Unterschied, ob ich Tag für Tag ins Café ginge oder einfach auf Moos liegen bleiben würde? Ich wollte Waldluft schmecken und an nichts erinnert werden.

Tag 2, nachdem ich erfahren hatte, dass Queen Elizabeth II. verstorben war: Augen öffnen und liegen bleiben. Decke anstarren. Aus der Wohnung unter mir Fernsehgeräusche hören. Irgendwann aufstehen und aus dem Fenster blicken. Das Handy meiden. Zähne putzen und ins Spiegelbild blicken. Schwarzer Kaffee. Bett beziehen. Noch einmal hinlegen und am Kissen schnuppern. Decke anstarren. Aufstehen, um das Fenster zu kippen. Straßengeräusche wahrnehmen, dabei Augen schließen. Rauchen. Instant-Nudeln umrühren. Noch immer das Handy meiden. Mich auf den Fußboden legen. Staubsaugen wollen, aber es doch nicht tun. William husten hören. Wieder den Fernseher unter mir hören. Aufs Handy schauen und mehrere verpasste Anrufe sehen. In Büchern blättern, aber nirgends lesend hängen bleiben. Chips. Tee. Doch einmal wieder die Pflanzen gießen. Googeln, wie man mit verwelkten Pflanzen umgeht. Rauchen. William husten hören.

Mein Chef rief mich an, er sagte, dass das Café, wie die meisten Geschäfte Englands, für mehrere Tage geschlossen bliebe. Er hatte ein Kondolenzbuch für das Café gekauft, mit Holz-Cover.

Ivy rief mich weinend an. Sie war an einem Flughafen. Sie meinte, der Pilot hätte es während des Flugs durchgesagt. Sie hatten noch sieben Stunden vor sich. Mehrere Menschen hätten im Flugzeug geweint. Sie hatte das erste Mal in ihrem Leben Angst im Flugzeug. Neben ihr hatte ein Mann im Anzug gesessen. Nachdem die Nachricht durchgegeben worden war, hatte er seine Krawatte abgenommen und sie in die Ablage vor sich gelegt. Er hatte sie bei der Ankunft nicht wieder angezogen, obwohl Ivy ihn freundlich darauf hinwies. Er hatte nur mit den Schultern gezuckt.

Meine Mutter rief mich an, sie hatte nichts zu sagen, und ich auch nicht.

Als Queen Elizabeth II. 21 wurde, versprach sie in ihrer Geburtstagsrede, dass ihr Leben, egal ob lang oder kurz, dem Dienst des Landes gewidmet sein sollte. Mein 21. Geburtstag war mehrere Jahre her und ich habe mein Leben nichts gewidmet.

Clara kam zum Teetrinken vorbei. Sie sagte, sie hätte William mehrfach gesagt, dass die Queen tot sei, aber er habe nicht reagiert. Sie sagte, früher wäre das sein Ende gewesen. Wenn er schon darauf nicht reagiere, wäre klar, dass da absolut nichts mehr in ihm drin sein könne. Sie fragte, wie lange dieses Ende andauern konnte. Ich goss Tee nach. Clara stützte ihr Gesicht auf die Handinnenflächen. Sie sah entkräftet aus, sie weinte. Als würde es nicht um Williams Ende gehen, auch nicht um den Tod der Queen, sondern um das Ende von Clara. Ich hielt die Teekanne fest umgriffen, als sich auch bei mir der Damm brach. Ich weinte und ich fühlte mich dumm, vor Clara zu weinen, aber sie hielt mir ihre Hand hin. Ich drückte diese Hand, die jeden Tag so viel leistete. Sie war weich, sie war ein Trost. Dann fragte ich Clara, ob sie Lust hätte, mit mir eine Crème brûlée zu essen.

Nachdem das Café wieder aufmachte, hatten wir kaum Besucher. Niemand schien wirklich in Date-Stimmung zu sein. Doch dann kam ein Paar, das ich erkannte. Die beiden hatten vor einigen Jahren hier ihr erstes Date. Sie hatte glänzend blondes Haar, und er war ein bisschen kleiner als sie, er trug eine blaue Mütze. Und sie lächelten einander zu, wie man es sonst nur beim ersten Date tat.

NEFELI KAVOURAS

geboren 1996 in Bamberg, studierte Kulturwissenschaften und Philosophie in Lüneburg. Sie arbeitet beim mairisch Verlag, wo sie diesen sehr schönen *ZIEGEL* mitbetreut, ko-organisiert die mehrsprachige Lesereihe *Hafenlesung* und gestaltet ab und an noch andere Literaturformate, u. a. seit 2020 den Literaturpodcast *laxbrunch* mit Autor Anselm Neft (siehe Seite 381).

Birgit Stobbe

DICKE ALTE FRAUEN SIND GEFÄHRLICH

Erst im Jahre 2019 kehrte die Idee zu mir zurück, als ich vor dem Glastresen der Döner Queen stand und auf mein Fleischbrötchen wartete.

Es ist nämlich so, ich will nicht lügen. Ich habe kaum eigene Ideen und bin darauf angewiesen, die Ideen anderer Leute in mein System einzuspeisen, um es am Laufen zu halten.

Erst, als Giacomettis Zeitmaschine unvermutet vor dem Tresen der Döner Queen neben mir auftauchte und mich zu einer lustigen Fahrt durch meine Vergangenheit einlud, kehrte die Idee zu mir zurück, wie ich über mein Leben einen Roman schreiben könnte: Ich drehe mich ständig um mich selbst, wechsele nach Belieben auf den Feldern meiner Erinnerung und unternehme derweil eine lustige Fahrt.

Die Döner Queen ist ein sehr schöner Dönerladen bei mir um die Ecke. Manche gehen zum Döner King, ich zur Döner Queen. Dahinter steht keine Aussage. Ich glaube nicht, dass die Frauen die besseren Menschen sind, wie ich es einmal tat, als ich noch sehr jung war. Ich glaube heute beinahe, dass die Männer die besseren Menschen sind. Jedenfalls habe ich in meinem Leben sehr viele anstrengende, neurotische Frauen getroffen und sehr viele verlässliche, begütigende Männer.

Also, ich bevorzuge die Döner Queen, aber nicht aus weltanschaulichen Gründen. Mit der Döner Queen ist es bei mir wie bei Proust mit der Liebe: Erst ist die Liebe da, dann sucht man die Erklärung. Der Geschmack kann es nicht sein, denn die

Betreiber der Läden sind der Legende des Viertels nach verfeindete Brüder und werden beide durch dieselbe Mutter mit den gleichen Dönern beliefert.

Ich gehe jedenfalls zur Döner Queen.

Also. Schnitt. Heute, jetzt, hier. Es ist ein schöner Sommerabend, der die Menschen auf die Straße treibt, ich schnell mit dem Fahrrad noch in die Döner Queen, um mir einen Mini-Döner zu holen, der kleine Laden ist voll, Männer reichen über den Tresen und über meine Schulter ihre halb abgefressenen Fleischteller und sagen zu den Männern hinter dem Tresen: *Machst mir noch mal bisschen Tschatschik drauf.* Andere Männer öffnen den Eisschrank hinter meinem Rücken ruckartig, die Flaschen klirren, nehmen sich etwas und stoßen den Eisschrank wieder zu und streifen mit jedem ruckartigen Öffnen ein ganz klein bisschen mit dem längsseitigen Griff meine zarte aufrechte unverbogene Wirbelsäule, als ob ich gar nicht da bin, und ich denke, ach ja, ein kaltes Bier, und drehe mich um und nehme mir auch ein großes Bier aus dem Eisschrank. Dann stehe ich wieder brav am Tresen und der junge hübsche Mann mit dem großen Dönermesser zuckt endlich mit dem Kinn in meine Richtung. Das soll wohl bedeuten, dass ich meine Bestellung aufgeben darf, denke ich, und ich gebe sie auf, mit der Flasche Bier vor mir, an der Kasse. Es erscheint ein junges hübsches Mädchen neben mir, ich erkenne mich selbst, es ist ein Mädchen, wie ich es auch einmal gewesen bin, so der Typ einer scheuen Elfe, mit einer anderen Flasche Bier, und diese Bierflasche erregt mehr Aufmerksamkeit bei dem jungen hübschen Mann mit dem Dönermesser. Wir nicken uns zu, die Elfe und ich, als wären wir alte Bekannte, und der junge hübsche Mann mit dem zuckenden Kinn bongt meine Bestellung ein mit dem einen kleinen freien Finger, mit dem er das große Dönermesser nicht umklammert hält, und blickt dabei aber schon das Mädchen an und fragt, ob er die Flasche für sie öffnen solle. Sie nickt und er öffnet die Flasche und kassiert bei ihr ab und fragt das Mädchen, ob sie Deutsch spricht oder Türkisch und ob sie mehr Hamburg liebt oder mehr Istanbul. Oder mehr die Lüneburger Heide, denke ich, denn sie antwortet am Schluss gar nicht mehr, wie am Beginn noch, und er könnte jetzt den ganzen Erdball abfragen, Alaska noch und die Mongolei, aber sie hebt lediglich die Schultern, Hamburg oder Istanbul, was soll's, aber sie schenkt ihm einen ihrer sanften Blicke, und das ist der Moment, da in meinem Inneren plötzlich ein Faden reißt und ich packe einfach in der Mitte aller Anwesenden meine Flasche Bier am Hals und lege sie in meine Umhängetasche.

Denn ich bin unsichtbar geworden.

Es ist wahr. Niemand sieht es, wie ich meine Bierflasche verstaue. Niemand beachtet es. Ich bin unsichtbar.

Vor dem Salattresen der Döner Queen ist geräuschlos Giacomettis Zeitmaschine gelandet und entführt mich auf eine schnittige Fahrt. Während mein Körper unsichtbar zwischen den Männern steht, die sich angeregt über Fußball, Fleischsorten und die angemessene Temperatur von Flaschenbier austauschen, nehme ich in der Kapsel Platz, die ich vor einigen Jahren in der Hamburger Kunsthalle sah.

Auf den Leinwänden in meiner Schädelhalle sehe ich in rasanter Folge ganze Szenen, lange Gespräche und kurze Ereignisse, die alle den Weg von der Elfe zur Unsichtbarkeit zum Thema haben. Alle meine Erinnerungen bilden sich dank der fantastischen Fähigkeiten von Giacomettis Zeitmaschine in einem einzigen Moment ab, ohne dass irgendjemand die Zeit für meine ausschweifenden Betrachtungen hätte anhalten müssen.

Jetzt bin ich offensichtlich am Ende einer fortlaufenden Entwicklung: Ich bin unsichtbar geworden. Das will ich genau wissen. Meine krankhafte Neugierde ist geweckt. Aus diesem Grunde klappte ich lässig die Tasche auf, legte ohne Hemmung die Bierflasche deutlich sichtbar für alle Anwesenden hinein, die Flasche, die ich schon sehr lange bezahlen wollte, ohne dass jemand Notiz von mir nahm. Tatsächlich. Nur die Elfe blinzelt mir erneut zu, vielleicht hat sie es gesehen. Und während der andere Mann hinter dem Tresen beginnt, ein Fladenbrötchen aufzuschneiden, und meinen Döner bereitet, den Blick fest auf das Brötchen gerichtet, öffne ich den schweren Eisschrank ein weiteres Mal, ein kühler Luftzug, die Flaschen klirren, ich greife ein weiteres Bier, eine Halbliterflasche, sie ist recht groß, scheint mir, rumse die Türe doch ganz deutlich zu und stecke diese große Flasche mit großer Selbstverständlichkeit demonstrativ, mit weit ausholender Geste, wie ein Zauberer in der Manege, damit jeder das magische Objekt sehen kann, der will, bevor es verschwindet, aber es will keiner sehen, ebenfalls in meine Tasche, wo die beiden Flaschen nun fröhlich aneinander scheppern, aber keiner hört das, außer mir, und sage kräftig und volltönend: Joghurtsoße, alles drauf, und erhalte und bezahle einen Döner mit Joghurtsoße, den ich in die Tasche lege auf die kalten und klingenden Bierflaschen.

Aha, aha, aha, denke ich, im Rhythmus eines alten Schlagers.

Kein Irrtum, ich bin unsichtbar.

Ich erlebe einen Moment im Leben, wie ich ihn mir als Kind oft gewünscht habe. Unsichtbar sein. Einfach machen können, was man will. Ohne Rücksicht auf die anderen.

Das erste Mal, als ich für einen Moment unsichtbar war, betrat ich mit Anfang dreißig ein Restaurant, in dem ich verabredet war, und wie gewohnt ging ich durch die Tischreihen, um mir einen Tisch zu suchen, ein kleines, preiswertes, italienisches Restaurant mit rot karierten Tischdecken, wie sie damals alle preiswerten Restaurants hatten und heute wieder haben, vor allem die in romantischen Komödien, ich gehe also wie gewohnt durch die besagten Tischreihen und es sehen wie üblich alle Männer auf und folgen mir mit ihren Blicken, nicht aufdringlich, nicht vorsätzlich, nein, die Blicke sind diskret, beiläufig, jedoch immerhin: Alle Männer schenken mir einen Blick. Reflexartig. Und an diesem besagten Abend betrete ich das Restaurant und gehe durch die Tischreihen und ein einzelner Mann hebt, während ich vorübergehe, seinen interessierten Blick auf halbe Höhe bis zu meiner Hüfte und senkt ihn dann recht schnell wieder, noch bevor er mich mit seinem Blick ganz entkleiden kann, um sich lieber auf die Dicke und Spannkraft der Käsefäden seiner Pizza zu konzentrieren oder über seine fatale Krankheitsdiagnose nachzudenken, die er vor wenigen Minuten bekommen haben muss, denn anders kann ich es mir nicht erklären, warum er seinen Blick von mir auf der Höhe meiner Hüften wieder abwendet, obwohl ich noch nicht an ihm vorüber bin, er könnte noch mit den Augen über meinen flachen Bauch gleiten, über mein glänzendes Haar, mein madonnenhaftes Gesicht, meinen beschwingten Gang, meine Kleidung, die lässig und schön ist, wie zufällig übereinandergeworfen wirkt, aber mit Sachkenntnis gewählt ist, mit Aussicht auf ein hinreißendes Schlüsselbein, auf bronzefarbene Haut, auf ein goldenes Kettchen, ach, was weiß ich, auf was noch alles. Eindeutig passt die schwere Krankheit, die einiges entschuldigen könnte, nicht zum offensichtlichen Appetit, mit der er seine Pizza verschlingt, der alte Sack. Also, während ich an diesem Tisch vorübergehe, an dem ein Mann sitzt, der eine fette Käseweißmehlschnitte anziehender findet als mich, und nicht einmal die Augen von der Schnitte hebt, während ein Traum von einer jungen Frau an ihm vorüberweht, weiß ich, ist etwas passiert, was mir bis dahin noch nie passiert ist. Ich habe eine vollständig neue Erfahrung gemacht. Ich bin für ein, zwei Sekunden unsichtbar geworden.

Man sieht nicht nach mir, ein Käsefaden ist animierender.

Genau wie jetzt in der Döner Queen. Niemand sieht nach mir. Nur dass der Moment ungleich länger erscheint. Und ich in dieser Zeit machen kann, was ich will. Ich könnte jetzt den ganzen Eisschrank ausräumen oder so viele Flasche stehlen, wie ich tragen kann. Ich könnte die Tasche auch füllen, bis ich sie nicht mehr tragen kann, sondern sie auf dem Boden hinter mir herschleifen muss. Und seltsam! Dies ist nicht das bittere Ende, wie den Frauen ein Leben lang geweissagt wird, sondern ein überraschender, befreiender, glückseliger Moment.

Dieses bittere Ende war mir vor sehr langer Zeit geweissagt worden, von zwei dicken Katern, die sprechen konnten. Ja, das ist eine weit entfernte, in milchige Wolken gehüllte Erinnerung. Es sind gar nicht zwei dicke Kater, sondern zwei Männer, die sprechen, und zwei dürre Frauen, die schweigen, an einem dunklen Küchentisch, auf dem mehrere geöffnete Flaschen Rotwein stehen. Eine Altbauwohnung, Holzfußboden, Kacheln an der Küchenwand. Die Männer sprechen über eine abwesende Frau. Die eine Frau am Tisch bin ja ich, ich bin diese madonnenhafte Elfe oder diese elfenhafte Madonna, die so aussieht wie das junge Mädchen in der Döner Queen. Die andere Frau ist eine Rothaarige, die sich heruntergehungert hat auf die Hälfte des Körpergewichts eines Mannes. Einer der Männer sagt gerade einen eigentlich wertfreien Satz, der trotzdem sonderbar ist, rätselhaft, der ein Orakel zu enthalten scheint für uns blutjunge Frauen. Der Satz löst ein Maximum an Behagen bei den Männern aus. Er lautet: Sie ist nicht mehr die Jüngste. Die beiden Männer lächeln verträumt, wie sonst nur wir abgemagerte Elfen lächeln. Ich begreife diesen schlichten Satz als unvermutete Warnung. Die beiden Männer nicken sich wissend zu, während sie sich noch einen Käsewürfel greifen und wie verzaubert ins Kerzenlicht blicken. Wenn eine Frau nicht mehr die Jüngste ist, scheint dies ein scharfer Schnitt zu sein, ahne ich. Sie ist nicht mehr attraktiv für Käsewürfel essende Männer, es gibt scheinbar niemanden mehr, der sie verrückt machen will, somit gibt es keine nennenswerten Aussichten mehr, was die Zukunft bringen könnte. Augenscheinlich ist ihr Leben an einem Punkt voller Grauen angekommen, weil sie in diesen Zustand geraten ist, nicht mehr die Jüngste zu sein. Der Tod, der alle Menschen trifft, könnte verglichen mit dem Schicksal, das alle Frauen zuvor noch niederstreckt, wenn sie älter werden, wohl eine lustige Seefahrt genannt werden.

Die beiden Männer scheinen von diesem unendlichen Behagen durchdrungen zu werden, wie man es nur von dicken Katern in heißer Mittagssonne kennt. Die Frau, um die es geht, ist nicht mehr die Jüngste. Das sexuelle Interesse an ihr nimmt ab. Das ist der Tiefpunkt, den sie erfährt.

Sagen die beiden Männer nicht eigentlich: Mein Begehren nimmt ab und ich bin froh darüber, überlegt die schweigende Elfe.

Und jetzt muss ich feststellen, nachdem ich meinen Mini-Döner mit Joghurtsoße verschlungen und mit den zwei köstlichen geklauten Bieren heruntergespült habe, dass die landläufige Vorstellung, Frauen würden, wenn sie erst einmal alt und dick und unsichtbar geworden sind, an Lebensfreude verlieren und ihr kleines Leben nicht mehr lieben, da kaum Aussichten bestehen, Männer, deren Begehren abnimmt, kirre zu machen, nicht stimmt. Ich muss das mal ganz deutlich sagen: Dicke alte Frauen verschwinden nicht, nur, weil sie unsichtbar sind. Sie lösen sich nicht auf. Sie sind nicht weg. Sie sind nicht bedeutungslos und erst recht nicht ungefährlich.

Das Gegenteil ist der Fall.

Mit dem Wegfall der Attraktivität und dem Einzug des Alters können Frauen gefährlich werden, weil mit der Unsichtbarkeit der Moment gekommen ist, an dem sie machen können, was sie wollen. Sie hängen nicht mehr vom fremden Blick ab, der ihnen angeblich Bedeutung gibt. Sie können aus freiem Willen und unabhängig von der Bestätigung der Außenwelt handeln.

Das macht dicke alte Frauen, befreit von allen Zumutungen an ihre Weiblichkeit, gefährlich. Sie können machen, was sie wollen.

Das gilt natürlich auch für dünne alte Frauen.

BIRGIT STOBBE

Buchhändlerin, Soziologin, Taxifahrerin. Seit 1993 freie Autorin. Veröffentlichung von Geschichten, Romanen (*Frauen wie wir* im Eichborn Verlag; *Pfoten weg, Marie* bei Fischer Taschenbuch, etc.) und Sachbüchern; seit 2000 auch Drehbücher. Ab 2005 zusätzlich Lektorin und Coach, Beratung und Unterstützung von Schreibenden, Biografien im Auftrag. Unter Pseudonym:

Erotik- und Kriminalromane. Bei dem vorliegenden Text handelt es sich um einen Auszug aus dem Romanmanuskript *Das kleine Leben*.
www.birgit-stobbe.de

Lu hatte ihn ausgebremst. Bevor Daniel dazu kam, sie auf die geplante Radtour anzusprechen, erzählte sie ihm, dass sie an diesem Samstag ein Date hatte, ein Picknick im Taunus. Sie wollte ihm nicht verraten, mit wem. Eine Retourkutsche für seine eigene Verschwiegenheit? Als er sah, dass sie sich ziemlich aufwendig geschminkt hatte, versetzte es ihm einen Stich. Plötzlich empfand er so etwas wie Neid auf diesen Mann, mit dem sie sich treffen wollte. Aber vielleicht war es besser so. Lu mit ihrer spöttischen Art hätte sowieso nicht auf den Sonnenhof gepasst. Es hatte schließlich seinen Grund, warum er in der Wohngemeinschaft so gut wie nie über Steffen und seine Familie sprach.

Auf der Fahrt am Rhein entlang und durch den Hunsrück nahm er die Veränderungen wahr, die der Frühsommer mit sich gebracht hatte. Das Getreide auf den Feldern schien schon reif zu sein. Wann wurde es eigentlich geerntet? Steffen wusste das mit Sicherheit. Er war gelernter Zimmermann, hatte sein Abi nachgeholt und ein paar Semester Politologie studiert, aber er war der geborene Landwirt.

Wenn sie am Samstagnachmittag mit dem Brunnenbau weitermachten, hatte er immer schon einen kompletten Arbeitstag hinter sich. Er hatte inzwischen den maroden Stall wieder hergerichtet, und auf der Weide dahinter gab es jetzt die kleine Kuhherde, von der er im Mai erzählt hatte. Daniel war voller Vorfreude, weil Katharina ihm beibringen wollte, wie man von Hand melkt.

Als er auf den Hof rollte, sah er Steffen, Katharina und Holger beim Holzstapel, wo Holger gerade einen Ast zerkleinerte. Noch bevor Daniel vom Rad gestiegen war, erkannte er, dass die Stimmung schlecht war. Holger trieb mit Wucht die Axt in den Bock. »Was will der denn schon wieder hier?«, herrschte er Steffen an. »Womöglich steckt er dahinter!«

Daniel stellte sein Rad neben dem Holzstapel ab. »Was ist denn los?«, fragte er, wobei er sich an Steffen und Katharina wandte und Holger ignorierte.

»Sie wollen die Kinder nicht«, antwortete Katharina. »Sie behaupten, sie hätten keinen Platz. Und neulich auf dem Markt, als ich mit den Kindern einkaufen war, haben sie uns geschnitten. Diese Stimmung gegen uns ... das ist neu.« Sie wechselte einen schnellen Blick mit ihrem Bruder.

»Was tratschst du über uns rum?« Holger musterte Daniel auf eine Weise, die man nicht einmal mehr unterschwellig aggressiv nennen konnte. Das war unverhohlene Wut.

»Ich? Ich tratsche überhaupt nicht rum. Mit wem denn und worüber?« Daniel merkte, wie auch in ihm der Zorn anschwoll. Was wollte dieser Holger eigentlich von ihm?

»Es geht um die Schule, Daniel, die Grundschule. Und natürlich hast du nicht irgendetwas über uns herumerzählt.« Steffen klang entschieden, aber unaufgeregt.

»Nein, natürlich nicht! Ich hab nicht die geringste Ahnung, von welcher Schule ihr redet.«

Jetzt erklärte ihm Steffen, was vorgefallen war. Sie hatten einen Brief von der Grundschule bekommen, an der sie Gerold und Frieda angemeldet hatten. »Kein Platz, leider. Wir mögen es doch bitte woanders versuchen.« Er stieß die Luft durch die Nase aus. »So ein Zufall ... kein Platz in der ersten

Klasse, und auch kein Platz in der dritten, in die Holgers Oskar gehen soll.«

»Ganz einfach. Sie wollen die Kinder nicht«, sagte Katharina wieder, und Daniel meinte, so etwas wie Triumph in ihrem Vorwurf erkennen zu können. »Aber die werden uns schon noch kennenlernen, ob sie wollen oder nicht, diese Scheißspießer.«

Daniel sah sie überrascht an. So hatte er sie noch nie reden hören, so bitter und böse. Er konnte sie verstehen, es ging schließlich um Frieda und Gerold. Zwei liebenswerte Kinder, die sich jetzt schon riesig auf ihren ersten Schultag freuten. Neulich hatten sie ihm von dem Hund erzählt, den sie bald bekämen und der sie auf dem Weg zur Schule begleiten würde. »Der sitzt dann am Schultor und wartet auf uns, bis wir wieder nach Hause gehen«, hatte Frieda mit leuchtenden Augen gesagt.

»Warum wollen sie denn die Kinder nicht?« Noch während er sprach, wusste er die Antwort. War nicht sein Unbehagen auch stetig gewachsen? Sein Unbehagen daran, dass der Sonnenhof nicht nur ein wunderbarer Ökohof war, sondern dass es hier eine Nähe zu ziemlich schrägen Ideen gab … Daniels Brustkorb wurde eng, er atmete tief durch, doch die Beklommenheit blieb. Wie sollte er damit umgehen? Er mochte Steffen, seine intensive und zupackende Art, seinen Versuch, ein eigenständiges, unabhängiges Leben zu führen. Er war gerne auf dem Hof. Die Wochenenden, die er hier mit Arbeiten und Diskutieren verbracht hatte, waren seine besten Tage in diesem Jahr gewesen. Er erlebte sich auf eine ganz andere, befriedigendere Weise als sonst.

»Hat Katharina doch gesagt«, antwortete Holger. »Weil sie Scheißspießer sind. Sie mögen uns nicht, weil wir uns nicht anpassen.«

Im Gegensatz zu Katharinas und Holgers Empörung bewahrte Steffen immer noch eine kühle Ruhe. »Kann sein, doch darum geht es nicht. Sie müssen uns nicht mögen. Aber es ist ein Unding, dass die Schule voll mit Kindern aus allen möglichen Ländern ist, und dann gibt es angeblich keinen Platz für Einheimische.«

Daniel kribbelte es in seinem durchgeschwitzten T-Shirt, als hätte ihm jemand Juckpulver untergejubelt. »Und was wollt ihr machen?«, fragte er. »Die Plätze einklagen?«

»Wir sind uns uneinig. Wir klären das noch. Aber jetzt lass uns erst mal zusehen, dass du ein kaltes Bier bekommst, Daniel. Du siehst aus, als könntest du eins gebrauchen.« Steffen boxte ihm gegen die Schulter.

Während Holger die Axt aus dem Holzblock wuchtete, um weiterzuarbeiten, gingen sie zur Terrasse hinüber. Katharina brachte ihnen Gläser und Bierflaschen und verschwand dann wieder im Haus. Kurz darauf hörten sie sie mit den Kindern lachen.

»Ich halte sowieso nichts von der Grundschule hier. Wir werden zwar Einspruch erheben, aber die Kinder eh nicht hinschicken. Sie werden zu Hause unterrichtet«, sagte Steffen. »Die beiden Kleinen von Holger und Marina werden ja auch zu Hause sein und nicht in irgendeiner Kita.«

»Aha«, antwortete Daniel hilflos. Er trank sein Glas in einem Zug leer, während er versuchte, Steffens Ansage einzuordnen. Was meinte er damit? So etwas wie Homeschooling? Das war doch in Deutschland gar nicht erlaubt, oder?

Steffen schien seine Gedanken zu kennen, sie waren ja auch naheliegend. »Katharina, Marina und ich, wir werden den dreien abwechselnd Unterrichtsstunden geben. Ich weiß, dass das nicht vorgesehen ist, Daniel. Der deutsche Staat zwingt alle zur

Schulpflicht. Aber ist es mit dem Grundgesetz zu vereinbaren, Menschen zu diskriminieren? Kinder?«

Daniel schüttelte den Kopf. Nein, das war es sicher nicht. Falls die Schule Gerold, Frieda und Oskar tatsächlich aus ideologischen Gründen ablehnte, so war das nicht richtig. »Und Holger?«, fragte er.

»Holger ist dagegen. Er will kämpfen.«

»Er will kämpfen?« Daniel sah Holger vor seinem geistigen Auge, in dem olivgrünen Arbeitsanzug, den er gerne trug, wie er mit dem Gewehr in der Hand ins Lehrerzimmer marschierte. »Du meinst, er will sich bei der Schulbehörde beschweren?«, versicherte er sich.

»Er hat sich noch nicht festgelegt. Wie gesagt, wir klären das noch.« Steffen wirkte einen Wimpernschlag ungewohnt nervös. »Mann, der soll den Ball flach halten«, murmelte er. Er presste die Kiefermuskeln zusammen.

Vom Holzplatz schallte das Bersten des Holzes herüber, im Fliederbusch vor der Terrasse zwitscherten die Vögel und aus dem Haus kam spielerisches Kindergeschrei. Daniel nahm alles gleichzeitig wahr. Den Hof mit seinen wohlgeordneten Beeten und Obstbäumen, den Tieren, dem Brunnenschacht mit der aufgeworfenen Erde daneben. Holger, der wütend auf den Ast einschlug. Die Zwillinge in der Küche, die irgendeinen Quatsch zu machen schienen. Und Steffen neben ihm, der eine Präsenz ausstrahlte, die er plötzlich kaum noch aushielt. Nein, er schaffte es nicht länger, den Kopf in den Sand zu stecken. Er musste sein Missbehagen aussprechen, auch wenn er Steffen damit vielleicht Unrecht tat.

»Worum geht es denn eigentlich genau?« Daniel war angespannt, als würde er sich auf brüchiges Eis begeben. »Was werfen sie euch vor? Dass ihr Reichsbürger seid oder so eine Art völkische Siedler?« Er lachte, um seiner Frage die Spitze zu nehmen.

Einen Moment saß Steffen regungslos da, als hätte er Daniel nicht gehört. Dann zuckte er die Schultern. »Es ist mir egal, was die Leute mir für ein Etikett aufkleben.«

»Und was bist du? Als was würdest du dich bezeichnen? Als Ökobauer?«

Steffen stellte sein Bierglas ab. »Klar, Ökobauer. Ich will mein Land auf natürliche Art bewahren und pflegen.« Er verschränkte die Arme vor der Brust, sein Blick schweifte über den Hof. »Aber wenn du es genau wissen willst, mein Lieber: Wir sind Nationalsozialisten.«

Daniel starrte ihn an. »Ihr seid Nazis? Das gibst du offen zu?«

»Ja. Wir sind Nazis. Hast du ein Problem damit?«

Daniel antwortete nicht. Ihm fehlten die Worte.

Er wachte erst gegen Mittag auf, mit schweren Gliedern und pochendem Schmerz hinter den Schläfen. Noch bevor er sich der Ereignisse des letzten Tages bewusst wurde, erinnerte ihn der säuerliche Geschmack im Mund an die vielen Biere und die Tüte Chips, die er vorm Einschlafen geleert hatte. Und den Joint, den er in seiner Schreibtischschublade gefunden hatte. Er hatte sich zugedröhnt, um nicht denken und fühlen zu müssen. Den Kopf ausknipsen, dieses verdammte Gehirn, das unermüdlich vor sich hin ratterte. Doch er hatte weder das absurde Gespräch mit Steffen und Holger noch Lus Verhalten vergessen können.

Die Rückfahrt nach Wiesbaden, wie in Trance. Kilometer um Kilometer war er gefahren, ohne einmal anzuhalten. War gerast, hatte viel zu schnell die Kurven genommen, war bergab mehrmals ins Schlingern geraten und hatte bergauf mit schmerzender Lunge in die Pedale getreten. Er hatte nur noch nach Hause gewollt, in die Wohngemeinschaft, wo er die Tür seines Zimmers hinter sich zumachen wollte. Dann, als er in die Wohnung kam, hatte er Geräusche aus der Küche gehört. Weil er ein kompletter Naivling war, ein dämlicher Gutmensch, so wie Steffen es gesagt hatte, hatte er die Küchentür aufgemacht und Lu und ihren Typen gesehen, auf dem Boden sitzend, halb nackt, vögelnd. Und so, wie er für ein paar Sekunden geglaubt hatte, das Wort Nazi bedeute nicht wirklich Nazi, glaubte er jetzt für einen kurzen irrationalen Moment, dass sich das Bild vor ihm als Trugbild erweisen würde.

»Hallo … Wolltet ihr nicht ein Picknick machen?«, hatte er gesagt, war an den beiden vorbei zum Kühlschrank gegangen, hatte sich einen Sechserpack Bier genommen und war wieder zur Küche rausgestiefelt. Und erst als er in seinem Zimmer auf dem Bett saß, war ihm das Blut zu Kopf gestiegen. Mein Gott, was für ein Blödmann war er nur. Was für ein hirnloser Idiot! Nichts kapierte er, was um ihn herum passierte, absolut gar nichts.

Durch die Milchglasscheibe fiel rechteckiges Licht ins Schlafzimmer. Die Dielen im Flur knarrten. Schritte zwischen Küche und Bad, das Tapsen nackter Füße vor der Zimmertür. Henri? Kam er wieder erst mitten in der Nacht nach Hause? Noch im Halbschlaf fasste Nina unwillkürlich neben sich. Das Laken fühlte sich glatt und kühl an. Henri war nicht da. Der Schmerz, den ihr der Anblick der leeren Bettseite bereitete, machte sie endgültig wach. Natürlich war Henri nicht da, schon seit fast einem Jahr nicht mehr. Warum schlief sie immer noch auf der linken Hälfte des Bettes, anstatt die ganze Matratze zu nutzen? Eine Gewohnheit, die sich in mehr als zwanzig Jahren Ehe eingeschliffen hatte wie die Kratzer auf dem Parkett ihrer Altbauwohnung. Sie sollte umziehen. In ein anderes Viertel, vielleicht sogar in eine andere Stadt, wo sie nicht alles an früher erinnerte. Seit Daniels Auszug war die Wohnung sowieso zu groß. Aber Carla war im nächsten Jahr mit der Schule fertig, und vorher war es wenig sinnvoll, an einen Umzug zu denken.

Die Tür ging einen Spalt auf. »Bist du wach, Mama?«

Nina knipste die Nachttischlampe an und richtete sich auf. Carla schaute ins Zimmer, mit verschmierter Wimperntusche um die Augen und zerzausten Haaren.

»Was ist los? Kannst du nicht schlafen?«

Jetzt öffnete Carla die Tür ein Stück mehr, blieb aber im Türrahmen stehen. »Wieso geht Daniel auf Weltreise?«, fragte sie unvermittelt.

Nina musterte ihre Tochter. Was redete Carla da? Hatte sie schlecht geträumt? Mein Gott, wie viele Nächte hatten sie und Henri nicht durchschlafen können, weil eines der Kinder sie geweckt hatte. Albträume, Bauchweh, Wachstumsschmerzen oder vielleicht nur das Bedürfnis, ins Bett der Eltern zu kriechen. Kaum war Daniel alt genug gewesen, sie nicht mehr zu stören, war Carla auf die Welt gekommen.

»Er hat gesagt, er geht auf Weltreise«, behauptete Carla und verschränkte die Arme vor der Brust.

»Daniel hat immer mal tolle Ideen, aber das müssen wir doch wohl nicht jetzt besprechen. Geh wieder schlafen, Carla.« Nina bemühte sich, nicht allzu unfreundlich zu klingen. »Wie spät ist es überhaupt?«

Carla antwortete nicht. »Er hat sich von mir verabschiedet«, sagte sie stattdessen.

»Wann?«

»Gerade eben. Er ist in mein Zimmer gekommen, weil er Tschüß sagen wollte.«

Widerstrebend schwang sich Nina aus dem Bett und ging auf den Flur. Ein Flur, der so groß war, dass die Kinder früher dort mit dem Bobbycar über die Dielen gerattert waren.

»Er ist nicht mehr da. Er ist weg«, hörte sie die trotzigen Worte ihrer Tochter in ihrem Rücken.

Ohne nachzudenken, lief Nina ins Wohnzimmer, vom Balkon aus schaute sie auf die Straße hinunter, die um diese Uhrzeit still und menschenleer war. Von Daniel war nichts zu sehen.

»Ich hab doch gesagt, er ist nicht mehr da. Daniel ist weg. Auf Weltreise«, wiederholte Carla, die ihr gefolgt war. Sie ließ sich aufs Sofa plumpsen, zog die Beine an und schlang die Arme um die Knie.

Nina schloss die Balkontür und schaute auf die Uhr über dem Esstisch. Es ging auf vier zu, im Osten wurde es schon hell. Wieso war Daniel mitten in der Nacht aufgetaucht, um sich von seiner Schwester zu verabschieden? Nur von seiner Schwester … Wenn er eine größere Reise vorhatte, dann hätte er ihr das doch wohl erzählt.

»Hatte er getrunken?«, fragte sie.

Carla zuckte die Schultern. »Keine Ahnung. Er war irgendwie merkwürdig.« Sie kratzte am Nagel ihres Zeigefingers, von dem der dunkelrote Nagellack schon halb abgeblättert war.

Nina seufzte. »Jetzt erzähl doch mal richtig, Carla. Was heißt denn das: merkwürdig?«

Plötzlich veränderte sich der Ausdruck auf Carlas Gesicht. In ihren Augen, die von dem gleichen hellen Grau waren wie Daniels, spiegelten sich Ratlosigkeit und Verwirrung. »Er war nur ganz kurz da«, sagte sie. »Es war, als wollte er sich für immer verabschieden, Mama.«

Nina schüttelte abwehrend den Kopf. Carla neigte zum Dramatisieren, was für eine Sechzehnjährige sicher ganz normal war. Sie hatte keine Lust, sich um diese Uhrzeit auf so ein Theater einzulassen. Trotzdem nahm sie ihr Handy vom Wohnzimmertisch und wählte Daniels Nummer. Er antwortete nicht, nur die Mailbox sprang an. Wahrscheinlich schlief er längst in seinem WG-Zimmer in Wiesbaden und Carla hatte diesen absurden Besuch einfach nur geträumt.

»Wir klären das morgen, Carla«, sagte sie. »Geh wieder schlafen.«

Ein paar Minuten später lag sie unter ihrer noch warmen Bettdecke und lauschte auf die Geräusche im Haus. Wieder knarrten die Dielen, weil Carla noch in der Wohnung herumgeisterte. Nina war weit davon entfernt, einschlafen zu können. Jetzt, wo sie allein war, löste Carlas Erzählung eine diffuse Angst in ihr aus. »Es war, als wollte er sich für immer verabschieden.« Der Satz ließ sich nicht mehr abschütteln, auch wenn sie versuchte, ihn nicht ernst zu nehmen.

CORNELIA FRANZ
kann sich ein Leben ohne Bücher nicht vorstellen. Als Kind war die Hamburgerin eine Leseratte, später studierte sie Literaturwissenschaft, machte eine Ausbildung im Verlag und arbeitete als Lektorin. Seit 1993 veröffentlicht sie Bücher für Kinder, Jugendliche und Erwachsene. 2019 erhielt sie den *Hamburger Literaturpreis*. Bei dem vorliegenden Text handelt es sich um einen Auszug aus dem gleichnamigen Romanmanuskript.
www.corneliafranz.de

ZIEGEL

ZARTE MÄNN-LICHKEIT

Claudia Schumacher

NEMESIS

Während Maik auf den Anruf des Projektleiters wartet, wischt er sich launig durch Instagram und verteilt geizig Herzen. Er ahnt, was kommt. Und da ist sie auch schon: Laura fucking Hartlieb. Ihre Stirn glänzt, die Haare sind etwas strähnig. Eine Nonchalance, die sich nur Frauen wie sie erlauben können. Sie steht vor einer Bank in Eimsbüttel, vor dem Foto eines halb jungen, halb kahlen Mannes in einem schlecht sitzenden Filialleiter-Anzug. Dazu schreibt sie: »Breaking: Palastflüchtiger Prinz William in Eimsbüttel aufgetaucht. Hat sich sofort neue Machtposition gesichert.« Maik muss lachen. Der Filialleiter sieht wirklich aus wie Prinz William. Das ist vielleicht das Schlimmste, seit Laura zurück ist in seinem Leben: Sie ist witzig. Nicht so dumm, wie er sie gern hätte.

Einer fragt im Slack-Chat, wann sie Bier trinken. Gebt mir fünfzehn Minuten, schreibt Maik. Er streckt sich zur Tarnung und wagt einen Blick auf die analoge Laura, die im Großraumbüro nur acht Meter entfernt sitzt. Nach Milch riecht sie, etwas nach Honig und sehr fruchtbar.

Vor vier Monaten kam sein Chef, sagte: »Maik, Laura Hartlieb, vielversprechender Agenturneuzugang, ihr kommt aus dem gleichen Kaff. Kennst du sie?« Ein Stück Focaccia fiel ihm tomatenölig auf die Tastatur. Plötzlich war er wieder fünfzehn.

Fünfzehn war Maik, als er auf dem Schulhof stand und nicht aufhören konnte, das Mädchen mit dem skandinavischhellen Äußeren anzusehen. Laura Hartlieb war die Reinheit.

Er hingegen war dreckig, voller Pickel und Hormone, die ihn schräge Dinge träumen ließen. Er flog wie die Motte ins Licht. Auf Schulausflügen quasselte er sie voll, endlos. Sie hatte keine Meinung zu Skunk Anansie oder Zinédine Zidane, er führte die Gespräche mit ihr alleine. Manchmal löste sie sich, ging zu ihren Freundinnen und lachte – er war sicher: über ihn.

Der Projektleiter mailt ihm den neuen Zeitplan, z. K., reden will er doch erst morgen. Bin früher fertig, schreibt Maik in den Slack-Chat. Dann leitet er Laura kommentarlos den neuen Zeitplan weiter.

Er muss sie einlernen. Sie ist nicht schlecht. Maik ist Senior Key Account Manager.

An Lauras erstem Arbeitstag schüttelte sie ihm die Hand, sagte: »So schön, Maik!« Sie schien es ernst zu meinen, fügte an: »Ich glaube, wir waren auf dem Schulhof nicht die besten Freunde. Konntest du mich überhaupt leiden?« Als er antworten wollte, winkte sie lachend ab: »Ewig her. Und ich finde es mega, hier ein bekanntes Gesicht zu haben!«

Seither trägt sie ihm ihre Freundschaft hinterher. Lobt ihn vor dem Chef, kommentiert auf Instagram seine Fotos und wirkt dabei nicht mal wie die Untergebene, die sich beim Vorgesetzten einschleimt. Natürlich nicht. Sie ist Laura Hartlieb, Traumfrau mit Gefühl. Maik hat recherchiert, ob sie einen Freund hat. Hat sie. Wie er sie hasst.

Die Kollegen stehen auf, Maik zieht sich die Jacke an und denkt, dass er sie nicht loben kann, egal, wie gut sie arbeitet. Er spricht überhaupt nur dann mit ihr, wenn er muss. Endlich hat er die Macht, schönen Frauen die kalte Schulter zu zeigen. Aber wenn er alle im Büro fragt, ob sie ein Bier trinken wollen, nur sie nicht, und wenn er dann sieht, wie sie ihre Enttäuschung weglächelt, so wie jetzt, dann: würde er am liebsten ihr Gesicht in beide Hände nehmen und nie wieder loslassen.

CLAUDIA SCHUMACHER

geboren 1986 in Tübingen, wuchs im Stuttgarter Speckgürtel auf und verbrachte eine schwäbische Jugend als Leistungssportlerin (Rennrad) und Klavierspielerin. In Berlin studierte sie Literaturwissenschaft, Amerikanistik und Kunstgeschichte und war Mitgründerin des Campusmagazins *Furios*. Es folgten sieben Jahre in Zürich, wo sie als Journalistin, Kolumnistin und Redakteurin arbeitete, unter anderem bei der *NZZ am Sonntag*. Seit 2018 lebt sie als Autorin in Hamburg. Sie schreibt an ihrem Debütroman.

Wolfgang Denkel

EIN GUTER MENSCH

Ostern 2019

Liebe Vanessa,
da Sie ernst fragen, will ich ernst antworten. Ein gewisser Anteil vielleicht sogar unfreiwilliger Komik wird vermutlich aber nicht zu vermeiden sein.

Die Schwierigkeiten begannen, als ich ein guter Mensch zu werden beschloss. Also früh, ich würde sagen mit acht oder neun Jahren. Eines Tages, in der Kirche, verspürte ich den starken Wunsch, mich zu bessern. Es war nicht die Predigt, von der ich außer einzelnen Wörtern ohnehin nichts verstand, es war das Licht in dem feierlichen Raum, das mich umstimmte.

Wie ein guter Mensch zu sein habe, wusste ich aber nicht, und so verlegte ich mich zunächst aufs Gehorchen. Vielleicht wussten die anderen, wie es geht.

Ich gehorchte von nun an meiner Mutter, meinem Vater und überhaupt jedem Erwachsenen. Und ich sah, dass es sie glücklich machte.

Schlimm waren Tage, an denen man mir Unvereinbares befahl. Nicht selten sogar tat dies ein und dieselbe Person. Doch im Umgang mit Erwachsenen hatte ich entschieden, sämtliche Grimassen, vor allem die des Trotzes, zu unterlassen.

Trotz schien mir unschön, und ich bezweifelte, dass die anderen Mädchen eine Vorstellung davon hatten, wie sie aussahen, während sie sich trotzig gaben.

Mit elf Jahren hatte ich schon viel gehorcht und war dennoch nicht sehr überzeugt von meiner Güte.

Zum Beispiel freute ich mich, wenn ich sah, wie ein ungehorsames Kind bestraft wurde. Und freute mich umso mehr, je kräftiger die Strafe ausfiel. Zweifel überkamen mich an meinem Weg, an meiner Methode, doch ich war ein Kind und außerstande, sie nach allen Regeln der Vernunft zu prüfen. Außerdem war mir dieses Verhalten von weit Erfahreneren als mir nahegelegt worden und führte auch täglich zu Erfolgen. Ich meine nicht nur meine durchweg guten Schulnoten oder die Süßigkeiten der Nachbarin. Ich meine etwas anderes, Größeres. War es etwa kein Erfolg, dass ich nicht hören musste auf den verwirrtesten Menschen, den ich kannte – mich selbst? War es etwa kein Erfolg, dass ich jemand so Schwankendem, Unverlässlichem wie mir selbst nicht traute, und war ich nicht genau die Tochter, die sich alle Eltern ausdrücklich oder im Geheimen wünschen? Wurde ich durch mein Gehorchen nicht allen Beteiligten gerecht? Was wollte ich mehr?

Dieser trotz manchen Zweifels beinah selige Zustand endete ein Dreivierteljahr später, als ich mich zum ersten Mal verliebte. Ich dachte zunächst, ich hätte etwas Verdorbenes gegessen, doch dann traten meine Schmerzen immer häufiger auf und stets in der Anwesenheit dieses Jungen. Er hieß Jan und an ihm war nicht das geringste Besondere, aber ebendies entfachte alle Leidenschaft in mir, zu der ich fähig war.

Nichts an Jan störte mich. Es war wirklich der durchschnittlichste Junge, den man sich vorstellen kann, und genau als diesen liebte ich ihn, liebte in ihm sozusagen alle anderen Jungen mit, liebte in ihm die Gewöhnlichkeit des anderen Geschlechts, das mir in seinen markanteren Formen und Exemplaren vielleicht sogar Angst bereitet hätte.

Es stellte sich als schwer heraus, sich Jan zu nähern; um wie viel schwerer wurde es allerdings, ihm zu gehorchen. Er schien nicht gerade zum Befehlen geboren. Froh, wenn größere Jungen, die Lehrer und sein Vater ihn in Ruhe ließen, suchte er sein Heil und Glück im Abgeschiedenen, Kleinen, beim Kartenspiel mit einem jüngeren Nachbarsjungen oder beim Basteln einer Wassermühle. Er spielte auch Fußball, lief aber mehr an den Linien hin und her, als bestimmend einzugreifen. Sein Laufstil drückte auf das Genaueste seine Unbeholfenheit aus, indem seine Bewegungen zu keinem Ziel zu führen schienen. Das erschütterte mich, und ich hörte auf, ihn zu lieben, weil es unmöglich war, ihm zu gehorchen.

Mein erster Versuch mit einem Gleichaltrigen war also gescheitert.

Auch machte die Begegnung mit Jan keineswegs einen guten Menschen aus mir, denn ich begann es zu genießen, wenn jemand beim Fußballspiel gefoult wurde.

Ein guter Mensch zu sein, fand ich, war keine leichte Sache. Aber gerade darum erschien es mir umso erstrebenswerter.

Ich suchte also weiter nach jemandem, dem ich gehorchen konnte, und in meiner wachsenden Ungeduld und Verzweiflung ließ ich auch Mädchen infrage kommen.

Eins, das Henriette hieß, war weniger albern als die anderen und war frei auch von dem sanft-süßlichen Ton, unter dem manche Mädchen ihre Tücke verstecken.

Sie war älter als ich, um zwei, vielleicht sogar drei Jahre, und ihr Busen schon der einer Erwachsenen. Womöglich war auch dies ein Grund meiner Hoffnung, ihr gehorchen zu können; gewiss aber ihre laute, selbst über große Entfernung deutliche Stimme. Auf dem Schulhof kannte ich sie auch im vollsten Gelärm heraus, wie die einzige, die wert ist, gehört zu werden.

Wie aber sollte ich mich Henriette nähern, wie hinwegspringen über den in frühen Lebensphasen gewaltig sich auswirkenden Altersunterschied? Und dann noch mit dem Ziel, zu gehorchen. Ich war elf Jahre alt, überfordert schon, all dies zu empfinden, geschweige denn, es auszudrücken.

Henriette zeigte nicht das geringste Interesse an mir, und warum sollte sie auch? Wie hätte *ich sie*, die Ältere, die mit dem Erwachsenenbusen, fördern können? Alles Wünschen, alles Hoffen lag ausschließlich auf meiner Seite.

Einen ganzen Nachmittag lang verfolgte ich sie. Sah sie aus dem Haus kommen. Beobachtete, wie sie ein Taschentuch aus ihrer linken Hosentasche zog, es jedoch nicht benutzte und wieder verstaute. Dann zog sie aus der rechten Hosentasche ein anderes Taschentuch, das sie nach ausgiebiger Benutzung unter ein Auto warf. Mehrmals blieb sie stehen und fasste sich an die Hüfte, wie ein Fußballer, der ausgewechselt werden will, ging dann aber ungehindert weiter.

Eine Weile lang streckte sie ihren rechten Arm aus und ließ ihren Zeigefinger an einer Häuserwand entlanggleiten. Vor einer Konditorei betrachtete sie die ausgestellten Kuchen. Dabei muss sie sich irgendwann im Fenster entdeckt haben, denn plötzlich berührte sie ihr Haar, mehrmals und ohne eine sichtbare Veränderung herbeizuführen.

Für einen in Henriette verliebten Jungen wären all diese Bewegungen vermutlich erstaunlich und erregend gewesen – mich jedoch langweilten bald sogar diejenigen, die ich mir nicht erklären konnte.

Ich weiß nicht, wie lange wir so gingen, aber es war, als würde ich währenddessen älter, ich wurde zwölf, dreizehn und vierzehn Jahre. Endlich war ich so alt wie Henriette und ging tatsächlich neben ihr, wie eine Freundin, doch jederzeit bereit, ihr Gehorsam zu leisten, in allen Dingen und unbedingt. Ich ging im Gleichschritt neben ihr, die nahezu zwei Köpfe größer war als ich und entsprechend längere Beine hatte. Ich schritt aus, so gut ich konnte, meine Schuhsohlen schlugen hart auf den Boden. Meine Fersen schmerzten. Bittend, sehnend schaute ich zu Henriette auf.

»Was soll das?!«, fragte sie barsch und ihr Gesichtsausdruck war der einer angewiderten Ungeduld. Ihr Mund wurde dadurch sehr hässlich. Und dann zischte sie: »Was soll das, du Halbhuhn, bist du blöde oder was?«

Es war offensichtlich, dass sie mir nicht helfen wollte.

So verbrachte ich meine Tage wieder den Erwachsenen zugewandt.

Im darauffolgenden Jahr starb meine Mutter, und ihre Anweisungen fehlten mir.

Mein Vater trank mehr, als seine Trauer vertragen konnte. Er hätte sich gern bei meiner Mutter entschuldigt. Aber die war nicht mehr da, und wenn sie da gewesen wäre, wäre alles wieder beim Alten gewesen, und neue Entschuldigungsgründe hätten sich angesammelt.

Nach und nach unterließ es auch mein Vater, mir zu befehlen, und hin und wieder sogar schrie ich ihn an, er solle mit der Sauferei aufhören. Die Traurigkeit, bin ich überzeugt, hätte ihm besser getan als der viele Korn.

Ich blieb ohne Erfolg. Mein Vater würde sich zu Tode trinken und ich hatte dabei seine Zeugin zu sein.

Er lebte noch fünf unerfreuliche, viel zu wenig traurige Jahre. Ich glaube wirklich, die Traurigkeit hätte ihn gerettet, wie sie mich immer wieder rettete.

Tagelang suchte ich nach einem Grabsteinspruch und ließ am Ende doch nur seinen Namen einmeißeln.

Von dem Stein, den ich ausgesucht hatte, ging ein Glanz aus wie von meinem Vater lebenslang nicht, und schon bei den ersten Besuchen des Grabes wünschte ich, eine andere Wahl getroffen zu haben.

Immer noch wollte ich ein guter Mensch sein.

Im folgenden Frühjahr und zum ersten Mal in meinem Leben verliebte sich jemand in mich.

Er hieß Manuel und seine Eltern waren Spanier, von denen es hier im Viertel nicht wenige gibt.

Seine Blicke schienen gewillt, mit allem was ich tat, einverstanden zu sein. Ich war mir nicht sicher, ob mir das gefiel.

Ich versuchte, genau das zu tun, was ich auch ohne diese Blicke getan haben würde. Irgendwann aber musste ich zugeben, dass sie mein Leben veränderten.

Manuel saß jeden Abend in dem Restaurant, in dem ich bediente, und schaute mir zu. Keine meiner Bewegungen war zu gering, um von ihm nicht bemerkt zu werden.

Ich wusste ja, wie rasch es mich langweilen würde – wem auch immer – mit solcher Treue zuzusehen. Und warum ausgerechnet ich? Meine Kolleginnen waren hübscher.

Doch Manuel schien sich seiner Sache sicher zu sein.

Ich war von der mir entgegengebrachten Zuneigung so überrascht, dass ich mir die Frage nach meinen eigenen Empfindungen kaum stellte. Und ist es nicht auch schwer, so etwas zu wissen, ist dieses Einfachste nicht das Schwerste? Wenn man zum Beispiel jemanden mag, weil einem davon die Angst vergeht – ist das Liebe?

Darf oder soll man nach den Gründen der Liebe fragen? Oder hört sie dann auf, Liebe zu sein?

Kann das, was aufhört, wenn man anfängt zu fragen, Liebe sein?

Ist Liebe die reine Fraglosigkeit oder die tiefste der Fragen?

Ich – so viel stand fest – wusste es nicht.

In keinem Fall aber wollte ich eine Vorrichtung Liebe nennen, die allein bezweckt, dass alles immer weitergeht.

Ein Leben lang hatte ich gehorchen wollen, doch der Natur zu gehorchen fiel mir schwer.

An dem Abend, an dem Manuel mir seine Zuneigung gestand, setzte ich mich an seinen Tisch und fragte ihn nach den Gründen. Dies schien ihn in Verlegenheit zu bringen, und seine Antwort fiel wenig überzeugend aus.

Dann fragte ich, ob er gerne befehle, und er sagte: »Nicht sehr.«

Sein Gesichtsausdruck hatte sich von einer gewissen Zuversichtlichkeit in völlige Ratlosigkeit verwandelt, was mir leidtat.

Ich fühlte mich schuldig und hatte das Bedürfnis, meine Hand auf die von Manuel zu legen. Aber ich glaube nicht, dass es gut ist, jemanden aus Schuldgefühl zu berühren.

Ich fragte ihn, ob er noch etwas trinken wolle, und er nickte. Wahrscheinlich war er sogar froh, als ich mich erhob, um ein neues Glas Wein zu holen.

Vom Tresen aus beobachtete ich, wie er seine Fassung wieder herzustellen versuchte.

Auch er würde mir niemals befehlen, das stand fest.

Ich war traurig, wenn schon jemand mich liebte, ihn nicht wiederlieben zu können.

Wie aber sollte ich ein guter Mensch werden, wenn ich weder gehorchen noch lieben noch mich lieben lassen konnte?

Der Sommer begann, in dem ich am wenigsten wusste, was ich wollte. Selbst für unmittelbarste Notwendigkeiten kam mir der Sinn abhanden, und in meinen Zimmern häuften sich Gegenstände, die dort nicht hingehörten. Es war, als warte ich auf einen Weckruf. Warten aber ist eine gefährliche Tätigkeit, und man muss sehr geübt darin sein.

Als ich an einem sonnigen Tag auf einer Parkbank saß, das Gesicht dem Himmel zugewandt, glaubte ich, etwas Angenehmes, Überraschendes liege noch vor mir, und ich grüßte jeden Menschen, der vorbeiging.

Ich war gerührt, dass man mich an einem so wunderbaren Ort sein ließ, ohne dass ich für die Welt schon etwas nennenswert Gutes getan hatte.

Die Sonne brannte nicht, sondern legte sich auf die Haut, wie um mir Schutz zu gewähren. Ich hatte die Beine weit von mir und fast bis in die Mitte des Weges gestreckt.

Ich schloss die Augen, hörte irgendwann Schritte sich nähern, entschied aber, mich nicht um sie zu kümmern.

Als ich die Augen wieder öffnete, sah ich auf einer weit entfernten Bank einen Briefträger das Pausenbrot verzehren. Sein Fahrrad hatte er vor sich stehen, die Beine – wie ich – weit in den Weg gestreckt.

Vielleicht waren die Menschen mir viel ähnlicher, als ich glaubte.

Eineinhalb Jahre lang saß ich jeden Tag auf dieser Bank, durch alle Temperaturen hindurch, im Winter ein Isolierkissen zwischen mir und dem kalten Kunststoff. Zum ersten Male erlebte ich, dass tatsächlich jeder einzelne Monat etwas nur ihm Eigenes und Unvergleichliches hat. Bis dahin hatte ich es nur gewusst. Niemals hatte ich auf den September geachtet, obwohl er von großer Kraft war und alles von innen zu beleuchten schien. Und sogar der November mit seiner täglichen Minderung des Lichtes und der Verkahlung und Verkargung überall konnte noch sanft sein, als wisse er, was Seelen brauchen.

Natürlich wurde das Weihnachtsfest schwierig, aber vielleicht ist es ja da, um schwierig zu sein, vielleicht ist dies sein geheimer Sinn. Und für sich selbst Plätzchen zu backen ist ein notwendiger, lehrreicher Vorgang.

In der Silvesternacht ließ ich mich am Hafen von einer dicht gedrängten Menschenmenge wärmen. Wir schauten alle nach oben, wo eine klug ersonnene, sich steigernde Helligkeit die Herzen öffnete.

Der Neujahrsmorgen kam mir dann vor wie der dunkelste des ganzen Jahres. Und der leibhaftigste Moment des Tages wurde der, als ein Nachbar ein Glas sauer eingelegte Gurken lieh. Zu einem Gespräch aufgelegt war er allerdings nicht, und während er mir murmelnd ein gutes neues Jahr wünschte, fühlte ich, dass – wenn ich stürbe – er nicht sieben Minuten lang traurig sein würde.

Am Neujahrsabend erschien ich zwei Stunden früher als verabredet zur Arbeit. Der Wirt war noch nicht einmal überrascht. Vermutlich wussten alle, wie einsam ich war, und wunderten sich eher, dass ich überhaupt noch nach Hause ging.

Die Einzelgäste im Restaurant bediente ich freundlicher als die Paare oder Gruppen.

Einem offenkundig Einsamen berechnete ich weniger, als er zu zahlen hatte. Ich wollte, dass er so oft wie möglich essen und unter Menschen gehen konnte.

»Sie haben sich vertan«, sagte er, und ich ließ vor Verlegenheit meine offene Geldbörse fallen. Die Münzen verursachten ein lautes, unangenehmes Geräusch. Ich bückte mich und mein Blut drängte in meinen Kopf, als sei dort bisher keins gewesen.

Der ärmlich gekleidete Gast sammelte mit schuldhafter Miene die zum Teil entfernt liegenden Münzen ein. Dabei fielen mir seine ungewöhnlich dünnen, Hühnerknochen ähnelnden Finger auf.

Es gibt Fliegen, die sind so zart, dass ein leichter Windstoß die Flügel auszureißen scheint. Und dennoch trauen sie sich ins Leben.

Mitunter überkommt mich Furcht, und eine Strenge, mit der schwache Naturen gern ihrer Furcht begegnen. Ich brauche nur eine beliebige Straße zu durchlaufen, und noch bevor deren Ende erreicht ist, habe ich über mehrere Angelegenheiten oder Menschen irgendetwas Abfälliges gedacht.

Von Güte bin ich weiter entfernt als jemals. Allein schon der Neid, der zwangsläufig aus der Einsamkeit entsteht, verhindert sie. Du kannst nicht wollen, dass die Menschen um dich herum genau das genießen, was dir am meisten fehlt. Wenn du lange genug allein bleibst, wirst du automatisch böse. Auch wenn die anderen glauben, dass du eigentlich immer freundlicher wirst, weil du sie durch kleine Geschenke, Höflichkeiten und Bereitwilligkeiten zu bestechen versuchst. Durch Fegen ihrer

Treppenstufen kaufst du ihnen einen freundlichen Gruß ab und durch das Zusammenlegen fremder Wäsche auf dem Speicher einen Dankeszettel.

Als Kind war ich mir sicher, einmal Forscherin zu werden, träumte mich vor ein großes Mikroskop, durch dessen Linsen ich eigentlich Unsichtbares betrachtete. Und irgendwann wäre ich geübt und erfahren genug, das Unsichtbare auch mit bloßem Auge zu erkennen, und alle Rätsel, die schmerzlichen Rätsel wären gelöst und ein jedes offenbar.

Doch ich habe nichts erforscht, und das Unsichtbare ist unsichtbar geblieben. Es lastet auf mir, ich werde seiner nicht Herr.

Mein Leben ist kein schlechtes. Jeden Tag geschehen Dinge, wie geschaffen, um mich glücklich zu machen. Die Blüte einer nahezu eingegangenen Begonie, die irgendein Nachbar in den Gemeinschaftsmüll gedrückt hat. Die ungestempelte Briefmarke, als habe jemand die Post persönlich eingeworfen. Der Morgen nach dem viertägigen Menstruationsschmerz. Die durch einen Faustschlag wieder funktionierende Küchenuhr. Oder ein Igel im Park, der – ohne sich zusammenzukrümmen – die Berührung seiner Stacheln zulässt.

Aber das, wonach Sie fragen, kommt nicht vor, oder eben nur als Sehnsucht. Und so liegt mein Fall anders als Ihrer, die Sie letztlich doch viel von dem erreicht haben, was Sie sich vornahmen, und also weiter sind als ich. Gerade deshalb aber höre ich Ihnen gern zu, wenn auch mit Neid, mit beständigem Neid.

Bleiben Sie mir dennoch gut

Ihre Marlen Breckwoldt

WOLFGANG DENKEL

geboren 1958. Mag ganz viele Sachen, und ebenso viele mag er überhaupt nicht. Ist oft – aber immer noch zu selten – dankbar. Tausend Flügelschläge pro Augenblick sind nötig, um am selben Ort zu bleiben. Buchveröffentlichungen: *Ja. Nein. Ja.* (Roman); *Eines geeigneten Tages* (Erzählungen); *Herr Blau oder Ein guter Ort, um sich zu sehnen* (Kurzgeschichten); *Schulterblatt* (Gedichte); *Beschriftungen* (Beschriftungen).

Leonhard Hieronymi

STRINGS

Im typisch urbanen Gebiet, wo uns früher auf Spielplätzen Pistolen an den Kopf und nachts in den Einkaufsstraßen Messer an den Hals gehalten wurden, treffe ich meine Tante, um mit ihr über den Verbleib ihrer fünfzehnteiligen Männerunterhosensammlung zu sprechen.

Wenn ich mich wagen würde, sie zu beschreiben, würde ich sagen, dass meine Tante einerseits kulturell konservativ ist, andererseits eine Vorliebe für Düsteres, Klebriges, Perverses hat (was sich ja im Prinzip nicht ausschließt). Sie ist für eine Hierarchie, sie wünscht sich – und auch das ist pervers – den »guten König«. Sie will am liebsten eine Elite fördern, die sich auflehnen kann. (Und verlangt für die Sicherstellung einer solchen Veranlagung Tests.) Sie ist für einen Sozialstaat, aber gegen Wachstum. Sie ist für eine streng durchgeführte Geburtenregulierung. Sie ist gegen Gentechnologie, gegen Raumfahrt, gegen Zusammerottungen auf Basis einer Religion, gegen die Polizei und gegen das Militär; auf der anderen Seite aber auch gegen Ökohysterie und künstlich erschaffene archaische Lebenskonzepte, gegen Rückzug und gegen die Ehe. Sie ist klar *für* die Erotik und auf dieser Ebene *gegen* die Bewahrung jeglicher Naivität. Sie ist für radikale Aufklärung. Sie ist für Rituale, für das Verstehen, für das selbstständige Denken fernab verschwörerischer Theorien.

(Und sie ist für die frühe Verbreitung von Horror im Gemüt des Kindes durch eine Literatur, die entweder als klassisch gilt oder dem tiefen Underground zuzuordnen ist.)

Sie war jahrzehntelang Dozentin für Textildesign an der Kunsthochschule Kassel und dort Leiterin einer Werkstatt.

Wir treffen uns um zwölf Uhr mittags im Brauhaus unserer Stadt. Vor zwei Tagen habe ich mit meinem Bruder einen Netzstringtanga gesucht, der angeblich aus der Sammlung unserer Tante stammt, aber das konnte von meinem Bruder nicht bewiesen werden. (Wir konnten den Tanga auch nicht finden.)

Meine Tante setzt sich, ich setze mich. Sie ist in schlichter Eleganz erschienen: dunkler Lippenstift, Rollkragenpullover, das Haar im Nacken mit einer breiten Spange befestigt.

»Ja, ich habe deinem Bruder eine Unterhose aus meiner Sammlung geschenkt, das war, glaube ich, ein pinkfarbener String.«

»Netz? Ein Netzstring?«

»Genau. Wobei der deinem Bruder bestimmt nicht gepasst hat. Weder im Umfang noch vornerum.«

»Woher weißt du das?«

»Das ist egal, aber ich kenne euren Vater.«

»Ja …«

»Ich hab die alle verschenkt. Alle.«

»Und wie hast du sie gesammelt?«

»Mit viel Geld. Die erste, die ich gekauft habe, das war in der B-Ebene in Frankfurt, auf der Zeil. Da war ein amerikanischer Laden, die haben damals amerikanische Sportkleidung verkauft. So ein ganz kleiner Laden. Und das Schaufenster war eigentlich die Verglasung des gesamten Ladens. Und das war wirklich fremdartiges Zeug. Da war auch die Sportmode noch nicht so entwickelt, wie wir es heute haben. Und dazwischen waren Männerunterhosen drapiert. Das war ein gut gemachtes Schaufenster: Mit Absicht voll gefüllt, das war sehr ungewöhnlich damals. Ich bin da stehen geblieben, weil ich auf irgendwen gewartet habe. Und dann guck ich: *Was ist denn DAS?!*, denke ich. Da hing im Schaufenster eine Unterhose, und zwar eine Lange – so was habe ich noch nie gesehen! Ich hab die sofort mitgenommen, die hat damals 98 Mark gekostet, das ist quasi wie Euro, ist klar. Und zwar hatte die hier oben«, meine Tante zeigt auf ihren Hosenbund, »eine Art Oberteil – Gewebe aus schwarzem Leinen – mit Eingriffen und kleinen weißen Perlmuttknöpfchen, hinten eine Schnalle zum Engerstellen, und das Bein war schwarz anliegend aus Strick, wie man es üblicherweise hat. So was hatte ich vorher noch nie gesehen. Lange Unterhosen, Schiesser, dieses ausleiernde Zeug, das schon, das war bekannt und eklig, aber so eine wie damals in dem Schaufenster, hab ich zuvor noch nie gesehen. Und dann habe ich die gekauft. In der kleinsten Größe. Erstens, weil sie da am besten aussah, zweitens hatte ich Angst, dass ich sie verschenke.«

Meine Tante wird vom Bedürfnis unterbrochen, einen Schluck von ihrem Spätburgunder zu probieren.

»Ich bin sofort zu meinem Professor gegangen und hab die dem gezeigt. Und die hat nach ihm geschrien. Und dann hat er gesagt: *Darf ich die mal anziehen?* Und der war klein und zierlich. Und dann hat er sie angezogen, und die HAT! – DEM! –GESTANDEN!« Meine Tante schlägt bei jedem Wort mit der flachen Hand kurz auf den Tisch.

»Der war ja Ägypter, ne?«, frage ich. »Jung und schlank.«

»Genau. Und wir hatten einen normalen Arbeitstag. Und ich hab die Unterhose vergessen und erst zu Hause die leere Verpackung gesehen, also bin ich zu ihm nach Hause gefahren und habe gesagt, dass ich gerne die Unterhose zurückhaben möchte. Und er schaut mich an und sagt: *Die hab ich an!* Und ich frag ihn: *Wie, du hast die an? – Ja, die hab ich anbehalten, du glaubst doch wohl etwa nicht, dass du die zurückkriegst?* Und da hab ich gesagt: *Nee, nee, nee, Moment mal. Du ziehst die aus. Du kriegst sie nur, wenn ich die noch mal kaufen kann.* An der Hauptwache hab ich sie dann auch noch mal bekommen und von da an hab ich mich dort und bei diversen Herrenausstattern mit jeglichen Slips, Strings und Schiessern eingedeckt. Die hatten in jeglicher Richtung Unterhosen gehabt: UN-FASS-BAR. Die Deutschen waren da einfach dreißig Jahre zurück, ach was, fünfzig Jahre!«

Wir blicken uns um. Die Gäste im Brauhaus sehen aus wie die Mitglieder der in Max Frischs Tagebüchern beschriebenen *Vereinigung Freitod.*

»Die teuerste, die ich gekauft habe, das war eine in Radlerhosenform. Elastisch, aus schwarzer blickdichter Spitze für Herren. Das war die extremste. Und für die habe ich auch keinen Abnehmer gefunden. Lang. Mehrere Jahre! Und dann«, sie stockt, »ich weiß nicht, das darf man heute nicht mehr erzählen: Ich war schon lange Dozentin, da hab ich einen Studenten kennengelernt, der kam aus einem ganz anderen Studiengang, Grafik hat der studiert, mit dem hab ich mich gut verstanden, wir haben öfter mal zusammengesessen und geredet. Und der sah aus wie – ich hab immer gedacht, er sähe wie ein katholischer Priester aus, der war so groß und glatt und dunkel, ganz merkwürdig sah der aus. So … glatt irgendwie. Ich hab den irgendwann besser kennengelernt, das war ein ganz komischer Vogel, genau umgekehrt, wie er aussah. Und eines Tages hab ich wieder an meine Unterhose gedacht und hab gesagt: *Eben hab ich ihn!* Weil die Unterhose auch so glatt war. Die war nicht schwul, aber die war so – ich weiß es nicht: Eine kleine Radlerhose jedenfalls, ganz eng, und wenn du genau hingeguckt hast, waren da schwarz-matt Musterranken reingewirkt. Das zieht nicht jeder Mann an, und da hab ich gedacht: *DER ist es!* Ich habe abgewartet, bis ich den alleine hatte, und hab ihm gesagt: *Ich hab einen Überfall auf dich vor, aber bitte, versteh mich nicht falsch.* Und hab ihm natürlich alles erklärt und dass ich alle Unterhosen meiner Sammlung zuvor punktgenau verschenkt habe, an die jeweils passenden Personen, unter anderem deshalb auch den pinken Netzstring an deinen Bruder. Also habe ich ihm gesagt: *Ich habe noch keinen Mann getroffen, dem die stehen würde, ich behaupte aber, dass die zu dir passt wie die Faust aufs Auge. Du bekommst die, das ist die teuerste in meiner Sammlung, aber nur unter einer Bedingung: Du musst sie mir ganz kurz angezogen zeigen.*«

Meine Tante biegt sich vor Lachen.

»Das hat der gemacht! Er ist aufs Klo, hat die angezogen, dann kam er in mein Büro, ich hab die Rollos runtergelassen, dann haben wir kurz die Tür abgeschlossen, er hat einmal die Hose runtergezogen, fertig. Hätt ich gar nicht sehen müssen! Punktgenau!«

»Und damit war die Sammlung aufgelöst?«

»Damit war sie aufgelöst.«

»Das ist gut. Das ist die leidenschaftliche Auflösung einer Sammlung.«

»Ich bin ja auch kein Sammlertyp. Das sind Typen, die haben eine gewisse psychologische Auffälligkeit.«

»Ich weiß, ich weiß.«

»Ich hatte vielleicht fünfzehn Männerunterhosen. Und die haben alle an einer Wand im Schlafzimmer gehangen. Fein mit Stecknadeln angepint, voll ausgebreitet.«

»Vielleicht ist das psychologisch auch nicht gerade unauffällig.«

»Wie gesagt, ich bin auch ein guter Wegschmeißer, aber in dem Fall fand ich es genau richtig, sie zu verschenken.«

»Ich möchte auch sehr gerne viel exquisitere Männerunterwäsche tragen, aber ich weiß nicht, wo ich sie finden soll«, sage ich.

»Die Männermode hat sich sehr gelockert für die *jungen* Männer, das geschieht jetzt alles ohne Verdacht. Aber ich habe mal einen Industriedesigner kennengelernt (der aber Herrenschneider gelernt hat) und mit dem hab ich mal drüber gesprochen, dass da so wenig gestattet wird. Er hat gesagt, er habe sich in der Lehre als Kreativer berufen gefühlt und für einen Anzug Knöpfe ausgewählt, die waren… sagen wir mal, zwei Millimeter größer im Durchmesser als üblich. Ist nicht durchgegangen! Mit der Begründung, das sei schwul! So ist die Kleiderordnung bei Männern, so eng. So intolerant ist der heterosexuelle Mann den Schwulen gegenüber. Immer noch! Immer noch! Immer noch! Immer noch! Immer noch! Ganz merkwürdig sind die angepisst durch Schwule. Und zwar richtiggehend aggressiv. Ich kann es mir nicht richtig erklären.«

»Männerphantasien.«

»Ja!«, juchzt meine Tante. »Sag mal, lebt der noch? Ich mein, dass der noch lebt.«

»Klar.«

»Theweleit lebt noch!«

Wir bestellen neue Getränke. Dann geht es kurz darum, dass die Mitglieder aller vergangenen Generationen nur aus Perversen bestanden hätten, gegen die unsere Bestrebungen nach Sex lächerlich wirkten.

Dann sprechen wir wieder über Theweleit.

»Ich weiß gar nicht, ob ich das lesen will, als Frau«, sagt meine Tante. »Ich fühle mich da verraten. Da denke ich immer, die Männer wollen doch alle Männer. Das denke ich sowieso oft. Ich weiß noch, wie der Fassbinder *Querelle* verfilmt hat. Da war ich im Kino mit Hoja und Steffchen in Frankfurt. Und ich hab mich da so hineinversetzt, auch in die Gefühlslage. Und wir sind aus dem Kino raus, und das Steffchen hatte den Arm um die Hoja gelegt. Ich weiß noch, dass ich den angeguckt hab und gesagt habe: *Sag mal, wie kannst'n du nach so 'nem Film den Arm um 'ne Frau legen? Ich hab das Gefühl, ich hab als Frau keine Chance mehr bei den Männern. Ich hatte noch nie eine!* So überzeugend war der Film damals. So überzeugend schwul, dass du als Frau gesagt hast, das kann nicht gut gehen zwischen Mann und Frau. Der Mann, der den Film sieht, nimmt nie mehr eine Frau! So hat das auf mich gewirkt.«

»Wie auch immer. Ich habe ja die Beobachtung gemacht – ein paar Männer habe ich ja gesehen in Unterwäsche –, dass es verschiedene Typen gibt. Es gibt den Typ *Boxershorts*, es gibt den Typ *String*, es gibt den Typ *gestrickte Boxershorts*, also aus elastischem T-Shirt-Stoff. (Aber nicht Radlerhosen, sondern weites Bein.) Also gestrickt, nicht gewebt. – Wenn ich dich so sehe«, sagt sie und schaut mich an, »würde ich sagen Typ *Radlerhose*, aber gestrickt.«

»Ja, stimmt«, sage ich, ein bisschen stolzer als ich hätte sein müssen, und schaue danach auf die sich langsam auflösende Schaumkrone meines Biers.

»Gewebt gibt es die nicht?«, frage ich.

»Nee, die schneiden ja ein. Gewebe ist nicht elastisch. Das ist horizontal-vertikal stabil. Das andere ist diagonal, das kannst du ein bisschen ziehen. Aber Gewebe ist gut bei Anzügen, da ist es manchmal sogar noch unterklebt. Mit Stoff quer oder diagonal unterklebt, so Revers. Oder mit Pferdehaar unternäht, damit das ganz exakt ist, weil da soll ja nichts knittern.«

Wir schmunzeln.

»Ich habe letzte Woche ein gebrauchtes Hemd in Memmingen gekauft, mit einer Art flachen Kunststoffplättchen, das man dort in den Kragen in eine kleine Tasche geschoben hat. War aber auch ein klassisches Ausstatterhemd«, sage ich.

»Ja! Ja! Ja! Früher war das aus Fischbein. Rochen zum Beispiel, die haben viele Knochen. Die wurden früher auch in die Korsetts der Frauen vernagelt.«

An dieser Stelle wird unser Gespräch durch den Auftritt eines der Familie bekannten Gastes unerwartet beendet.

Die Aussage meiner Tante, sie habe mit Hoja und Steffchen die Verfilmung von *Querelle* im Kino gesehen, als dieses neu in die Kinos kam, *könnte* stimmen, muss aber nachgeprüft werden.

Die Art und Weise, wie auffällig meine Tante die Gefühle beschreibt, die in ihr durch den Kinobesuch in Frankfurt entstehen, ist authentisch.

Den Rest des Nachmittags verbringen wir damit, gemeinsam durch unsere sogenannte »Vorstadt« zu laufen. Die Vorstadt besteht hauptsächlich aus einer langen Einkaufsstraße, die hinauf in die Altstadt führt. Sie hat in den letzten Jahren alles dafür gegeben, um an abscheulichem Aussehen zu gewinnen.

Das Zentrum des Horrors ist eine Kneipe namens *Zielscheibe*, die hinter den ehemaligen Verkaufsräumen des

Waffengeschäfts *Waffenkügel* und unter dem ehemaligen Restaurant *Hochsitz* liegt.

Hier beenden wir den ungebügelten Nachmittag.

LEONHARD HIERONYMI

wurde 1987 in Bad Homburg geboren. Sein Friedhofsroman *In zwangloser Gesellschaft* erschien 2020 in einem anderen guten Hamburger Verlag: Hoffmann und Campe.

Ulrike Syha

DER ÖFFENTLICHE RAUM

FIGUREN
Die Frau
Der Mann
Die andere Frau
Eine unserer jüngeren Mitbürgerinnen
The Darkest Knight 1
Ein Mann, der vielleicht ein Journalist, vielleicht aber auch etwas ganz anderes ist
Mehrere Angestellte eines privaten Sicherheitsunternehmens
Sowie einige Punks, Akademiker, Teilzeitpolitiker, Insolvenzanwälte, Fahrradkuriere, unliebsame Nachbarn, besorgte Digitalbürger, Ja-Sager, Nein-Sager und Ja-aber-Sager: Insgesamt also nicht mehr als 5 Darsteller_innen.

Die Bühne ist in der Mitte durch eine Wand geteilt. Was auf der jeweils anderen Seite passiert, ist nicht einsehbar. Das Publikum sitzt auf beiden Seiten der Wand, im besten Fall halbwegs gleichmäßig verteilt.

2) SOCIAL ENGINEERING

Auftritt DIE FRAU. DIE FRAU *richtet sich immer ans Publikum, auch dann, wenn sie mit dem* MANN *spricht. Die Wand spielt sie nicht an.*

DIE FRAU
Das sagt er ständig.

DIE FRAU
Nein. Natürlich nicht. Das ist es ja nie.
Um Ihnen den Einstieg etwas zu erleichtern: Mein Mann ist Anwalt, geschieden, also, nicht von mir, noch zumindest nicht –

DIE FRAU
Er arbeitet viel, wenn auch nicht zu viel, das mit der Work-Life-Balance meint er schon ernst, einmal im Jahr muss er etwas unternehmen, bei dem sehr oft das Wort »Outdoor« vorkommt, und das etwa drei Wochen lang, er hat eine Tochter aus erster Ehe, er grillt gerne, wenn auch nicht gut –

Auftritt DER MANN. DER MANN *richtet sich immer ans Publikum, auch dann, wenn er mit der* FRAU *spricht. Die Wand spielt er nicht an.*

DER MANN
Um eines gleich klarzustellen: Es war ganz anders.

DER MANN
Weil es ja auch ganz anders war.
Es war ganz anders, und es war ganz bestimmt nicht alles meine Schuld.

DER MANN
Den Witz macht sie ständig.

DIE FRAU

Und – man sollte es nicht glauben: Er sammelt Briefmarken. Was ich vor fünf, sechs Jahren offenbar irgendwie sympathisch fand, willst du dir mal meine Briefmarkensammlung ansehen und so weiter, wie auch immer, wir haben sie uns wohl angesehen, sonst wären wir jetzt schließlich nicht hier. Er ist in keiner Partei, auch in sonst keinem obskuren Verein, und: Er hat Angst.

DIE FRAU

Er hat in der letzten Zeit vermehrt Angst um sein persönliches, physisches Wohlergehen. Und leider auch um das seiner Liebsten.

DIE FRAU

Risiken sind ein Teil unseres Menschseins, denke ich. Ich würde meinen Mann nicht unbedingt als unpolitisch beschreiben, das wäre nicht fair, er liest schon die eine oder andere Zeitung, und wenn man ihm einen Stimmzettel in die Hand drückt, geht er auch zur Wahl. Besonders, wenn es um Europa geht. Europa liegt im irgendwie am Herzen.

DER MANN
Sie isst kein Fleisch.

DER MANN
Das stimmt nicht.

DER MANN
Risiken sind dazu da, minimiert zu werden.

Man müsste ihn also korrekterweise wohl als unspezifisch-linksliberal bezeichnen, mit einer leichten Betonung auf dem Unspezifischen. Mein Mann steht für Konsens. Er braucht Konsens. Den Konsens seiner linksliberalen Blase. Also, diesen Eindruck hat er bisher zumindest immer vermittelt.

DIE FRAU
Und, ja, sicher, es gibt schon Dinge, die uns miteinander verbinden: Zum Beispiel tun wir beide nur so, als würden wir gerne ins Fitnessstudio gehen, wir lieben koreanisches Essen, Thai finden wir zu sehr Mainstream, und einmal im Jahr fahren wir gemeinsam in besagten Outdoor-Urlaub. Ich meine, auf irgendwas muss so eine Ehe schließlich basieren. Und ein Zelt aufzubauen, das macht mir irgendwie schon Spaß.

DIE FRAU
Den Witz macht er ständig.

DER MANN
Blase ist ein Wort, das sie neuerdings sehr, sehr gerne verwendet.

DER MANN
Gebrauchsanleitungen liest sie allerdings nicht so gerne. Um auch Ihnen den Einstieg etwas zu erleichtern: Meine Frau ist Soziologin, also Akademikerin, im herkömmlichen Sinne des Wortes, sie arbeitet für eine Stiftung, transkulturelle Kommunikation und so weiter, was in aller Welt das auch heißen mag, Heiraten hat sie immer für altmodischen Unsinn gehalten, bis sie dann mich kennengelernt hat –

DIE FRAU
Ich esse kein Fleisch.

DIE FRAU
Das –

DIE FRAU
Vielleicht möchten sich die Leute ja ein eigenes Urteil bilden.

(…)

DER MANN

Sie reist viel, das gehört zu ihrem Job, sie ist also wenig zu Hause, das gehört zu unserem Familienalltag, und wenn man meine Tochter fragt, hat sie für eine Einzelperson, die nicht mal im Staatsdienst beschäftigt ist, eine wirklich furchterregende Öko-Bilanz. Sie kocht gut, wenn auch nicht besonders gerne, mag es überhaupt nicht, wenn ich grille –

DER MANN

Und lernt seit Jahren Schwedisch, auch wenn ihr eigentlich klar sein müsste, dass das die Liebe der Schweden zu ihren deutschen Sommergästen wohl auch nicht vergrößern wird, auch nicht in unserem Fall, sie hält sich für einen engagierten Menschen, was sie wahrscheinlich auch ist, und: Sie hat ziemlich viel Wut im Bauch.

DER MANN

Stimmt, meine Liebe.

(…)

ULRIKE SYHA

geboren 1976 in Wiesbaden. Nach einem Studium der Dramaturgie in Leipzig und einer längeren Assistenz-Zeit am Schauspiel Leipzig lebt sie heute als freie Autorin und Übersetzerin von Dramatik in Hamburg. Ulrike Syha wurde u. a. mit dem *Kleist-Förderpreis für junge Dramatiker*innen*, dem *Robert-Gernhardt-Preis* und dem *Walter-Serner-Preis* ausgezeichnet. Ihre Stücke wurden mehrfach zu den Mülheimer Dramatiker-Tagen eingeladen. 2018 erhielt Ulrike Syha für ihr Stück *Drift* den *Autorenpreis des Heidelberger Stückemarkts*, 2019 einen der *Hamburger Literaturpreise* für ihr Stück *Der öffentliche Raum*. Bei dem vorliegenden Text handelt es sich um einen Auszug aus diesem Stück.

Anselm Neft

SPÄTE KINDER

Leugnen, Wut, Verhandeln, Depression, Akzeptanz – das sind laut einem psychologischen Modell die Phasen, die ein Todkranker durchlebt. Laura hat in einem Blog darüber gelesen. Sie hält das Modell nicht für falsch, sie wundert sich nur, dass die Phasen bei ihr manchmal täglich mehrmals wechseln und sich an keine vorhersehbare Reihenfolge halten. Allerdings hat sie in den letzten Tagen einen Schwerpunkt in ihrem Gefühlsleben ausmachen können: Wut. Die Chemotherapie und die Bestrahlung sind anstrengend gewesen, aber in ihren Auswirkungen eher harmloser als erwartet. Die Entscheidung, ob sie sich anschließend noch einer halbwegs riskanten OP unterziehen soll, hat sie schnell getroffen. Sie hat sich den rechten Teil der Bauchspeicheldrüse, die Gallenblase, den Zwölffingerdarm und Teile des Magens und des Gallengangs entfernen lassen. Noch geschwächt davon hat sie sich anhören müssen, dass es weitere Herde in ihrem Körper gibt, Wucherungen, die ihr die Energie entziehen. Sie isst mehr als früher, nimmt aber weiterhin ab, immer schneller sogar. Längst ist sie nicht mehr schlank, sondern mager, fast dürr. Ihr Kopf wirkt sonderbar groß auf ihrem Hals, wie ein Blumenkelch auf einem Stängel. So steht sie in einem blauen Kleid auf der Vernissage, die Haut weiterhin gelbstichig, die Haare millimeterkurz, die Augen ungesund glühend. Und der große und heute noch viel erfolgreichere Fotokünstler, der ihr vor 16 Jahren auf der Art Basel erzählt hat, sie sei seine Seelenverwandte, hat sie nur kurz bei der Begrüßung abgecheckt, nicht wiedererkannt und ignoriert sie seitdem, weil seine Blicke genug Wichtigeres zu tun haben. Vermutlich ist ihre Seele auch hässlich geworden.

Marcel wollte nicht, dass sie ihn heute hierhin begleitet, aber sie muss dabei sein. Der Gedanke, dass ihr Mann und all die anderen in Zukunft weiterhin auf solchen Anlässen stehen werden, bei Häppchen, Wein und Champagner, und dass sie ihre üblichen Sermone über Kunst, Politik, den Zeitgeist, Klimawandel und Feminismus halten werden – ohne sie – das macht Laura unfassbar wütend. Nicht, weil sie scharf darauf wäre, noch weitere Jahrzehnte in dieser Gesellschaft zu verbringen, sie glaubt nicht, etwas Wichtiges zu verpassen, sondern weil es aus ihrer Sicht überhaupt keinen Unterschied macht, ob sie noch dabei ist oder nicht, ob sie jemals dabei gewesen ist. Sie ärgert sich über die selbstverliebten Männer in ihren maßgeschneiderten Anzügen mit ihren kultivierten Anzüglichkeiten. Sie ärgert sich über ihre pseudo-engagierten Gespräche mit den anderen Frauen, die grob betrachtet in zwei Kategorien fallen: Ehefrauen, die – zumindest nüchtern – wissen, was sich gehört, und Single-Künstlerinnen, die die kalkulierte Wildheit auch schon im Outfit etwas weiter treiben, auch wenn diese eine – Mona Meyer, was für ein Name! – mit ihren speckigen Drecksjeans und den Schmutzrändern unter den kurzen Fingernägeln wohl auf Jahre ein ungeschlagener Ausbund an Anarchie und dem männlichen Blick widerstehender Selbstbestimmtheit bleiben wird. Laura ärgert sich über ihr ständig lächelndes, entgegenkommendes Getue, das ihr lange Zeit beinahe natürlich vorgekommen ist. Sie ärgert sich über Marcel, der in leichten Variationen immer das Gleiche erzählt, was Laura vor allem dann unangenehm auffällt, wenn auch die anderen es ganz offensichtlich nicht zum ersten Mal hören:

Die Kunst als Gegenwelt, der geil ungezähmte Geist des noch nicht dressierten Kindes, anarchischer Ausdruck des menschlichen Möglichkeitssinns, die Utopie des Noch-Nicht, die im Anerkennen der realen Dystopie aufscheint, und so weiter, und so fort. Und immer wieder der Kapitalismus, der ihnen allen noch nie geschadet hat.

Natürlich ist Lauras Perspektive jetzt nicht gerecht. Natürlich hat Marcel auch oft genug inspirierende Dinge gesagt, einen bemerkenswert geschulten Blick verraten, und natürlich hat sie durch seine Galeristentätigkeit immer wieder interessante Menschen kennengelernt und Gespräche geführt, die mehr gewesen sind als Small Talk und zivilisierter Schwanzvergleich. Sie hat beeindruckende Kunstwerke und Städte gesehen, das mondäne Lebensgefühl genossen, das durch die Mission »Kunst« immer gerechtfertigt erschien, sie waren nicht die Privilegierten und Ausbeuter, sie waren die Guten, die das System anprangerten, und sie hat auf bestimmte Weise tatsächlich ihren Horizont erweitert. Aber eben nur auf bestimmte Weise. Und jetzt, wo sie bald nicht mehr Grauburgunder trinkend mit den anderen über den neuen Surrealismus, die Nazivergangenheit der frühen documenta-Macher oder den Bacon-Davidstern von Chloe Wise reden wird, da kommt ihr eine Veranstaltung wie diese vor wie eine Party, auf der jemand das Licht eingeschaltet und die Musik ausgedreht hat.

Ein Mädchen vom Catering trägt in seinem schwarzen Hosenanzug ein Tablett mit Horsd'œuvres an Laura vorbei. Das Mädchen ist jung, blond und hat ein dienstfertiges Gesicht aufgesetzt. »Hostess«, denkt Laura und spürt der leichten Herablassung nach, die sie gegenüber dem Mädchen empfindet. Sie fragt sich, ob es wirklich so einfach ist: Das Mädchen zieht eine Uniform an und bedient die Galeriebesucher, und weil das keine wichtige Tätigkeit ist, fühlt sich Laura ihr nicht nur überlegen, sondern fast schon berechtigt, sie schlecht behandeln zu können, wenn ihr danach ist. Laura wundert sich über diesen Gedanken, der ihr unvertraut erscheint. Sie blickt zu dem Star des Abends: Konrad Krampitz, ihr ehemaliger Seelenverwandter und bekanntester Vertreter der *Düsseldorfer Photoschule*, berühmt geworden mit seinen konzeptuellen Großformatkamera-Werken, riesigen Montagen, die nicht nur oft konsumkritisch interpretiert werden, sondern auch bei Christie's und Sotheby's mehrere Millionen erwirtschaften. Er ist kein schöner Mann, aber so wie die kleine Kellnerin in Laura den Impuls auslöst, sich über sie zu erheben, fühlt sie Krampitz gegenüber eine erniedrigende Ehrfurcht. Es ist, als ob sie in seiner Gegenwart schrumpft, und sie beobachtet es auch bei anderen: die Befangenheit, das servile Lächeln, die suchenden Blicke, die gesenkten Blicke, die unruhigen Hände, die vielen kleinen Gesten der Unterwerfung, während Krampitz ganz selbstsicher und zugleich ein wenig entrückt im Raum steht, als ginge ihn das Spektakel um seine Person nichts an. Laura findet ihn eigentlich widerlich und betrachtet seine Fotografien mittlerweile als effektheischende Handwerkskunst ohne neue Impulse. Und doch kann sie ihm gegenüber nicht so fühlen wie gegenüber der Kellnerin, ob sie will oder nicht. Sie wird sterben und es wird genauso weitergehen in der angeblichen Gegenwelt der Kunst, in der sich doch bloß die gleichen festgefügten Hierarchien und Mythen und sozialen Praktiken finden wie im durchschauten und kritisierten System.

Ärgerlich geht sie zu der kleinen Theke mit dem weißen Tischtuch und lässt sich von einem anderen blonden Mädchen einen neuen Grauburgunder einschenken. Sie trinkt ihn in wenigen Schlucken, nur wenige Schritte von der Theke entfernt. Dann geht sie zurück zu dem Mädchen und hält ihm das leere Glas hin. Mit dem neuen Weißwein geht Laura zu der Gruppe, in der Konrad Krampitz den Mittelpunkt bildet, stellt sich dazu und sagt in einer Gesprächspause: »Erkennen Sie mich noch, Herr Krampitz?«

Marcel, der eben noch sein geselliges Lachen hat erschallen lassen, wirft ihr einen Blick zu.

»Nein«, sagt Krampitz trocken, nachdem er sie kurz gemustert hat.

Und obwohl er sich bereits wieder von ihr abwendet, strahlt sie ihn an und sagt: »Ich war mal Ihre Seelenverwandte!«

In der Nähe klirren zwei Gläser gegeneinander.

»Ich habe meine Seele verkauft«, sagt Krampitz nach einem Moment der peinlichen Stille.

»Ja«, sagt Laura, »an den Kommerz.«

Krampitz lächelt müde. Jemand in der Runde lacht auf, eine Frau mit schwarzer Bobfrisur schüttelt den Kopf.

»Shit happens!«, sagt Krampitz.

»Nein, ich weiß«, sagt Laura. »Sie haben die Welt mit Ihren einmaligen Visionen bereichert. Sie sind ein bedeutender Mann, etwas ganz Besonderes! Deswegen verdienen Sie auch mehr als irgendwelche Hungerleider in ihren Slums.«

»Ich habe die Regeln nicht gemacht«, sagt Krampitz.

»Nein«, sagt Laura. »Sie befolgen sie nur.«

Krampitz wirft ihr einen kurzen Blick zu. Er sieht mit einem Mal verschlagen aus. Sie spürt, dass sie ihn getroffen hat.

»Laura?« Marcel sieht sie eindringlich aus zwei Metern Entfernung an.

»Und Sie sind anders, besser als ich?«, sagt Krampitz.

»Nein«, sagt Laura. »Ich bin genauso ein opportunistisches Arschloch wie Sie, nur nicht ganz so aufgeblasen, also ohne diesen künstlerischen Anspruch.«

Krampitz nickt. Marcel sagt noch einmal ihren Namen, mehr fällt ihm offenbar nicht ein.

»Und ich erzähle jungen Frauen nicht, ich wäre ihre Seelenverwandte.«

Marcel verlässt seine Position in der kleinen Gruppe und bewegt sich auf sie zu. Noch bevor er sie erreicht, sagt Krampitz ruhig: »So wütend, wie Sie auf mich sind, könnten Sie tatsächlich meine Seelenverwandte sein. Ich bin nämlich auch sehr wütend auf mich. Das würde ich aber lieber unter vier Augen besprechen.«

Marcel bleibt neben Laura stehen und berührt sie am Arm. »Muss das sein?«, fragt er leise.

»Warum nicht?«, erwidert Laura, ohne ihre Stimme zu senken.

»Es ist ein bisschen peinlich«, sagt Marcel, jetzt ebenfalls laut genug, dass es die Umstehenden hören können.

»Ja, Kunst soll Komfortzonen stören, Gespräche darüber lieber nicht«, sagt Laura.

»Es ist einfach nicht originell«, sagt Marcel kühl. Die Gruppe beginnt, sich aufzulösen. Nur Krampitz steht noch da.

»Rauchen Sie?«, fragt er Laura.

»Ich könnte damit anfangen.«

»Würden Sie mich nach draußen begleiten?«

Laura folgt dem berühmten Fotografen auf die Terrasse und lässt sich von ihm tatsächlich eine Zigarette geben und anzünden. Er wirkt jetzt weniger Ehrfurcht gebietend, eher ein wenig schüchtern, beinahe betreten.

»Ich habe Krebs«, sagt Laura und deutet auf die Zigarette. »Da ist es jetzt eh egal.«

»Bauchspeicheldrüse?«, fragt Krampitz.

»Exakt!«

Krampitz nickt, dann zieht er an seiner Zigarette und sagt: »Manchmal versuche ich, mir vorzustellen, ich bekäme eine Diagnose, die sagt: So, Krampitz, in sechs Monaten ist Schicht. Und dann schaue ich auf mein Leben und denke: Was für ein Schwachsinn.«

»Und was müsste anders sein, damit es kein Schwachsinn ist?«, fragt Laura, die die Zigarette jetzt damenhaft zwischen zwei Fingern nach oben hält.

Krampitz kratzt sich am Hals, blickt in die Dunkelheit des grauen Nachthimmels und erklärt dann, dass er kein sozialer Mensch sei. Er wolle nicht auf die letzten Meter noch ein Opernhaus in Afrika bauen oder generell unbedingt irgendetwas Gutes tun. Leider komme ihm auch das wie Schwachsinn vor, sobald er anfange, darüber nachzudenken. Wenn er aber bestimmte Formen und Farbkombinationen betrachte, dann werde er ruhiger. Er könne noch immer in der Gestaltung von Fotografien aufgehen und dann vergesse er, wie sinnlos das Leben sei. Womöglich, weil er bei dieser Arbeit eine andere Perspektive einnehme, einen anderen Bewusstseinszustand, es ginge dann um etwas, das eben nicht mit ihm als Konrad Krampitz zu tun habe, mit der Frage, ob er berechtigt sei zu existieren, ob er das Richtige tue und so weiter. In seiner Rolle am Kunstmarkt gehe es zwar auch keineswegs um ihn, aber um die Marke Krampitz. Das sei irritierend. Seine Aufgabe bestünde darin, immer wieder zu versuchen, genauso in den Fotos aufzugehen, wie als junger, erfolgloser Mann.

»Übrigens«, sagt Krampitz nach einer Pause. »Ich habe keinen Zweifel daran, dass Tausende von Fotografen so talentiert sind wie ich, dass sie genauso viel oder mehr wahrnehmen und ähnliche Ideen irgendwo im Verborgenen bereits vor mir hatten. Ich habe nur Glück gehabt.«

Laura nickt. Dann fragt sie: »Ist dieses bescheidene Eingeständnis jetzt gut oder schlecht für die Marke Krampitz?«

»Sie können gemein sein«, sagt Krampitz. »Ich mache hier keine Show, auch wenn man das ärgerlicherweise immer denken kann. Aber was ist mit Ihnen? Wie sehen Sie Ihr Leben zurzeit?«

Laura lacht auf und sagt: »Kann ich noch eine Zigarette haben?«

ANSELM NEFT

geboren 1973, lebt als Autor und Publizist in Hamburg. Dort ist er Mitglied der Lesebühne *Liebe für alle* und macht mit Nefeli Kavouras den Literaturpodcast *laxbrunch*. Zuletzt erschien bei Rowohlt sein Roman *Die bessere Geschichte*. Bei dem vorliegenden Text handelt es sich um einen Auszug aus dem gleichnamigen Romanmanuskript.

Heinz Strunk

STEIL GEHEN

Er heißt Mark, wie der Popsänger Mark (Forster), und sieht auch so aus: Fünf- oder Sechs- oder Siebentagebart, Baseballcap/Basecap/Cap/Käppi, Sneakers, Jeans, Hoodie, Jacke (outdoor ready). Nur die Brille fehlt. Mit dem Käppi ist er verwachsen wie ein Känguru mit seinem Beutel. Seine Freunde, Buddys, Kumpel, Spezis, kleine, flachgesichtige Männer, sind auch so Käppi-Typen, Streetwear-Typen, Casual-Typen. Sehen seltsam gleich aus, als würde das Käppi alles Persönliche aus ihrem Gesicht tilgen.

Das Käppi kaschiert auch Marks dramatisch schütter und dünner werdendes Haupthaar. Mit dreißig begannen die Haare auszufallen; wenn es in dem Tempo weitergeht, sind die mit vierzig alle weg. Dann, hat er schon mal gedacht, kann er das Käppi gleich mit absetzen, dann kommt ’ne andere Phase. Wenn er nur wüsste, welche. Na, mal sehen, ist ja noch was hin.

Seine Jacke ist von The North Face und macht Sinn, denn er ist viel draußen, viel unterwegs, bei Wind und Wetter in der Natur, unter freiem Himmel. Globetrotter. Weltenbummler. Abenteurer. Reisen ist seine große Leidenschaft. Wann immer er Zeit und Geld hat, setzt er sich *spontan* in den VW Bulli T3 und düst los. Lieblingsziel Skandinavien. Seine erste große Reise führte ihn in elf unvergesslichen Tagen bis rauf zum Nordkap, seinem Sehnsuchtsort. Europa kennt er mittlerweile in- und auswendig, als Nächstes will er mitsamt Bulli auf die Kanaren, Januar, Februar, wenn alles klappt.

Im Winter herrscht in seinem Beruf sowieso Flaute. Er ist Fotograf, genauer gesagt: Hochzeitsfotograf. »Emotionale und kreative Hochzeitsbilder vom Profifotografen. Schön, natürlich und ungestellt. Authentische & liebevolle Hochzeitsreportagen, so einzigartig wie eure Liebe.« So steht es in seinem Internet-Auftritt: Emotional, kreativ und authentisch. Sein Vokabular, auch privat. Isso. Ahnma.

Reich werden kann man mit Hochzeitsfotografie natürlich nicht, aber er ist ganz okay im Geschäft, irgendwie ist das Ablichten von Brautpaaren genau sein Ding. Hatte er sich mit zwanzig anders vorgestellt. Aber es ist, wie es ist, Peter Lindbergh gibt's nur einmal, für den großen Rest heißt es: Nische suchen und sich dann darin einrichten. Haben seine Käppi-Freunde auch so gemacht. Alles Nischen-Typen (Content Director). Lieber Zeit fürs Reisen, als sich von einer Karriere auffressen lassen, Stichwort *Yolo*. Von dem, was er in der Saison (April bis September) verdient, finanziert er seine Trips: Nepal, Australien, Indien ist er auch schon gewesen, das nächste ganz große Ding wird Sri Lanka, wahrscheinlich. Oder mit dem Bulli durch Afrika.

Was er nicht schon alles gesehen hat! Und er weiß darüber erstaunlich wenig zu berichten. Als ob er gar nicht da gewesen wäre oder sein Wissen aus Enzyklopädien bezöge (wahlweise: »aus dem Netz gesaugt«). Ihm fehlt das Gen, die Erlebnisse *umzuwandeln*, zu verwerten, aus ihnen zu lernen; die Eindrücke lösen vage Empfindungen aus, aber danach kommt nichts. Er fährt mit dem Bulli wo hin und kommt mit dem Bulli wieder zurück. Hin und zurück, zurück und hin, man kann es drehen und wenden, wie man will, bleibt irgendwie nix hängen. Findet auch sein best Buddy Malte. Nicht mal die drei Monate in

Neuseeland (dort hatte er sich eine *Herr der Ringe*-Tour zusammengestellt) haben Mark auch nur ein Fitzelchen verändert.

Bis zu den Kanaren muss er noch einiges am Bulli (Bj. 91) schrauben. Eigentlich muss dauernd geschraubt werden, fertig ist man nie. Bremsanlage, Getriebe, Zylinderköpfe, vor allem Rost, anderenfalls gammelt einem die Karre unterm Arsch weg. Er schreibt einen »Bulli Blog«: »Nach Schweden besser über die Öresundbrücke als mit der Fähre … Die besten Tipps für Campingplatz, Stellplatz und Wildcampen in Smygehuk.«

Schlafen, Wohnen, Leben im Bulli. Konkurrenzlos günstig, das ist das Wichtigste. Denn er achtet sehr aufs Geld. Wenn er auf eines achtet, dann aufs Geld. Sein Geiz trägt bisweilen pathologische Züge. Sehr unsympathisch, es gibt wohl kaum eine unangenehmere Eigenschaft. Er weiß das, aber er kann es nicht abstellen. Wenn er und seine Kumpels sich gelegentlich ein Taxi leisten, steigt er vorne ein. Am Ziel springt er sofort raus, und jemand anderes muss dann zahlen. Ist zum Glück noch nie aufgefallen, weil immer alle hacke sind. Einmal hat er für seine WG (Malte, Frank, Jones) gekocht, Minestrone, die kann er. Doch statt Nachtisch verlangte er von jedem vier Euro, Materialwert/Zutaten. Er konnte einfach nicht anders. Hatte lange gedauert, bis die Stimmung wieder halbwegs war.

Ernährung ist ihm ansonsten nicht so wichtig, das läuft nebenbei. Er isst gerne Burger, aber nicht beim Mecces, sondern bei Hans im Glück oder Schiller-Burger oder High Five. Einmal im Monat gönnt er sich einen *Fressflash* bei Rodizio. *All you can eat* für 19.90 inkl. Dessert. Er postet Fotos (Foodporn), und manchmal überfrisst er sich derart, dass er am nächsten Tag nichts runterkriegt. Wieder was gespart.

Die Fleischfresserei und Schokischleckerei und Biersauferei ist nicht spurlos an ihm vorübergegangen. Er, früher ein Schlaks, ist jetzt kompakt, stämmig, moppelig, burgerdick. Schuld ist das in der Bauchhöhle versteckte Viszeralfett, *skinny fat*. Innerlich voll verfettet, der Typ. Seine teigige, wabbelige Haut ist wie Schaumstoff oder Speck, sie lässt sich mit der Hand leicht zu einem Wulst formen. Eklig, aber was soll man machen? Für noch mehr Mountainbiken fehlt ihm die Zeit. Vielleicht Intervallfasten, das ist zurzeit angesagt irgendwie. Die Welt gehört den Durchtrainierten.

Montags ist immer WG-Abend, meist schauen er und Malte und Frank und Jones Serien auf Netflix oder die Comedy-Schiene auf Pro 7: Simpsons, Big Bang Theory, Two and a Half Men, How I Met Your Mother, Family Guy. Oder spielen sich gegenseitig auf YouTube Videos von amerikanischen Late-Night-Shows vor, welcher Moderator gerade der Geilste ist und so weiter.

Sie sitzen und quatschen und glotzen und trinken Bier. Die große Leere, das große Nichts. Männer ohne Eigenschaften. Tragen Käppis, um den allgemeinen Mangel an Substanz zu betonen. Selbst Marks Eltern tun sich schwer damit zu sagen, was für ein *Typ* ihr Sohn eigentlich ist. Er hat in seinem ganzen Leben keinen Schicksalsschlag erlitten. Keine Katastrophe ist über ihn hereingebrochen, er hat noch nie Not gelitten, keine äußere und innere schon gar nicht.

Ob er einen *eher* guten oder *eher* weniger guten Charakter hat, könnte er – ganz ehrlich – selber nicht sagen. Er hat, wie seine Käppi-Freunde, wahrscheinlich *eher* gar keinen. Können sie ja nix für, leben nun mal in einer Zeit, die den Charakter weder bildet noch formt noch fordert. Neulich war er Zeuge, wie ein Mann von zwei anderen Männern verprügelt wurde, schwer verprügelt. Hier wäre Zivilcourage gefragt gewesen, hier hätte er eingreifen können, eingreifen müssen! Aber man weiß ja, wie so was ausgeht: Die Angreifer lassen von ihrem *eigentlichen Opfer* ab und gehen auf den oder die Helfer los. Er hatte es vorgezogen, in die Pedale seines Mountainbikes zu treten.

Seine letzte richtige Beziehung ist schon was her. Nadine war wegen seiner Reiserei irgendwann nur noch am Nörgeln. Dann hatte er sie im Bulli mal mitgenommen, nach Osteuropa – Ungarn, Bulgarien, Rumänien. Doch wenn die mal einen Tag nicht unter die Dusche konnte, war mit ihr nichts anzufangen. Und überhaupt: zu kalt, zu heiß, zu hell, zu dunkel, zu weit, zu holprig, zu irgendwas. Befund Nadine: chronische Nörglerin, der man es nicht recht machen kein, nie, unter keinen Umständen; unzufrieden mit sich, ihrem Job, ihrem Leben, vor allem mit ihrem Gewicht. Mit jedem Pfund, das sie zulegte, wurde sie unausstehlicher. Mein Gott, die war *richtig* fett zum Schluss. Peinlich, auch für ihn.

Seit der Trennung tindert er durchs Leben. Das hat zuerst auch ganz gut funktioniert, aber jetzt irgendwie nicht mehr so. Woran es wohl liegt? Weil er mit über dreißig immer noch in einer WG lebt? Weil Frauen nicht auf Hochzeitsfotografen stehen? Oder fällt immer gleich auf, wie geizig er ist? Man weiß es nicht.

Weil er gute Profilfotos hat (er ist schließlich vom Fach), kommt es häufig zu Treffen mit Frauen, die eigentlich zu attraktiv für ihn sind. Wenn die ihn dann in natura sehen, sind sie i. d. R. enttäuscht, denn er ist mit 1,74 viel kleiner, als er auf Fotos aussieht. 1,74 ist zwar nicht *richtig* klein, aber für heutige Verhältnisse *ziemlich* klein. Über Aura, Ausstrahlung, Sexy-, Cool- oder sonstige *ness* verfügt er auch nicht. Übrig bleibt ein etwas zu klein geratener, dicklicher Typ mit Käppi, der sein Mountainbike an die Wand hängt und das »artgerechte Haltung« nennt.

Er datet Lara, 27, Studentin, (irgendwelche Geisteswissenschaften, welche genau, hat er vergessen). Sie ist neu in der Stadt und sucht Anschluss, vielleicht eine Romanze. Schön wäre es, wenn es bis Weihnachten klappte (unrealistisch, weiß sie selber); ihre Eltern verbringen die Festtage seit ein paar Jahren in Spanien, und sie hat keine Ahnung, wohin, bei Freunden aufdrängen möchte sie sich nicht beim Fest der Familie. Geduldet aus Nächstenliebe, fünftes Rad am Wagen, Zaungast, unnützer Esser, schreckliche Vorstellung. Gestern war der erste Advent, das wird knapp. Aber wenn was geht, dann über Tinder. Sie hat, wie er, in ihrem Profil offen gelassen, wonach sie *genau* sucht.

Lara ist zu früh, er zu spät, weil er mit seinem Scheiß-Bulli keinen Parkplatz findet, die Innenstadt ist wg. Weihnachtgeschäft noch überfüllter als sonst. Mark kauft seine paar Geschenke jahrsüber, wenn irgendwas im Angebot ist. Wieder was gespart. »Zehn Minuten Delay, sorry«, simst er. Endlich ist er da, hupt, kurbelt die Scheibe runter, winkt: »Moinsen, alles gut? Ich bin Mark. Sorry noch mal« – »Lara, hallo.« – »Ich muss die Karre eben noch schnell einparken. Steigst du ein?« Sie ist irritiert. Will er sie mit diesem Ungetüm beeindrucken? Am Nachmittag hat leichter Schneefall eingesetzt, ihr ist kalt und sie steigt ein. Nach *eben schnell* sieht das nicht aus. Er kurvt und kurbelt und sucht sich 'nen Wolf. Die Scheibenwischer funktionieren nicht richtig, haben Aussetzer, das nervt. Außerdem ist der Wagen ziemlich versifft, leere Getränkedosen, leere Zigarettenpackungen, leere *Schachteln*, und überall Erdnussschalen. Fehlen nur noch benutzte Kondome. Nach zwanzig Minuten tut sich eine Lücke auf. Endlich. Er schultert seinen Fjällräven-Rucksack und tut so, als wäre alles nicht weiter schlimm und ganz normal. Unkonventionell, wie er selbst. Jetzt kann sie auch den Aufdruck auf seinem Käppi erkennen: »Got MILF?« Wahnsinn. Wie kann man auf die Idee kommen, beim ersten Date 'ne Kappe mit so einem Spruch zu tragen? Und wieso nimmt der seinen Rucksack mit? Sie trägt keinen, nie, und fragt sich immer, was zum Teufel die Leute da DRIN haben. Er drückt ihr ein Bier in die Hand, Wegbier, trotz Geiz. Gut, danke. Was machen wir denn jetzt? Bitte keinen Weihnachtsmarkt! Neenee, Kneipenbummel, er kennt da ein paar coole Läden. »Klingt nach 'nem Plan«, sagt sie, um sich seinem Vokabular anzupassen. Cool heißt: voll, laut, günstig, mit Kicker bestückt. Z. B. *Omas Apotheke*. Auf den Tischen Erdnussschälchen. Gleich nimmt er eine gefräßige Handvoll. Und noch eine und noch eine und noch eine, bis die Schale leer ist. Dann macht er sich über das Schälchen auf dem Nebentisch her. Auch gleich leer. Na, das ist vielleicht ein Benehmen. Hat er vorgehungert? Die Bedienung füllt auf. Es kommen gar nicht mal so wenige hierher, um sich an den Umsonst-Erdnüssen satt zu fressen. Das sind dieselben, die sich beim Griechen über die Umsonst-Ouzos *vor* und *nach* dem Essen freuen. Und über das hausgemachte Umsonst-Brot. Und über die hausgemachte Umsonst-Soße. Und sich schon Halloween darauf freuen, endlich wieder ihre Weihnachtsmannmützen aufsetzen zu können und dass im Radio *Last Christmas* läuft. Mark ext zwei Weizen und berichtet dabei von seinen Reisen. Lara trinkt Weinschorle und hört zu, sie ist gut erzogen und höflich, manchmal vielleicht etwas zu höflich. Neuseeland, Chile, Kanada, Schweden, Norwegen, Indien, Frankreich, Spanien … Ihr fällt auf, was für ein ödes Thema Reisen ist. Noch dazu, wenn man nicht erzählen kann. Immer nur *cool-mega-scannen-chillen-auf-keinsten-horny-moinsen.* Ohne Witz, ohne Charme, ohne Selbstironie. Er versucht auch nicht, sie »zum Lachen zu bringen«. Ist vielleicht auch besser so. Was der wohl für Gags draufhat? Leider ungeil. Dann: »Wo warst *du* denn zuletzt?« Fragt er *sie* zur Abwechslung. »Italien. Neapel, dann Rom, mit meiner besten Freundin, die kommt auch aus Augsburg.« Augsburg, aha, jetzt könnte er mal nachhaken. Tut er aber nicht. Stattdessen müllt er sie weiter voll, von wegen, dass er nebenbei DJ sei. Das ist noch nicht mal gelogen, allerdings verschweigt er, dass er in Kneipen wie *Omas Apotheke* auflegt, für 30 oder 50 Euro. Bis Ibiza ist es noch ein weiter Weg.

Sie wechseln den Laden, schließlich hatte er einen *Bummel* versprochen. Verrückterweise hat sie trotz der öden Gesellschaft gute Laune. Sie findet nach drei Weinschorlen alles etwa fünfzig Prozent besser, als sie es normalerweise fände. Tja, so kann's gehen, ein kleiner Rausch macht aus dem Nichts eine gute Zeit. Im *Peters Eck* steuert Mark sofort den Kicker an, er scheint davon auszugehen, dass Lara, wie überhaupt alle Menschen auf der großen, ganzen, weiten Welt, nichts lieber tun als KICKERN. Er kennt tatsächlich nur so welche. Aus der Tiefe der Kneipe gesellt sich ein weiteres Pärchen hinzu, Dings und Dings. »Habt ihr Bock? Wollen wir?« Mark: »Klar«.

Auch Dingsi und Dongsi tragen Rucksäcke. Die Rucksackleute finden einander instinktiv, denkt Lara, Rucksäcke verbinden, wie Cocktailtäschchen.

Mark ist mittlerweile beim fünften Weizen und fühlt sich so wohl wie lange nicht mehr. Er hat alles, was er braucht: Kicker, Weizen, Nüsse und eine attraktive Frau an seiner Seite, der, so bildet er sich ein, seine Könnerschaft imponiert. Irgendwann, es ist schließlich Montag und bereits nach Mitternacht, haut das Rucksackpärchen ab, die Kneipe leert sich. Mark hat ordentlich Schlagseite. Die süße, geile Fotze mit dem leicht abstehenden Entenarsch. Aber er wird sich zusammenreißen. Ganz fest hat er sich das vorgenommen. Wenn er Lara jetzt anzufassen oder zu küssen versucht, wird er den ganzen Abend verderben. Wie oft schon hat er aus einem momentanen Überschwang heraus alles vermasselt. *Don't be too touchy at a first date!* Er bringt sie zum Bus (sie wohnt wegen der hohen Mieten etwas außerhalb). Dann kann er sich doch nicht beherrschen und umarmt sie zum Abschied etwas zu lange. Bis sie ihn sanft von sich drückt. Alles klar. Nicht weiter schlimm. Er will noch was sagen, aber es kommt ihm vor, als wäre sein Mund voller Murmeln. Auf dem Nachhauseweg kann er sich ein weiteres Mal nicht beherrschen und schickt ihr eine Nachricht: »Schlaf gut, meine Schöne.« Zurück kommt ein Zwinkersmiley. Immerhin.

Warum sie sich eine Woche später auf ein zweites Treffen einlässt, kann sie selber nicht genau sagen. Weil sie sich in der Vorweihnachtszeit doch arg allein und verloren fühlt in der Millionenstadt. Der Meinung ist, dass jeder eine zweite Chance verdient. Und, wer weiß, vielleicht hat er ja noch eine andere, eine *verborgene* Seite. Obwohl ihre Lebenserfahrung sagt, dass das Quatsch ist, die Leute haben keine andere Seite, kein zweites Gesicht, keine dritte Ebene. Nie. Never. Und so welche schon gar nicht.

Für Mark ist die Sache klar. Heute wird die Ernte eingefahren. Sein persönliches Weihnachtsgeschenk in Fleisch und Blut. Er hat seit genau einer Woche (sieben Tage) nicht mehr gewichst und sich alles ganz genau ausgemalt, also den genauen Ablauf des Abends und vor allem, was danach kommt. Details, Details, Details. Zur Begrüßung nennt er sie Schatz. Später Baby. Sie korrigiert ihn nicht, ist aber schwer genervt. Was bildet der sich ein, glaubt er tatsächlich, dass sie sein Baby ist oder wird? Wieder geht es in eine *coole* Kneipe, wieder ist es laut, sind die Getränke billig, die Toiletten schmutzig und der Kicker lärmt im Dauerbetrieb. Ungefähr ein Drittel der Leute trägt Weihnachtsmannmützen. Gibt es eigentlich auch Weihnachtsmann*käppis*? Diesmal gibt er ausführliche Inhaltsangaben seiner Lieblingsfilme. Das ist ja noch schlimmer als beim letzten Mal, denkt sie, der hat sie wohl nicht mehr alle, einem regelrechten Redezwang ist der ausgeliefert. Der muss zum Erbsendoktor, auf die Rüttelbank, denkt sie, die ganzen Erbsen im Kopf mal ordentlich durchrütteln lassen. Dass der in seinem Alter immer noch nicht die Höflichkeit besitzt, andere Menschen mit seinem Gelaber zu verschonen. *Bashen-fame-Leckomio-Beef-wannabe-das flasht*. Kaputtes, nichtssagendes Vokabular, kaputt und nichtssagend wie er selbst. Und lieblos. Ja, genau, Mark ist kein Stück *liebenswürdig*. Oder einzigartig, obwohl doch angeblich alle Menschen einzigartig sein sollen. Eben genau nicht! Hat sich wahrscheinlich derselbe ausgedacht, der das Gerücht in die Welt gesetzt hat, Gott habe seinen Sohn auf die Erde geschickt. Der Herr Jesu hat dann in den Gaskammern gesessen und mit den Opfern gebetet bis zum Schluss. Wahrscheinlich. Mark springt jetzt durch die Themen, aufgeschnapptes, fragmentarisches, beliebiges Infokonfetti. In seinem beschränkten Verstand verhaken sich nutzlose Details, er verheddert sich, fängt wieder von vorne an oder macht ganz woanders weiter. Dem haben sie Nikolaus wohl in den Stiefel geschissen, denkt Lara. DAS müsste man (sie) mal bringen. Verdient hätte er es allemal. Dann macht er auch nach das ödeste aller Themenfässer auf: »Was machst du eigentlich Weihnachten?« – »Zwischen den Jahren?« – »Silvester?« Undodercheckmalwas. Die Antworten gibt er erst mal selbst: Heiligabend bei den Eltern, am Ersten bei Oma Dings, am Zweiten bei Opa Bums. Dann doch lieber Reiseberichte, denkt Lara. Langsam verliert selbst sie die Geduld. Höflich hin, höflich her, irgendwann reicht's. Sie muss den Absprung schaffen, jetzt, sofort, bevor alles schlimmer, noch viel schlimmer wird. Mark ist richtig angezündet, vom Alkohol, von der Vorstellung, wie sie, sein Baby und er, im Bulli durch die Weltgeschichte karjolen. »Weißt du was, Schatz, wir fahren Weihnachten weg, irgendwohin, wo es warm ist.« Ihr Lächeln erlahmt endgültig, wird dünn und schal. Weihnachten mit dem Typi mit seinem Dingsi (Bulli), ein einziger Albtraum. Wie komme ich hier bloß weg, denkt sie, und, quasi an sich selbst *und* an ihn: »Reisende soll man nicht aufhalten.« Sie stellt sich vor, wie es sich anfühlte, wenn er in ihr wäre. Die Feiertage durchbumsen. Immer wieder, auf und nieder. Wie er sein dummes Käppi aufbehielte. Es schüttelt sie. Wie verzweifelt und bedürftig und dumm und geil der ist, der arme Irre, der arme Junge. Sie wünschte, sie könnte einfach aufstehen und gehen, sie wünschte, sie könnte ihre gute Erziehung gegenüber einem gänzlich Unerzogenen ein einziges Mal ablegen.

Er spürt, dass das alles überhaupt nicht läuft, wie der Abend zerfranst und abschmiert. Sie durchschaut mich, denkt er in einem kurzen, lichten Moment und ist ganz erschüttert. Durchschaut mich, durchschaut all dieses Gelaber und mag mich nicht. Er weiß zwar nicht, was *genau* sie durchschaut, aber er fühlt es. Er bestellt Wodka, schneller, schneller, damit sie vergisst, ihn zu durchschauen, jetzt muss es weitergehen, Katalysator, fast and furious. Die Bitch soll auch einen trinken. Werd mal locker, Alte, denkt er, bald ist Weihnachten, Nächstenliebe, Nächstensex. Den Laden wechseln, anderes Licht, lautere Musik, eng, heiß, geil, der Rest ergibt sich von alleine. »Komm, wir trinken 'nen Kurzen.« »Besser nicht.« Mann, die soll mitsaufen! Bitch! Einen Schnaps, *einen* wenigstens. Vergeblich versucht er, sie zu animieren. »Nein, wirklich nicht, ich vertrag Wodka auch nicht so gut.« Unglaubwürdig, aber was soll er machen. Für einen Moment fällt ihm alles aus dem Gesicht, seinem traurigen, doofen *Geizgesicht*. Geizgesicht, greift sie das in der Luft liegende Wort auf, Geizgesicht denkt sie, und weiß gar nicht, wie sehr sie den Nagel auf den Kopf trifft. Dann sagt sie: »Lass mal los.« In den nächsten Laden, hofft er und rechnet aus, in wie viele Läden sie *noch* gehen müssen, bis es endlich so weit ist. Doch kaum sind sie draußen auf der Straße, der Schneefall ist heftiger geworden: »Ich muss dann mal nach Hause.«

Ihm bleibt die Luft weg, die Beine werden weich. Wieso müssen, morgen ist doch Sonntag?! Sie habe versprochen, die Masterarbeit eines Kommilitonen zu korrigieren, damit verdiene sie sich was hinzu, Montag ist Abgabe. »Ich wohne hier in der Nähe«, fleht er, »wir können noch zu mir, halbe Stunde oder so, chillen. Ist auch keiner da.« – »Nee, echt nicht.«

Letzter Versuch: »Um die Ecke ist das *Shave*.« Fragender Blick. »Neuer Club, *place to be* gerade. Auf 'nen Absacker.« Absacker im Club, denkt sie, alles klar. »Nein, tut mir echt leid, aber heute wirklich nicht.« – »Okay, dann gehe ich alleine«, sagt er mit panischer, seltsam nach oben verschobener Stimme. Sie wissen beide, dass er es weder ins *Shave* noch sonst wohin schafft, aber sie ist unendlich erleichtert darüber, dass er nicht nachsetzt oder sie zu küssen versucht oder was anderes Schreckliches. Früher hat sie sich ein paar Mal von solchen Vetteln küssen lassen, weil die ihr leidtaten, hilflos, einsam und betrunken, wie die waren. Jetzt nicht mehr. »Okay, dann geh mal steil«, sagt sie, dreht sich um und ist schnell weg. »Bis bald«, ruft er ihr hinterher, und: »Tschöö mit ö.«

Er stürzt vorwärts, nach Hause, als würde ihn ein großer Hund an der Leine ziehen. »Dann geh mal steil.« GEH MAL STEIL. Steil reimt sich auf geil. Das hat sie doch sicher nicht ohne Grund gesagt, denkt er und kommt auf ganz und gar abwegige Ideen. *Geh mal steil* ist nichts anderes als eine Einladung, heiße Nachrichten austauschen, sexy Pics hin und herzuschicken. Oder skypen. Halb nackt. Nackt. Zeigefreudig. Sie im geilen Weihnachtsfrau/Nikoläusin-Outfit, überall und nirgends gepierct. Er schickt ihr eine Nachricht. »Hallo Schöne, du hast mich ganz schön horny gemacht« Keine Reaktion. Ihm bleiben sieben Minuten, die Nachricht wieder zu löschen. 7, 6, 5, 4, 3, 2 … Er löscht sein Geschreibsel, um gleich das nächste zu versenden. Wieder irgendein idiotischer Schwachsinn. Wartet, löscht, so geht es eine Weile, schicken, warten, löschen. Dann kann er nicht mehr und schickt die letzte Nachricht: »Bis du im Bett leieber devo t oder aktif bist?«

Die Wellenkämme des Rausches brechen jetzt endgültig über ihm zusammen. Er sitzt in seinem Chefsessel und starrt an die Wand. Nur in diesem Zustand, steinern betrunken, bringt man es, dazusitzen und an die Wand zu starren, lange, sehr lange, in die riesige, fahlblaue Leere. Nun ist er auf seiner abgestandenen Wichse sitzen geblieben. Ein letzter verzweifelter Versuch: Anruf. Sie schläft längst, Telefon lautlos, Vibrationsalarm aus. Blöde Drecksschlampe, denkt er und stellt sich vor, wie sie sich vom erstbesten Typen hat aufreißen lassen und wie sie es gerade miteinander treiben. Er zieht sich die Hose runter bis zu den Kniekehlen. Ganz feucht und klebrig alles. Riechen tut es auch nicht mehr gut. Sein Schwanz sieht aus wie ein verkümmerter Tannenzapfen und seine Hoden sind verschrumpelt wie Fallobst. Er spritzt direkt ins Bettzeug. Ihn überfällt die Vorahnung, dass sein ganzes kommendes Leben diesem Augenblick gleichen wird. Dann schaut er zum Einschlafen die Wiederholung des *großen Comedy-Adventskalender* mit Atze Schröder, Kaya Yanar, Olaf Schubert, Ralf Schmitz u. v. m. Ganz schöne Nerds sind das alles, denkt er noch.

HEINZ STRUNK

geboren 1962 in Hamburg. Seit seinem ersten Roman *Fleisch ist mein Gemüse*, erschienen im Rowohlt Verlag, hat er zehn weitere Bücher veröffentlicht. *Der goldene Handschuh* stand monatelang auf der Bestsellerliste; die Verfilmung durch Fatih Akin lief im Wettbewerb der Berlinale. 2016 wurde der Autor mit dem *Wilhelm-Raabe-Preis* geehrt.

Nail Doğan

GÖTTINSPEISE

AN PETAR.

Merhaba Abi
Hören wir auf uns
Wörter schlagen

Gegenüber sitzt graue
Katze auf rotem Backstein
verfolgt fallende Blätter
verfolg ich sie nicht aus
poetischen Gründen, nichts
gerade nur so schön
muss Herbst sein

Abi großer Bruder
lange nachgedacht
Frauen darf man kein wehtun
bleibt man weg lieber
wo ihr Geruch nicht machen
kann was ihr Geruch
machen kann

weil wenn sie weint und
stell dir vor
ich auch

Grüße.

GÖTTINSPEISE.

Außerdem kennt Onkel Mustafa
das Wort Achselhöhle nicht.

Achselhöhle du wunderschöne
Vertiefung unter dem Schultergelenk.

Die Türken sagen zur Achselhöhle
koltukaltı.

Unter dem Sofa
unter Mehrheiten
über Möwenflügel
am leisesten Punkt
eines vollgepackten
Leben unter euch
unter mir.

Außerdem kennt Onkel Mustafa
das Wort Achselhöhle sehr wohl.

Er sagt, ich soll ein Gedicht davon
schreiben, Fledermäuse vorkommen
Brotkrümel, blaue Augen, kleine
Tischdecken, Safran, Senf, Deutschland,

wo Höhlenmalerei vorkommt
der erste und der letzte Mensch.

ROMANTIK.

Sie sollte ihre
Pflanzen wässern zeitlos
keine sanften Augen
lassen sie mich
kurz deinen Mokka
lesen

und ihr Schlaf muss ein
zerstrittenes Orchester
sein sein Schlaf kalter
Entzug bedeutet
33 Oktobertage im
Haschischdunst

sie sollte ihren Pelzmantel
hängt an meiner Seele.

NUR NOCH NICHTS MEHR ZU BIETEN.

Ein Löffel Hühnersuppe.
Ein Löffel Hasisch.
Ein Löffel Hühnersuppe.
Ein Löffel Hasisch. Was noch? Hier. …

Witzig. Diese Welt ist doch brutal witzig.
Willst du einen hören? Ich bin mindestens ganzen Kopf
größer als du und trotzdem passe ich
viel bequemer ins Bild.

Yani. Anlıcağın. Der Mensch kann sich mit seinem
Auftreten Respekt verschaffen oder er
kann Olivenbäume pflanzen.

Wie schmeckt der *Rakı*? Brennt? Brennt.

Da ist dieser Kerl, in der Silbersackstraße, züchtet Marienkäfer
um sie dann gegen Kakerlaken kämpfen zu lassen.
Er sagt, die Kombination der Farben sei ein
geisteskrankes Meisterwerk.

Magst du Ästhetik? Ich mag Ästhetik. Ich mag es mir schöne
Dinge anzugucken. Ich mag es Leuten zuzusehen, wie sie
andere Leute ansehen. Oma, umarmt Vater
nach vier Jahren Knast. Dagegen daneben Picassos Blumen
ein Dreck dagegen daneben Dreck dagegen.

Letztens fragt mich Tülüfülü ob ich die dünne Linie zwischen
Kaya Yanar und Dönerfleisch kenne?
Grautöne von Gemüsehändler zu Drogendealer?
Kennst du eine Polizeikontrolle und eine Polizeikontrolle?

Kardeş. Manche sind ein
Verstecken spielen bis die Nacht einbricht.
Manche eingewickelt in Löschpapier.

Manche ein vulgäres Wort unter der Hand gesprochen. Klipp
und klar.

Manche wollen anders sein, manche müssen.

Ich bin eine lebendige Karikatur.
Mein Penis ist beschnitten.
Istanbul ein kleines Dorf.
Alle Frauen tragen Kopftuch bei uns
Gastarbeiter geholt Gesindel bekommen.

Willst du noch einen hören?

Sitzt ein Nepalese in der Spielothek,
trinkt sein letztes poliertes Bier
wartet auf fünf Mount-Everest-Bilder
in einer Reihe. Jackpot
komisch, Konfetti, kaltak, Exil.

Bücher. Bücha.

Drei vier davon auch gelesen. Ein Name war Camus.
Und der andere, der Kleine, mit den schiefen Augen. Und Oğuz Atay
konnt sich nicht festhalten, gefallen ist er auch nicht.
Da war noch ein Russe. Ein Russe. Ein Russe das …
Dostojewski. Brüder Karamasow.
War danach wochenlang krank. Hat mein
nicht genug gebildeter Kopf steinig
weggesteckt. Irgendein Damm von dem ich nicht wusste
ausgebrochen mich unter Wasser gedrückt.

Seitdem lese ich nur noch Leute. Ist einfacher.
Wie Malen nach Zahlen. Wie in der Nase
nach Schätzen suchen wie ficken und so.

Weißt du was ich mir manchmal denke
Ich denk mir
wie die Leute hier so ins Café reingucken
so müssen die auch vor hundert Jahren im
Menschenzoo auf die Schwarzen
geguckt haben. Und dann denk ich mir
Hagenbeck Hagenbeck Hagenbeck Hagenbeck Hagenbeck …
du Hurensohn Hagenbeck
denk ich mir.

Sind das ? Sind das Gedichte?
Hab ich auch Gefühle. Hab ich Ängste. Dränge. Wände. Gegengerade.
Länge. Enge. Tränen. Nächte. Ferne. Leere. In in mir
schreib ich auch Gedichte.

Soll ich dir was sagen. Der Mensch muss Gastfreundschaft vorleben. Man darf die Leute nicht mit leeren Händen zurücklassen. Dass darf man einfach nie nicht machen.

Ihr wolltet das Tier, hier habt ihr das Tier.
Angeschossen. Parallel. Versteckt unter Tischdecken.
Ihr wolltet das Tier, hier habt ihr das Tier.

Du. Du machst es einfach intelligenter. Runde süße Brille. Gute Aussprache. An deiner Seite: Blonde Freundin, deutsche Freundin, blonde Freundin, deutsche Freundin, deutsche und blonde Freundin. Hadi. Komm. Komm schon. Gekrempelte Hosenbeine. Nette Frisur. Der Bart schön entspannt ohne Konturen was zwischen into the wild und gegen die Wand
falan.
Du bist was zwischen into the wild und gegen die Wand,
yavrum benim.

Ah, papperlapapp. Ich mach nur Spaß. Bleib sitzen. Lass uns trinken. Lass uns trinken.

Einen noch, einen, einen hab ich noch:

Geht ein Fremder um die Ecke
ist nach hundert Jahren noch
immer fremd.
Wo waren wir stehen geblieben?

Ein Löffel Hühnersuppe
Ein Löffel Hasisch
Öl.
Tomatenmark
Ein Löffel Mut. Genau. Mut noch ganz wichtig
Und Zitronensaft
Thymian, Salz brauchen wir, Liebe, Liebe,
hatten wir Tomatenmark. …
Hatten wir schon Tomatenmark. …

NAIL DOĞAN

geboren 1988 in Augsburg. Sohn eines Gasttaxifahrers, einer Gastputzfrau. Lebt in Hamburg. Kaut Fingernägel. Hält sich über Wasser. Schreibt.

Marc Degens

BUSS- UND BETTAG

Gyro wohnt offiziell wieder bei seinen Eltern, übernachtet aber jede Nacht bei Suuk-Yin, die über dem Marktplatz in einer großen Anderthalbzimmerwohnung wohnt, deren Vormieter er ist.

Was heißt denn groß, protestiert Suuk-Yin lachend.

Gyro hatte eine Suchanzeige am schwarzen Brett im Akademie-Portal gepostet, sie hatte sich gemeldet, bei der Wohnungsbesichtigung lernten sich die beiden kennen und Suuk-Yin bekam alles: die Wohnung plus Gyro. Seitdem sind die zwei unzertrennlich.

Vom Küchenfenster aus kann man direkt auf den gepflasterten Platz sehen. Suuk-Yin macht ein Foto von dem wolkenverhangenen Mond und dem brutalistischen Brunnen in der Mitte des Platzes. Das Bild veröffentlicht sie auf Instagram mit der Unterschrift *Krötenkuss für alle Hornhautfresser*. Gyro saugt nachdenklich an seinem Vaporizer.

Wie kommst du bloß immer auf so was, fragt er und hüllt sich dabei in weißen Rauch ein.

Suuk-Yin grinst eine Antwort. Unter der Wohnung befindet sich eine Kneipe. *Sadie* steht auf dem Schild über der Tür. Durch die Fensterfront schauen wir in das leere Lokal. Die Wände sind weinrot und dunkelgrau gestrichen und auf den Tischen stehen Marmeladengläser mit brennenden Teelichtern.

Hyggelig, sage ich.

Dann lasst uns reingehen, sagt Suuk-Yin und öffnet die Tür.

Die Muster der Kacheln am Boden erinnern an die

Raumschiffe eines antiken Computerspiels. Ich bin überrascht, wie laut die Musik drinnen ist. Die Scheiben müssen aus extradickem Schallschutzglas sein. Das Lied kenne ich von meinem Ex-Freund. Die heilige Betty Davis. Erst jetzt entdecke ich am Spielautomaten den Mann mit dem wilden Vollbart. Er sieht aus wie eine Gestalt aus der Bibel. Wir setzen uns an den Tisch vor dem Fenster mit der rot-grün-gelben Lichterkette direkt am Eingang. Durch die Scheiben können wir den abenddunklen Marktplatz sehen. Die leeren Schaufenster der Geschäfte, die verschwunden sind. Der Schuster, der nie geöffnet hat. Nur in dem finnischen Eckladen brennt noch Licht. Der Vollbart hört auf zu spielen, kommt zu uns und reicht uns mit einem Kopfnicken drei Menükarten. Die Biere tragen unbekannte Namen, die Preise fehlen. Ich wähle das erste Bier von der Liste aus, Suuk-Yin das zweite und Gyro das dritte. Pfeifend trabt der Vollbart davon und kommt mit drei geöffneten Flaschen zurück, stellt sie vor uns auf den Tisch und geht wieder.

Ich habe Kurt geschrieben, sagt Gyro und klappt sein Handy zu. Er kommt auch gleich.

Super, sage ich.

Wir stoßen miteinander an und trinken.

Nicht schlecht, sagt Suuk-Yin und wischt sich den Mund ab.

Ihr Brunnenfoto hat bereits dreiundvierzig Herzen bekommen.

Und von Novotný sogar ein Sternchen, sage ich beeindruckt und drücke ebenfalls auf das Herz.

Der Vollbart steht hinter dem Tresen und dreht die Musik leiser. Dann geht er zurück zum Automaten und spielt.

Die Kneipe hat erst kürzlich aufgemacht, erzählt Gyro und stellt seine Flasche auf den Tisch neben das Marmeladenglas. Vorher war das eine Pommesbude.

Ich hebe die Nase in die Höhe und schnuppere wie ein Kaninchen.

Davon riecht man aber nichts mehr, sage ich.

Da war auch nie einer drin, meint Gyro. Zum Glück. Schließlich wohnen wir obendrüber.

Wir, fragt Suuk-Yin schrill und boxt ihn liebevoll in die Seite.

Durch das Fenster sehen wir, wie Scott mit dem Tretroller um die Ecke fährt, vor dem finnischen Eckladen anhält, absteigt und hineingeht.

Der Laden hat echt lange auf, sage ich erstaunt.

Nach zwei weiteren Liedern geht die Tür auf und Kurt betritt die Kneipe. Ich stehe auf, umarme und küsse ihn auf beide Wangen. Kurt setzt sich auf den freien Stuhl neben mir, nimmt seine Mütze ab und legt sie auf den Tisch.

Danke für die Nachricht, sagt er zu Gyro.

Der Vollbart kommt und nimmt Kurts Bestellung auf. Obwohl unsere Flaschen noch nicht leer sind, bestelle ich eine neue Runde. Dann reden wir weiter übers Comicmachen.

Die Hauptfrage ist, an wen du dich wendest, sagt Suuk-Yin. Suchst du den Erfolg bei den Zeitgenossinnen und -genossen oder richtest du dich an eine zukünftige Leserschaft.

Das mit der zukünftigen Leserschaft ist natürlich riskant, meint Gyro.

Am besten ist natürlich beides, meint Kurt. Erfolg in der Gegenwart und in der Zukunft.

Für mich hat Comicmachen vor allen Dingen etwas mit aus dem Kopf kriegen zu tun, erkläre ich. Erst wenn ich die Idee umgesetzt und gezeichnet habe, kann ich sie vergessen und mich neuen Dingen widmen. Vorher bin ich total blockiert.

Aber warum nur ist das Comicmachen so mühsam, fragt Kurt theatralisch. Es kommt mir so vor, als ob ich eine riesige Maschine, die so groß wie eine Turnhalle ist, zusammenbauen muss, und dafür habe ich nur einen kleinen Schraubenzieher mit einer winzigen Spitze zur Verfügung. So fühle ich mich jedenfalls beim Zeichnen meiner Graphic Novel.

Wie lang soll deine Graphic Novel denn werden, fragt Suuk-Yin.

Sechshundert Seiten, antwortet Kurt. Oder siebenhundert.

Kackomat, lache ich.

Absolut, seufzt Kurt und lässt die Schultern hängen. Aber ich brauche den Platz, weil ich eine Graphic Novel schaffen will, die es mit einer guten Fernsehserie aufnehmen kann oder einem Computerspiel. Die komplex ist, mit vielen Figuren und unterschiedlichen Orten. Mit Wandel, Zeitwechseln und einem Haus voller Easter Eggs. Die eine Entwicklung abbildet. Hundert oder zweihundert Seiten lange Graphic Novels bringen doch heute gar nichts mehr.

Wie viele Seiten hast du denn schon fertig, frage ich Kurt.

Vierzehn, antwortet er.

Du Armer, lache ich und streichle tröstend seinen Arm.

Oder du gehst in die entgegengesetzte Richtung, sagt Gyro. Und konzentrierst dich auf die kleine Form.

Ja, sagt Suuk-Yin. Kurze Strips mit Witz oder Poesie. So wie Marthes Comics. Wer einen Plot haben will, soll streamen. Mich interessieren Panels, Bilder, jede einzelne Zeichnung.

Bei der Gelegenheit hole ich meine neuen Comics aus meiner Aktentasche.

Kurt streichelt mit der Hand über das Leder.

Schönes Material, sagt er.

Ja, schwärme ich. Die Tasche habe ich mir in Paris gekauft. Die ist zwar megaunpraktisch, weil da kaum was reinpasst, aber ultraschön.

Ich öffne die Mappe und verteile die Blätter. Sieben neue Strips habe ich in der letzten Woche gezeichnet. Jeden Tag einen. Meine Striparbeit ist auch eine Disziplinierungsmaßnahme.

Ist das eine Katze, fragt Gyro.

Ja, nicke ich.

Die Zeichnungen sind immer noch ultrahässlich, aber immerhin kann man die Figuren inzwischen nicht nur unterscheiden, sondern auch wiedererkennen.

Und ihr habt echt die Tampons in Alkohol getränkt und dann eingeführt, fragt Suuk-Yin grinsend und zeigt auf das vorletzte Panel.

Na klar, sage ich. Das heißt Chilly Willy. Nach dem Pinguin aus Woody Woodpecker.

Die sind super, sagt Gyro und reicht mir die gelesenen Strips zurück.

Jetzt fehlt mir nur noch ein guter Name für die Serie, sage ich, dann kann ich sie im Internet veröffentlichen.

Immer wenn eine Plattenseite zu Ende ist, kommt der Vollbart zu uns und nimmt unsere neuen Bestellungen auf. Dann geht er zur Theke, dreht die Platte um oder legt eine neue auf, bringt uns das Bier, kehrt zum Automaten zurück und spielt so lange, bis die Platte wieder endet. Den ganzen Abend über sind wir die einzigen Gäste. Irgendwann möchte ich kein weiteres Bier mehr, auch die anderen haben genug, und wir gehen zum Zahlen an den Tresen, der aus einer riesigen Platte mit Hunderten unter Glas gelegten Centstücken besteht.

Sind die Münzen eingegossen, fragt Kurt und fährt mit seinem Zeigefinger über den dicken Glasrand.

Als mir der Vollbart meine Rechnung präsentiert, fange ich fast an zu weinen. Ich habe viel mehr getrunken als gedacht und die Rechnung, die ich bezahlen soll, ist doppelt so hoch wie erwartet.

Kannst du mir was leihen, frage ich Suuk-Yin erschüttert.

Sie schüttelt bedrückt den Kopf.

Aber ich, sagt Gyro und öffnet seinen Brustbeutel.

Der Vollbart stellt fünf Schnapsgläser vor uns auf die Theke, nimmt eine Flasche mit einer braunen Flüssigkeit aus dem Regal, dreht den Verschluss auf und füllt die Gläser.

Die gehen auf Kosten des Hauses, sagt er und hebt sein Glas. Ich heiße Emil.

Wir stoßen miteinander an. Die Flüssigkeit ist klebrig und süß und schmeckt wie die Lieblingsschokolade meiner Oma.

Was ist das, fragt Suuk-Yin und schaut auf das Etikett der Flasche.

Eichhörnchen, antwortet Emil. Der beste Nussschnaps der Welt.

Auf dem Logo der Flasche ist ein Eichhörnchen abgebildet, das auf einem Fass sitzt und mir zuwinkt.

Lecker, sage ich.

In diesem Moment wird mir klar, dass ich noch viele Eichhörnchen in meinem Leben trinken werde. Das ist keine Vorahnung, sondern eine Erkenntnis. Eine Art Wissen aus der Zukunft.

Vor dem Sadie verabschiede ich mich von Suuk-Yin und Gyro, nehme sie in den Arm und drücke sie.

Schlaft schön, sage ich.

Ihr auch, antwortet Suuk-Yin.

Sie schließt die Haustür auf und schaltet das Flurlicht an. Die beiden winken und verschwinden hinter der zufallenden Tür. Kurt schaut mich verführerisch an.

Wo ist eigentlich deine Tasche, fragt er unvermittelt und hört auf zu lächeln.

Meine Tasche, rufe ich aufgeregt.

Ich laufe zurück ins Sadie. Die Tür ist zum Glück noch nicht abgeschlossen. Die Kneipe ist hell erleuchtet und die Stühle stehen bereits auf den Tischen. Leise ertönt aus den Lautsprechern *Sexy Sadie* von den Beatles in einer Version, die viel schöner ist als die, die ich kenne. Emil kniet vor den Spielgeräten und schaltet den Mehrfachstecker aus. Die Lichter am Automaten verlöschen wie bei einem sterbenden Terminator. Emil steht auf, sieht mich und zuckt vor Schreck zusammen.

Ich habe nur was vergessen, rufe ich entschuldigend, greife meine Tasche und den Beutel mit den aus der Bibliothek ausgeliehenen Comics und eile zurück auf die Straße.

Alles gut, fragt Kurt.

Ich nicke.

Soll ich dich nach Hause bringen, fragt er und streckt die Hand aus.

Super, antworte ich und reiche ihm den Umweltbeutel mit den Comics.

Wir laufen quer über den Marktplatz. Die Straßen sind menschenleer und die Laternen schimmern wie schmelzende Sterne.

Ist heute Mittwoch, frage ich Kurt.

Er denkt nach und fasst sich dabei an die Nase.

Ich glaube schon, antwortet er nach einer kurzen Pause.

Von Weitem kann ich das Bolsterbaumhaus sehen. Wir ziehen uns unten im Treppenhaus die Schuhe aus, laufen die Stufen hoch und schleichen in mein Zimmer.

Ich komm gleich wieder, sage ich, stelle die Tasche mit den Comics vor das Fenster und laufe in die Küche.

Aus Bos Zimmer erklingt Meeresrauschen. Oben ist es still und dunkel. Im Kühlschrank gibt es nur noch eine angebrochene Flasche Magic Man. Ich nehme sie, laufe zurück in mein Zimmer und schließe die Tür. Kurt steht am Zeichenbrett und liest die letzte Seite meines Tampon-Comics.

Der ist genial, sagt er und dreht sich um.

Ich nehme ihm die Comicseite aus der Hand, lege sie auf das Zeichenbrett und drehe den Verschluss auf.

Auf den Buß- und Bettag, sage ich, trinke einen Schluck aus der Flasche und reiche sie Kurt.

Er grinst, nippt an der Öffnung und gibt mir die Flasche zurück.

Ich stelle sie ins Regal und lege meine Arme um seine Schultern. Wir küssen uns. Kurt schmiegt sich an mich und meine Hände kneten seinen Po. Wir gehen zum Bett und ziehen uns aus. Nackt lege ich mich aufs Bett und spreize die Beine. Kurt sinkt vor mir auf den Boden und leckt mich. An der Decke leuchtet in flammenden Buchstaben der Name meiner neuen Comicserie. Dann fliegt mir der Kopf weg.

MARC DEGENS

veröffentlichte bislang vier Romane, zuletzt *Das kaputte Knie Gottes* und *Fuckin Sushi*. 2019 zog er nach Hamburg. 2020 erschienen im mairisch Verlag seine kanadischen Aufzeichnungen *Toronto*. *Buß- und Bettag* ist ein Auszug aus einem in Arbeit befindlichen Romanmanuskript.

www.mdegens.de

Michael Weins

SOMMER DER GESPENSTER

– Erzähl mal, wie ist dein Leben in Hamburg so, wofür interessierst du dich?

Dr. Guttrun sitzt hinter ihrem Schreibtisch, er sitzt in einem Korbstuhl davor. Einzelgespräch. Frau Dr. Guttrun ist die Kinderpsychologin.

– Das ist eine gute Frage, möchte er sagen, aber er verkneift es sich, weil es ein Satz ist, den Erwachsene sagen. Ja, wofür interessiert er sich?

Er hört gerne klassische Musik, aber das erzählt er keinem, weil es sonderbar wirkt, er hört sogar gerne Operetten. Er schämt sich dafür. Er ist keiner dieser Streber, die mit der Geige unterm Arm durch die Gegend laufen und jedem erzählen, warum die Interpretation von Mandelboom jene von Menuhin bei Weitem überrage. Als wolle er etwas sein, das er in Wirklichkeit nicht ist. Er hört einfach gerne diese Musik, die alten Schallplatten und Musikkassetten von seiner Mutter. Das beruhigt ihn. Er mag es, dazuliegen und dem Wetter vor seinem Kinderzimmerfenster zuzusehen und dabei den Klangfarben der verschiedenen Instrumente zu lauschen, der Ordnung in der Musik, die wiederkehrenden Themen und Strukturen zu verfolgen, wie sich die Melodien durch die Zeit winden, wie etwas Schönes entsteht und durch sein Zimmer fließt und durch sein Inneres und dort jedes Mal etwas anrichtet. Menschen, die zum Teil schon mehrere Hundert Jahre tot sind, haben sich diese Musik ausgedacht und ein System erfunden, sie in der Zeit zu konservieren, Menschen mit gepuderten Perücken, das fasziniert ihn. Diese Musik ist tot und doch in der Lage, erweckt zu werden und in ihm etwas zu bewegen. Er liegt dann da und sieht die Dinge vor sich, er träumt mit offenen Augen und er schämt sich immer, wenn ihn jemand jäh aus diesem Tiefschlaf mit offenen Augen reißt. Sein Vater hört bloß Jazz und Soul, und die Pixies, das findet Otis auch nicht schlecht, aber am liebsten hört er wirklich die alten Opern vom Mozart. Er hört auch gerne Bartók und Bach und Bruckner, sogar die Tschaikowsky-Sinfonien, selbst wenn die natürlich schwülstig sind. Zu Hause hat er einen eigenen Plattenspieler, hier streamt er Spotify, das fällt nicht so auf. Die Gleichaltrigen dürfen das nicht herausbekommen, in der Schule hat er schon genug Schwierigkeiten damit, den Anschein aufrechtzuerhalten.

Er interessiert sich nicht für Games, er interessiert sich nicht für Sport. Er liest eigentlich ganz gerne. Das kann man anbieten, schätzt er.

– Ich lese ganz gerne, sagt er.

– Was liest du?

– Die *Upanishaden*, sagt er, aber das ist ein Witz. Er hat nur eine ungefähre Vorstellung, was es damit auf sich hat. Er ist in einer so komischen Stimmung.

– Oha, sagt Dr. Guttrun.

Jetzt wirkt er doch angeberhaft, aber das war es wert.

– War nur ein Witz, sagt er. Meine Lieblingsbücher sind *Greg's Tagebuch*, Band 1 – 9.

– Ah, die kenne ich, sagt Dr. Guttrun und lächelt.

In Wirklichkeit hat er die nicht gelesen. Sein sogenannter bester Freund hat sie gelesen, neben ihm im Unterricht, und sich dabei immer wieder vor Lachen aufs Bein gehauen. Die anderen Jungs in seiner Klasse lesen nicht, höchstens WhatsApps, sie interessieren sich für elektronische Geräte und Markenprodukte, einige auch schon für Alkohol. Farid, der Junge, den er offiziell als seinen Freund bezeichnet, ist Onlinegamer. Er ist dick und trägt eine Brille. Er spielt rund um die Uhr, offiziell Minecraft, heimlich Fortnite, er stellt sich nachts, wenn sein Vater schläft, den Wecker dafür. Otis schaut ihm zu, wenn er ihn zu Hause besucht. Er tut so, als würde er sich ebenfalls dafür interessieren, weil es nicht schlecht ist, einen Verbündeten zu haben. Farid kann er zumindest ertragen. Farid ist in der Klasse allerdings noch unbeliebter als er, bei beiden Geschlechtern. Er riecht müffelig und ernährt sich von Chips und Cola. Er schläft fast nie. Sein Vater ist mindestens so dick wie er. Am Wochenende gehen sie beide Tage zu McDonald's. Oder sie lassen sich Pizza in die Wohnung liefern. Die Mutter ist schon vor Ewigkeiten davongelaufen, weil sie das Zusammenleben mit den fetten Vögeln nicht ertragen konnte. Er stellt sie sich ebenfalls dick vor, aber auf eine hübsche Art und Weise. Mit einem Puppengesicht aus Porzellan. Mit kugelrunden Augen und klappernden Lidern. Und das Fleisch schlackert und tanzt um sie herum, wenn sie sich bewegt. Man schaut sie an und denkt, man müsste sie aus all dem Fleisch befreien, sie aus sich herausschälen, dann käme ein ganz filigranes Wesen zum Vorschein, eine Elfe, und vielleicht ist sie einfach davongeflattert.

Eigentlich ist er ganz gern bei Farid, und eigentlich mag er den Vater, der Großhandelsvertreter Norddeutschland für irgendetwas Elektronisches ist, weil er unbeholfen und sympathisch ist auf seine müffelige Art, und weil er seinen Sohn lieb hat und ihn nicht bedrängt, ihn einfach in Ruhe lässt und immer nur Zweiliterflaschen Cola und den neuesten PC ins Zimmer stellt.

– Otis, du hattest ja nun wirklich eine harte Zeit, und das eine ganze Weile lang, sagt Dr. Guttrun in sein Schweigen hinein. Ich habe gehört, was mit deinem Vater und mit deiner Mutter gewesen ist. Wie siehst du die Sache?

Er schaut diese Frau an. Sie trägt große, goldene Ohrringe, sie hängen auf eine Bluse mit Stehkragen herunter. Hinter ihr an der Wand hängen Zeichnungen von Kindern, das Meer, ein Strandkorb, Sonne und Möwen, aber auch Kinder mit abstehenden Ohren und Struwwelhaaren. Durch das Fenster blickt man auf eine Kastanie, dahinter der Eingang zu einer Boutique und das Schaufenster vom Bäcker. Was will er ihr anvertrauen und was nicht?

Er denkt an seinen Vater, der nie wirklich aufgehört hat zu trinken, auch nach der sogenannten Entgiftung nicht. Selbst hier trinkt er heimlich weiter und glaubt, dass das keiner mitbekommt, weil er Pastillen kaut. Aber Otis bekommt es mit. Er mag seinen Vater, er kann mit ihm lachen, zumindest manchmal. Und er hat Mitleid mit ihm, wenn er morgens in dieses verknuffte Gesicht blickt, das über der Kaffeetasse hängt und sich an den Dämpfen zu beleben versucht. Und seinem Vater tut es auch leid, dass er nicht so da sein konnte in den Jahren, wie er es sich selbst gewünscht hätte. Er denkt an den Vater, der auf seiner Bettkante sitzt und ihm die Haare streichelt, die monotone Bewegung auf der Kopfhaut fühlt sich irgendwann unangenehm an, aber das würde er ihm nicht sagen. Er erträgt es, bis sein Vater von selbst aufhört, bis er seufzt und runter ins Wohnzimmer geht oder sich neben ihn legt und einhüllt in seinen Alkoholatem, den Otis mittlerweile ganz gerne riecht, weil er zu seinem Vater gehört. Nachts wird es ihm dann zu eng, aber auch das erträgt er.

Sein Vater hat die Wochen und Monate zuvor im Wesentlichen ein Dasein im Liegen geführt, auf dem Sofa, im Bett, auf der Auslegeware, vielleicht auch Jahre. Und dann hat er sich aufgerafft und ist in die teilstationäre Entgiftung gefahren, jeden Morgen. Otis machte sich fertig für die Schule, sein Vater für die Entgiftung.

Wahrscheinlich hat er das für ihn gemacht, und er weiß es zu schätzen.

– Was war zuerst da, fragt sie. Das Trinken deines Vaters oder die Sache mit deiner Mutter?

– Das Trinken kam erst später, sagt er, glaube ich.

Vorher war es ihm nicht aufgefallen. Erst die Mutter, dann die Trauer, die gegenseitige Wut. Eine Weile sind sie nur noch durch das Haus gerannt und haben mit den Türen geknallt, als wäre das ein unsensibler Morsecode. Dann wurde es still, erst Otis, dann der Vater. Und dann ist ihm aufgefallen, dass aus den zwei oder drei leeren Bierflaschen am Morgen im Korb bei der Kellertreppe sechs oder acht wurden, und irgendwann lag die Wodkaflasche im Eisfach. Angemerkt hat er ihm selten etwas, kein Getorkel oder Gelalle, und er wusste ja, dass es Gründe gab, dass sein Vater traurig war, er war selber traurig. Aber sie konnten sich nicht wirklich trösten, nicht bis auf den Grund, auch wenn er es versucht hat.

Sein Vater hat nicht mehr gearbeitet. Erst saß er noch zusammengesunken mit rundem Rücken vor dem Computer im Arbeitszimmer, wenn Otis aus der Schule nach Hause kam. Er starrte auf den Bildschirm, die Hände wie zwei schwere Tiere auf der Tastatur. Zu essen hat Otis sich dann selber gemacht, Pfannengemüse, Tiefkühlpasta. Und später fand er ihn meistens auf dem Sofa, im Bett, auf dem Rasen vor.

– Weißt du, was das ist, eine Depression?

Otis schaut sie an, er weiß nicht, was er sagen soll, er nickt, aber dann hört er schnell wieder damit auf.

– Ich sage es dir trotzdem mal, aus meiner Sicht. Wenn ein Mensch eine sogenannte depressive Episode erlebt, dann ist er die meiste Zeit niedergeschlagen, er hat schlechte Laune, ist oft auch gereizt, die Stimmung hellt sich im Tagesverlauf nicht wirklich auf, sagt man. Ein Mensch kann sich dann nicht mehr richtig freuen, er verliert das Interesse an den Dingen, die ihm eigentlich Spaß gemacht haben.

Otis sieht seinen Vater auf dem Sofa liegen, und die Schallplatte dreht sich leer auf dem Plattenteller, vermutlich seit Stunden.

– Ein Mensch kann sich dann zu nichts mehr aufraffen, der Antrieb fehlt, sagt man, und das hat nichts mit Faulheit zu tun oder fehlender Disziplin, gerade das ist nämlich die Krankheit, es geht wirklich nicht. Es ist eine Krankheit, verstehst du? Manchmal schlafen die Leute nur noch, liegen den ganzen Tag im Bett, oder manchmal passiert auch das Gegenteil, sie können nicht mehr schlafen und rennen durch die Gegend wie im Hamsterkäfig. Sie essen entweder mehr und nur noch ungesunde Sachen und nehmen an Gewicht zu, oder sie haben gar keinen Appetit mehr. Manche vernachlässigen sich in jeglicher Hinsicht, die Körperpflege zum Beispiel. Und manchmal denken Menschen dann darüber nach, nicht mehr leben zu wollen, sie haben Schuldgefühle und denken sehr schlecht über sich selbst, sie machen sich Vorwürfe. Sie grübeln ständig über alles Mögliche nach, was sie für Fehler gemacht haben zum Beispiel. Manche Menschen überspielen das gut, denen merkt man im Grunde nichts an, sie sind gute Schauspieler, sie machen gute Miene zum bösen Spiel. Kommt dir das bekannt vor?

– Möglicherweise, sagt er und muss sich räuspern.

Sein Vater kann gut lächeln, er kann gut Witze machen, er lacht über sich selbst und andere.

Er mag dieses Gespräch nicht.

– Und du?, fragt sie plötzlich. Kennst du das selbst, Depression? Von dir selbst, meine ich?

Otis ist verblüfft, das hat er sich wirklich noch nie gefragt. Kinder-Depression. Mit der Extraportion schlechte Laune.

– Hihi, macht er und kommt sich unsagbar doof vor.

MICHAEL WEINS

geboren 1971 in Köln, lebt als Schriftsteller und Psychologe in Hamburg. 2016 erhielt er den *Hubert-Fichte-Preis* der Freien und Hansestadt Hamburg. Zuletzt erschien *Sie träumt von Pferden*, Erzählungen, mairisch Verlag 2015. Bei dem vorliegenden Text handelt es sich um einen Auszug aus dem gleichnamigen Romanmanuskript.

www.michaelweins.de

Simon Urban

WIE ALLES BEGANN UND WER DABEI UMKAM

Je älter wir werden, desto mehr müssen wir verschweigen. Wenn ich in meinem Leben eine Überzeugung gewonnen habe, der ich bedenkenlos den Stellenwert eines Naturgesetzes zuschreibe, dann ist es diese: Jedes Jahr häuft neue Empfindungen und Haltungen an, die wir in uns einzuschließen verdammt sind, weil ihre öffentliche Äußerung unsere soziale und ökonomische Existenz erst gefährden und schließlich vollständig vernichten würde.

Ich gehe inzwischen davon aus, dass alle Menschen diese Erfahrung machen und dass alle Menschen sie als gleichermaßen verstörend oder sogar schizophren empfinden. Plötzlich entdecken sie Standpunkte in sich, die stark von gültigen Konventionen, grundlegenden Werten ihres persönlichen Umfelds oder vom jeweils herrschenden Zeitgeist abweichen. Die wenigsten stellen sich diesem Phänomen, realisieren oder akzeptieren ihre von der Gesellschaft tabuisierten Empfindungen und versuchen, irgendwie mit den Folgen klarzukommen. Die meisten machen es sich einfacher und verdrängen das alles, so gut es eben geht. Was sie allesamt tun, ist schweigen. Nur in sehr seltenen, existenziellen, emotionalen oder berauschten Momenten blitzt manchmal ein wenig von dem auf, was eigentlich nie sichtbar werden sollte. Dann blicken wir auf die einsame Spitze eines Eisbergs, die sich für ein paar Sekunden in monströser Schonungslosigkeit aus dem tintigen Wasser erhebt, bevor sie für immer darin verschwindet. Und uns wird bewusst, was wir zwangsläufig entdecken würden, wenn wir uns trauten, nur einmal wirklich tief zu tauchen.

Ich denke über das Phänomen des überlebensnotwendigen Verschweigens bereits seit mehreren Jahrzehnten nach. Die ersten Beobachtungen dazu habe ich als Dreizehnjähriger gemacht, meine Eltern und ich wohnten damals noch im Haus meiner Großmutter. Mein Großvater war Mitte der 1970er-Jahre überraschend an einer Lungenentzündung eingegangen, was seiner ohnehin verbitterten Frau den Rest gab, beziehungsweise nahm. Meine Großmutter, eine knochige, leptosome Erscheinung in zumeist hellen Kleidern, stakste von nun an auf der Suche nach neuen Opfern durch ihr *Eigentum*, wie der cremefarben verklinkerte Bungalow in der Nähe von Stuttgart familienintern genannt wurde. Sie hatte das gemeinsame Leben mit meinem Großvater so inbrünstig gehasst wie ihn selbst, nun brachte dieses Leben sie viel zu früh um die tägliche Zielscheibe ihres hoch entwickelten Sadismus. Dass der *Jupp!* (ich merkte erst Jahre nach dem Tod der Großmutter, warum sie einen Kosenamen zum Schimpfwort umfunktioniert hatte: in der verächtlich hervorgestoßenen Silbe *Jupp!* ließ sich sehr viel mehr gebündelte Abscheu zum Ausdruck bringen als mit den beiden geschmeidigen Silben *Josef*) sich seiner Bestimmung als Hauptschuldiger für alles, was jemals passiert war und noch passieren konnte, einfach so entzog, machte aus ihrer zielgerichteten Bösartigkeit eine wahllose.

Für meinen Großvater hingegen wird der Tod wohl zu den angenehmeren Erfahrungen seines Lebens gehört haben. Er tauschte ewige Ruhestörung gegen ewige Ruhe, und das schien mir schon als Kind ein ziemlich gutes Geschäft zu sein.

Meine Eltern und ich hausten von 1977 an in der kleinen und ziemlich dunklen Einliegerwohnung im Souterrain des *Eigentums*, während die Großmutter nach der plötzlichen Desertion ihres Mannes auf mehr als 130 Erdgeschossquadratmetern residierte. Rückblickend frage ich mich, warum meine Eltern dieses Mietverhältnis, das in Wahrheit ein kostenpflichtiges Abhängigkeitsverhältnis war, überhaupt so lange mitgemacht haben. Vorteile brachte es meines Wissens nicht mit sich. Selbst die jeweils Mitte des Monats in bar zu begleichende *Pacht* für unsere dreieinhalb schummrigen Zimmer sowie die ungenutzte Kellersauna enthielt keinen Hauch von Familienrabatt.

Das plötzliche Verschwinden des Großvaters in seiner Funktion als verantwortlicher Sünder verschärfte unsere Wohnsituation zusätzlich. Da die Natur auch einer Frau wie meiner Großmutter rudimentäre, genetisch festgeschriebene Kindes- und Enkelliebe nicht ersparen kann, richteten sich ihre Angriffe allerdings nur gelegentlich gegen meinen Vater oder mich, dafür jedoch umso häufiger gegen ihre Schwiegertochter, was wohl nicht anders zu erwarten gewesen war. Am Beispiel meiner Mutter studierte ich in diesen Jahren mit wachsender Ernüchterung, dass ein gutmütig-friedvoller Charakter zu den größten Katastrophen zählt, die einem das Erbgut einbrocken kann. Ich habe jedenfalls nie einen *ausgelieferteren* Menschen erlebt als die Frau, die mich geboren hat. Vermutlich müsste ich eine langwierige Therapie über mich ergehen lassen, um halbwegs professionell klären zu können, welchen Einfluss die damaligen Verhältnisse tatsächlich auf meine Adoleszenz nahmen. In einem Punkt bin ich mir aber absolut sicher: Ich lernte damals, dass bedingungslose Duldsamkeit nie Mitleid produziert, sondern ausschließlich mehr Leid. Die Wehrlosigkeit der

Mutter erwies sich in immer neuen Variationen als dringend benötigter Treibstoff für den rasenden großmütterlichen Hass. Erst viel später stieß ich auf Adornos Satz, nach dem nur derjenige geliebt wird, der schwach sein kann, ohne Stärke zu provozieren. Darin, dass die Mutter von der Großmutter nie geliebt wurde, waren Adorno und ich uns jedenfalls einig.

Worin genau die Vergehen der Mutter bestanden, habe ich akribisch in einer Art Tagebuch festgehalten, was mich heute, ehrlich gesagt, erstaunt. Mit welcher Motivation ich diese Notizen 1987 (wie gesagt, im Alter von gerade mal 13 Jahren) machte, kann ich rückblickend nicht mehr feststellen. Vielleicht hatte ich das unbestimmte Gefühl, eine Art Student zu sein, der zufällig in ein faszinierendes Experiment zu Strukturen und Strategien der Machtausübung geraten war und sichergehen wollte, das Gelernte nie wieder zu vergessen.

Meine Aufzeichnungen belegen, dass besonders viele Fehler der Mutter darin bestanden, die täglichen Aufträge ihrer Vermieterin unvollständig oder zur falschen Zeit auszuführen. Am 17. Mai 1985 hatte meine Mutter zum Beispiel die Pferdesalbe, mit der die Großmutter auf ärztlichen Rat hin täglich ihre Gelenke einreiben musste, nicht schon vormittags um 11:00 Uhr aus der Quellen-Apotheke in Botnang besorgt, sondern – wie ich schriftlich festhielt: *infolge eines Staus im Stadtgebiet, verursacht durch den Unfall eines Notarztwagens, dessen Fahrer bei ca. Tempo 130 die Kontrolle über sein Fahrzeug verlor und einen Brückenpfeiler rammte* – erst gegen 13:30 Uhr. Eine Woche später war die Wäsche der Großmutter nicht, wie gefordert, *bis zum frühen Nachmittag gewaschen, getrocknet und geplättet*, sondern erst gegen 19:00 Uhr (in diesem Fall gibt es keine Entschuldigung). Schon am nächsten Tag hatte meine Mutter bereits gegen 08:05 Uhr begonnen, das mit Orientteppichen ausgelegte Wohnzimmer der Großmutter zu saugen, obwohl eigentlich 08:30 Uhr vereinbart worden war und die Großmutter ihre Frisur noch nicht vollständig *hergerichtet* hatte. Den Grund für das verfrühte Saugen habe ich mit blauer Tinte auf weißem Kästchenpapier festgehalten: Meine Mutter wollte sichergehen, dass sie das Mittagessen (die Abkürzung *Köklo* wird wohl für die von mir damals über alles geliebten Königsberger Klopse stehen) um exakt 12:00 Uhr auf den Tisch bringen konnte, denn in diesem Punkt hatte sich die Großmutter wiederholt als besonders empfindlich erwiesen.

Blättere ich heute in dieser kindlichen Dokumentation einer familiären deutschen Tyrannei des ausgehenden 20. Jahrhunderts, bleibt mir nichts anderes übrig, als festzustellen, dass meine Mutter massiv gestört gewesen sein muss. Sie wurde während unserer insgesamt neun dämmrigen Souterrainjahre für ihre Arbeit wie eine durchschnittliche Putzfrau bezahlt (laut meiner Unterlagen zunächst mit fünf D-Mark in der Stunde, später – dank der zaghaften Intervention meines Vaters – mit 50 Pfennig mehr) und hatte sich offenbar selbst mit dem Argument überzeugt, auf diese Weise Nebenverdienst und familiäre Solidarität unter einen Hut bringen zu können. Ihren Lohn erhielt sie monatlich in bar, er wurde von unserer Miete abgezogen. Meine Mutter übergab der Großmutter, die sich zu diesem Anlass feierlich an den sonst ungenutzten Schreibtisch (ich sollte erst später erfahren, dass es sich dabei um ein Original von David Roentgen handelte) ihres verstorbenen Mannes setzte, 250 D-Mark *Pacht* inklusive Nebenkosten und erhielt 120 D-Mark *Lohn* zurück. Das kam mir vor, als würde meine Mutter 130 D-Mark bezahlen, um für meine Großmutter schuften zu dürfen.

Mein Vater taucht in meiner Erinnerung an diese Zeit kaum auf. Er *schaffte* viel (als leitender Bauingenieur) und verschwand am Wochenende mit ausschließlich männlichen Freunden zum Angeln, wenn man konzentriertes Dosenbiertrinken am Ufer eines Forellenzuchtteichs in Büsnau so nennen möchte. Obwohl ich davon ausgehe, dass er meine Mutter angesichts der unangenehmen Begleitumstände ihrer Arbeit im *Eigentum* insgeheim bedauerte, habe ich keine einzige Situation notiert, in der er sich vor den Augen und Ohren meiner Großmutter auf die Seite seiner Ehefrau geschlagen hätte. Er ist mir vor allem als konfliktscheuer, in sich gekehrter Mann ohne jedes Talent für Kommunikation und Humor in Erinnerung geblieben, dessen einziger Lösungsansatz immer darin bestand, Problemen in einem unbeobachteten Moment auszuweichen, statt sie anzupacken.

Ein alter Freund des Vaters, dem ich vor vielen Jahren zufällig in Düsseldorf begegnete und der mich vor lauter Verwunderung über unser unerwartetes Zusammentreffen *mitten in einer Millionenstadt* (das war natürlich Blödsinn) sofort auf mehrere Biere in eine neblige Raucherkneipe einlud, sagte bei unserer Verabschiedung in melancholischem Tonfall, mein *Herr Papa* sei nun mal ein Mann, mit dem man *keinen Krieg gewinnen könne*. Ich muss ihn daraufhin ziemlich perplex angesehen haben, denn er entschuldigte sich sofort für seine Wortwahl, und es kostete mich mehrere Minuten, ihn davon zu überzeugen, dass ich keineswegs pikiert oder beleidigt war, sondern ihm im Gegenteil sehr für diese Formulierung dankte – denn zum einen hatte ich es in all den Jahren selbst nie geschafft, meinen Vater so knapp und treffend zu charakterisieren, zum anderen konnte ich Gespräche über ihn nun mit einem einzigen Satz beenden.

Zu den Begriffen, die meine Großmutter unwiderruflich geprägt hat, zählt besonders das Wort *Mangelhaftigkeit*. Es bezeichnete in ihrem Sprachgebrauch alles, was andere Menschen falsch machten, und schien sich dabei an der Schulnotenterminologie zu orientieren, denn in besonders drastischen Fällen von Fremdversagen wurde auf die Formel *vollkommen ungenügend* zurückgegriffen. Wie genau sie meine Mutter fertigmachte, entschied die Großmutter nach keinem erkennbaren Schema, vielleicht war es Tagesform. Ihr Repertoire umfasste spöttische Blicke, Nachäffen, hämische Kommentare, verletzende und erniedrigende Bloßstellungen, polemische Beleidigungen, akribisch gesammelte Vorwürfe, dreiste Lügen (heute würde man wohl *fake news* sagen), plötzliches enthemmtes Losbrüllen und die Drohung der Kündigung von *Einstellung* (gemeint war wohl: Anstellung) sowie Souterrainwohnung (ich lernte bei dieser Gelegenheit, dass Immobilienbesitz nicht vorrangig Geld, sondern Macht bedeutet). Meine Mutter ertrug die Beschimpfungen meist stumm, wenn sie etwas zu ihrer Entschuldigung vorzubringen hatte, tat sie es leise und sachlich. Waren wir anschließend im Souterrain unter uns, nahm sie die Großmutter sofort gegen meine Vorwürfe in Schutz, weil die Oma nun mal einsam sei, *pommersches Temperament* besäße, es nicht so meine, vor Kurzem den Mann verloren habe, streng erzogen worden wäre, es nie einfach gehabt habe, auch ihr *Päckchen tragen müsse*, einer ganz anderen Generation angehöre, es nicht besser wisse und trotz allem immer noch meine Großmutter sei. Die Mutter verstand die Großmutter besser als die Großmutter sich selbst. Sie war ihre erfolgreichste Verteidigerin, sie wurde nie laut und sie weinte nie. Meine Mutter war geboren, um hinzunehmen.

Ich nicht.

Natürlich verhinderten die konkreten Umstände und mein jugendliches Alter, dass ich damals irgendetwas hätte tun können. Die Großmutter herrschte unangefochten über unser kleines Reich, und meine Eltern waren in vielfacher Hinsicht unfähig und unwillig, aus eigener Kraft etwas an ihrer Situation zu ändern. Für meinen abwesenden Vater erwies sich die Lage unterm Strich sogar als gar nicht so übel; der einseitige Konflikt der Frauen ließ beiden Lagern kaum Kraft für Konflikte mit ihm übrig. Außerdem spekulierte er wohl darauf, eines Tages das *Eigentum* zu übernehmen, und hielt sich schon deshalb zurück. Meine Mutter hingegen war in dem Glauben erzogen worden, dass nichts auf der Welt heiliger sei als die Familie. Hätte sie das Handtuch geworfen, wäre ihr zwangsläufig die Hauptschuld am Scheitern unserer Irrenhausgemeinschaft zugeschrieben worden, außerdem muss man ihr wohl eine nahezu vollkommene Lethargie unterstellen, was die Beseitigung von Missständen angeht.

Mir fehlte es also nicht nur an Reife und an Mitteln, sondern auch an Verbündeten. Woran es mir nicht fehlte, war der feste Wille, die Ungerechtigkeit, die sich tagtäglich vor meinen Augen abspielte, vollständig zu erfassen, sachlich, aber schonungslos zu bewerten und auf diese Weise ein Gegengewicht zur großmütterlichen Gemeinheit zu schaffen. Das Verhalten meiner Eltern zeigte mir, dass ich dabei keine ernst zu nehmende Hilfe von ihnen erwarten durfte. Obwohl es zweifellos ihre Pflicht gewesen wäre, die mehr als problematische Lage mit ihrem pubertierenden Sohn offen zu besprechen und einzuordnen, kam von meinem Vater gar nichts und von meiner Mutter lediglich der wiederholte hilflose Versuch, mir die hausintern tobenden Schlachten als ganz normale *Scharmützel* zu verkaufen, die nun mal nicht zu umgehen seien, wenn man mit drei Generationen unter einem Dach lebe. Ich bin überzeugt, dass die Mutter, wenn sie in diesen Jahren an einen Lügendetektor des FBI angeschlossen worden wäre, von einem im Grunde recht harmonischen Miteinander im *Eigentum* zu berichten gewusst hätte, ohne damit den Verlauf der Aufzeichnungsnadel auch nur im Geringsten aus der Ruhe zu bringen. Sie sah, was sie sehen wollte. Dass ihre allumfassende Milde der Hochleistungsmotor einer Tragödie war, die meine Mutter sich nicht eingestehen konnte, weil die dazu notwendige Verurteilung des großmütterlichen Handelns von ihrer Milde unmöglich gemacht wurde, wäre ihr nie in den Sinn gekommen.

Am 3. Juni 1988 begann ich mit den Prozessvorbereitungen gegen die Großmutter. Auch wenn mein gerade mal neun Quadratmeter großes, sogenanntes *Jugendzimmer* voller Batman- und Nena-Poster eher einen denkwürdigen als einen würdigen Gerichtssaal abgab, reichte es für meine Zwecke vollkommen aus. Weder die Zeugen noch die Angeklagte selbst würden schließlich persönlich zur Hauptverhandlung erscheinen. Ich hatte im Bücherschrank des Großvaters einen alten Kommentar zum StGB gefunden, dessen hellgrauer Einband die Trockenheit der Materie bereits ästhetisch auf den Punkt brachte, und mich rund drei Wochen lang mit *Schuldfähigkeit, Täterschaft und Teilnahme* sowie mit *Straftaten gegen die persönliche Ehre* befasst. Mein besonderes Interesse galt Abschnitt 14 des StGB und dort § 185 (Beleidigung), § 186 (Üble Nachrede) sowie § 187 (Verleumdung). Außerdem lag mein Augenmerk auf § 234 (Menschenhandel zum Zweck der Ausbeutung der Arbeitskraft) und § 223b (Misshandlung von Schutzbefohlenen).

Das Verfahren erwies sich als kompliziert. Meine Probleme begannen damit, dass die geschädigte Person zugleich die Anwältin der Angeklagten war (meine Mutter), dass einer der beiden Zeugen (mein Vater) die Aussage verweigerte und der Hauptbelastungszeuge (ich) nebenbei auch noch als Staatsanwalt, Richter und Protokollführer fungieren musste. Gleichzeitig fehlte mir ein Gutachter, der die Angeklagte auf ihre Schuldfähigkeit hin hätte untersuchen können. Auch die Rolle des ermittelnden Polizeibeamten übernahm ich schließlich selbst. Denn wenn ich für die Taten meiner Großmutter ein angemessenes Urteil finden wollte, konnte ich auf eine stichhaltige Beweisaufnahme, die vor Gericht meinen eigenen Fragen standhielt, nicht verzichten.

Obwohl diese Ausgangssituation erhebliche Hürden mit sich brachte, war ich äußerst motiviert, den Prozess tatsächlich stattfinden zu lassen und erfolgreich abzuschließen. Für die Vorbereitung erwies sich vor allem ein Diktiergerät als hilfreich, das mein Vater früher bei Baustellenkontrollen verwendet hatte, um sich im Winter nicht andauernd mit eisigen Fingern Notizen über den Fortschritt der Arbeiten machen zu müssen. Später hatte er damit die Unterhaltungen seiner Saufkumpane am Forellenteich aufgenommen und eine Zeit lang ernsthaft mit dem Gedanken gespielt, diese an Banalität nicht zu überbietenden Dialoge als Grundlage für einen *Live-Angel-Ratgeber* (was auch immer das sein sollte) zu verwenden. Seit mein Vater selbst kaum noch Baustellenkontrollen durchführte und überdies erkannt hatte, dass niemals ein Verleger die kargen Dialoge der angetrunkenen *Forellenfreunde Büsnau* in Buchform bringen würde, lag das Gerät der Marke Grundig in einer Schublade und diente mir nun nicht nur zum

Protokollieren von Aussagen, sondern auch als unersetzliches Werkzeug meiner Ermittlungen.

Ich versteckte es angeschaltet in einer Seitentasche meines Fjällräven-Rucksacks und führte über einen Zeitraum von rund vier Monaten 63 Gespräche. Dabei war es mir wichtig, auch Personen außerhalb des *Eigentums* zu Wort kommen zu lassen. Denn um im Hauptverfahren bestehen zu können, musste ich ein möglichst vielschichtiges Bild unserer Familiensituation aus den unterschiedlichsten Perspektiven zeichnen (das hatte ich in der Fernsehserie *Matlock* gelernt). Ich unterhielt mich mit mehreren Nachbarn und Nachbarskindern, mit der Cousine meiner Mutter und dem Halbbruder meines Vaters. Ich täuschte Fieber vor und zwang unserer Hausärztin Dr. Strathmann bei laufendem Tonband ein Gespräch über meine Großmutter und die Sorgen auf, die ich mir um ihren nervlichen Zustand machte. Ich sprach mehrfach mit der Mutter in ihrer ihr unbewussten Funktion als Anwältin der Großmutter und versuchte zumindest zweimal meinen Vater zum Reden zu bringen, womit ich erwartungsgemäß keinen Erfolg hatte. Von sämtlichen Vernehmungen fertigte ich Protokolle auf unserer Olympus-Schreibmaschine an, verstaute sie in einem unauffälligen Schulschnellhefter mit dem Titel *Material Sozialkunde* und schloss die Mappe in meinem Schreibtisch ein. Fünf Mal besuchte ich unter dem nicht mal erfundenen Vorwand, mich für ein Jurastudium zu interessieren, öffentliche Verhandlungen am Amtsgericht und am Schwurgericht Stuttgart.

Nach Beendigung der Verhöre versteckte ich das Diktiergerät an insgesamt 24 Tagen im Wohnzimmer der Großmutter und zeichnete kleine bis große *Scharmützel* auf, die ich anschließend ebenfalls verschriftlichte und nach Intensität der

Auseinandersetzungen sortierte. Als sich die inhaltlichen Vorwürfe der Großmutter sowie ihre Methoden und Strategien erkennbar zu wiederholen begannen, schloss ich die Beweisaufnahme ab.

Während die Organisation des Prozesses mir immer wieder Schwierigkeiten bereitete und außerdem deutlich langwieriger gewesen war, als ich erwartet hatte, brauchte ich für die Urteilsfindung nur einen Samstag, den 14. Dezember 1985. Meine Eltern besuchten von Freitagabend bis Sonntagabend einen Schulfreund meines Vaters in Kassel, meine Großmutter absolvierte gerade ihren jährlichen Kuraufenthalt in Bad Oeynhausen (eine als Nervenpflege getarnte Rundreise durch westfälische Wirtschaften). Nachdem ich meine Arbeit bislang ausschließlich im Jugendzimmer verrichtet hatte, verlegte ich die Hauptverhandlung ins Wohnzimmer der Großmutter, der Schreibtisch des Großvaters diente mir als Richterpult. Die Angeklagte, ihre Anwältin, die Klägerin und die wichtigsten Zeugen erschienen in Form von zum Teil gerahmten Porträtfotos im Sitzungssaal, die ich im Halbkreis auf Stühlen und Sesseln verteilte.

Ich eröffnete den Prozess mit der Verlesung der Anklageschrift, an der ich rund drei Wochen lang gefeilt hatte. Darin warf ich der Großmutter Beleidigung, Verleumdung und Üble Nachrede in 24 Fällen vor, (wobei eine geschätzte Dunkelziffer von weit über 1.000 Taten seit 1977 genannt wurde), außerdem vorsätzliche Körperverletzung durch seelische Folter (bei gleicher Anzahl von Taten und Dunkelziffer) sowie Menschenhandel zum Zweck der Ausbeutung der Arbeitskraft in neun Fällen (in denen meine Mutter Tätigkeiten wiederholt und unbezahlt ausführen musste, weil die Großmutter mit der ersten Ausführung nicht zufrieden gewesen war). Als Beweismittel präsentierte ich sämtliche Abschriften meiner Tonbandaufnahmen und verlas exemplarische Passagen laut. Darin fielen Beleidigungen wie *blöde Kuh, Minderbemittelte, Schlunze, Versagerin, gehirnlose Närrin, strunzdummes Vieh* oder besonders häufig: *du dämliches Sauweib*. Außerdem wurde der Mutter wiederholt vorgeworfen, eine *krankhafte Erbschleicherin* zu sein, die die Großmutter *unter den Lehm bringen* wolle (offenbar eine pommersche Redensart) etc.

Während ich als Hauptbelastungszeuge sämtliche zur Last gelegten Straftaten einschließlich ihrer fehlenden Rechtfertigung bestätigen konnte, blieb mein Vater stumm. Sein Halbbruder sagte auf Tonband aus, die Mutter sei *der führende Box-Sack von Baden-Württemberg – so viel einzustecken und sich dann hängen lassen, schaffe sonst niemand*. Die Cousine der Mutter begann zu weinen, als sie auf das Verhalten der Großmutter angesprochen wurde. Ich spielte ihr Schluchzen, Schnaufen und Schniefen in voller Länge ab (fast fünf Minuten), anschließend sagte die Cousine, *die Großmutter bekomme in der Hölle einen Platz in Luzifers Loge, so viel sei sicher*. Ich rief Frau Dr. Strathmann als vereidigte Gutachterin in den Zeugenstand und bat sie um eine Einschätzung der großmütterlichen Schuldfähigkeit. Dr. Strathmann gab zu Protokoll, dass die Angeklagte sich ihrer Überzeugung nach bester geistiger Gesundheit erfreue und die beschriebenen familiären Konflikte keine Folge psychischer Erkrankungen seien, sondern vielmehr als *charakterlich gelagert* betrachtet werden müssten. Der Halbonkel hingegen kam zu der Diagnose *die Omma habe ordentlich einen an der Marmel, vielleicht auch Hirntumor*. Meine Mutter brachte zur Verteidigung vor, was sie immer vorgebracht hatte. Das Gericht nahm ihre

Argumente zur Kenntnis. Der Vertreter der Staatsanwaltschaft machte es kurz und forderte die Höchststrafe.

Die Sonne war schon hinter den Blautannen verschwunden, mit denen der Großvater das *Eigentum* umstellt hatte, als die Urteilsverkündung begann. Ich sprach die Großmutter in sämtlichen Anklagepunkten schuldig. Aufgrund der eklatanten Zahl von Wiederholungstaten, dem Fehlen jedes nachvollziehbaren Motivs sowie jeder Form der Einsicht oder Reue, stellte ich außerdem die besondere Schwere der Schuld fest. Da die Großmutter der Mutter quasi vorsätzlich und wortwörtlich *das Leben nehme*, bewertete ich ihre Handlungen als wiederholten Mordversuch. Um 18:04 Uhr verkündete ich das Strafmaß und verurteilte die Großmutter zum Tode. Eine Berufung war nicht möglich.

SIMON URBAN

geboren 1975 in Hagen, Studium der Germanistik und Komparatistik in Münster, Studium am Deutschen Literaturinstitut Leipzig. Sein Roman *Plan D* (2011) wurde in elf Sprachen übersetzt. 2014 erschien der Roman *Gondwana*. 2013 war er Writer in Residence beim *International Writing Program* der Universität Iowa. Für die *ARD* schrieb er die Erzählvorlage zum Spielfilm *Exit* (2020). 2020 erhielt er für das vorliegende Romanmanuskript *Wie alles begann und wer dabei umkam* den *Hamburger Literaturpreis*. Sein Roman erscheint 2021 bei Kiepenheuer & Witsch. Er lebt in Hamburg und Techau (Ost-Holstein).

Rasha Khayat

FELIZIA

Vitalis Pizzabude liegt nur ein paar Schritte vom Krankenhaus entfernt, und die Viertelstunde, bis Cem kommt, will ich nicht allein dort an einem Tisch sitzen. Also laufe ich die Straße hinauf in Richtung Fußgängerzone. Der 257er Bus zockelt träge an mir vorbei, hält an der Haltestelle und spuckt ein paar Krankenhausbesucher aus. Sie sehen alle gleich aus. Als stammten sie aus derselben Fabrik.

In den Schaufenstern gibt es nichts zu sehen. Früher war hier der Buchladen, in dem ich meine Schulbücher kaufte, und nebenan die Zeitungsredaktion, wo ich mein erstes Schulpraktikum machte. Daneben ein Reisebüro und das alte Rathauscafé, wo es im Sommer Eis und im Winter Kinderpunsch gab. Heute gibt es weder den Buchladen noch das Reisebüro oder die Zeitungsredaktion. Es sind Ein-Euro-Läden, die Tupperdosen und Wachstischdecken und Badeschlappen verkaufen, alles für 99 Cent. Es gibt nichts Traurigeres als Seidenblumengirlanden in einer fast ausgestorbenen Fußgängerzone. Das Rathauscafé ist der einzige Laden in der Straße, der noch unverändert ist. Auf der Terrasse sitzen alte Damen mit Dauerwelle und alte Herren in Blousonjacken, trinken Filterkaffee und essen dazu Käsesahnetorte. Die Zeit hier ist einfach stehen geblieben. Gegenüber auf den Stufen des Rathauses, wo heute niemand arbeitet, sitzen ein paar Jugendliche, trinken Dosenbier und spielen laute Musik auf ihren Handys. Ein Junge übt mit einem Skateboard kleine Tricks, und ich kann zwei Mädchen kichern sehen. Trinken vor dem Rathaus, trinken an der Tankstelle, trinken im Hof der Freiwilligen Feuerwehr. So wie wir damals, nur ohne Handys. Dank der grauen Rentnerhaare und der grauen Straße und der grauen Teenagergesichter übersieht man, dass das Rathaus eigentlich ganz schön ist. Ein roter Backsteinbau, vielleicht aus dem 19. Jahrhundert, mit Giebeln und schönen, großen Fenstern. Aber das Grau schluckt auch das kleinste bisschen Glanz, was dieser verdammte Un-Ort zu bieten hätte.

Als ich bei Vitali ankomme, sitzt Cem schon an einem der drei Alutische draußen auf dem Gehsteig. Neben dem Eingang hängt ein Fernseher, wo offenbar gleich eine Fußballübertragung beginnt. Vitali sitzt am Nebentisch in seiner dreckigen Schürze, raucht und starrt auf den Fernseher, wo Oliver Kahn seine Analysen und Prognosen zum Besten gibt. Jedes Mal, wenn ich Oliver Kahn sehe, denke ich an den allerersten Artikel, den ich je geschrieben habe. Ich war Schülerpraktikantin in der Lokalredaktion, und Oliver Kahns Wechsel vom SC Karlsruhe zu Bayern München war damals der Transfer des Sommers. Ich war fünfzehn, und mein größter Traum war es, Sportreporterin zu werden. Man ließ mich einen Kommentar zu dem Wechsel verfassen, streng beäugt vom Chefredakteur, der mich den Artikel mehrfach bearbeiten ließ, aber am Ende wurde er tatsächlich gedruckt, mit meinem Namen unter der Überschrift: *»Adios, Olli« von Johanna Sonntag.*

Matthäus hatte fünf Exemplare der Zeitung gekauft, eine wurde ganz gelassen und in eine Klarsichthülle gesteckt, aus vieren schnitt er den Artikel aus, einer wurde gerahmt und in die Küche gehängt, einer laminiert und abgeheftet, einer an Adam gegeben und einer landete in einem Briefumschlag, adressiert an meine Mutter.

Cem steht von seinem Stuhl auf und umarmt mich. »Dein alter Freund«, sagt er lachend und zeigt auf den Fernseher. In all den Jahren ist er wohl beinahe so oft an dem gerahmten *»Adios, Olli«* vorbeigelaufen wie ich selbst.

»Was kann ich für euch tun?«, fragt Vitali, der sich endlich aufgerafft hat, seine einzigen Kunden an diesem Samstag zu bedienen.

»Ich nehm ein Bier und eine Pizza Tonno«, sage ich.

»Und für mich ein Wasser und eine Pizza Caprese«, sagt Cem.

Vitali zieht sich in seinen Laden zurück, den Kopf in Richtung Fernseher gedreht, und ich hole meine Kippen aus der Tasche.

»Wann gewöhnst du dir den Mist endlich ab?«

»Wann hörst du endlich auf, mich bekehren zu wollen?«, gebe ich zurück, zünde mir eine Kippe an und blase Cem den Rauch trotzig ins Gesicht.

»Wie läuft's mit Alia und den Mädchen?« Cems Frau hat ihn vor einigen Monaten rausgeworfen. Er würde zu viel arbeiten und mehr Zeit mit seinen Junkies und Sozialfällen verbringen als mit seinen eigenen Kindern und sie hätte jetzt die Schnauze endgültig voll, hatte sie gesagt und ihn vor die Tür gesetzt.

»Ganz okay. Ich glaube, wir bekommen das wieder hin.«

Cem ist ein unverbesserlicher Optimist.

Vitali bringt unsere Getränke und bleibt eine Weile vor dem Fernseher stehen, wo gerade die Mannschaftsaufstellung für das Länderspiel eingeblendet wird.

»Ach, guck dir das an«, schnauft er und wedelt mit einem Küchentuch dem Fernseher entgegen. »Özil, Gündogan, Boateng! Was spielen die denn in deutsche Mannschaft, hä? Sind das doch keine Deutschen! Ach, leck mich doch!«

Genervt winkt er ab und kehrt zurück in seine Küche.

Cem lacht. Ich nicht.

»Genau, soll der Italiener mir doch erklären, dass Gündogan nicht für Deutschland spielen darf! Mann ey, die Leute hier …«

»Ach Hanni, halt einfach die Luft an«, unterbricht mich Cem und reicht mir das Bier, um mich zum Schweigen zu bringen. »Du kennst die Leute doch. Das war alles nie anders.«

»Heißt ja nicht, dass es deswegen gut ist«, antworte ich beleidigt.

»Ach, der meint das nicht so, Fußball ist eben 'n ernste Sache, gerade dir muss ich das doch nicht erklären.«

Vitali bringt unsere Pizzen.

»Ist ja gut, ich sag ja nichts mehr. Aber wenn wir schon beim Thema sind – hast du in letzter Zeit was von unserem alten Freund gehört?«

Cem zuckt mit den Schultern. »Nichts Neues. Erzähl mir lieber, wie's Felizia geht.«

»Nichts Neues«, sage ich knapp und beiße ein Stück Pizza ab, um nicht loszuschluchzen.

»Und wie geht's dir?«

»Wie soll's mir schon gehen. Ehrlich gesagt bin ich froh, dass ich mich um irgendwas kümmern kann. Da denkt man nicht so viel nach, wie man hier gelandet ist.« Ich spüle die Pizza mit einem Schluck Bier runter.

»Aber wie geht es dir, Hanni?«

»Du gibst echt nie auf, oder?« Ich schaue Cem an, sein liebes, vertrautes Gesicht, das voll ist mit tiefer, ehrlicher Traurigkeit. Wie schafft er das nur? Wie hat er das immer geschafft, schon als Junge? Dass ihm die Ehrlichkeit so ins Gesicht geschrieben steht, ohne Angst, ohne Maske. Cem wollte nie vor irgendetwas davonlaufen.

»Beschissen geht's mir, und wütend bin ich. Aber wem hilft das jetzt. Wir müssen da jetzt durch. Der Arzt meinte, vielleicht wacht sie noch mal auf. Aber ehrlich gesagt weiß ich gar nicht, ob ich ihr das wünschen soll. Sie soll nicht leiden.«

Ich kann fühlen, wie mir die Tränen in die Augen steigen.

Cem streckt die Hand aus, zieht sie nach halber Strecke aber wieder zurück. Er wollte meine Hand nehmen, mich trösten, aber er kennt mich zu gut, weiß, dass ich es nicht aushalte, in aller Öffentlichkeit zu weinen, und dass ich mir gleichzeitig nichts sehnlicher wünsche. Ich wünschte, ich wäre Cem. Ich wünschte, ich hätte auch keine Angst.

»Du solltest sie anrufen«, sagt er nach ein paar Minuten, in denen wir schweigend auf unseren Pizzen gekaut haben.

Ich drehe den Kopf zum Fernseher und beobachte eine Weile das Fußballspiel. Deutschland führt eins zu null gegen eine Mannschaft in rot-schwarzen Trikots. Ja, ich sollte sie anrufen.

»Ich kann das auch für dich erledigen, wenn du willst.«

Ach, der gute Cem.

Der Gute.

»Oder ich helfe dir. Ich kann dabei sein, wenn du sie anrufst, wir können das von meiner Wohnung aus machen. Ehrlich, das ist gar kein Problem.«

Nun kann ich nicht anders, strecke die Hand aus und lege sie auf Cems Finger, die nervös auf sein Glas eintrommeln.

»Danke, das ist lieb von dir. Ich kaufe mir gleich einfach noch eine Flasche Wein, mache die zu Hause leer und dann versuche ich es mal. Sie anzurufen, meine ich. Wenn ich's nicht schaffe, rufe ich um Hilfe.«

»Deal.«

RASHA KHAYAT

geboren 1978 in Dortmund, lebt, schreibt und übersetzt in Hamburg. Ihr Debütroman *Weil wir längst woanders sind* erschien 2016 im DuMont Verlag. Für ihre Arbeit erhielt sie zahlreiche Auszeichnungen und Stipendien, unter anderem das *Grenzgänger Stipendium* der Robert Bosch Stiftung, das *Siegfried-Lenz-Stipendium* des Ledig House New York und das *Autorenstipendium* des Berliner Senats. Zurzeit arbeitet sie an ihrem zweiten Roman, übersetzt Bücher und schreibt u. a. für *Die ZEIT*. Beim vorliegenden Text handelt es sich um einen Auszug aus dem gleichnamigen Romanmanuskript.
www.westoestlichediva.com

Katharina Alsen

OCH TINDERS

VERPASSTE TRILOGIE

Als meine Freunde starben einer nach dem nächsten fiel
– erst fromm mit stummem Zucken dann die Hand
zum Sieg geballt – verbrannte ich die Augen Blicke
dort auf Zelluloid. Shot shot shot! Verhastete die Zeit
die blieb um spuckend Abschied zu verzögern. Shot!
Verbrannte sanft die Nachglut um Fliegen Schnaken Vögel
anzulocken sie kreisten sittsam hier umher doch nutzten
ihre Mitgift nicht. Mittellos so hackten sie auf mir und
hernach aufeinander rum. Auf den Feldern hinterm Hof
da stapeln sich die Toten schon sie welken einsam
schreien still sie finden nicht den Weg nach Haus.
Niemand ahnte was geschah als rußbefleckt ich
weiter zog die Glorie im Kopf die Hände leer.

OBHUT DU MAHNTEST

mich zur Eile – nun cum! – als Alleinsein
einbrach über alles hier was lebt noch kriecht
sich sittsam windet täglich auf ein Wenden wartet.
Menschen ihre Bilder werden immer größer stechend
schärfer schauen dich seit Jahren aus den grauen Röhren an
dann durch dich durch belassen einen Stoß ins Haupt mit
dem du fürs Fremde endlich offen bist. Innenränder deines
Stichs Obhut
bluten nicht mehr aus trocknen sich verdrießlich ein
nehmen Anlauf springen nicht oh läuten mich nun offline an.

Und ich komme um dich zu retten wie immer.
Nicht aus Gunst sondern aus Prinzip.

DRESSURDRIFT

In der Fixation des Zufälligen warst du ein ______
	Loch. Das tief hinab zog was sich nicht wehrt
was widerwillig Brei der Eltern wiederkäut sich
abgerichtet zeigt und schlägt was in den Weg sich
stellt wenn auch in solider Absicht bloß. Affabel
bündig reich an Resonanz so streutest du den Samen
über alle hier die eingesperrt in Köpfe dieser Kleinmut
sich verdingen weiter schreien Maschinen in den Ab-
grund stoßen dann erst sinnen fühlen weiter schreien
Mitgift in den Orkus pressen virtuell sich noch veräußern
wollten ausgehen angehen ausgehen weiter schreien
mechanisch mit den Invaliden tanzen dann geschlossen
sich versammeln Preisgaben an die Meute planen weiter
schreien Nationen mit den Nachbarn tauschen rotieren
ohne Unterlass nur weiter schreien weiter schreien weiter.
Du verpflichtest dich zum Wort das du nie verstehst
die Synapsen schleichen nur sie hopsen behände – flieg
flieg für einen Augenblick – und doch vorbei.
Kurz nur verschieben diese Kontinente sich für dich
und nichts lebt mehr wie es war.

ICH PACKE

meine Schachtel und ich nehme mit: mich.
Mein Nachbar ist Dichter, eloquenter bin ich.
Ich packe meine Schachtel und nehme mit: mich, meinen dichten Nachbarn. Der gewisse Anrainer spricht sich von der Geschichterei frei, er sei Gefühl, verknappt, ein Ich, verzweigtes Einzelwort, niemals diegetisch.
Ich packe meine Schachtel und ich nehme mit: mich, meinen dichten Nachbarn, eine schönfärberisch veraltete Definition von Lyrik. Seine Mutter pflegte zu sagen, als er noch ein Bauch war, der L-i-b-e-r-a-l-l-l-l-l-i-s-m-u-s nicht buchstabieren konnte, dass am Ende immer alles rauskommt, komme wer wolle. Dies blieb ihm einverleibt, und er konnte es verwerten.
Ich packe meine Schachtel, ich nehme mit: mich, meinen dichten Nachbarn, eine gewesene Definition, zweifelhaften Optimismus. In späten Stunden, die sich als einsame immer erst im Nachhinein erweisen, nimmt er oft ne Nase voll. Die Schachtel dichtet schlecht ab.

OCH TINDERS

Lieber als dabei bin ich am schönsten. Und griechisch
find ich kacke steht bei diesem Pseudonym das sich
rechtswärts wischen will. Fingerspuren auf Glas.
Interpunktionslos und Impuls. Verifiziert als Rest.

Wünsche saugen sich an zerkratzter Oberfläche fest die
angestarrt zu solch und solch peinsamer Verfehlung
führt. Fragezeichen fügen sich erst später ein.
Denn bauchfrei klingen ihre Sätze. Zerschnitten und frei.
Zitternd blicken Bilder so herab sie ersinnen stumm
ne Hierarchie die sich nie vollstrecken wird.

Displays unter Händen schmelzen wahnhaft dann
zu rauen feisten Steinsgebrocken. Wurf für Wurf
reiße sie das Netzwerk ein. Beschlagen steht nur
Glas noch zwischen uns trennt doch Welten und
sonst nichts.

KATHARINA ALSEN

Kunsthistorikerin und Literaturwissenschaftlerin, lebt in Hamburg und Stockholm. Sie ist wissenschaftliche Mitarbeiterin an der Hochschule für Musik und Theater Hamburg und lehrt, forscht und publiziert zu inszenierter Intimität im Theater sowie Ästhetiken des Parasitären. Im Jahr 2010 erhielt sie einen *Hamburger Literaturpreis* für die Gedichtsammlung *In Ketten*. Seitdem war sie mit Lyrik und Kurzprosa in verschiedenen Anthologien und Literaturzeitschriften vertreten.

Katharina Hagena

ANTON HOLZACHS FAHRT ZUR HÖLLE

Noch vor dem Morgengrauen schreckte Anton Holzach aus einem traumlosen, von Tabletten herbeigeführten Schlaf. Nichts hatte ihn geweckt. Und nichts deutete darauf hin, dass er noch am selben Tag bewegungsunfähig gemacht, in ein Auto gelockt und verschleppt werden würde, um schließlich der Verdammnis anheimzufallen. Denn hätte er solches geahnt, hätte er am Abend zuvor eine noch größere Menge Tabletten geschluckt, in der Hoffnung, seinem Schicksal auf diese Weise zu entgehen, vielmehr zu entkommen, denn schon der Gedanke an das Gehen bereitete ihm Qualen am ganzen Leib. Und so kramte er, kaum erwacht, in seiner Anzughose, die er immer noch trug, da er gestern Nacht vor dem Fernseher eingenickt war – man könnte auch sagen, er habe das Bewusstsein verloren –, nach Schmerzmitteln. Seine Fingerspitzen ertasteten zwei sehr kleine, flache Tabletten, blind warf er sie ein und würgte sie trocken hinunter.

Er blieb liegen, ließ die Augen geschlossen und wartete darauf, dass der alltägliche allnächtliche Schmerz langsam abebbte, ein wunderbares Gefühl, das beste des Tages. Allerdings war es gut möglich, dass die beiden kleinen Tabletten gar keine Schmerzmittel, sondern Beruhigungspillen gewesen waren. Anton scherte sich nicht darum, es war schließlich noch früh, vielleicht fünf Uhr, und wenn er noch einmal einschlafen könnte, wäre ihm auch das willkommen.

Während sein Körper schwerer und sein Kopf leichter wurden, dachte er kurz darüber nach, ob Schmerzen, die man nicht spürte, da man schlief, auch Schmerzen waren, oder ob Schmerzen nur im Wachzustand existierten. Sicher wusste er, dass man nur bei Bewusstsein das Schwinden des Schmerzes genießen konnte, und so genoss er wenigstens das Hinschwinden in die nächste Betäubtheit. Im Wegdämmern ging ihm durch den Kopf, dass »betäubt« ein unglückliches Wort war. Denn er empfand vielmehr eine Gedämpftheit der Sinne *mit Ausnahme* seiner Ohren, sogar jetzt, kurz vor dem Einschlafen: Die Meisen draußen im Garten, der Straßenverkehr der Nordweststadt, und wenn er sich anstrengte, würde er das Summen der Pumpe im Swimmingpool hören können, aber er strengte sich nicht an. Stattdessen lauschte er seinen Eingeweiden, die sich widerwillig über die Chemikalien hermachten, obwohl sie eigentlich noch mit dem Rotwein von gestern Nacht beschäftigt waren. Da wäre es besser gewesen, taub zu sein und nicht nur betäubt. Taub, betaut, es war Mai, der Morgentau lag auf dem verwilderten Rasen – Marlies hätte es gehasst, nicht den Tau, sondern das hohe Gras, sie hatte früher den Rasen gemäht mit einer Hingabe, als müsste das nächste Wimbledon-Turnier genau hier in ihrem Garten ausgerichtet werden. Aber das war lange her.

Anton mähte nicht, er mochte Gänseblümchen und Klee und Hummeln, die die Blüten bestäubten, je betäubender ihr Duft, desto mehr Hummeln. Und er mochte dickes, weiches Moos, auf dem man nasse Füße bekam beim Darüberlaufen, weil es nämlich auch voller Tau war, tautreten, das war ein gutes Wort, im Frühtau zu Berge – aber wann war er zuletzt barfuß über Moos gegangen oder in seinen kalten Pool gestiegen, auf dessen Wasser eine Schicht Blätter lag und in dem täglich neue tote Insekten schwammen? Tote Käfer und Hummeln, aber auch tote Mäuse, tote Ratten, tote Frösche, tote Eidechsen, einmal sogar ein totes Meerschweinchen. Neues Leben gab es auch: Abertausende haarfeiner Mückenlarven kringelten sich durchs trübe Wasser. Anton wollte aufstehen, hinausgehen in die Morgendämmerung und frühtautreten, jetzt gleich, aber sein Körper blieb liegen, betäubt, taub, Staub zu Staub.

Scharfes Klingeln riss Anton aus dünnem Schlaf. Es klingelte noch einmal, länger. Doch erst nach dem dritten Haustürklingeln, einem durchdringenden Summton, war Anton Holzach in der Lage, die Augen zu öffnen. Sich ganz vom Sofa zu erheben, vermochte er beim besten Willen nicht, und besonders gut war sein Wille heute morgen ohnehin nicht. Mit Erleichterung nahm er wahr, dass der Besucher den Finger vom Klingelknopf genommen hatte, vielleicht sogar einfach wieder gegangen war. Er musste husten, aber außer noch mehr Husten kam nichts dabei heraus. Anton versuchte, durch starkes Blinzeln auch die anderen Muskeln seines Körpers in Schwung zu bringen. Das linke Auge war verklebt, er spürte das spitze Schlafkorn im inneren Augenwinkel – da klappte jäh und mit lautem Knall der Briefschlitzdeckel an der Haustür nach innen. Anton zuckte zusammen, eine Stimme ertönte ganz nah an seinem Ohr:

– Papa, ich komm jetzt rein. Ich kann dich husten hören. Ich nehme meinen Schlüssel. Wir waren ja verabredet.

Die Akustik des Eingangsflurs war so beschaffen, dass die Person, die durch den Briefschlitz sprach, ihre Stimme nicht einmal zu erheben brauchte, um überall im Haus vernehmbar zu sein. Anton erinnerte sich wieder daran, wie Marlies und er oft gelauscht hatten, wenn Delia früher ihre Freunde im Eingangsflur verabschiedete: Während er horchte, wusste er, dass auch Marlies irgendwo reglos verharrte, einen Stift, Kissenbezug oder ein Messer in der Hand. Und Marlies wusste ihrerseits, dass er im Arbeitszimmer den Atem anhielt und blicklos auf Akten starrte, um ein paar Satzstücke zwischen dem unterdrückten Gelächter und Geraune zu erhaschen. Dabei – das war Anton immer erst aufgefallen, nachdem seine Muskeln schon ganz verkrampft waren – neigten sich sein Kopf und oberer Rumpf unwillkürlich nach innen, als strebte der ganze Körper danach, die Form eines Ohrs anzunehmen.

Geheimnisse wurden gern zwischen Tür und Angel gelüftet, ein Windfang fing alles Mögliche, wenn es nur in der Luft lag. Im Durchzug schienen immer noch ein paar letzte Wahrheiten hochzuwirbeln, bevor die Tür ins Schloss fiel und sich alles wieder langsam absetzte. Marlies und Anton hatten nie darüber gesprochen, woher damals ihr Wissen über Delias Mathearbeiten stammte, die sie nicht vorzeigte, oder über die Auszugspläne, die sie mit siebzehn hegte und von denen sie nur unter großen theatralischen Ausbrüchen wieder abgebracht werden konnte. Denn sie alle wussten voneinander, dass sie es ohnehin wussten.

Delia trat ins Wohnzimmer, die Absätze ihrer Schuhe auf dem Parkett klangen wie die Briefkastenklappe, nur noch näher. Anton hatte sich, von Schreck und Scham befeuert, hastig zum Sitzen aufgerichtet und versuchte nun, sich hinzustellen:

– Bleib sitzen, Papa, ich komme zu dir.

Sie umarmte ihn kurz und atmete dabei verhalten ein, und Anton wusste, sie roch den Rotwein von gestern. Und den von vorgestern. Und wer weiß, was noch alles. Er schaute sie mit hochgezogenen Brauen an:

– Und? Bin ich zu dünn? Zu ungewaschen? Rieche ich schon? Oder hast du Angst, dich mit irgendwas anzustecken? Du musst mich nicht zur Begrüßung umarmen, meine Liebe. Beim nächsten Mal fragst du einfach, wie viel ich wiege und wann ich das letzte Mal gebadet habe, dann bleibst du auf eins Komma fünf Meter Abstand und ersparst uns beiden das Theater.

Delia öffnete den Mund, schloss ihn wieder und schwieg. Dann nickte sie knapp. Anton ärgerte sich über dieses gönnerhafte Nicken. Er ärgerte sich über seine eigene angriffslustige Begrüßung, und am meisten ärgerte er sich darüber, dass er vergessen hatte, dass Delia heute Morgen kommen würde. Gestern Abend hatte er noch daran gedacht und daraufhin schnell die Flasche Rotwein geleert, eigentlich waren es anderthalb, die halbe von vorgestern war auch noch dabei. Anton seufzte. Er wusste, dass er den Rotwein sowieso getrunken hätte, auch wenn sich Delia nicht angekündigt hätte. Es war ein schwerer Rioja gewesen, der seine Schmerzen zwar nicht wegnahm, aber auf ein dunkelrotes Samtkissen bettete und bewirkte, dass Anton nicht so viel an sie dachte. An die Schmerzen nicht und an Delia auch nicht.

Und erst recht nicht an Marlies.

Sie war schon seit einem Jahr tot, die Verräterin. Nicht wegen ihrer Affäre mit Richard Markowski, der war ihm inzwischen egal, er war dement und konnte sich an Marlies gar nicht mehr erinnern. Geschah ihnen beiden recht. Der Verrat lag vielmehr darin, dass Marlies ihn hier allein zurückgelassen, sich heimlich in der Nacht aus dem Staub gemacht hatte, Staub, da war er schon wieder. Überall im Haus lag Staub. Delias Kinder kamen ihn nicht mehr besuchen, sie hatten eine Staub-Allergie. Staub-Allergie, hatte man so etwas Albernes schon gehört? Asche zu Asche, Staub zu – ach nein, bitte einmal mumifizieren, ich habe eine Staub-Allergie.

Anton musste lachen bei der Vorstellung, dass seine Enkel auf dem Friedhof standen und immerfort niesten, während Delia die Lippen zusammenpresste und mit dem Kopf nickte und zischte, dass das wieder mal typisch sei.

Er lachte noch einmal.

Delia warf ihm einen langen Blick zu, bevor sie sich ein wenig nach rechts wandte und mit halb offenem Mund den Kopf schüttelte, gerade so, als stünde eine unsichtbare Person neben Anton, mit der sie sich verbündet hätte, verbündet gegen ihn, ihren eigenen Vater. So, als ob sie dieser unsichtbaren Person neben ihm mitteilen wollte: Schau, was habe ich dir gesagt? Ich wusste, dass er sich wieder so aufführen würde. Siehst du? Habe ich zu viel versprochen, unsichtbare Person?

Anton war wütend auf die unsichtbare Person, die ohne zu fragen in seinem Wohnzimmer aufgetaucht war, jetzt neben ihm stand und offenbar das Vertrauen seiner Tochter genoss. Er war auch wütend auf Delia selbst, schließlich war sie hier morgens eingefallen, war mit knallenden Absätzen durch die Zimmer marschiert, um ihn, Anton, ihren Vater, wie einen verdreckten Spind zu inspizieren.

– Wir fahren nach Hamburg, Papa. Eine Luftveränderung tut dir gut. Dann kanst du die Kinder sehen, deine Enkelkinder. Die können ja nicht mehr kommen, du weißt ja, der Staub und das alles. Das ist doch prima, oder?

Delia wartete nicht auf seine Antwort, sondern schritt klappernd in Richtung des Schlafzimmers. Ihr forscher Tonfall, fand Anton, passte nicht zu ihrer besorgten Stirn. Anton war aufgestanden, hatte sich, um möglichst jeden Schritt zu vermeiden, auf den Rollator neben dem Sofa geworfen, ihn gerade noch zu fassen bekommen, und war ihr gefolgt. Nun stand er an der Tür zu seinem Schlafzimmer und stützte sich auf die Griffe. Delia hatte einen Koffer auf sein Bett gestellt und legte Antons Sachen hinein, in großen Bündeln hob sie sie aus dem Schrank. Alles tat ihm jetzt weh, die Hüfte, die Knie, der Rücken, der Kopf. Obwohl ihm kalt war, schwitzte er, Schweiß floss vom Rücken in seine Hose und an der Rückseite seiner Oberschenkel entlang. Schwindelig war ihm, und sein Hemd klebte am Steiß.

– Aber übermorgen fährst du mich wieder zurück, ja? Delia! Hör mal. Es reicht! Hör mal auf zu packen. Ich will ja nicht umziehen.

Delia hielt kurz inne, ihr Mund sah aus, als wolle sie in Tränen ausbrechen, aber dann drehte sie sich um und räumte weiter. Über die Frage, ob sie den Koffer tatsächlich die ganze Zeit in der Hand gehalten oder womöglich schon vorher hier in seinem Schlafzimmer versteckt hatte, wollte Anton jetzt nicht nachdenken. Stattdessen ließ er seine Tochter packen und schlurfte mit dem Gehwagen wieder zurück ins Wohnzimmer. Auf dem Tisch lagen Tabletten, große und klein, lose und solche, die in knisternde Folie eingeschweißt waren. Mit der Hand fegte Anton alles zusammen und stopfte es sich in die rechte Hosentasche. Er wollte nicht nach Hamburg, er wollte nicht in Delias Wohnung, nicht auf ihr enges Gästeklo, in das der Rollator nicht passte, er wollte nicht den Stapel Micky-Maus-Comics auf ebenjenem engen Gästeklo anschauen und sich dabei fragen, wer sie alles dort las und ob sich die Personen vor oder nach Lektüre die Hände gewaschen hatten, und vor allem wollte er nicht, dass *Der Soziologe* an die Tür des Gästeklos klopfte, um ihm seine Unterstützung anzubieten, von Mann zu Mann.

Delia half Anton ins Auto, klappte seinen Rollator zusammen und legte ihn in den Kofferraum. Er missbilligte Delias silbernen Toyota, den hatte bestimmt *Der Soziologe* ausgesucht, der Mann mit dem Männerschal, Delias Gatte, der Vater ihrer Kinder und noch zweier älterer Kinder von einer anderen Frau, auch einer Soziologin, mit der sich *Der Soziologe* immer noch gut verstand und Delia auch. Alle fanden sich gegenseitig ganz toll und luden sich zu den Geburtstagen ein. Es war Anton völlig klar, dass die Staub-Allergie aus der Soziologenecke kam, in seiner Familie gab es solche degenerativen Zivilisationskrankheiten nicht, da war man gesund, kerngesund. Beim nächsten Mal würde er *Den Soziologen* fragen, ob seine anderen Kinder auch Staub-Allergien hatten und Toyota fuhren. Anton selbst fuhr einen Mercedes S-Klasse, schwarz.

– Delia, wo sind eigentlich meine Autoschlüssel?

– Du fährst doch gar nicht mehr.

– Das habe ich nicht gefragt.

– Schon vergessen, dass du keine Schlüssel mehr hast?

– Ich fahre besser als die meisten.

– Das habe ich nicht gefragt.

– Werd mal nicht frech, Delia.

Delia lachte schrill und trat auf das Gaspedal. Anton musterte sie vom Beifahrersitz aus. Ihre kurzen Haare standen ab, und sie hatte rote Flecken im Gesicht. Er fragte:

– Bist du eigentlich schon fuffzig?

– Also bitte, ich bin –, Delia biss sich auf die Unterlippe und atmete durch die Nase ein.

– … noch nicht ganz fünfzig, Papa. Du weißt hoffentlich, wann dein einziges Kind Geburtstag hat.

Anton schaute geradeaus auf die Straße, er fuhr gern Auto, aber nicht mit Delia, sie hatte sich nicht sehr geschickt angestellt damals auf dem Verkehrsübungsplatz, ließ sich nichts sagen, wollte nichts lernen, war viel zu emotional für den Straßenverkehr. Man musste ruhig bleiben und unerschütterlich, so wie er. Einmal hatte sie sogar mitten auf der Straße angehalten und war ausgestiegen. Natürlich war es nur eine Übungsstraße gewesen. Inzwischen fuhr sie nicht schlecht, was kein Wunder war, schließlich hatte er es ihr beigebracht, er und Herr Schöller, der Fahrlehrer, der bei ihnen in der Straße gewohnt hatte und der kurz nach Delias Fahrprüfung einen Herzinfarkt bekommen hatte und gestorben war, mit Mitte fünfzig, so jung.

Anton schüttelte den Kopf und schloss die Augen. Er konnte sich an den Tag erinnern, als Delia ihren Führerschein gemacht hatte, es war im Winter gewesen, wahrscheinlich Januar, er wusste es genau, denn in der Nacht war der erste Schnee gefallen, eine dicke Schicht, und Delia war ganz frühmorgens mit der Prüfung dran gewesen. Die Stadt schlief noch, alles war weiß, selbst die Räumfahrzeugfahrer hatten noch nicht aus dem Fenster geschaut und die, die die Räumfahrzeugfahrer anriefen, um sie rauszuschicken, auch noch nicht. Also konnte Delia nur im Schritttempo fahren. Nirgendwo gab es Striche oder Begrenzungslinien, sodass der Prüfer, nachdem sie lange, sehr lange im Schritttempo durch die leeren, weißen Straßen gerollt waren, schließlich seufzend mit einer weit ausholenden Armbewegung auf eine leere, weiße Fläche zeigte und sagte, parken Sie bitte hier.

Anton wachte auf, sein Nacken war steif, und seine Wange klebte an der Autofensterscheibe. Delia hatte angehalten und war ausgestiegen. Mit raschen Schritten entfernte sie sich vom Auto, fast rannte sie. Anton machte die Tür auf, wollte hinter ihr herlaufen und fiel fast aus dem Auto. Sein Rollator. Er war noch im Kofferraum.

Und das hier war ganz sicher nicht Delias Haus.

Trotzdem kam es ihm bekannt vor. Es war ein großes Gebäude mit mehreren Flügeln, vielen Balkons, und davor saßen ein paar Leute, die ihm eigentlich hätten helfen können, denn sie hatten selbst Rollatoren. Zwei Rollstühle waren auch dabei. Anton versuchte, sie herbeizuwinken. Es gab wirklich zu viele alte Leute, aber jetzt kamen sie ihm gerade recht. Er winkte noch einmal, diesmal mit mehr Nachdruck. Die Alten starrten ihn an.

– Hallo!, rief Anton. Eine Dame hob die Hand und winkte. Wie ein Kind, fand Anton. Erwachsene Menschen wischten beim Winken von links nach rechts, diese Frau aber knickte das Handgelenk ab und bewegte die Hand von oben nach unten. Die anderen Alten starrten ihn nur weiter an.

– Dann eben nicht, knurrte er und lehnte sich wieder auf seinem Sitz zurück. Er wäre lieber mit dem Mercedes vorgefahren. Diese Leute konnten vielleicht nicht mehr gehen oder sprechen, aber Anton spürte, dass sie den Unterschied zwischen einem Soziologen-Toyota und einem schwarzen Mercedes S-Klasse erkennen konnten.

Er hatte Delia nicht kommen sehen, vielleicht war er noch mal eingenickt, das konnte er nicht genau sagen. Neben ihr ging eine dralle Dame mit hellgrünem Mundschutz, deren weißer Kittel über den Brüsten und dem Bauch spannte. Die Dame lächelte, das sah man an den Augen, die fast vollständig in ihren Falten verschwanden. Delia lächelte nicht. Sie schaute ihn eindringlich, fast bittend, an und sagte:

– Wir sind da, Papa.

– Wo?

– Im Bartholomäusstift.

– Wo?

– Bartholomäusstift, das Altersheim hier in Rissen, du weißt doch. Wir hatten darüber geredet. Erinnerst du dich?

Sie lächelte nervös hinüber zur Dame im weißen Kittel, die Delia und Anton abwechselnd mit den Augen anlächelte, als hätte sie schon ihr ganzes Leben auf sie beide gewartet. Delia redete weiter, aber Anton hörte nicht zu, sondern starrte auf den Kittel. Am Ärmel hatte er ein kleines Loch mit einem dunklen Rand, ein Brandloch, Kerze oder Zigarette?

– …, dass es zu Hause nicht mehr ging, und du weißt auch, dass du freiwillig nie mitgekommen wärst, und es ist ja sowieso nur zur Probe …

Anton schaute geradeaus durch die Windschutzscheibe und versuchte, kraft seines Willens, das Auto zum Fahren zu bringen. Sein Rücken tat weh. Ohne Rollator kam er nirgends hin, und er fühlte sich zu schwach, um auf den Fahrersitz zu rutschen und abzuhauen. Er lehnte sich auf dem Sitz vor und sammelte Kraft.

– … dir ja den Prospekt gezeigt, du fandest alles ganz schick …

Delia sprach mehr mit der Dame als mit ihm, beide schienen

in allem vollkommen einer Meinung zu sein. Deshalb also war ihm das Haus bekannt vorgekommen: Es sah genauso aus wie im Prospekt, sogar die Omas davor schienen dieselben zu sein, mit ihren schneeweißen Haaren und rosa Strickjacken. Wahrscheinlich waren das Komparsinnen, die jeden Morgen dort abgestellt wurden und sich ein kleines Zubrot dazugewannen, indem sie hier die glücklichen Alten mimten. Abends wurden sie in einem weißen Drücker-Lieferwagen wieder in eine dunkle Kellerwohnung gebracht, mit Gemeinschaftsklo auf halber Treppe.

Vielleicht hatte er wirklich gesagt, dass es schick war. Delia zeigte ihm ständig irgendwas, und er musste sagen, wie schick es war. Und wenn er nicht sagte, dass irgendetwas gut oder schick war, dann fragte sie so lange nach, bis er aufgab und sagte, dass es gut war, obwohl es das gar nicht war.

– Ach, ich wollte doch nur, dass du aufhörst zu reden. Du redest immer zu viel.

– Prima, dann brauche ich dich hier drin auch nicht zu besuchen oder anzurufen, was ich idiotischerweise geplant hatte. Umso besser.

Die Dame im angesengten Kittel lachte begütigend, aber Anton hörte ihr Unbehagen durch den hellgrünen Mundschutz hindurch.

– Ach, jetzt kommen Sie, wir wollen doch nicht … Sie lachte erneut.

Anton beachtete sie nicht, sein Blick streifte Delia. Er zuckte die Schultern und schaute hinüber zu den Omas.

– Und? Hast du mich schon entmündigt?

– Nein, aber das ist eine gute Idee.

Delia senkte die Stimme und zischte:

– Du bist ein Junkie, Papa. Ein tablettenabhängiger Alkoholiker, der seine Beine kaum bewegen kann und beim Klopapierabreißen einen Bandscheibenvorfall bekommt.

– Zumindest habe ich noch alle Tassen im Schrank.

– Die Tatsache, dass du glaubst, immer noch ein richtig toller Autofahrer zu sein, spricht nicht dafür.

– Du bist ein undankbares Geschöpf. Warst du immer schon.

– Kann sein. Ganz sicher jedoch bin ich das Kind eines undankbaren Geschöpfs. Die Wahrscheinlichkeit, dass ich also auch eins bin, ist hoch.

Die Dame lachte nicht mehr. Mit beiden Händen strich sie über ihre weichen Formen und sagte mit fester Stimme:

– Herr Holzach, wollen Sie nicht einmal kurz hineinkommen und eine Tasse Kaffee trinken?

Anton lachte höhnisch, schon Dreijährige durchschauten diesen lahmen Trick. Gerade wollte er etwas über Mitschnackerinnen sagen, da fiel sein Blick auf Delia. Sie war noch röter geworden, vor allem ihre Nase. Sie sah aus wie als kleines Mädchen, nur alt. Schnell schaute er weg. Als er das nächste Mal in ihre Richtung blickte, sah er, dass sie heulte. Ihr Gesicht war ganz zerkrumpelt und ihre Oberlippe zu einem Balken auseinandergezogen.

Anton spürte einen stechenden Schmerz hinter dem Brustbein. Sie war selber schuld. Er atmete laut aus, so als wollte er die Flammen seines Zorns noch weiter anfachen. Doch der Anblick von Delias zerquetschtem Mund schlug ihm die Luft aus der Lunge. Alles, was gerade noch brannte, erlosch. In der Tasche fischte seine Hand nach Pillen.

Delia hatte sich abgewandt, und die Dame schaute zu ihm hinunter. Seine Finger ertasteten eine große und eine kleine

Tablette, er entschied sich für die große und legte sie sich rasch in den Mund. Er schluckte, wobei er versuchte, die trockene Scheibe nicht mit der Zunge zu berühren. Da es ihm zu mühselig war, die kleinere wieder zurück in die Hosentasche zu stecken, warf er sie einfach hinterher, schluckte ein paar Mal und musste husten. Ja, der Husten erfasste ihn mit solcher Wucht, dass er kaum noch Luft bekam und ihm die Tränen in die Augen schossen. Delia reichte ihm eine Plastikflasche mit Wasser, er nahm einen Schluck, prustete aber alles, vom nächsten Hustenanfall übermannt, von innen gegen die Toyota-Windschutzscheibe. Sollte *Der Soziologe* sie doch mit seinem baumwollenen Herrenschal abtupfen. Anton wäre jetzt gern gegangen, aber sein Rollator war immer noch im Kofferraum.

Delia und die Dame im Kittel standen schweigend vor dem Auto.

Gebannt starrten die rosa-weißen Katalog-Omas zu ihnen herüber. Anton schaute zurück. Ihre Schäfchenwolken-Haare bewegten sich sacht im Wind, und selbst von Weitem konnte man sehen, wie flauschig ihre Strickjacken waren.

Anton sagte halblaut:

– Greisenlämmer.

Delia schaute ihn fragend an.

– Greisenlämmer, Lämmergreise, grasen länger, reisen leise.

Er kicherte. Das wäre eine gute Aufschrift für den weißen Lieferwagen, der die Omas verteilt. Grasen länger, gasen leise. Anton kicherte noch mehr, und er hörte selbst, dass es ein wenig wahnsinnig klang.

Wenigstens heulte Delia jetzt nicht mehr, sondern wandte sich mit angestrengtem Lächeln an die Dralle:

– Ich hätte jetzt gern einen Kaffee, vielen Dank.

– Wunderbar. Und wir haben frische Himbeersahnetorte.

Ohne Anton anzusehen, holte Delia den Rollator aus dem Kofferraum und stellte ihn vor die offene Beifahrertür. Anton schnaubte und murmelte:

– Rosa-weiße Torte, was sonst.

Er stand auf, Delia und die Dame mussten ihm helfen. Die Dame war stark, das musste Anton ihr lassen. Ihr Griff um seinen Körper war fest und sicher. Delia hingegen zerrte mehr, als dass sie stützte, was wehtat, aber es war ihm trotzdem lieber als die routinierten Griffe der Drallen.

– Grasen länger, greinen leise, flüsterte er.

Obwohl er schwankte, schüttelte er alle Frauenhände von sich ab. Die Gummischaumaufsätze am Lenker des Rollators gaben unter seinen Fingern nach. Das tat gut, und Anton drückte dankbar darauf herum.

Langsam näherten sie sich dem dunklen Eingang. Die dralle Dame ging mit Delia vorneweg, die den Koffer zog. Er knatterte laut auf dem Pflaster. Von hinten konnte Anton sehen, dass sie sich auch einen Mundschutz übergestreift hatte. Sofort atmete er begierig ein, in der Hoffnung, schnell noch ein paar verseuchte Aerosole einzusaugen, um dann womöglich das ganze Heim auszurotten. Das Rattern des Koffers zerrte an seinen Nerven, ein Höllenlärm. Der Rollator holperte über die Steine, und Anton tat der Nacken weh. Er schwitzte jetzt so stark, dass ihm die salzigen Tropfen in die Augen rannen und wie Feuer brannten. Höllisch. Er konnte seinen Körper riechen.

Doch kaum hatten die Kofferrollen die Steinplatten der Einfahrt berührt, schnurrten sie angenehm leise, geradezu betörend. Langsam und so aufrecht, wie es mit Rollator möglich war, schritt er hinter den beiden Frauen her. Die flauschigen Omas starrten.

Nur die eine Alte, die gewinkt hatte, lächelte breit. Ihre dicken Zähne hatten die Farbe von Asche. Als Anton ihr beim Vorbeigehen zunickte, kniff sie ein Auge zu und öffnete es wieder, wobei sie Anton nicht aus dem anderen Auge ließ.

Anton Holzach blieb stehen.

Er versuchte, sich umzudrehen, wobei er selbst nicht genau wusste, ob er nur zurückschauen oder gleich ganz Kehrtmachen wollte, aber seine Wirbelsäule ließ es ohnehin nicht zu.

Und da plötzlich öffneten sich lautlos die getönten Automatikglastüren. Es ging leicht bergab, sodass er sanft, fast wie von selbst, über die Schwelle glitt.

KATHARINA HAGENA

geboren in Karlsruhe, studierte Anglistik und Germanistik und promovierte über James Joyce. Ihr Roman *Der Geschmack von Apfelkernen* wurde in 26 Sprachen übersetzt, verfilmt und in Frankreich ausgezeichnet. Ihm folgten die Romane *Vom Schlafen und Verschwinden* und *Das Geräusch des Lichts*. Mit der Illustratorin Stefanie Clemen verfasste sie zwei Kinderbücher und ein *Ulysses*-Daumenkino. 2020 erschien das literarische Sachbuch *Mein Spiekeroog*. Katharina Hagena lebt mit ihrer Familie in Hamburg.

Frank Schliedermann

DORVAL, QUEBEC

Dorothy hängt. Wie ein Tropfen, der nicht verrinnen will, liegt sie in Williams Armen. Ihre Stirn ist auf seine Brust gesunken. Sie spürt die Druckknöpfe seines Kasacks auf ihrer Wange. Ohne William könnte sie sich keine Sekunde auf den Beinen halten. Sie würde fallen und sich den Kopf am Heizkörper oder am Waschbeckenrand aufschlagen. Vielleicht wäre es besser so, wenn William einfach losließe. Wenn sie endlich loslässt. Aber nicht mal das hat Dorothy noch unter Kontrolle.

Mr. Tucker ist ganz allein im Tagesraum. Im Fernsehen läuft seine Lieblingssendung. Ein M wie Martha. PING. Ein S wie Susanne. PING. PING. Die Frau an der Ratewand gefällt ihm. Diese geschmeidigen Bewegungen. Mal im Vorbeigehen, mal mit einer galanten Drehung auf ihren Pumps, klappt sie die leuchtenden Buchstaben um. Sie könnte seine Tochter sein. Mr. Tucker richtet sich auf. Seine Schultern spannen sich. Wenn sich das Glücksrad dreht, geht ein Ruck durch seinen gebeutelten Körper und er nimmt Haltung an. Er möchte lösen. Die Worte an der Wand haben keine Bedeutung mehr für ihn. Was zählt, sind Erinnerungen. Erinnerungen wie dieses Geräusch – PING. Erinnerungen an seine Tochter. Erinnerungen an Erinnerungen. Es werden immer weniger. Eine Träne läuft ihm die Wange herunter. Hat er überhaupt eine Tochter?

Wenn Dorothy steht, muss es schnell gehen. William kann sie nicht ewig so halten. Ihre Beine knicken weg. Die Gelenke haben keinen Halt mehr. Außerdem bekommt er kaum Luft unter seiner Maske. Die Neue, die sich noch etwas ungeschickt an Dorothys Hose zu schaffen macht, soll sich mal ein bisschen beeilen. Sie kriegt die Daumen nicht unter den Gummizug der Windel. Einer ihrer Fingernägel gräbt sich in Dorothys Haut. Dorothy zuckt zusammen. Bestimmt ekelt sie sich. Die volle Windel, die gerötete Haut, der penetrante Geruch. Dorothy riecht es ja selbst. Es kostet viel Kraft, sich selbst zu riechen. Eine Last zu sein.

Glenn fragt sich, wo Schwester Renata bleibt. Manchmal hört er ihre Stimme schon auf dem Flur, ihr radebrechendes Englisch, ihre kurzen Sätze. Sie dringen durch die Wände wie eine heitere Melodie. Glenn ist alle Möglichkeiten durchgegangen. Hat sie heute frei? Wurde sie aufgehalten? Schwester Renata ist so gut wie nie krank. Der Ring, den Glenn aus dem Aluminium eines Tablettenblisters Gemcitabin geflochten hat, passt genau auf die Spitze seines Zeigefingers. Ein kleines Kunstwerk, leicht, einzigartig. Ungeheuer wertvoll. Ein Angebot, das sie nicht ablehnen kann. Sie wird schon sehen. Glenn hat nichts mehr zu verlieren. Gestern Morgen kamen die Ergebnisse, die Gewissheit. Der Krebs hat in die Bauchspeicheldrüse gestreut.

Dorothy wird heruntergelassen. Die Sitzerhöhung wackelt in der Verankerung. Ihre nackten Füße heben vom Fliesenboden ab. Schwerelosigkeit. Nur ganz kurz. Dann Panik. Das Gefühl, zur Seite zu kippen. Nirgends Halt zu finden. Die Neue ist plötzlich ganz nah. Sie hat den Arm um Dorothys Schulter gelegt, führt die gute Hand zu einem der Metallgriffe, die rechts und links in die Wand eingelassen sind. Die gute Hand, vor Kurzem konnte Dorothy noch ein Glas Wasser vom Tisch nehmen und ohne fremde Hilfe trinken. Jetzt braucht sie die gute Hand – die drei Finger, die sie noch einigermaßen bewegen kann, um den Saum ihres Unterhemds herunterzuziehen, um ihre Scham zu bedecken. Wenigstens das. Es könnte Dorothy egal sein. Sie entleert gerade ihren Darm. Etwas Rotz läuft ihr dabei aus der Nase. Lachen würde vielleicht helfen. Aber gelacht haben sie zuletzt vor einem halben Jahr. Damals hat Dorothy noch gesprochen.

William öffnet das Badezimmerfenster. Er blickt nach draußen in den Park, wo die Obstbäume zu blühen begonnen haben. Gleich wird er vorschlagen, einen Spaziergang – eine Spritztour – mit dem neuen Rollstuhl zu machen. William kennt Dorothy. Er hat miterlebt, wie sich ihr Zustand immer weiter verschlechtert hat, manchmal so plötzlich, dass Dorothy gestürzt ist oder beinahe erstickt wäre. Meist jedoch verläuft die Krankheit schleichend. Patienten wie Dorothy müssen lernen, sich immer wieder mit immer weniger zurechtzufinden. Sie ist eine Kämpferin, sagt William oft. Ein Frosch im siedenden Wasser. Eine spastisch gelähmte Frau bei klarem Verstand, in einem rettungslos havarierenden Körper. Dorothy muss all ihre Kraft zusammennehmen, um mit der guten Hand ein Daumen-Hoch zu formen. Natürlich möchte sie heute Nachmittag in den Park!

Mr. Tucker ist sich sicher, dass die schlanke Frau im Fernsehen seine zweite Frau Amber ist. Er kann sich noch an das Hotel erinnern, in dem sie ihre Flitterwochen verbracht haben. Es war in Dallas. Oder Denver? Das Eishockeyteam kämpfte um den Einzug in die Play-offs. Es kam in den Sportnachrichten, wenn Amber unter der Dusche stand, wenn sich ihre Silhouette hinter der vom Wasserdampf beschlagenen Scheibe abzeichnete. Was für ein verdammter Glückspilz er war. Oder waren es die Boston Bruins?

Die Neue ist genervt. Sie kriegt den Ärmel nicht über Dorothys Ellenbogen. Sie schiebt und zieht und zerrt, aber nichts bewegt sich. Wie kann man seinen Arm so steif machen? Sie kann doch sonst nichts mehr? Außer Starren und Röcheln. Wie ein brodelnder Geysir. Wenn man nicht aufpasst, hustet sie einem direkt ins Gesicht. Der Alten kann es ja egal sein, denkt die Neue, während der Stoff der Strickjacke nachgibt. Sie aber hat noch keine Lust zu sterben. Sie macht hier nur ein Praktikum.

Glenn kann sich nicht erinnern, jemals etwas derart Anmaßendes, Unangebrachtes, im Grunde ganz und gar Kitschiges getan zu haben. Heiraten! Schwester Renata! Er kennt ja nicht mal ihren Nachnamen. Er wird sie nur in Verlegenheit bringen. Mit seinem selbst gebastelten Ring, den aufwühlenden Worten. Die Geste allein! Er hat sich alles genau überlegt. Das Aktienpaket, das er von seinem Vater geerbt hat, das dreigeschossige Backsteinhaus, mitten in Montreal. Schwester Renata wird ihr schmales Gesicht zur Seite drehen und auf diese europäische Art erröten. Sie wird Nein sagen, natürlich! Glenn wird ihr etwas Bedenkzeit geben. Vielleicht überlegt sie es sich noch einmal, auf dem Nachhauseweg oder am nächsten Morgen, wenn sie mit ihrer Familie in Montenegro telefoniert hat. Sie kennt schließlich seine Lebenserwartung.

Die Pflegedienstleitung lässt sich auf keine Diskussion ein. Der Tagesraum ist ab sofort gesperrt. Die Bewohner sollen in ihren Zimmern bleiben. So sieht es der Hygieneplan vor. Feste Teams. Eine examinierte Kraft für zwölf Zimmer. Es gebe zwei weitere Verdachtsfälle. Noch wisse niemand Genaues. Schutzkleidung sei bestellt. Tests stünden erst wieder nächste Woche zur Verfügung. Der Mann im grauen Anzug appelliert an den Zusammenhalt auf der Station. Das Herron sei immer eine große

Familie gewesen. Man habe eine Verantwortung gegenüber den alten Leuten. Gerade jetzt, während das Besuchsverbot gelte. »Außer Ihnen haben diese Menschen niemanden mehr.«

Schwester Renata schüttelt den Kopf. Wie stellt er sich das vor? Eine Pflegekraft für zwölf Zimmer? Eine große Familie? Schon jetzt kümmert sie sich um mehr als zwanzig Bewohner. Heute Morgen haben sich zwei weitere Schwestern krankgemeldet, eine gleich für vier Wochen. Sieht das denn niemand? Wie unterbesetzt sie sind? Es stehen noch drei Namen auf dem Dienstplan. Der Mann im grauen Anzug hat gut reden. Er ist per Videokonferenz zugeschaltet. Aus Sicherheitsgründen!

William schaltet den Monitor ab. Die Stimmung im Stationszimmer ist angespannt. Weitere Verdachtsfälle. Ausgangssperre. Wieso hat niemand etwas gesagt? Wie viele Kollegen müssen sich noch krankmelden? Seit Tagen werden sie vertröstet. Seit Jahren schon. Zuverlässige Leute seien schwer zu bekommen, heißt es immer. Wer noch hier ist, stellt sich jeden Tag dieselben Fragen: Warum ich? Wer ist der Nächste? Und wann ist es vielleicht zu spät, um sich aus dem Staub zu machen?

Die Neue räuspert sich. Ob mal jemandem aufgefallen sei, dass Dorothy huste? Sie hätte besser ihre Klappe gehalten. »Was guckt ihr mich so an? Von mir hat sie es nicht.«

William schlägt vor, dass die Neue ab sofort die Pflegeleichten übernimmt, die, die nur etwas Zuspruch brauchen. Und was zu essen. Sie könnten sich ohnehin nicht länger zu zweit um Dorothy kümmern. Er will mich loswerden, denkt die Neue. Das dürfe sie noch gar nicht, gibt Schwester Renata zu bedenken. William zuckt nur mit den Achseln. Er hat noch nie verstanden, warum sich Schwester Renata immer so schwertut, Verantwortung abzugeben.

Glenn wäre am liebsten nackt, wenn Schwester Renata die Bettdecke zurückschlägt. So einen Heiratsantrag hat sie bestimmt noch nie bekommen. Bei Schwester Renata kann man sich da nicht so sicher sein. Die millionenschwere Mitgift, das professionelle Mitleid, all das könnten sie sich sparen, wäre er so jung und gesund wie sie. Warum kommt sie nicht? Will Gott ihn prüfen? Ein weiteres Mal? Dieser Witzbold?

Mr. Tucker kneift die Augen zusammen. Er hat nicht die geringste Ahnung, wer die junge Frau ist, die ihm gerade zu erklären versucht, dass er nicht mehr in den Tagesraum darf. Er sei ja nicht taub, sagt er nur. Die Neue gefällt ihm. Der kastanienbraune Pony, der sich fransig über ihr schmales Gesicht wölbt. Die eng beieinanderstehenden Augen. Es sind neugierige Augen, ein wenig ängstlich, beinahe durchsichtig. Wie die von Louise. Wie sehr er sie geliebt hat, diese kindischen, kurz über das Gesicht huschenden Gesten, wenn sie ihn versteckt hat, als er noch ein kleiner Junge war, wenn sein Vater mit dem Maulschlüssel nach ihm suchte. Louise hat sich auch immer etwas vor Mund und Nase gehalten, ihre Puppenhand. Er sollte still sein, nicht mal atmen. Louises Augen zuckten hin und her, rissen weit auf, wenn sich die Schritte seines Vaters näherten. Warum hat er überhaupt nach ihm gesucht? Mr. Tucker weiß es nicht mehr. Er wusste es nie. Ging es nicht immer nur darum, Louise zu bestrafen? Wieso kann er sich nur an ihre Angst erinnern? Nicht aber an seine eigene?

Die Neue stutzt. Der Alte hat einen Ständer in seiner Schlafanzughose. Er bäumt sich auf, wie ein unverwüstliches Kraut. Wie in Zeitlupe streckt er den Arm nach ihr aus, streift mit seinen Fingern den Saum ihrer Maske. Wie er sie ansieht. Die Unterlippe hängt schräg herab. Seine Zähne sind klein und dunkel verfärbt. »Shhhh«, macht er immerzu. »Shhhh!« Die Neue weicht zurück. »Finger weg!« Sie schlägt nach der Hand des Alten. Sollte er das noch mal versuchen, knallt sie ihm eine.

Dorothy blickt in die Bäume. William hat ihr den Rollstuhl ans Fenster geschoben, auf das kleine Fleckchen Sonnenlicht, das um diese Uhrzeit über den Linoleumboden ihres Zimmers wandert. Er legt seine Hand auf ihre Wange. Seine kühle, weiche Hand. Es tut so verdammt gut, berührt zu werden. William ist schon zur Tür hinaus, als Dorothy ihren Kopf dreht, als sich ihre Mundwinkel endlich anheben, ihre Lippen öffnen und ihre schwere, behäbige Zunge das Unaussprechliche geformt hat: Thank you!

Glenn schämt sich. Er wollte doch nur mutig sein. Den ganzen Tag hat er gewartet, auf das zärtliche Klopfen an der Zimmertür, das erlösende Zeichen. Er hat es gleich erkannt. Plötzlich spürte er diese strotzende Kraft, die er gar nicht für möglich gehalten hatte. Was für eine Blamage! Statt Schwester Renata stand plötzlich dieser William in der Tür. Hat auf die Bettdecke geglotzt. Glenn bekam panische Angst, er könnte sie wegziehen. Diese eisigen Augen, sie machen Glenn Angst. Hat Gott ihn geschickt? Um ihn zu bestrafen?

Schwester Renata blickt auf den Dienstplan. Auf die Postkarten, die dort überall hängen. Urlaubsgrüße aus einer anderen Zeit. Aus Indonesien, Mexiko oder Venedig. Aus Kotor. Dieser Abend in der Altstadt, das flirrende Licht, bunte Sandalen auf dem glatt polierten Sandstein. Ihre Schwestern mit ihren wippenden Fußkettchen, ihren frühreifen Heiratsplänen. Der warme Film auf ihrer gebräunten Haut, auf ihren Schultern, ihren Schenkeln. Gerade hat die Pflegedienstleitung angerufen. Die Verdachtsfälle auf der Nachbarstation haben sich leider bestätigt.

Mr. Tucker runzelt die Stirn. Er ist nie gern in seinem Zimmer gewesen. Die Möbel, all die Dinge in den Regalen – fremd und voller Erwartung starren sie ihn an. Warum erinnert er sich nicht? Er muss sich doch an sie erinnern. Er muss doch wissen, wofür sie da sind oder wie man sie bedient. Wie geht noch mal der Fernseher an? Auf welchem Kanal kommt seine Lieblingssendung? Und wer zum Teufel sind all die Menschen auf den Fotos?

Glenn schaltet den Fernseher ab. Es war nicht auszuhalten. Die Ansprache des Premierministers. Jeden Abend dieselben Nachrichten, dieselben Schaubilder und Zahlen, das immer gleiche Gerede von historischen Herausforderungen, einschneidenden Maßnahmen und persönlichen Opfern, von Hilfspaketen, Zuschüssen und Steuererleichterungen. Das kann noch Monate dauern. Monate, die Glenn nicht mehr hat. Normalität, Alltag, Wiedergutmachung – er wird das alles nicht mehr erleben. Was mit ihm geschieht, spielt keine Rolle mehr. Die Leute haben ganz andere Probleme. Gott hat andere Probleme. Jeder kämpft ab jetzt für sich.

FRANK SCHLIEDERMANN

geboren 1973, arbeitete viele Jahre als Werbetexter für Autos, Deos, Motorsägen und Haarwuchsmittel, ehe er begonnen hat, Kurzgeschichten zu schreiben. Seitdem wurden mehrere seiner Texte in Anthologien und Zeitschriften veröffentlicht sowie bei Wettbewerben prämiert. Für den vorliegenden Text erhielt er 2020 den *Hamburger Literaturpreis*. Er ist verheiratet und hat zwei Kinder.

Günter Märtens

BURGER

(I)

»Jetzt bist du ein richtiger Wattwurm«, sagte Martha bei meinem Einzug.

Und so lebte ich fortan in einem Wurmloch, bestehend aus einem alten Wohnwägelchen mit einem Sandwursthaufen auf dem Dach. Meinen Tagesablauf bestimmten die Gezeiten. Mit der ersten Ebbe am Tag ging ich hinaus ins Watt, fischte mit einem Kescher Krabben in den Prielen oder sammelte Miesmuscheln und Austern im grauschwarzen Schlick, warf alles in einen roten Plastikeimer und brachte den Fang zu meiner Behausung. Immer nur so viel, wie ich für den Tag brauchte, einen Kühlschrank gab es nicht. Martha, die Freundin meines Freundes Mats, brachte mir alle paar Tage Proviant, frisches Wasser und Gaskartuschen für den einflammigen Campingkocher an diesen Ort, der mir zu nichts anderem als einem Versteck diente. Nach über zwei Jahren im Norden war ich vertraut mit den Widrigkeiten zwischen den Küsten, und wenn es nicht anders gegangen wäre, hätte ich es vielleicht bis an mein Lebensende hier ausgehalten, ohne mich zu beschweren. Aber die Menschen um mich herum, meine Freunde und einige andere, denen ich etwas bedeutete, hätten das wohl nicht zugelassen, dass ich mich umgeben von kreischenden Möwen in Einsamkeit verliere. Für den Moment konnte ich ihnen nur mit Bildern danken, die ich an den stetig kürzer werdenden Spätsommertagen malte oder zeichnete. Da war das metallisch schimmernde Meer, das kommt und wieder geht und kommt und wieder geht, dass schnell wechselnde Licht und die dahingleitenden Schatten der Wolken auf dem nassen Boden. Ein blasser Himmel, grad noch ganz nah und im nächsten Moment wieder ganz fern, und in jeder Richtung sah er gleich aus. Zu meiner Unterhaltung hatte ich einen batteriebetriebenen Kassettenrekorder und einen Haufen Tapes dabei, alle in Mono aufgenommen von meinem Freund Ralph, die mir die Langeweile vertreiben sollten, falls mir der Himmel auf den Kopf fiele. Wenn ich aus dem Watt zurückkehrte, gab es frische Austern und ein großes Glas Cola zum Frühstück, die Energiebombe reichte mir bis in den Nachmittag hinein. Meine Gedanken, sogar meine Träume hatten den Rhythmus der ruhelosen See angenommen, sie kamen unaufhaltsam und blieben eine Zeit, sie verschwanden wieder mit dem Versprechen, bald zurückzukommen. Ich gab mich ganz den natürlichen Taktungen hin, in ihnen fand ich die Muße, noch einmal über alles nachzudenken.

(II)

Meinen Vornamen Hans-Bernhard benutzte kaum jemand, ich hatte darin nie eine Respektlosigkeit vermutet, sondern angenommen, dass den mundfaulen Menschen mein Nachname einfacher über die Lippen rollt als mein doppelter Vorname. Deshalb nannten mich fast alle, bis auf meine Eltern und Geschwister, einfach nur Burger. Aufgewachsen bin ich mit Freddy Quinn, den Cartwrights, sieben Geschwistern und meinen Eltern in einem schlichten Einfamilienhaus aus rotem

Nachkriegsklinker, ich war in die Rolle des Nesthäkchens hineingeboren. Das Haus wurde uns vom Sozialamt zur Verfügung gestellt und lag am Rande von Hamburg, inmitten einer Siedlung ähnlicher Häuser und Gärten, unweit der Grenze zu Schleswig-Holstein. Im Frühjahr und Herbst stank es nach Gülle, und wenn es nicht nach Gülle stank, roch es nach frisch gemähtem Gras oder heiß dampfenden Asphalt, denn nach und nach wurden die Straßen in unserer Gegend neu geteert. Viele bestanden noch aus gewalztem Schutt oder festgefahrener Erde, andere aus abgewetztem Kopfstein. Ich hielt mich gern in der Nähe der Asphaltkocher auf und beobachtete, wie sie mit nackten Oberkörpern und qualmender Kippe im Hals ihrer schweißtreibenden Arbeit nachgingen. Mit angekokelten Holzschiebern verteilten sie den heißen Teer, hinter ihnen rollte eine polternde Dampfwalze im Schneckentempo, um die zähflüssige Masse zu glätten. Nachdem Arbeiter und Dampfwalze Feierabend gemacht hatten, sammelten meine Freunde und ich die leeren Bierflaschen ein, die überall herumlagen. Straßen zu teeren muss einen fürchterlichen Durst machen, wir kassierten jede Menge Flaschenpfand, den wir im Kiosk von Herrn Stingler umgehend gegen Coca-Cola eintauschten. Wir nannten ihn »Herr Stinkler«, weil es im dunklen Verkaufsraum muffig und nach kaltem Furz roch. Sein Gesicht war eingefallen mit grauen Bartstoppeln, auf dem Kopf trug er ein verrutschtes braunes Toupet, das auf einem zerfransten weißen Haarkranz saß. Er stand hinter einem Holztresen mit eingelassener Glasplatte, die so zerkratzt war, dass man die angebotenen Sachen darunter kaum noch erkennen konnte. Herr Stingler hatte nur noch einen Arm, der andere war im Krieg geblieben, wie er sagte. Immerzu kaute er auf seinem bräunlichen Gebiss herum, das er manchmal halb herausschob, wenn er sich unbeobachtet fühlte. Er sah aus wie eine alte Echse in einem Menschenkostüm, deren morscher Körper nicht mehr in der Lage ist, ihre Fluchtinstinkte in schnelle Bewegungen umzusetzen. In seinen Mundwinkeln klebten gelbliche Speichelfäden, die sich wie Gummi dehnten, wenn er mit uns sprach. Obwohl es mich ekelte, konnte ich den Blick nicht abwenden. Aber Herr Stingler sprach nur wenig, nahm die leeren Bierflaschen und stellte sie hinter sich in ein schiefes Regal. Dann öffnete er mit seinem verbliebenen Arm unsere warmen Colas an einem Flaschenöffner, der am Tresen befestigt war, bei jeder Flasche schoss ihm der Schaum entgegen. Anschließend saßen wir auf den Steinstufen vor seinem Laden und tranken und rülpsten um die Wette. Wir konnten so laut und lange rülpsen, dass Herr Stingler irgendwann fluchend aus seinem Laden gerannt kam, um uns zu verjagen. Beim nächsten Mal war er aber wieder freundlich und es schien so, als hätte er den letzten Ärger völlig vergessen. Abgesehen von Schul- oder Essenszeiten verbrachte ich meine Tage an der von meiner Mutter gepriesenen frischen Luft. Wenn ich nicht durchs Viertel zog, war ich in unserem wild bewachsenen Garten zugange, wo ich mir schon sehr früh ein Beet hergerichtet hatte, auf dem ich allerlei Pflanzen aus Samen und Kernen heranzog. Besondere Pflege widmete ich einem kleinen Pfirsichbäumchen, das mir das Gefühl gab, in einem exotischen Land zu leben. Drumherum hatte ich pelziges Moos aus dem nicht weit entfernt liegenden Wald gepflanzt, in den ich häufig mit meinem Fahrrad fuhr, um Ruhe vor der lauten Welt unserer zehnköpfigen Familie zu suchen. Umrandet wurde das Beet von lila leuchtenden Primeln, die ich im Schutt einer im Krieg zerbombten Wohnsiedlung ausgegraben hatte.

Neben alten Küchengeräten, kaputten Waschbecken oder vermoderten Kleidungsstücken waren dort noch Munitionsreste, Patronenhülsen und Stahlsplitter von detonierten Granaten zu finden. Der dicke Willi hatte hier mal eine vollständige Handgranate gefunden und beim Herumfummeln damit festgestellt, dass sie sogar noch bestens funktionierte. Er hatte aber Glück im Unglück, seine bayerische Lederhose schützte ihn vor dem Gröbsten und so musste er in der Folge nur auf seinen linken Unterarm verzichten. Die Primeln wuchsen neben einem abgezäunten Gehege, in dem ein Reh lebte, das zwei meiner Geschwister und ich mit einem gebrochenen Bein an der Straße zum Wald gefunden hatten. Unsere Mutter hatte das Bein mit Holzlatten und Leukoplast geschient und nach ein paar Wochen konnte das Reh mit einem nun krummen, aber geheilten Bein durch seine kleine Welt wackeln. Die Pflege des Rehs inspirierte mich zu einem ersten Berufswunsch, ich wollte später Arzt werden. Obwohl keiner in meiner Familie diesen Plan wirklich ernst zu nehmen schien, schenkten mir meine Eltern zu Weihnachten einen kleinen Arztkoffer, der eine minimale Auswahl an Instrumenten enthielt. Neben einem echten Stethoskop gab es noch eine Plastikspritze, aber ohne Nadel, ein Vergrößerungsglas und ein kleines Gummihämmerchen, mit dem ich durch leichte Schläge auf die Knie meiner Patienten ihre Reflexe testen konnte. Ein paar Rollen Verbandszeug, Pflaster und eine Tüte bunter Dauerlutscher in Pillenform machten das Sortiment komplett. Mit diesem Instrumentarium empfing ich fortan die gleichaltrigen Töchter aus der Nachbarschaft zur Sprechstunde in einem aus Holzresten gezimmerten Bretterverschlag am Ende unseres schmalen Gartens, wo ich erste vorsichtige Untersuchungen an ihnen vornahm. Jungs waren nicht zu bewegen, sich von mir den Herzschlag abhorchen oder sich mit einem Hammer schlagen zu lassen, sie machten sich über meine Aktivitäten lustig und beobachteten das Ganze lieber aus sicherer Entfernung. Teilweise war unser Wartezimmer, zwei wackelige Stühlchen sowie ein umgedrehter Blecheimer vor der Bretterbude, brechend voll und meine ein Jahr ältere Schwester Hilde erfüllte ihre Funktion als Sprechstundenhilfe perfekt, indem sie unseren wartenden Patientinnen Bilderbücher und Gummibärchen zur Überbrückung der Wartezeit anbot. Ich hatte Spaß an meiner Arbeit und die Nachbarstöchter kamen gern in unsere Gartenpraxis, da ich ihnen so »angenehm kribbelige Gefühle« bescherte, wie es die kleine Sabine von nebenan ihren Eltern eines Tages erzählte. Infolge dieser Petzerei kam ich in ein Heim für schwer erziehbare Jungs, mir selbst keiner Schuld bewusst, da schließlich alle Töchter absolut freiwillig in die Sprechstunde gekommen waren.

(III)

Der Tag, als eine Frau und ein Mann mich von zu Hause abholten und ins Heim brachten, war ein schöner Tag, es regnete nicht. Meine Mutter weinte.

Mir hatten meine Eltern gesagt, dass ich für ein paar Wochen in eine Art Schullandheim kommen würde, je länger aber die Autofahrt dorthin dauerte, umso klarer wurde mir, dass sie mich angelogen hatten. Irgendwann hielten wir vor einem hohen Gebäude mit grauen Rauputzwänden. Die Frau und der Mann brachten mich mit meinem kleinen Koffer noch bis in eine kalte Eingangshalle, dann verabschiedeten sie sich mit knappen Worten. Ich wusste nicht, wohin ich gehen sollte. Wie aus dem Nichts sammelte sich eine Horde Jungs um mich herum, keiner begrüßte mich, sie krakeelten und taten so, als wäre ich gar nicht vorhanden. Doch sie kamen mir immer näher und fingen an, mich zu schubsen, und plötzlich schlug mir einer von ihnen gegen die Brust und die Arme, nicht sehr doll, aber mit jedem Schlag stärker, als wolle er testen, wie weit er gehen konnte. Ich begann mich zu wehren, nachdem er mir in den Magen geboxt hatte. Als ich wieder Luft bekam, traf ihn meine Faust voll auf den Mund, er bewegte sich unglaublich langsam. Zwei Zähne flogen heraus und landeten direkt vor den Füßen eines Mannes, den ich als den Heimleiter kennenlernen sollte. Als den Mann, der mich in kommenden Zeiten schützen sollte vor den Gefahren dieser Welt, als den Mann, der mir dabei helfen sollte, doch noch ein anständiger Mensch zu werden, und als den Mann, dem ich mein Leben anvertrauen sollte. Dieser Mann packte mich nun von hinten am Hals und zerrte mich mit sich in einen Raum am Ende eines dunklen Flurs. Mein Koffer blieb in der Eingangshalle liegen, seine Hand in meinem Nacken war eine Zange aus nassem Eis, die sich erst öffnete, nachdem er die Tür hinter uns zugeschmissen hatte. Ich beschreibe diesen Mann nicht näher, weil er ein schlechter Mensch war und weil er tot ist.

Er stand ganz nah vor mir, ich reichte ihm bis knapp unter seine Brust. Das Zimmer stank, Aschenbecher quollen über mit Zigarettenkippen. Stumm sah er zu mir herunter, dann begann er zu brüllen und hörte nicht wieder auf, zu brüllen. Er brüllte sehr laut, so laut, dass ich nicht verstand, was er brüllte. In einer Brüllpause sagte ich ihm, dass es mir leidtue und ich dem Jungen keine Zähne ausschlagen wollte. Er brüllte, ich solle die Schnauze halten und ihn mit Herr Direktor anreden, wenn ich etwas sage. Seine Stimme klang wie eine der Motorsägen, mit denen die Straßenbauarbeiter die Bordsteine bearbeiteten. Ich hielt mir die Ohren zu, er riss mir die Hände wieder runter. Er wechselte den Ton, wurde freundlicher und sagte mir, dass er der Heimleiter sei und dass ich es wiedergutmachen könnte mit den ausgeschlagenen Zähnen. Ich solle nett zu ihm sein und ihn untenrum streicheln, »weil man das hier so macht, wenn man sich wieder verträgt«. Außerdem wollte er, dass ich meine Sachen ausziehe, damit er sie zum Waschen geben könnte, »weil man das hier so macht, wenn man ein Neuankömmling ist«. Mit ihm vertragen wollte ich mich auf keinen Fall und ausziehen schon gar nicht, ich verschränkte die Arme vor meiner Brust. Da bückte er sich und riss mir die Hose runter, ich versuchte, ihn wegzuschubsen, dabei fiel er nach hinten um. Nun schlug er mir, wie zuvor der Junge in der Eingangshalle, in den Bauch, aber viel stärker, mir kamen die Tränen. Ich wollte schon den ganzen Morgen auf die Toilette, hatte aber keine Zeit dafür gefunden, nun konnte ich nicht mehr anhalten und die ganze Ladung ging auf den Teppich. Als der Heimleiter die Bescherung sah, wich er angewidert ein paar Schritte zurück. Ich wurde wahnsinnig wütend, weil ich mich schämte und weil ich angefangen hatte zu weinen, das mochte ich nicht, weil ein echter Indianer nicht weint. Der Heimleiter lachte gehässig und starrte mich mit aufgerissenen Augen an, auf der Stelle begann ich ihn zu hassen. Während ich meine Notdurft entfernen musste, beschloss ich, mich zu rächen und ihm im Gegenzug eins seiner Augen auszuschießen. Zu Hause hatte ich mich oft gegen meine Brüder zur Wehr setzen müssen und mein ältester Bruder Gerald hatte mir eingebläut, nie aufzugeben und wenn nötig, zu unerlaubten Mitteln zu greifen, wenn ein Gegner mir überlegen ist. Mir war in den Minuten im Zimmer des Heimleiters klar geworden, dass ich in einer feindlichen Umgebung wie dieser nicht unbewaffnet bleiben durfte. Zwar war ich bisher nie besonders ängstlich gewesen, wenn ich vor einer körperlichen Auseinandersetzung stand, aber mehreren Kontrahenten gleichzeitig war auch ich nicht gewachsen. Oder einem körperlich viel Stärkeren wie dem Heimleiter. In der folgenden Zeit wurde ich vorerst in Ruhe gelassen, die Jungs schienen Respekt vor mir zu haben, nachdem ich mich am ersten Tag gegen sie behauptet hatte. Der Heimleiter ließ sich kaum sehen, und wenn, ignorierte er mich. So bastelte ich mir in der nächsten Zeit heimlich aus der Astgabel einer im hinteren Hofe stehenden Trauerweide ein Katapult. An den Vormittagen von Montag bis Samstag hatten wir Schulunterricht, danach versammelten sich alle im Speisesaal zum Mittagessen. Den Nachmittag verbrachten wir ohne Aufsicht im Haus oder den zugelassenen Plätzen im verwinkelten Garten, dadurch konnte ich immer wieder unbeobachtet Schießen üben, bis ich irgendwann in der Lage war, ein Ziel aus größerer Entfernung zu treffen. Eines Abends schlich ich mich aus dem Haus und entfernte aus der Dunkelheit der Trauerweide heraus dem Heimleiter mit einer verzinkten 12er Stahlmutter das linke Auge, als der an seinem offenen Bürofenster stand und rauchte.

GÜNTER MÄRTENS

geboren 1958 in Hamburg-Hummelsbüttel. Musiker und Schauspieler in diversen Theaterinszenierungen und TV-Filmen. Hauptsächlich arbeitete er mit wechselnden Bands zusammen, herausragend *Die Freie Garage* sowie *Ulrich Tukur & Die Rhythmus Boys*, mit denen Märtens bis heute unterwegs ist. 2017 veröffentlichte er seinen autobiografischen Roman *Die Graupensuppe*, in dem er seine sieben Jahre als Heroin-Junkie beschreibt. Bei dem vorliegenden Text handelt es sich um einen Auszug aus dem gleichnamigen Romanmanuskript.

Andreas Moster

KLEINE PALÄSTE

Hanno versucht es.

Er stellt den Wecker auf halb sieben, legt sich die Kleidung schon abends zurecht, geht zeitig schlafen. Das frühe Aufstehen fällt ihm nicht schwer. Er hat unzählige Berufe ausgeübt, bei denen er noch früher rausmusste, Schichtdienste, Fertigung, die Schreinerei in Tittmoning. Daran denkt er jetzt; wie es war, im tiefsten Winter nach draußen zu müssen, harscher Schnee unter den Füßen, und auf den Bulli zu warten, die endlose Fahrt durch die Dunkelheit, eingeklemmt zwischen zwei Kollegen, die nach Schweiß, Zigaretten und Holz stanken, dem Fahrer ausgeliefert, der vielleicht getrunken hatte oder nicht. Oberbayern. Einzelne Höfe, von der Straße abgesetzt, wo bereits gemolken wurde. Die Dörfer dagegen noch unbeleuchtet, ab und zu ein Wagen, der ihnen hinter einer Kurve entgegenkam, das Aufblendlicht ein Schock, Hanno kniff die Augen zusammen, der Bulli schlingerte, streifte eine Schneewehe, fand die Spur wieder. Wenn sie am Auftragsort ankamen, war es immer noch dunkel. Sie rauchten im Bulli, tranken Kaffee aus einer Thermoskanne, niemand wollte hinaus. Hanno ging als Erster. Ein Pflichtbewusstsein, von dem er nicht weiß, woher es kommt, egal, ob er bei minus acht Grad Balkongeländer abschleift, ein verirrtes Schaf zur Herde zurücktreibt, seinen Vater von der schweren Windel befreit und in den Rollstuhl hebt. Er darf sich nicht dagegen sträuben, ihn als Arbeit zu betrachten. Wenn er es doch tut, wird es so sein wie in den ersten Tagen, eine Lähmung angesichts der plötzlichen Nähe und allem, was in den letzten dreißig Jahren unbewältigt geblieben ist, die vollkommene Unfähigkeit, zu handeln, weil sich die Frage stellt:

Warum?

Warum sich kümmern, obwohl sein Vater sich nicht gekümmert hat? Seine Mutter hat ihn geboren, gestillt und gewickelt, alle Kinderkrankheiten hat sie mit ihm durchlebt, nachts die nassen Laken gewechselt, als er versuchte, trocken zu werden. Die Stationen seiner Kindheit absolvierte er an ihrer Hand: der erste Tag im Kindergarten, Einschulung, im Zimmer der Direktorin, beschuldigt, eine Mitschülerin bestohlen zu haben, was er unter Tränen abstritt, obwohl es stimmte. Seine Mutter hielt zu ihm. Sein Vater war im Büro und arbeitete. Er brachte das Geld für alles, was Hanno konsumierte und besaß, jeder Gegenstand war von ihm, außer den Steinen, Stöcken und Schneckenhäusern, die Hanno im Wald fand, wenn er dort mit Susanne spielte. Jeden Montag und Donnerstag kaufte sein Vater ihm den *Kicker*. Wenn er krank war, kaufte er ihm Bücher, er kaufte ihm einen Walkman, als er einen Walkman wollte, später kaufte er ihm einen Discman, im Urlaub kaufte er ihm sein erstes Taschenmesser und kaufte ihm eine Hülle für das Messer, kaufte ihm einen Gürtel, an den er die Hülle mit dem Messer schnallen konnte, und kaufte ihm einen Wetzstein, um das Messer scharf zu halten. Als Hanno beim Anspitzen eines Pfeils, den Susanne für ihren Bogen brauchte, abrutschte und sich mit dem Messer tief in den linken Daumen schnitt, presste seine Mutter ein Handtuch auf die Blutung und hielt im Krankenhaus seine rechte Hand, während die Wunde genäht wurde. Sein Vater kaufte ihm einen Zauberwürfel. Seine Mutter öffnete die Verpackung und machte ein paar Drehungen für ihn, weil Hanno mit seiner dick bandagierten Hand den Würfel nicht greifen konnte. Eine Woche lang trug er ihn mit sich herum, betrachtete ihn immer wieder von allen Seiten, spielte in Gedanken die Züge durch, die er machen würde, sobald der Verband entfernt war. Dann ging es ganz schnell. Beim Frühstück staunte seine Mutter mit offenem Mund, sein Vater sah über den Rand der Zeitung und nickte. Hanno fragte ihn, ob er es auch einmal probieren wolle, aber sein Vater schüttelte nur den Kopf, lächelte.

Hanno verstand ihn nicht, versteht ihn bis heute nicht.

Den Würfel zu kaufen, aber nicht zu benutzen, ihn nicht ein einziges Mal auszuprobieren, die farbigen Elemente zu verschieben und zu erleben, wie das Chaos mit jedem Zug seiner Ordnung näher kommt, *den Würfel nicht zu spielen*, als sei es mit dem Kauf schon getan und das Spiel nur ein Nachgedanke.

Wenn Hanno es genauso machen will wie sein Vater, muss er andere dafür bezahlen, dass sie sich um ihn kümmern. Die Basispflege könnte in einer entsprechenden Einrichtung oder durch einen Pflegedienst ohnehin besser geleistet werden. Ausländische Fachkräfte könnten den Haushalt und die Pflege übernehmen, im Zwei-Wochen-Rhythmus rotierend, eine Frau Ceausescu, eine Frau Wlodarczyk, die eine unnachgiebig streng, die andere eierlikörlustig. Problemlos könnte Hanno das Zimmer seiner Mutter zum Gästezimmer umfunktionieren und die Pflegekräfte dort unterbringen. Wie früher sein Vater seiner Mutter könnte er jeden Monat das Haushaltsgeld wortlos und diskret übergeben, unter der Hand, als sei es etwas Unanständiges, könnte das Haus verlassen, um zur Arbeit zu gehen. Er hat immer etwas gefunden, er wird auch hier etwas finden. Eine Werkbank, ein Lager. Einen Ort, an den er sich jederzeit zurückziehen kann, so wie sein Vater sich ins Büro oder das Arbeitszimmer zurückzog und aus der Familie verschwand. Er musste nichts begründen. Das Geld musste verdient werden, *damit wir so leben können, wie wir leben, deine Hefte, deine Bücher, deine Messer, deine Würfel, sie wachsen nicht auf den Bäumen, ich kann sie nicht einfach herunterpflücken, wir leben nicht im Garten Eden*. Frau Ceausescu und Frau Wlodarczyk nicken, sie kennen die Härten des Lebens. Hanno kann ihnen freie Hand lassen, es sind erfahrene Frauen, die ohne falsches Mitleid zupacken. In gebrochenem Deutsch schnarren Frau Ceausescus Anweisungen durchs Haus, Frau Wlodarczyk kichert und kocht, und Hanno kann sich ganz auf seine Arbeit konzentrieren, ohne ein schlechtes Gewissen haben zu müssen.

Wenn es ihm trotzdem zu viel wird, kann er immer noch gehen.

In der Seniorenresidenz am Altenberg würde man seinen Vater nicht abweisen, ein großer, parkähnlicher Garten, helle Aufenthaltsräume, Singkreis, Yoga, Physiotherapie. Den Prospekt hat Hanno im Zimmer seiner Mutter gefunden, versteckt unter Wolle und Stoffen, auf der Titelseite zwei rüstige Senioren, Mann und Frau, braun gebrannt und strahlend vor dem dreistöckigen Gebäude, das Hanno von seinem Fenster aus am gegenüberliegenden Haardtrand erkennen kann. Ein weißer Quader in den Reben. Laut Prospekt verfügt die Einrichtung über ein Kontingent an Plätzen für Patienten mit Pflegegrad 3 oder 4. Wenn Hanno sein Elternhaus verkauft, wird er sich die monatlichen Kosten problemlos leisten können.

Aber so einfach ist es nicht.

So einfach gibt man den Vater nicht weg.

Also steht Hanno morgens um halb sieben auf und geht zur Arbeit. Die Haltung tut ihm gut, weil sie Distanz schafft und ihn zu Professionalität zwingt, sodass er sich nicht jede Kleinigkeit zu Herzen nimmt. Die verrutschte Windel. Das Unterhemd linksherum. Keine frischen Socken mehr. Er hat sich einiges von Susanne abgeschaut, trotzdem misslingt ihm vieles. Es fehlt die Selbstverständlichkeit, das Gefühl dafür, was wann erledigt werden muss, damit die Maschine am Laufen bleibt. Wie hat Matze Dreiling gesagt? Wenn es irgendwo hakt, staut sich alles zurück. Regelmäßig vergisst Hanno, die Wäsche zu machen. Ein wachsendes Gebirge im Keller, aus dem er ein Paar Socken heraussucht, um sie mit der Hand im Spülbecken zu waschen. Er föhnt sie trocken, schüttelt sie aus, zieht sie seinem Vater über die nackten Füße. Dringend müssten die Zehennägel geschnitten werden, aber Hanno weiß nicht, wo die Schere ist.

»Wo ist deine Mutter?«, fragt sein Vater.

»Mama ist tot, das weißt du doch.«

»Dann Karin. Wo ist Karin?«

»Nicht Karin. Susanne.«

»Deine Mutter soll das machen. Die hat nicht so kalte Hände wie du. Wäschst du die nicht?«

»Natürlich wasche ich mich. Jetzt halt doch mal still.«

»Wo ist Karin überhaupt? Wo sind die denn alle?«

»Susanne braucht mal Zeit für sich. Das war zu viel für sie zuletzt, deshalb kümmere ich mich jetzt erst mal um dich. Das kriegen wir doch hin, oder?«

»Ja, ja, mach mal.«

Hanno zieht ihm die Schuhe an, bindet die Schnürsenkel in Doppelknoten.

»Aber die kommen doch alle wieder?«

»Ja, Susanne kommt wieder. Sie ist ja nicht aus der Welt. Nur ein Haus weiter.«

Seit dem Unfall beim Rasieren hat Susanne sich nicht mehr gemeldet, vier Tage ist das her, und Hanno spürt ihre Abwesenheit mit jedem Tag stärker. Er sieht sie am Fenster, wenn er mit seinem Vater auf der Terrasse sitzt, ein flüchtiger Schatten, eine Bewegung hinter der Scheibe. Es schmeichelt ihm, dass sie ihn von drüben beobachtet, und er tut, als bemerke er sie nicht, steht auf und geht durch den Garten, knappst hier eine Blüte ab, hebt da ein Blatt auf. Ein bisschen albern kommt er sich vor, wie ein Pfau, der vor dem Weibchen sein Rad schlägt. Dringend müsste der Rasen gemäht werden. Ein weiterer Punkt auf der Liste: der Rasen, die Wäsche, der Großeinkauf, das neue Bett, die Schutthalde im Badezimmer. Er hat angefangen, an den Stirnseiten die Fliesen von der Wand zu schlagen, jetzt kommt er nicht weiter. Ein Haufen unter dem Fenster, einer neben der Tür. Sein Vater hat sich über den Lärm beschwert, ebenso Lupus, der jeden Hammerschlag mit einem dumpfen Bellen begleitete, die Schläge irgendwann vorwegnahm, sie ankündigte, einmal ins Nichts bellte, als Hanno den Hammer absetzte, weil er den letzten Schlag getan hatte.

Sie finden einfach nicht zueinander, Lupus und er. Es scheint den Hund persönlich zu kränken, dass Hanno sich jetzt um ihn kümmert, Futter und Wasser hinstellt, den Ball wirft, seine Decke ausschüttelt. Ein dunkler, brütender Widerstand gegen alles, was Hanno tut. Lupus stemmt die Beine in den Boden, macht sich schwer, versteift zu einem Block aus Muskeln und Sehnen, sodass Hanno ihn nur mit Mühe am Halsband aus dem Haus ziehen kann, damit er draußen sein Geschäft erledigt. Hinter dem Haus verläuft ein schmaler Weg zwischen ihrem Gartenzaun und einer hohen Buchsbaumhecke, die den südlichen Teil des Kurparks begrenzt. Dorthin zieht Hanno den Hund und wartet darauf, dass er scheißt, aber der Hund scheißt nicht, nicht sofort, sondern stellt sich knurrend auf den Weg und starrt ihn an. Hanno versucht, ruhig zu bleiben, obwohl er weiß, was kommt. Lupus wird die Zeit ins Unendliche dehnen, schon jetzt biegt sich das Universum um seine reglose Gestalt. Hanno spürt, wie die Wut in ihm aufsteigt. All die Dinge, die er erledigen müsste, aber nicht erledigen kann, weil der Hund nicht scheißt. Sie verklumpen in seinem Magen zu einem Geschwür, bis es aus ihm herausbricht, *mach endlich, du verdammter Köter*, schreit er und tritt den Hund in die Flanke. Es ist kein harter Tritt; eher ein Anstoßen mit dem Fuß, eine Aufforderung, und tatsächlich hockt Lupus sich hin und tut, wozu sie gekommen sind.

Hanno lässt die Haufen liegen wie alle anderen Haufen, sie markieren die Orte seines Versagens, zwischen Hecke und Gartenzaun stinkt es besonders schlimm. Zum Glück steht das Haus der Dreyers vom Kurpark abgewandt auf der anderen Seite, sodass Susanne nicht sieht, wie er an Lupus scheitert, nur das Gute, wie er seinem Vater die Decke um die Füße schlägt und die welken Blüten vom Rhododendron pflückt.

*

Am besten gelingen die Spaziergänge, die er ohne den Hund mit seinem Vater unternimmt. Sie haben keine festen Zeiten, kein Ziel. An den Kreuzungen verlässt Hanno sich auf seinen

Instinkt, rechts oder links, wenn er nichts spürt, gehen sie geradeaus. Nur an wenigen Stellen kommen sie mit dem Rollstuhl nicht weiter. Die Stadt hat viel getan, Hanno kann sich an keine einzige Rampe in seiner Kindheit erinnern, jetzt sind sie überall, an den Zufahrten zum Kurpark, an allen öffentlichen Gebäuden, frisch asphaltiert selbst die kleinsten Wege, die Bordsteine an allen Fußgängerübergängen und Bushaltestellen abgesenkt, tickende Ampeln und Spurrillen für Sehbehinderte. Hanno registriert alle Veränderungen, legt sie über die innere Karte der Stadt, wie er sie erinnert, spürt die vergangene Zeit als ein mächtiges An- und Abschwellen, Gebäude, die sich im Zeitraffer aufbauen, einstürzende Häuserblocks, Straßen wie mit einem Filzstift in die Landschaft gezogen, die Betonierung einer Grünfläche in einer Sekunde. In der Innenstadt kennt er noch zwei Geschäfte, die Metzgerei Heintz in der Königstraße, die Buchhandlung Willms gegenüber der evangelischen Kirche. Ein kurzer, melancholischer Stich, mehr nicht. Die Auslagen in den Schaufenstern sind anders dekoriert, die Verkäuferinnen, die er durch die Schaufenster beobachtet, genauso fremd wie die Geschäfte, die nach seiner Zeit hier entstanden sind. Sonnen-, Nagel-, und Tattoo-Studio, Subway, Burger King, dazwischen viel Leerstand, Fielmann, Kind-Hörgeräte. Die Filialen von Sparkasse und Volksbank haben den Standort getauscht, oder er erinnert sich falsch. Viel schwerer wiegt, was nicht mehr da ist. Peterson, Beppler, Bahnmüller, Samen Paul. Zu den Namen der Inhaber hat er noch die ungefähren Gesichter und Gestalten, Peterson grauhaarig und fast blind, Beppler ein schlanker, verbiesterter Mann, die Bahnmüllerin fett und ungepflegt, Samen Paul ein Alkoholiker mit Stirnglatze, zotteligem Haarkranz, Musketierbart. Alle waren auf ihre Weise

Angst einflößend, lauerten in der Düsternis ihrer Läden hinter dem Tresen, Beppler der schlimmste von allen, ein Fahrrad- und Zweiradmechaniker, der geräuschlos aus seiner Werkstatt trat und die Kinder anschrie, wenn sie ihre Räder zur Reparatur vorbeibrachten.

Und dann die Geister-Geschäfte, die Illusionen, die Chimären. Hanno fehlt eine ganze Schicht, 1990–2018, Geschäfte, die während seiner Abwesenheit eröffnet und wieder aufgegeben wurden, die er nie gekannt hat und nur als schillernde Folien über den Fassaden erahnt. Vor einer Schaufensterfront bleibt er stehen, die Scheibe ist von Schlieren und Staub überzogen, der Raum dahinter leer und unverputzt, aus der Wand ragen Stromkabel, der Boden nackter Beton, darauf eine halb volle Colaflasche, ein Spachtel, zwei Holzböcke. Unmöglich zu erkennen, was hier verkauft wurde und warum es nicht funktioniert hat, ob es an den Betreibern lag oder an einer unglücklichen Fügung, Unfall, Krankheit, Wasserschaden, ob es das Internet war, oder ob hier jemand glücklich alt geworden ist und sein Geschäft vor der Rente noch ordnungsgemäß abgewickelt hat. Menschen, die nach ihm gekommen und vor ihm wieder gegangen sind. Er könnte seinen Vater fragen, aber sein Vater kann ihm nicht helfen. Was er sagt, ist ebenso wenig in Raum und Zeit verankert wie Hannos Gefühl für die Stadt, die Jahre seiner Abwesenheit ein grenzenlos weiter Saal, durch den er ohne Orientierung stolpert, in dem alles möglich und nichts sicher ist. Schwindelig wird ihm davon, eine leichte Panik steigt in ihm auf, und er legt eine Hand auf die Schulter seines Vaters, um sich zu stabilisieren. Auf ein paar kleine Erinnerungen schrumpfen die Jahre zusammen. Hanno weiß nicht, ob er sie je wieder groß bekommt, wie er das anstellen soll, diese halb vergessenen Menschen und Orte wiederzubeleben, von denen er manchmal nur noch den Namen und irgendein Detail kennt. Er drückt die Schulter seines Vaters fester, und die Hand seines Vaters hebt sich zitternd aus seinem Schoß, umschließt Hannos Finger, lässt nicht mehr los.

»Da war mal ein Friseur drin«, sagt sein Vater, »oder ein Grieche, ich weiß es nicht mehr.«

ANDREAS MOSTER

geboren 1975, nach fruchtlosem Studium der Englischen Philologie und Neueren Geschichte in Münster lebe und arbeite ich seit 2002 als Autor und Übersetzer in Hamburg. Verheiratet, Vater zweier Töchter und deshalb nur eingeschränkt schreib- und gesellschaftsfähig. 2017 habe ich meinen ersten Roman *Wir leben hier, seit wir geboren sind* im Eichborn Verlag veröffentlicht und schreibe zurzeit am zweiten Roman mit dem Arbeitstitel *Kleine Paläste*. Bei dem vorliegenden Text handelt es sich um einen Auszug daraus.

IRGEND-
WAS MIT
TIEREN

Roberta Schneider

DAS THERMOMETERHUHN

Ich wollt, ich wär ein Huhn, ein Thermometerhuhn. Natürlich nicht wirklich, sondern eher im übertragenen Sinne, also, das Thermometerhuhn als Verkörperung der Unbefangenheit, als Fleischwerdung des unreflektierten Tuns des Richtigen, im wahrsten Sinne des Wortes Angemessenen.

Wenn ich bedenke, wie harmlos es angefangen hat und wie vorhersehbar die Verschlechterung meiner Situation war, frage ich mich, wie es überhaupt so weit kommen konnte und warum es nicht ebenso einfach war, zum Normalzustand zurückzukehren.

Von ein paar Verhasplern abgesehen hat es bei einer Reise in die USA angefangen. Wie ein Schwerverbrecher behandelt, denkt man wohl auch wie ein solcher, und so wollte ich den Herren von der Einwanderungsbehörde möglichst wenig verdächtig erscheinen. Aber was ist wenig verdächtig? Wie aus der Pistole geschossene, harmlose Antworten in perfektem Englisch sind vielleicht wesentlich verdächtiger als ein zauderndes Gestammel, dass man noch nicht so genau wüsste, bei wem, man hätte mehrere Bekannte, und man könne sich auch vorstellen, dass …

Ich dachte, dass ich am unauffälligsten wäre, wenn ich so wenig nervös wie möglich erschiene. Schließlich hatte ich nichts zu verbergen! Wenig nervös wirkt man, wenn man nicht zu langsam und nicht zu schnell spricht, nicht zu laut und nicht zu leise spricht, und vor allem, wenn man sich nicht verspricht.

Zwei oder drei Sätze habe ich ohne Fehler zustande gebracht, doch dann habe ich begonnen, mich für meine betont lässigen, auf Englisch hervorgebrachten Antworten zu schämen. Jeder weiß ja, wie widerlich der deutsche Akzent beim Englischsprechen klingt und wie wenig er zu verbergen ist. Allein bei dem Gedanken, dass liebe Freunde das, was ich gerade von mir gab, hören könnten, wurde mir ganz warm im Gesicht. Nun wollte der Grenzbeamte wissen, was meine Freunde beruflich machten, aber es waren ja gar keine Freunde, sondern nur ein entfernter Bekannter und zwei Freunde von Freunden von Freunden, aber was Bekannter hieß, fiel mir gerade nicht ein, und *some friends of a friend of a friend of mine* wollte ich nicht sagen. Bei welchem Unternehmen diese Leute arbeiten, wusste ich nicht. Die Freunde von den Freunden von Freunden arbeiteten als Journalisten, das wusste ich, und das war ja schon verdächtig genug, aber dass ich den Arbeitgeber nicht nennen konnte, machte die beiden so suspekt, dass ich befürchtete, FBI und CIA würden demnächst bei ihnen auftauchen, nur, weil ich sie versehentlich am Flughafen denunziert hatte.

Es nützte nichts, dass der Einwanderungsbeamte mir, nachdem er meine Koffer geöffnet und alles durchsucht hatte, nur noch harmlose Fragen gestellt hat, wie zum Beispiel nach meinen Hobbys, nach meinem letzten Reiseland, was ich dort gemacht hätte und wie es mir dort gefallen habe. Ich wusste nichts mehr, die Hälfte meiner englischen Vokabeln war verschwunden, und ich habe angefangen zu stottern. Je verzweifelter ich versucht habe, nicht zu stottern, da Stottern doch das Verdächtigste überhaupt ist, umso mehr habe ich gestottert.

Mir war vorher schon klar, dass Nervosität dafür sorgen kann, dass man sich leichter verhaspelt. Auch, dass Unsicherheit, zum Beispiel bei einem Interview, einen ganz grauenhaften Satzbau begünstigt, ein grammatikalisches Stottern gewissermaßen, das Zweimalsagen von ganzen Satzteilen und Inhalten, ohne Rücksicht auf Verluste und Inversion. Aber dass man, ohne etwas zu verbergen zu haben, so nervös werden kann, und dass sich das Stottern wie durch eine seltsame Rückkopplung so sehr verstärken kann, habe ich nicht gewusst.

»So, Sie können jetzt weitergehen, einen schönen Aufenthalt, Herr …?« »Kauz« »Ah, ja. Herr Kauz.«

Immerhin, meinen Namen hatte ich ohne Stocken aussprechen können. Erstaunlich genug, aber ein Glück: Kakauz – wie lächerlich.

Während meines Aufenthalts in New York, der übrigens ein sehr angenehmer war, da sich die Freunde von Freunden von Freunden als sehr nette Leute erwiesen haben, ist es mir nicht mehr passiert. Überhaupt kommt es kaum vor, wenn ich Englisch spreche. Erstaunlich, wenn man bedenkt, dass eine englischsprachige Situation mein Gebrechen verursacht hat. Wobei ich nicht ganz sicher sagen kann, ob die Situation das Leiden verursacht oder einfach nur ausgelöst hat, nachdem bereits eine latente Veranlagung dazu vorhanden gewesen war. Auf alle Fälle ist mir in der Situation die Fragilität der selbstverständlichen Rede bewusst geworden. Und seitdem erscheint mir die mündliche Äußerung eben nicht mehr selbstverständlich. Sie hat aufgehört, Automatismus zu sein, wie das Gehen, das Schlucken, der Herzschlag.

Natürlich tritt es immer nur dann auf, wenn es besonders unangenehm ist: bei Vorlesungen und Seminaren, bei Interviews oder bei Auftritten. Als kleines Extra kommt das Stottern, wenn ich zum Beispiel eine Frau kennenlerne. Verhexterweise stottere ich genau dann nicht, wenn ich es gerne möchte. Das klingt vielleicht komisch, aber ich möchte zum Beispiel stottern, um meinen Freunden zu demonstrieren, welches Gebrechen mich neuerdings plagt. Sie sagen: »Glaub ich nicht, du kannst reden wie ein Wasserfall, vierzig Fremdwörter pro Minute, das soll dir erst mal einer nachmachen. Sag noch mal diesen Fisch!« »Humuhumunukunukuapuaa-Fisch.« »Siehst du!« Nix siehst du, aber warum sollte ich auch stottern, wenn ich mit guten Freunden rede. Es ist ja eigentlich auch gar kein Stottern, denn das Stottern läuft nach einem ganz anderen Muster ab. Es ist wohl eher so etwas Ähnliches wie Sprechangst, aber eine, die es in der Fachliteratur nicht gibt. Vielleicht ist es die spezifische Sprechangst bei Sprachwissenschaftlern. Und ich bin der Präzedenzfall. Denn natürlich wollte auch der Psychologe nichts von meiner Krankheit wissen. Zu dem Typen gehe ich keinesfalls noch mal. Er meinte, wenn ich es ihm nicht vormachen könne, nur weil ich es genau in dem Moment wolle, dann solle ich mir bei meinem nächsten öffentlichen Auftritt einfach wünschen, dass ich stottere. Dass ich das auch schon versucht hätte, aber dass es dadurch noch schlimmer geworden sei, weil das Stottern ja durch den Gedanken ans Stottern ausgelöst würde, habe ich geantwortet. Aber in dem Fall, meinte der blöde Therapeut, sei es ja noch viel einfacher; ich solle einfach nicht ans Stottern denken. Es sei ja auch kein echtes Stottern, sondern eher ein Stocken, und das käme von der Angst, sich zu versprechen, und die habe man nun einmal vor einem großen Publikum, erklärte ich ihm. Was dann kam, war der Gipfel: Das sei ganz normal, da bräuchte ich keine Therapie machen, sondern allenfalls Entspannungsübungen. Das hatte ich natürlich auch schon versucht. »Wissen Sie was?

Nehmen Sie das einfach hin. Die Menschen müssen Sie so lieben, wie Sie sind!« Dass ich als Volksetymologe, als Wortherkunftscelebrity nicht vernünftig sprechen konnte, sollte ich also hinnehmen. »Aber bei meinem Beruf kommt es nicht darauf an, geliebt zu werden, sondern darauf, kompetent zu sein und auch so zu wirken«, erwiderte ich. Da meinte er, mich zu haben: Perfektionist sei ich, womöglich hätte ich einen Minderwertigkeitskomplex, da müsse man eher mal gucken, und was ich denn für ein Verhältnis zu meinem Vater gehabt hätte. »Kennen Sie Freud?«, habe ich ihn gefragt. »Ja, natürlich!«, hat er geantwortet. »Das merkt man«, habe ich gesagt, »suchen Sie sich einen anderen Verrückten«, und bin gegangen.

Danach ist es kurze Zeit ein bisschen besser gewesen. Jedes Mal, wenn ich gerade kurz davor gewesen bin, mich zu verhaspeln, ist mir der blöde Seelenklempner mit seinem dummen Gerede in den Sinn gekommen und hat mich wütend gemacht. Der Adrenalinstoß, den mir mein Ärger versetzt hat, hat mich meinen Sprachfehler vergessen lassen. Anstatt zu stottern, habe ich schneller, lauter, eingebildeter und vor allem unverständlicher gesprochen. Nicht etwa, weil ich zu nuscheln begonnen hätte, nein, mehrere Leute meinten, meine Auftritte seien zwar irgendwie virtuoser und feuriger geworden, andererseits aber würde ich mit Fremdwörtern um mich schmeißen, als redete ich zu meinem Hauptseminar und nicht zu einem Festhallen- oder Clubpublikum. Das war gefährlich, denn so würde ich natürlich auf die Dauer nicht mehr gebucht werden, um Laien die Geheimnisse der Herkunft unserer Wörter zu erklären.

Das stellte aber nicht besonders lange ein Problem dar. Sobald mir der Zusammenhang zwischen dem Denken an den

Psychologen und dem dadurch ausgelösten Nichtstottern klar geworden war, brach das Wirkungsgefüge in sich zusammen, weil ich zu sehr darauf achtete. »Oh, jetzt denke ich an den Onkel Doktor, und gleich kommt das Adrenalin«, dachte ich, und es kam natürlich kein Adrenalin. Ich habe stärker gestottert denn je, einfach, weil ich von dem Umstand, überhaupt wieder zu stottern, überrascht wurde. Die Überlegung, mir künstliche Adrenalinstöße zu versetzen, habe ich schnell verworfen, denn ein unverständlicher Etymologe ist schlimmer als ein stotternder Etymologe. Ich habe mir einfach gewünscht, etwas weniger reflektiert zu handeln, sodass mir die Gedanken über mein Handeln nicht wieder und wieder mein Handeln zerstören.

Mein Vorbild ist das Thermometerhuhn. Nicht etwa, weil es dieses tolle Thermometer im Kopf hat, sondern weil es so beneidenswert locker mit den Messergebnissen umgehen kann. Es steckt seinen Schnabel in den Bruthügel und misst dessen Temperatur. Wenn der Haufen 33 Grad warm ist, ist alles super, und das Thermometerhuhn kann machen, was es will. Hat der Haufen keine 33 Grad, muss eben etwas mehr Erde und Gezweig auf den Haufen – oder weggenommen werden. Wenn das Thermometerhuhn an den Ergebnissen seines Messorgans zweifeln würde, käme es in Teufels Küche und würde wahrscheinlich seinen Nachwuchs beschädigen. Es wäre wahrscheinlich schon fast ausgestorben. Genau genommen ist es fast ausgestorben, aber aus anderen Gründen. Der Lebensraum wird ihm genommen. Aber darum ist es umso wichtiger, dass es nicht nachdenkt und einfach tut, was es tun muss.

Um die selbstverständliche Sprache zurückzugewinnen, habe ich es doch noch mal mit Entspannungsübungen versucht. Aber das ging überhaupt nicht. Ich habe mich auf den

Rücken gelegt und gedacht: »Ich denke jetzt an nichts.« Dann habe ich gemerkt, dass ich nicht nur nicht an nichts denken kann, sondern dass es mir obendrein ganz und gar unmöglich ist, nichtsprachlich zu denken. Ich habe versucht, in Gefühlen zu denken – es ging nicht. Wen wundert's, wenn man in Gefühlen denken könnte, wäre das ja fühlen, nicht denken. Das Unsprachlichste, was ich denken konnte, war »Rot«. Mein gesamtes inneres Blickfeld war rot gefärbt, so, wie wenn man mit geschlossenen Augen in Richtung einer Lampe guckt. Aber dann wollte ich die Farbe ändern, und um das zu tun, habe ich den Satz »Und jetzt Grün!« gedacht, als würden sich meine Gedanken, wenn sie endlich einmal nicht aus Wörtern bestehen, doch nur von ebenjenen herumkommandieren lassen. Wenn ich die Sprache verlieren würde, könnte ich dann überhaupt noch irgendwas denken, oder wäre ich dann dumm, habe ich mich gefragt und gewusst: Eigentlich bin ich doch gerade jetzt dumm, wo ich nur noch mit der doofen Sprache kann und nicht mehr alleine.

Als wenn ich mich nicht bereits beruflich schon genug mit Sprache beschäftigen würde, kreisten nun auch meine privaten Gedanken um nichts anderes mehr. Die Wörter summten durch meinen Kopf wie lästige Fliegen. Manche blieben stundenlang hängen, so wie das, was man bei einer Melodie als Ohrwurm bezeichnet. Sie fraßen sich in meinen Gehirnwindungen fest wie dicke Maden. Würfel zum Beispiel – ein widerliches Wort. Neuerdings jedenfalls. Früher klang es gut und angemessen als Signifikant eines kubischen Gegenstandes, jetzt aber ist es mir unaussprechlich geworden! Allein bei dem Gedanken an Würfel bekomme ich einen Krampf in der Zunge. Sie fühlt sich an wie eine sterbende rote Wegschnecke.

Aber dann denke ich mir, Mensch, Gerald, stell dich nicht so an, es kommt von werfen und ist ganz harmlos! Ist es aber eben nicht. Denn erstens ist auch der Wurm mit dem Würfel verwandt, sprachlich jedenfalls, und zweitens denke ich dann Dinge wie: »Würfel Wurfel Werfel. Franz Werfel. Das Lied von Bernadette. Igitt, Bernadette. Bernadette – Bett.« Dann frage ich mich, wieso ich mich vor dem Wort Bernadette ekele, ohne je schlechte Erfahrungen mit einer Frau dieses Namens gemacht zu haben. Es ist einfach nur der Klang des Wortes, der mir nicht gefällt. Aber wie kann mir der Klang von etwas, das ich gar nicht höre, sondern nur denke, derartig missfallen? Seit wann haben Gedanken einen Klang? Warum denke ich freiwillig an eklig klingende Wörter? Kurz, ich wurde zu einem metasprachlichen Wrack. Gerne wollte ich aufhören, an Sprache zu denken, so wie andere aufhören zu rauchen. Aber dann wäre ich arbeitsunfähig geworden. Ich konnte ohne die Sprache nicht mehr leben, obwohl sie mich kaputt gemacht hat. An meinem Tiefpunkt habe ich nur noch 55 Kilo gewogen, kaum geschlafen und ständig Worthalluzinationen gehabt.

Inzwischen geht es mir wieder viel besser. Nachdem das Stottern, Stocken und Verhaspeln besser geworden ist, geht auch das Grübeln über die Sprache zurück. Das Mittel, das ich gegen mein Leiden gefunden habe, ist ebenso einfach wie unschädlich. Es klingt sicherlich etwas albern, aber da ich mir immer gewünscht habe, mit der Sprache wieder so selbstverständlich umgehen zu können wie das Thermometerhuhn mit seinem Haufen, dachte ich, es ist sicher das Beste, wenn ich es genauso mache wie das Huhn. Ich habe eine Art kleinen Komposthaufen auf meinem Schreibtisch aufgeschichtet. Dieser wird von der Schreibtischlampe erwärmt. Bevor ich ins Seminar, zu einem Auftritt oder zu einem anderen offiziellen Termin muss, messe ich mit einem Thermometer die Temperatur im Inneren des Komposthaufens. Wenn sie 33 Grad beträgt, werde ich nicht stottern. Wenn die Temperatur nicht 33 Grad beträgt, muss ich den Haufen bis zur richtigen Temperatur erhitzen oder abkühlen. Ich bin dadurch nur wenige Male zu spät zu einem Termin gekommen, und bisher hatte ich nur zweimal gar keine Zeit, die Temperatur zu regeln. Da habe ich mich natürlich ziemlich schlimm verhaspelt, aber das hat mich nicht so sehr gestört, weil ich wusste, dass ich nächstes Mal einfach nur ein bisschen früher messen müsste, um die Temperatur rechtzeitig regulieren zu können. Meine Freunde lachen über den Haufen und das Thermometer und sagen, ich sei abergläubisch, aber auch das stört mich nicht, denn ich weiß ja, wie es ist: Wenn im Haufen 33 Grad sind, ist alles in Ordnung.

ROBERTA SCHNEIDER

lebt in der Winterhärtezone 8a, sammelt Monokotyledonen, Aromachemikalien und leuchtende Gegenstände, arbeitet als Autorin und Übersetzerin und kommt gern vom Hölzchen aufs Stöckchen. Leute, die mehr Angst vor großen Spinnen als vor großen Autos haben, sind ihr nicht geheuer.

Judith Sombray

WIR NEHMEN EINEN HANDFLÄCHENWECHSEL VOR

DU IM WALD

Nur für den Fall
dass du länger bleibst
solltest du wissen, wer hier als erstes aufsteht
: nicht du, nicht der Zitronengirlitz, der Wespenbussard
und das Krachen in der Dämmerung: nicht der Kernbeisser

Als Erste fahren die Pilze hoch
legen den Sporfilm, das WLAN, verbinden den Wald
mit allen Wäldern, den weit entfernten, vom Nachbarland aus
versucht jemand, dein Gesicht zu entziffern, deinen Zweck
in dieser Girlande, die Falken, nur für den Fall

Am Waldrand brandet Applaus auf: Für das Myzel,
die Telekie: Den großblumigen Scheinalant mit seinen Tuffs
du könntest dich einrichten dort, falls du länger bleibst
und dein Gesicht offerieren, als Erklärung
für die wilde Karde

DU IM CUPRUM

Woher kommt das Kupfergewölbe
in dem du immer mehr Zeit verbringst
die behauenen Wände betrachtend
die kleinsten Dellen einzeln

Seit Beginn der Aufzeichnungen
scheint Licht in ihm wieder
die ewige Lampe des Scheiterhaufens
weil wir alle noch Hexen sind

Es ist weit in deinem Gewölbe
niemand betritt es zufällig
jeder Besuch eine Aufgabe und
ein Versuch, das Gesicht zu heben

So wie du jetzt das Kupfer befühlst
die Hände die Oberflächenunebenheiten
schließlich klopfst, fragend
und das Gewölbe klingt

WIR NEHMEN EINEN HANDFLÄCHENWECHSEL VOR

langsam geht die Elektrik über
mit Vogelfüßen sitzt sie jetzt
auf deiner Laufbahn

Wir stellen einen neuen Zusammenhang her
und brauchen dafür nur drei Texte
das Bord ist neu, die Gelenke
die Lichtwellenleiter unserer Unterhaltung

und ich: sehe Landschaften
in den Zahlen, den Abfolgen
ganze Ausblicke in ein Bergmassiv
sogar deine Stulpen sind gut erkennbar

wie du zu einem Winken ansetzt
einer Bewegung jedenfalls, übermittelt
in mehreren Abschnitten, durchgegeben
ohne Umwege, als Direktiv

MEIN AKTUELLES ZIEL IST

immer stumpfer zu werden
sagt eine im Zug hinter mir
und legt ihr Haar zusammen
faltet es in Butterbrotpapier

Ich könnte auch Aussteigerin sein
sagt sie, zum Beispiel hier
: an diesem Bahnhof
in den schwarzen Holunder
dortbleiben, Kleiber sein

Mit der Zeit und den Kleibern
lernen, wann zu singen ist
wann nicht und nicht mehr
Einige Federn würden mir
wachsen und mein Mund

Aber insgesamt wirklich
einfach nur stumpfer, ganz
leicht ginge das und ob
Ich würde eine Tüte packen
das wäre dann alles

JUDITH SOMBRAY

geboren 1979 in Augsburg, lebt seit 2004 in Hamburg und arbeitet dort als Dipl.-Designerin (FH) und Kunsttherapeutin. Zuletzt erschien ihr Gedichtband *Nähekurs* bei Horlemann. Veröffentlichungen in Anthologien und Literaturzeitschriften, *Förderpreis für Literatur der Stadt Hamburg* 2012 und 2016.

Alexander Posch

SCHWIMMEN GEHEN

Meine Frau arbeitet zu Hause: Homeoffice. Wir stören und sollen den Nachmittag im Freibad verbringen.

»Ich brauche mindestens vier Stunden Ruhe«, sagt sie.

Also gehe ich mit meinem fünfjährigen Sohn in das Freibad meiner Jugend. Das Bad liegt direkt neben dem Friedhof.

Auf einer großen Reklametafel, die zwischen den beiden öffentlichen Orten steht, wirbt der Stadtteil-Konditor mit dem Slogan: *So gut, dass die Toten auferstehen!* Auf dem Plakat steigt eine lachende Frau im Bikini aus einer rosafarbenen Torte. Hier in Rahlstedt sind die Wege kurz. Alles liegt nah beieinander: Vergnügen und Tod, gestern und heute.

Als ich jung war, war das Bad nur eine mit Regenwasser vollgelaufene Tongrube. Vor einiger Zeit hat die Stadt weißen Sand aufgeschüttet. Die Tongrube heißt jetzt *Kupa piti* und ist ein Beach Club, wo die Leute in Liegestühlen am Wasser sitzen und Cocktails trinken. Alles wirkt noch provinzieller als zu meiner Zeit.

Am Strand breiten wir unsere Handtücher aus. Mein Sohn stupst mich an, als wir uns umziehen: »Papa, erzähl von früher, als du hier schwimmen warst!«

Also erzähle ich von der Eisenbahn, die auf dem Seegrund verrostet. Und ich erwähne das Flugzeug, das im Zweiten Weltkrieg notlanden wollte, aber im See versank. Ich berichte von dem riesigen Wels, der tief unten im Schwarzwasser lebt. Schwimmt man zu weit hinaus, kitzelt er einen zunächst mit seinen Barteln, dann beißt er dem Schwimmer in die Füße und zieht ihn schließlich ins Dunkel hinab. Und ich erzähle von den eiskalten Strömungen, die dem See unterirdisch zufließen, sodass man augenblicklich schockgefrieren und ertrinken kann, hat man das Pech, in solch eine Strömung zu geraten.

Mein Sohn steht in seiner Badehose direkt am Ufer. Das Wasser ist zehn Zentimeter von seinen Zehenspitzen entfernt, aber er macht keine Anstalten, sich weiter nach vorne zu bewegen.

»Willst du nicht reingehen?«, frage ich. Mein Sohn schüttelt den Kopf. Er will ein Eis.

Dann schwimme ich eine Runde. Mein Sohn bleibt mit seinem Eis auf dem Handtuch sitzen.

Nach einer Viertelstunde bin ich zurück und trockne mich ab. Wir packen zusammen.

»Gibt es denn keine guten Geschichten von dem See?«, fragt mein Sohn, als wir aus dem Freibad gehen. »Etwas mit Tieren? Aber mit netten Tieren?«

»Doch«, sage ich. »Es gibt eine Seehundgeschichte. Denn einmal hatte sich ein Seehund ins Freibad verirrt«, erzähle ich. »Das war ein extremer Winter, als sogar die ins Freibad einfließende Wandse zugefroren war. Und der See selbst war natürlich auch zugefroren. Niemand wusste, woher der Seehund kam. Der Seehund lag ganz gemütlich auf den Eisschollen. Und von Zeit zu Zeit schlüpfte er durch ein Loch im Eis und fing sich einen Fisch. Aber dann hat ihn ein verrückter Angler erschossen. Das Seehundblut, so ein kräftiges Rot auf dem Weiß, das konnte man noch wochenlang auf den Eisschollen sehen.«

»Seehundblut«, murmelt mein Sohn. »Wie hieß denn der Seehund, Papa?«

»Na, das ist ja eine alte Geschichte«, sage ich, »Da war ich noch ein kleiner Junge. Vielleicht hieß der Seehund Wolfgang, so wie Opa?«, schlage ich vor.

Mein Sohn sieht mich an und schüttelt den Kopf. »Nein«, sagt er. »Nicht *Wolfgang* – ich glaube, der Seehund hieß *Fuchsgang*.«

»Ja, dann eben *Fuchsgang*. Kann schon sein«, sage ich. Im selben Moment denke ich, dass ich mich schon unendlich weit vom Kindsein entfernt habe.

»Erzähl noch mehr von früher, Papa!«, drängelt mein Sohn.

»Na gut«, sage ich. »Wenn ich in den Sommerferien bei meiner Oma zu Besuch war, musste ich sie überallhin begleiten. Sie ging mit mir zur Post, zum Supermarkt, überallhin. Und sie ging in etwa so.« Ich gehe nun so zügig, dass mein Sohn neben mir hergaloppieren muss.

Er lacht. Höre ich auf, so schnell zu gehen, sagt er: »Mach wieder so, wie die Oma geht!«

»Ihr seid aber schnell wieder da«, wundert sich meine Frau, als wir zur Haustür hereinkommen. Wir waren keine Stunde weg.

»Im Freibad – da war zu viel Seehundblut«, sagt mein Sohn. Ich nicke.

ALEXANDER POSCH

geboren 1968, ist Hamburger. Viele verschiedene Veranstaltungen, drei Kinder, zwei Bücher, zwei Stipendien, ein Fanzine.

ES GIBT
NUR EINS
MORITZ
WIENERT

UND . . .
LOS !

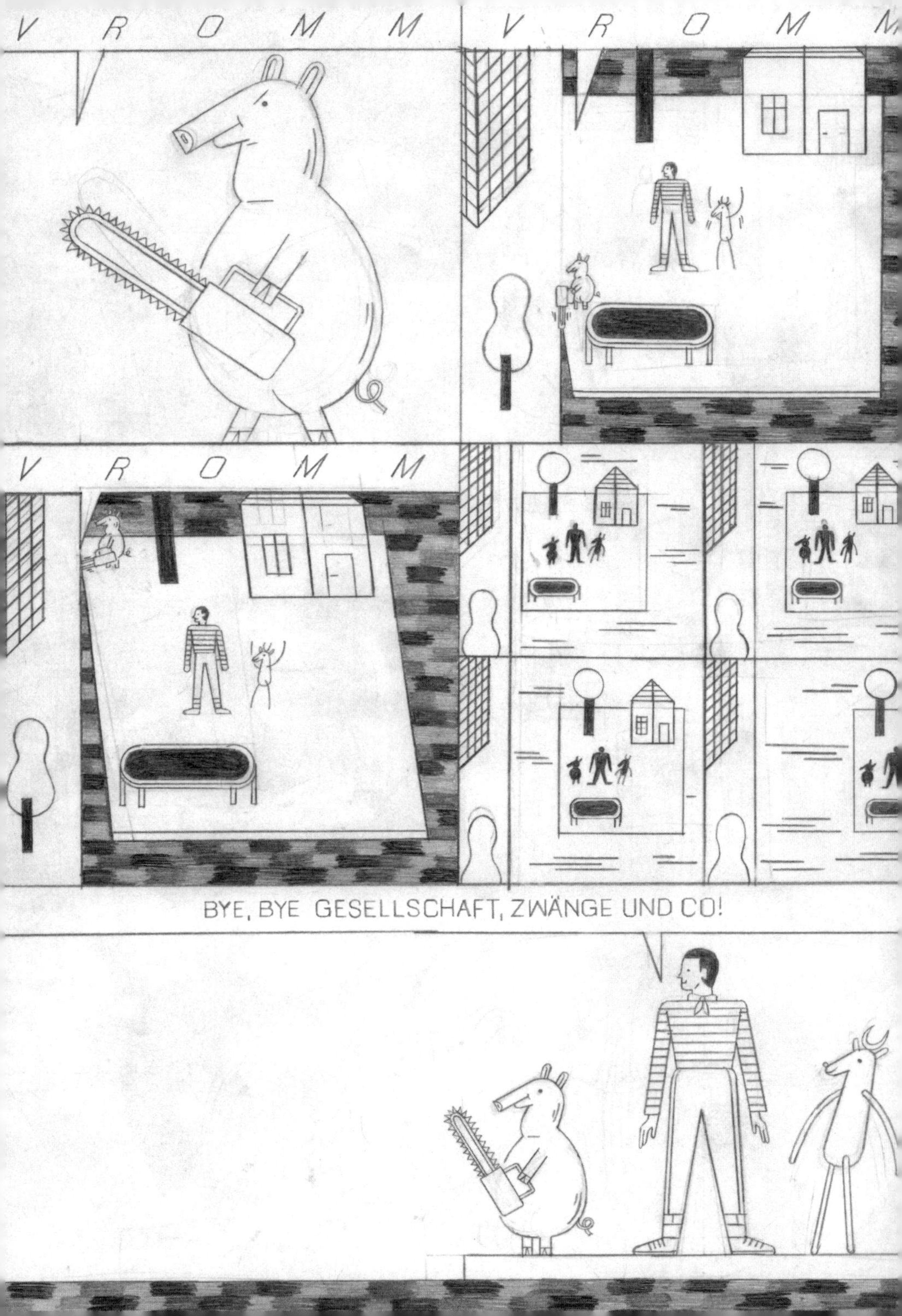
V R O M M
V R O M M
V R O M M
BYE, BYE GESELLSCHAFT, ZWÄNGE UND CO!

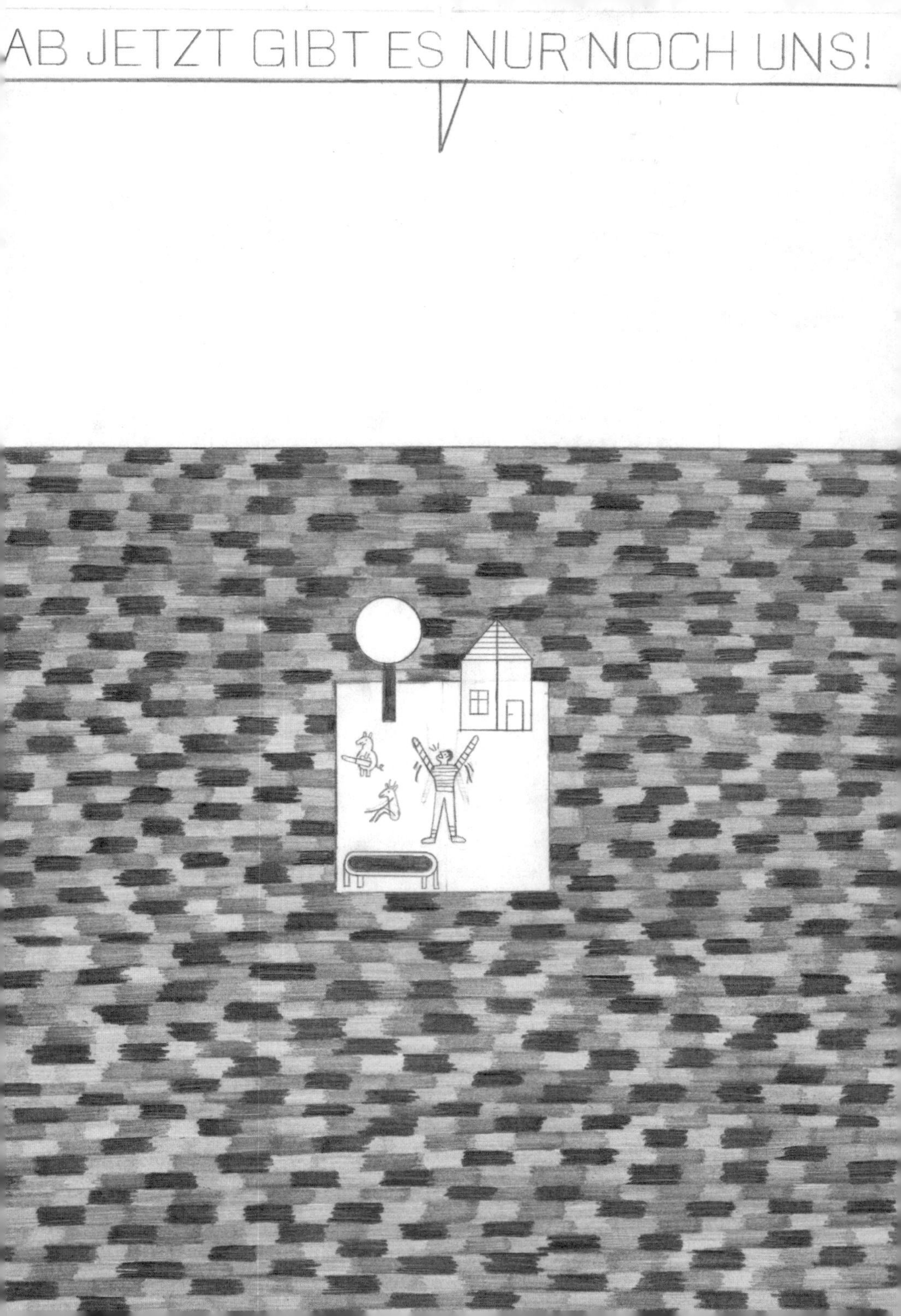
AB JETZT GIBT ES NUR NOCH UNS!

DIESE RUHE...
WIR MÜSSEN NUR UNSERE NATÜRLICHEN BEDÜRFNISSE ERFÜLLEN!
SELBST VERSORGEN KÖNNEN WIR UNS AUCH.
NATÜRLICH VEGAN!

WOW

MORITZ WIENERT

geboren 1990 in Berlin, studierte Visuelle Kommunikation in Nürnberg und Illustration mit einem Schwerpunkt auf Comic in Hamburg und Tel Aviv. Zuletzt erschien die chinesische Ausgabe seines Comics *Huma* bei Special Comix. Daneben arbeitet er als Illustrator vor allem für Magazine, Zeitungen und Institutionen wie die Berliner Philharmonie, *The New York Times* und *Zeit-Magazin*. Seine Zeichnungen waren in Ausstellungen in Hamburg, Luzern und Nanjing zu sehen.

Dagrun Hintze

UNERWÜNSCHTE SPEZIES

INSEL-SCHAFE

Schon von Weitem fragte ich mich
ob es wirklich eine gute Idee ist
mit einem Rhodesian Ridgeback
durchs Naturschutzgebiet zu spazieren
wenn dort gleichzeitig eine Schafherde grast
Und da sahen wir auch schon
wie der Hund sich losriss
und die Herde hetzte
bis er eines der Tiere zu fassen bekam

Das Blut lief in Strömen
keinen Laut gab das Schaf
stand nur da
und wehrte sich nicht
Das Frauchen des Ridgebacks rief
Aus!
immer wieder
und versuchte den Hund
am Halsband zu packen
da biss er ihr in die Hand

Mit vereinten Kräften schafften wir es
endlich ihn fortzuzerren
Ich hatte vorher noch nie

ein Tier im Blutrausch gesehen
Wir riefen die Polizei und einen Krankenwagen
Das Frauchen würde eine Weile nicht arbeiten können
als Masseurin im Spa

Abends hörten wir der Schäfer
habe das verletzte Tier aufs Festland gebracht
weil eine Schafherde
das zum Opfer gewordene Mitglied
sofort ausstoßen würde
Und das überlebt nun mal keiner
schon gar nicht auf Sylt

UNERWÜNSCHTE SPEZIES

Als ich in der Elbtalaue
zum ersten Mal einen Waschbären sah
dachte ich noch ich spinne
Inzwischen sind die Viecher
zur Plage geworden
haben auch bei uns
Mülltonnen geplündert
Regenrinnen heruntergerissen
den Dachboden verwüstet
In der Nachbarschaft erzählt man sich
von traumatisierten Katzen
die tagelang nicht mehr
hinter den Schränken vorkommen
weil durch die eigentlich für sie
reservierten Klappen
Bären-Besuch eindrang
Und dieser Besuch wusch erst mal
ausgiebig das Trockenfutter im Trinknapf

1945 brachen zwei Dutzend Waschbären
aus einer Pelzfarm in Brandenburg aus
Sie begründeten den einen Teil
der heutigen Population
der andere stammt aus Hessen
Dort befahl Hermann Göring
ein leidenschaftlicher Jäger
im April 1934 am Edersee
die Ansiedelung von zwei Waschbär-Paaren

weil er endlich mal was anderes erlegen wollte
als urdeutsches Wild

Mittlerweile werden in Deutschland
pro Jahr mehr als hunderttausend Waschbären
geschossen
Sie gelten als *unerwünschte Spezies*
verdrängen brütende Vögel
plündern Gelege
Ihre Kadaver verbrennt man
auch vor unserer Haustür
und ich frage mich
wann hier endlich mal jemand anfängt
mit einer Trappermützen-Manufaktur

In diesem heißen Sommer
hört man
wenn es dunkel ist
lautes Schmatzen
aus den Pflaumenbäumen
in unserem Garten
Und gestern sah ich schon nachmittags
einem Waschbären ins Gesicht
Seelenruhig saß er in den Ästen
pflückte eine Pflaume
polierte sie zwischen den Pfoten
steckte sie ins Maul
und blickte mich dabei herausfordernd an
siegesgewiss

Deutschland kapituliere vor einer Armee
von *Nazi-Racoons*
schreiben englische Zeitungen
und verkünden außerdem
den *furry Blitzkrieg*

Der Hausbesitzer stellte
eine Lebendfalle auf
Der Knall mit dem sie zuschlug
weckte uns aus dem Schlaf
Wir befreiten den Waschbären nicht
Am Morgen schoss der Jäger
zwei Mal in die Falle
trotzdem konnte das Tier noch fliehen
und verschwand unauffindbar im Garten

Die Göring-Geschichte wurde
von deutschen Journalisten
inzwischen als Legende entlarvt
In Wahrheit setzte ein Pelzhändler
die Waschbären am Edersee aus
weil er hoffte in freier Wildbahn
würden sie sich schneller vermehren
Der Kapitalismus hat uns also
auch diese Plage eingebrockt
return on investment

DAGRUN HINTZE

geboren 1971 in Lübeck, lebt in Hamburg. Sie schreibt Lyrik, Prosa, Theaterstücke und Essays und publiziert über zeitgenössische Kunst und Dokumentartheater. 2017 wurde ihr Essayband *Ballbesitz* im mairisch Verlag veröffentlicht, 2018 folgte der Lyrikband *Einvernehmlicher Sex* bei Minimal Trash Art und 2019 *Wer was in welcher Nacht träumte – Erzählungen zu Kunst, Design und Architektur* im Textem Verlag. Ihre Theaterstücke wurden bislang in Ulm, Dresden, Hamburg, Aalen, Düsseldorf und Zürich uraufgeführt. Dagrun Hintze wurde für ihre Arbeit mehrfach ausgezeichnet, zuletzt mit dem *Spreewald-Literaturstipendium 2019*.

Ella Carina Werner

SCHNECKEN

Ein nasskalter Abend Anfang Oktober. Christian, auf dem Weg zu Tobis Party, radelt durch die Stadt. Kurz vor Ankunft fällt ihm etwas ein. Eine Mottoparty. Es ist eine Mottoparty, auf die er gerade fährt. Eine Mottoparty, wer macht denn heutzutage noch eine Mottoparty? Das ist doch so was von Jahrtausendwende. Genauer gesagt, eine Schnurrbartparty. Wo kriegt er denn jetzt einen Schnurrbart her? Rasiert hat er sich gestern erst und alle Läden sind zu.

Da glänzen zwei Nacktschnecken im Mondlicht, auf dem Grasstreifen neben dem Bürgersteig. Ausgestreckt ruhen sie Seite an Seite, und Christian denkt, warum eigentlich nicht. Das wäre was. Ein Schnurrbart aus Nacktschnecken. Sich im Rahmen des Mottos bewegen und es gleichzeitig unterwandern, die Grenzen eigenwillig ausloten! Man kann doch mal was ausprobieren. Man muss doch mal was wagen. Dass er, Christian, immer so geile Ideen hat.

Christian stellt das Rad ab, bückt sich, hebt eine Schnecke vorsichtig hoch, platziert sie über der linken Hälfte seiner Oberlippe. Klebt super. Die andere kommt nach rechts. Christian geht ein paar Schritte, betrachtet sich im Seitenspiegel eines geparkten Fiats. Nicht schlecht. Bisschen kitzlig, bisschen kühl. Witziges Gefühl.

Als Christian in die Wohnung kommt, ist die Party bereits im Gange. Duster ist es. Eine Lichtorgel blinkt. Von der Decke baumeln Girlanden. Auf dem Flur herrscht bereits Gedränge, eine Frau im roten Kleid mit Salvador-Dalí-Bart streift seinen

Blick. Ganz schön was los. Schnauzbärte, Walrossbärte, sogar ein Slawenhaken ist darunter. In der Ecke fummeln Frida Kahlo und Nietzsche. Christian steht unschlüssig im Flur

Vielleicht ist sein Schnurrbart doch ein wenig »drüber«. Vielleicht war es doch keine gute Idee. Na, erst mal Jacke aufhängen. Erst mal akklimatisieren.

Da steht Katja, paar Köpfe weiter, und lächelt, dass sich die zarte, schwarze Gaddafi-Linie über ihren Erdbeerlippen kräuselt. Christian will zurücklächeln, seine Mundwinkel geraten bereits ins Zucken, da bricht er auf halber Strecke wieder ab. Besser nicht lächeln. Lächeln geht schief. Er hebt aber, um Katja nicht ganz zu verprellen, eine Hand. Mit Katja will er schon lange was anfangen. Am besten so bald wie möglich. Aber nicht jetzt. Mit Katja muss er es langsam angehen. Katja ist ein ruhiger Typ, bodenständig und normal, das ist das Spannende an ihr. Christian winkt ihr noch einmal zu und bewegt sich dann in Gegenrichtung durch den übervollen Flur. Zwei Chaplins schauen ihn an und kichern. Da ist das Badezimmer. Die Badezimmertür fällt hinter Christian ins Schloss. Erst mal durchatmen, denkt Christian, erst mal sammeln. Er kann die Schnecken auch wieder abmachen. Ins Klo stecken und ab damit durchs Siphon, kein Problem. Er kann das winzige Fenster öffnen und schnipp, adios Amigos, fünf Stockwerk in die Tiefe. Schnecken überleben das, die haben keine Knochen. Christian ruckelt mit beiden Zeigefingern ganz sachte an der linken Schnecke. Zupft an ihr. Zieht. Reißt.

Festgesaugt. Auch das noch. Was, wenn die Blutergüsse über seiner Oberlippe hinterlassen? Was, wenn die nie wieder abgehen? Dann muss er sich einen echten Bart wachsen lassen, einen Riesenschnauzbart, um die Schnecken zu überdecken.

Er könnte sein Smartphone rausholen. Er könnte das googeln, »Schnecken über Oberlippe festgesaugt, was tun?«, aber das ist ihm sogar vor den Algorithmen zu peinlich. Dann bleiben die halt kleben. Man muss auch mal was wagen. Das wird jetzt durchgezogen. Immerhin, als Rotzbremse sind sie super, denkt Christian und tupft sich mit dem Klopapier den Herbstschnodder ab.

Der Flur ist jetzt voller als voll. Ein Schieben und Schubsen. Clark Gable brüllt Christian ins Ohr: »Viva la moustache.«

Hulk Hogan reihert in einen Mülleimer. Rudi Völler starrt Christian mit rot unterlaufenen Augen an. Gut, dass Christian kaum einen kennt.

»Der Christian!«

Der Tobi.

»Der Christian! Geil!« Tobis rostbrauner Pornobalken direkt vor Christian Nase.

»Gei-ler Nasenbusch, Alter! Sebastian, komm mal her!«

»Schräg«, nuschelt Sebastian, die Arme über dem Pullunder verschränkt. In Sebastian brodelt es, das sieht man ihm an. Sebastian ist eigentlich auf extravagant abonniert. Sebastian trägt ein Hitlerbärtchen, ein echtes. Christian trägt echte Nacktschnecken. Vielleicht doch eine super Idee.

»Darf ich?«, ruft Tobi, schon knülle, und stupst mit seinem Zeigefinger die linke Schnecke an. Die krümmt sich kurz zusammen. »Jetzt ist es ein Zwirbelbart!«, brüllt Tobi. Sebastian findet seine Fassung zurück. Sebastian sagt, in einem Bad-Taste-Pornostreifen vom Balkan habe er auch schon mal so einen Bart gesehen. Tobis Gesicht steckt jetzt hinter seinem Smartphone. Die Linse im Smartphone sieht aus wie ein Türspion, denkt Christian. Ob das irgendwer schon mal so gedacht hat? Dass er, Christian, immer so geile Gedanken hat. »Das wird ein Facebook-Renner«, grinst Tobi und senkt das Smartphone. »Ich sage dir, bis morgen früh wird das geteilt wie Christi Brot!«

Da klopft irgendwer auf Christians Schulter. Es ist Stalin, aber kennen tut Christian ihn nicht. Stalin fragt, ob er mitkokst. Klar, sagt Christian.

Doch nicht, sagt Christian. Mitgehangen, mitgefangen, flüstern die Schnecken. Dann eben saufen, denkt Christian und ext sein drittes Bier. Erst mal vollaufen lassen. Erst mal entspannen.

Da steht Dalí. Dalí im roten Kleid. Lehnt lockend an der Wand neben der Abstellkammer, lächelt ihn an. Massiv. Noch nie hat ihn wer so angelächelt. So massiv, so lasziv, oder ist er einfach schon knülle?

Christian schiebt sich an Stalin vorbei, steht jetzt dicht vor Dalí. Ist die wirklich auf mich scharf, denkt Christian, oder ist die einfach pervers? Ist sie noch schräger drauf als Sebastian, ich und alle zusammen? Dass bloß Katja jetzt nicht guckt.

Dalí packt Christian am Hemdkragen, öffnet die Tür. Die Tür der Abstellkammer fällt hinter ihnen ins Schloss. Finster ist es, stockfinster. Dalís feuchte Lippen auf seinen. Dalís Hand an seinem Hosenlatz.

»Unser Christian! Schon 396 Mal geteilt!« Die Stimme von Tobi durch die Kammertür.

Dalís Hand in Christians Hose. Dalís Zunge in Christians Mundhöhle, als sich über seiner Oberlippe plötzlich etwas bewegt. Auch das noch, denkt Christian. Sind die nachtaktiv, oder was? Und wessen Zunge ist das hier eigentlich? Wie kann es sein, dass Dalís Zunge meine Backzähne umspielt und gleichzeitig meine Zungenspitze umkreist?

Na, erst mal mitmachen, erst mal entspannen, denkt Christian. Alles andere findet sich später.

ELLA CARINA WERNER

wuchs in Ostwestfalen als Tochter einer Bauchtänzerin und eines Psychologen auf. Seit 2016 ist sie Redakteurin des Satiremagazins *Titanic* in Frankfurt und betreibt die Lesebühne *Liebe für alle* in Hamburg, wo sie mit ihrer Familie lebt. Außerdem schreibt sie regelmäßig humorvolle Texte für das *Missy Magazine*, die Satireseite der *taz*, die *Frankfurter Rundschau* u. a. 2012 erschien ihr Roman *Die mit dem Bauch tanzt* bei Ullstein, 2017 *Rastavati*, gemeinsam mit Jutta Weber, bei Rowohlt, und im Herbst 2020 der Geschichtenband *Der Untergang des Abendkleides* im Satyr Verlag.

Von allen

EINE FORTSCHREIBUNG

*Den ZIEGEL gibt es seit fast 30 Jahren, und weil er sich als Gemeinschaftsprojekt der Hamburg Literatur immer weiter fortsetzt, haben wir 2019 mit dem Neustart der Edition im mairisch Verlag eine »Weiterschreiberei« begonnen. Sie setzt ein mit dem ersten Satz des 1992 erschienenen ersten ZIEGELS. Er stammt aus einem Willkommensgedicht des Lyrikers Mirko Bonné. Diesen Satz haben die Autor*innen des 16. ZIEGELS bei der Buchpremiere anonym um je einen Satz ergänzt. Der Text endet mit dem letzten Satz jener ZIEGEL-Ausgabe, er ist von Sascha Preiß.*

Willkommen auf den billigen Plätzen! Wir werden Sie entführen, lassen Sie sich überraschen, wir sind Ihretwegen hier. Sicherlich haben Sie Verständnis, dass Ihre bescheidene Kategorie auch eine Reihe von Unannehmlichkeiten mit sich bringt. Aber das macht nichts.

Ich liebe Leute, die ihre Texte so beginnen; leblos und allenfalls mit dem Mut der Unentschiedenheit.

So ist das im April. Eigentlich ganz schön, aber in der Retrospektive will es keiner genossen haben; vom Mai aus gesehen haben alle gefroren und gelitten. In der Rückschau war eigentlich schon immer alles nichts als Eis und Kälte und Frost und Klirren und ewiger Winter, brrr. Angeblich der grausamste Monat, dieser April, aber ich sage Ihnen ganz ehrlich, wie es ist, in Ihrer bescheidenen Kategorie haben die anderen Monate auch nicht mehr Bizzel. Meine liebsten Jahreszeiten sind übrigens ein später Frühling und ein früher Herbst. Rechts von Ihnen jedoch nicht. Aber was rede ich denn wieder, es ist doch jeder Frühling der schönste und jeder Anfang der vollste und jede Versprechung die beste, auch hier und jetzt und heute Abend schon gar. Die besten Versprechungen sind doch ohnehin die, die im Frühling gemacht werden. Im Herbst darf man noch hoffen, dass sie eingelöst werden.

Mein Gott, die haben ein eigenes Buch, denken Sie jetzt, und schreiben über das Wetter. Und das macht mich ratlos, aber ich bin verliebt – und ist das nicht alles, was zählt?

Das eine wie das andere gibt dir doch einen Grund: Also staune los du oller Hund, staune um dein Leben. Und wie so oft, dachte ich, oh könnte ich noch einmal von vorne beginnen. Aber was für ein naiver Gedanke, das hier war doch das Leben, da gab es kein Undo, kein Apfel-Z, keinen Neustart. Ctrl-Alt-Delete leuchtet zwar immer grün-weiß über der Tür, ist aber gar nicht so einfach; so weit kann man sich nicht spreizen.

Spreizen, Weizen, das ist natürlich alles genauso sinnlos, wie es sinnlos ist, aber dieser Text hat seinen Anfang ohnehin längst aus den Augen verloren. Auf den billigen Plätzen ist Platz und es ist billig und es ist ein Heidentheater, billig, Platz, Heiden. Willig sind sie auch. Willig zu leiden.

Manchmal träume ich, dass alle Männer, denen ich in den vergangenen Monaten begegnet bin, mit mir an einem glatt polierten Konferenztisch sitzen, dass wir alle in diesem unterirdischen, nach Schwarzpulver und feuchter Erde riechenden Tunnelsystem feststecken oder Teil meiner Dienstagsgruppe *Proaktive Muskelentspannung nach Jacobsen* sind. Aber eigentlich interessiert mich das nicht, wenn ich ehrlich bin, interessierten mich die anderen Dinge, jene, nach denen man graben muss. Wann haben Sie das letzte Mal nach etwas gegraben, und finden Sie die Antwort traurig oder beruhigend?

Das ist einfach mein Job, du Arsch, schreit der schlecht kostümierte Bestatter von der Bühne. Wär geiler, wenn das hier alles aussehen würde wie Barcelona, aber wenigstens mal Fenster auf, geht in Hals, bleibt im Kopf. Aber dies ist nicht Barcelona, dies ist ein Hinterzimmer im Nirgendwo und meine nie vergessene Kindergärtnerin würde dazu sagen: Das ist halt mal so. Im Kindergarten immer zuerst die Jacke ausziehen, dann Schuhe wechseln, den Abschied kurz halten und dann schnell raus. Mein Gott, wie habe ich mein ganzes Leben darunter gelitten. … Und ich stand dann auch auf und warf meine leere pappschachtel mit der gabel in einen mülleimer und machte noch ein selfie von mir auf den steinstufen am flussufer und musste ein wenig über das europäische suppengericht in der farbe des flusses lächeln.